10
18

12, AVENUE D'ITALIE. PARIS XIIIe

Sur l'auteur

Vincent Engel vit près de Bruxelles. Auteur d'une vingtaine de titres dont *Retour à Montechiarro* (Fayard, 2001, Prix Rossel des jeunes et Prix des Libraires du Livre de Poche), également dramaturge et scénariste, il collabore régulièrement avec Franco Dragone pour le Cirque du Soleil. Chroniqueur au *Soir*, il enseigne à l'IHECS (Bruxelles) et à l'université de Louvain-la-Neuve.

VINCENT ENGEL

LE MIROIR DES ILLUSIONS

10
18

LES ESCALES

ISBN 978-2-264-07368-6
Dépôt légal : octobre 2018

À Ingrid, évidemment.

« La vie aura passé comme
un grand château triste. »

Aragon

« Mais la vengeance a-t-elle jamais consolé
d'un amour perdu ? »

Maurice DRUON, *Les Rois maudits*

PROLOGUE

GENÈVE, OCTOBRE 1849

Une chaleur lourde et malsaine, étonnante pour ce début octobre, mêlée aux remugles et aux remous de la ville, se déversait par la fenêtre ouverte du bureau. La fermer n'aurait atténué que le bruit auquel le notaire tenait ; c'était, à tout prendre, un dérivatif bienvenu au mutisme de son vis-à-vis, un jeune homme d'à peine vingt-quatre ans, aux traits fins qui auraient pu avoir quelque chose de féminin, n'eût été cette terrible dureté du regard, des yeux gris métalliques et glaciaux, et les lèvres effilées comme une lame. Atanasio Lorca – tel était le nom du visiteur – n'avait pas encore prononcé une syllabe depuis que le clerc l'avait introduit dans la pièce où Me Honoré Constant officiait depuis près de quarante ans. Il avait pourtant vérifié que le visiteur comprenait le français, comme l'en avait assuré celui qui était la cause de cette rencontre.

— Avez-vous fait bon voyage ? tenta-t-il après avoir échoué avec une autre de ces formules, certes anodines, mais indispensables pour établir un contact cordial avec un inconnu.

Atanasio, d'une voix caverneuse, émit un son que le notaire, avec plus de résignation que de conviction, interpréta comme une affirmation.

— J'espère que l'hôtel où je vous ai réservé une suite vous agrée. Dans le cas contraire…

— C'est très bien, trancha le jeune homme.

— J'en suis ravi, bredouilla le notaire en plongeant les yeux vers les documents posés devant lui. Si je puis faire quoi que ce soit pour rendre votre séjour plus agréable, n'hésitez pas. Je peux vous obtenir des places pour un concert…

— Non merci.

Tant mieux, songea le notaire ; ce n'était pas si simple et il préférait conserver ses cartouches pour des hôtes plus chaleureux. Certes, il aurait été heureux de rendre service au prince Malcessati ; mais le prince n'était plus.

— Bien, bien… J'imagine que vous vous demandez pour quelle raison vous avez dû quitter la Toscane pour venir ici, à Genève ?

Atanasio cligna des paupières pour toute réponse. Décidément, songea Me Constant, les gens les plus puissants et les plus intelligents prenaient parfois de curieuses décisions… En tant que notaire, son rôle, toutefois, était de les mettre en œuvre, non de les juger.

— La raison première est malheureuse ; cependant, il arrive que les peines soient des sources de réconfort inespérées, et je pense que tel est le cas en ce qui vous concerne.

Honoré Constant se cala contre le dossier de sa chaise, toussa et déplia le document qu'il avait saisi. Sa voix se renforça ; retrouver sa fonction lui permit d'écarter le trouble suscité par l'attitude d'Atanasio et par les réflexions sur les décisions de son fidèle client.

— Je vous ai fait venir dans mon étude pour porter à votre connaissance le décès d'une personne qui vous était chère…

Il jeta un œil vers le jeune homme, qui n'avait pas cillé.

— Et que vous connaissiez sous le nom de…

Il ajusta ses lunettes et se pencha sur le document.

— Don Carlo.

Il observa à nouveau Atanasio. À peine si les lèvres s'étaient encore affinées.

— Vous connaissiez ce don Carlo ?

— Oui.

Ce n'était qu'un filet de voix.

— Et saviez-vous qu'il était décédé ?

— Non.

— Je suis navré de vous l'apprendre. Ce décès est survenu à Venise il y a une dizaine de jours, le 1er octobre exactement. Le défunt avait tout prévu, raison pour laquelle nous avons pu vous convoquer aussi rapidement. Je dois, selon ses instructions, vous donner lecture, et à vous seul, de son testament. Un testament qu'il a déposé chez moi, accompagné de plusieurs documents que je vous remettrai ensuite, documents scellés qu'il ne m'appartient pas de connaître mais qui vous seront nécessaires pour la suite. Si vous le voulez bien, je vais donc vous lire…

Il releva la tête et recueillit comme un assentiment la légère inclination du front. Il s'éclaircit la voix et commença.

— « Je soussigné, Giancarlo Malcessati, sain d'esprit sinon de corps, ai demandé à Me Honoré Constant, notaire à Genève, de consigner ici mon testament, lequel remplace et annule tous ceux qui ont précédé, ce 13 mars 1844. L'attaque cérébrale que j'ai subie en ce mois de janvier ne m'a pas terrassé et j'ai par chance recouvré toutes mes facultés mentales, ne perdant que l'usage de mes membres inférieurs ;

elle m'a cependant rappelé que mon temps était compté et qu'il était urgent de prendre des mesures pour m'assurer que mes volontés seraient respectées, même si elles suscitent un grand étonnement chez certains. Mais je ne me suis jamais soucié de l'opinion d'autrui pour déterminer ma conduite et je ne compte pas commencer maintenant. Aussi, par le présent testament, j'institue M. Atanasio Lorca, résidant au domaine dit ''dei belli auguri'' sis en la commune toscane de Pienza, légataire universel, seul et entier héritier de l'essentiel de ma fortune, dont Me Constant remettra un décompte précis au jour de la lecture de ce testament. Cet argent est déposé dans un compte de la Banque de Genève, et il est géré par Me Constant selon mes instructions. »

Le notaire s'interrompit pour préciser le montant, et il observa avec satisfaction la pâleur subite de l'hoir ; l'âme la plus trempée et la plus insensible frémissait toujours à l'énoncé des chiffres. Mais un doute le saisit.

— Savez-vous ce que représente cette somme ?

— Non.

Son client l'avait prévenu : ce garçon avait grandi et vivait encore dans un bourg reculé de Toscane, préservé des vices de ce monde, ignorant de tout ce qui causait la perte de ses contemporains. C'était bien extravagant, mais enfin, c'était la volonté du prince et la réalité d'Atanasio. Il communiqua le montant en lires italiennes, non sans réprimer un sourire, car cette somme impressionnante était aussi le fruit de son excellente gestion et la preuve de son zèle scrupuleux et inaltérable. Mais face à lui, Atanasio avait retrouvé son masque dur et impavide, ce qui contraria le notaire. Il reprit la lecture du testament.

— « Cependant, cet argent ne lui sera définitivement acquis qu'au terme d'une mission à laquelle j'attache la plus haute importance. Celle-ci se trouve explicitée dans la lettre scellée jointe à ce testament et dont nul autre que moi et Atanasio ne devra prendre connaissance. Me Constant sera juge, par un mécanisme que j'ai mis en place, du bon achèvement de cette mission ; lorsqu'il aura reçu toutes les assurances qu'Atanasio se sera acquitté de ses obligations, il lui remettra la pleine et entière jouissance des comptes et Atanasio sera libre d'en disposer à sa guise. Mais si ces conditions n'étaient pas rencontrées dans les dix années qui suivront mon décès, la totalité de mes biens sera distribuée à des orphelinats. »

Le notaire acheva la lecture des formules consacrées et reposa le testament sur son bureau.

— M. Lorca, acceptez-vous cet héritage et ses conditions ?

Les sourcils d'Atanasio se soulevèrent légèrement.

— Évidemment.

— Parfait. Je vais dès lors vous remettre les documents annexes. Ainsi qu'il l'a écrit, je n'ai pas à en prendre connaissance ; je vous demanderai donc de n'en briser les scellés qu'une fois sorti de cette étude. Si d'aventure ces conditions vous paraissaient inacceptables, quelle qu'en soit la raison, je vous saurais gré de ne pas attendre dix ans pour m'en avertir… De toute manière, vous devrez revenir demain, après avoir lu cette lettre, pour chercher les ultimes pièces que je conserve, scellées, dans mon coffre.

Quinze minutes plus tard, Atanasio se retrouvait sur les trottoirs genevois, serrant sous le bras l'épaisse serviette de cuir contenant les explications de don Carlo. Dès qu'il avait eu compris le motif de sa présence dans cette étude, il n'avait eu qu'une envie : fuir au plus vite. Mais il avait dû subir encore les palabres de cet épais tabellion sur les modalités de paiement des sommes qui seraient nécessaires à la réalisation de cette mission, laquelle occasionnerait des frais importants. Il ne comprenait pas ce qu'il lui arrivait, sauf que don Carlo était mort, qu'il ne le verrait plus jamais. Et même si sa dernière visite remontait à deux ans, cette certitude qu'il n'y en aurait plus suscitait en lui une détresse telle qu'il n'en avait jamais ressenti, sinon cette fois où, déçu par le jeune garçon qu'il était alors, don Carlo avait menacé de le tuer. Le souvenir de ce jour terrible lui noua le ventre ; aujourd'hui comme alors, il aurait préféré mourir plutôt que de décevoir don Carlo, ou d'apprendre son décès. Mais c'étaient des sentiments qu'Atanasio n'aurait pu exprimer à personne, et certainement pas à un notaire genevois.

Par chance, l'hôtel que Constant lui avait choisi se trouvait à quelques centaines de mètres de l'étude, sans quoi il aurait pu tourner longtemps dans cet univers urbain hostile et étranger. Ce n'était que la deuxième fois de sa vie qu'il quittait la propriété close du val d'Orcia, et la première échappée avait été un séjour à Rome en compagnie de don Carlo, dont le jeune homme conservait un souvenir atroce.

Il demanda la clé de sa chambre – une suite qui lui semblait plus grande que la maison où il vivait – et s'y réfugia. Il posa la serviette sur une table du salon et l'observa avec crainte, comme un objet sacré et redoutable. Il devait l'ouvrir, il le savait, pour respecter les dernières volontés de don Carlo – lequel, il venait de l'apprendre, était prince et se nommait en réalité Giancarlo Malcessati. Atanasio aurait pu s'offusquer si cela avait été dans sa nature ; mais celle-ci avait été façonnée par don Carlo et ni la remise en cause ni la rebuffade n'y avaient été prévues.

La serviette contenait une enveloppe cachetée. Il y avait également, emballés dans du papier épais, ce qui devait être cinq cadres, numérotés de 1 à 5.

Atanasio se servit un grand verre d'eau qu'il vida d'un trait. Puis, d'une main ferme, il introduisit la lame d'un couteau sorti de sa poche sous le cachet de cire, qui sauta d'un coup. Il extirpa cérémonieusement les feuillets légers couverts d'une écriture fine, ferme et incisive comme l'avait été la voix de don Carlo.

Lorsqu'il avait reçu le message, quatre jours plus tôt, lui annonçant qu'il devait se rendre de toute urgence à Genève, il avait aussitôt compris que sa vie allait basculer, sans deviner cependant que don Carlo était mort. À plusieurs reprises ce dernier l'avait prévenu et Atanasio savait qu'il devait se tenir toujours prêt. Prêt à tout et à n'importe quoi. Il avait vécu les vingt-quatre premières années de sa vie dans l'univers confiné et protégé du val ; mais il avait toujours su – parce qu'on le lui avait répété de multiples manières – que cela ne durerait pas, qu'il ne s'agissait en somme que d'une préparation à une autre vie. Don Carlo ne lui avait jamais laissé entrevoir ce que pourrait être cette existence nouvelle, sinon peut-être, fugace, lors de cet éprouvant séjour romain. Ludovico, le précepteur attaché depuis toujours à son éducation, avait été plus silencieux encore sur les changements qui attendraient Atanasio le jour où…

L'événement qui devrait déclencher cette mutation n'avait même jamais été évoqué. Jamais don Carlo n'avait parlé de son décès, sinon de loin en loin, comme d'une hypothèse plutôt improbable. Pourtant, la probabilité de cette disparition était une évidence, surtout depuis l'accident cérébral qui avait cloué l'imposant vieillard dans cette horrible chaise. Atanasio serra les dents au souvenir de ce jour où don Carlo lui était apparu ainsi diminué et où, avec toute la rage de son impuissante fidélité, il avait voulu détruire cet instrument dégradant. Cette fois – et à présent qu'il se remémorait l'événement, Atanasio songeait qu'il y en avait peut-être eu d'autres, mais qu'il n'avait pas déchiffrées –, les paroles de don Carlo avaient pu effleurer le sujet, celui du « jour où » la destinée d'Atanasio prendrait un autre cours et qui coïnciderait avec celui où le souffle du vieil homme s'éteindrait : « Tu sauras plus tard ce qui m'a réduit à cet état, Atanasio ; et tu apprendras alors ce que tu peux faire pour me soulager. » Avec la naïveté d'un chien de garde, il avait cru qu'il aurait un jour la possibilité de rendre à son bienfaiteur la mobilité et la jeunesse.

Le messager était arrivé, lui avait ordonné de préparer un bagage léger et de le suivre. Sans discuter, Atanasio était monté dans sa chambre, avait glissé quelques vêtements dans un sac. Troublé plus qu'il ne l'avait admis, il avait à peine prêté attention à l'émotion du vieux Ludovico, et moins encore à celle de Joanna et Luigi, les deux paysans qui l'hébergeaient, le soignaient et le nourrissaient depuis toujours sans jamais, toutefois, avoir prétendu être ses parents ;

il avait même ressenti une gêne intense lorsque le précepteur l'avait serré dans ses bras, un geste d'affection inédit qu'Atanasio avait subi, raide et impatient. Ludovico s'était écarté, les yeux humides, et avait poussé Atanasio vers la voiture où le messager attendait.

— *Vai... Addio.*

Cet adieu-là, Atanasio venait de le comprendre, n'était pas un simple au revoir. Jamais il ne reverrait don Carlo, jamais non plus Ludovico. C'était une évidence, avant même d'avoir lu la lettre qu'il tenait toujours entre ses doigts.

La gorge nouée mais les yeux secs, il déplia la liasse.

Très cher Atanasio,

Je ne suis friand ni d'anecdotes ni de tendresse et sans doute serais-tu en droit de me reprocher ce que nombre de nos contemporains noyés dans leur vie citadine et décadente prendraient pour de la dureté. Mais depuis ta naissance, j'ai cherché à te préserver de ces maux, de cette molle faiblesse. Il est temps que tu saches pourquoi.

Tu connais mes passions : les chevaux et les champignons. Les champignons sont des organismes merveilleux ; ce que nous voyons d'eux est l'aboutissement éphémère d'un processus mystérieux et souterrain. Le mycélium s'étend sous terre, il croît, court, construit un réseau immense de filaments fragiles. Au gré de la conjonction de facteurs tels que la température, l'humidité, la nature particulière du sol, la rencontre imprévisible avec un autre réseau de mycélium, surgira un champignon ; et de cette complexité circonstancielle dépendra sa nature, comestible ou vénéneuse, délicieuse ou mortelle.

Depuis des années, j'ai posé des actes qui sont autant de mycéliums lancés dans l'aléatoire relatif de l'existence. Tu es l'un d'eux. Il y en a d'autres et j'ignore les fruits que produiront vos rencontres futures. Je l'ai voulu ainsi. Ce que je sais : l'introduction de ton mycélium sera déterminante, un puissant automne dans un sous-bois gorgé d'espérance et de désespérance, bientôt couvert de champignons à la comestibilité encore indéterminée. Cela me suffit ; je ne veux plus laisser au réel la chance de me décevoir. Et pour ce qui est du poison, j'en ai absorbé assez pour me pourrir le corps et m'ôter tout espoir d'échapper à la plus misérable et effroyable fin, dont l'accident qui m'a cloué sur cette chaise et poussé à rédiger ce testament est une péripétie majeure.

Je n'ai pas tout laissé entre les seules mains du hasard et c'est la raison de mon autre passion, qui n'a jamais manqué de t'intriguer. Lorsque je t'amenais auprès des enclos où caracolaient mes chevaux, quelles lueurs dans ton regard ! Les mammifères sont des sortes de champignons et leurs croisements peuvent aussi engendrer le pire et le meilleur ; mais les plus sauvages d'entre eux seront toujours plus prévisibles et moins imaginatifs que les mycéliums.

Dans le jeu que j'ai élaboré et dont tu seras le maître d'œuvre pour l'ultime partie, il y a cinq chevaux et une multitude de mycéliums. Je ne pourrai pas te dire grand-chose de ces derniers, mais je peux te présenter les premiers, dont tu trouveras par ailleurs les portraits dans ce que t'aura remis Me Constant – attends d'avoir achevé la lecture de ceci avant de les regarder, pour pouvoir t'amuser des différences entre ton imagination nourrie de mes seuls mots et la réalité. Tu auras alors une preuve supplémentaire de la haute forfaiture des apparences.

La première, depuis près de vingt-cinq ans, se prétend ma femme. Alba est une jument noire fougueuse qui se croit sauvage, mais qui ne pourrait survivre en dehors de son paddock. J'avais trente-neuf ans lorsque je l'ai épousée, elle en avait dix-neuf. Si je ne me suis jamais trompé dans la sélection des étalons et des juments, j'ai pour moi-même fait montre du plus terrible aveuglement. Alba était magnifique, je dois l'admettre, elle est toujours d'une beauté redoutable : celle des bêtes qui paraissent indomptables et ne sont, du coup, que plus désirables. Son père, un aristocrate vénitien au bord de la ruine, était de surcroît un expert maquignon. Il a compris que j'avais besoin, pour ma réputation, de me marier et d'associer à mon patronyme et à ma fortune un nom qui, même ruiné, était riche de sa vieille noblesse.

Alba avait grandi en toute liberté dans cet enclos pourri de Venise ; elle avait nourri des rêves romantiques et passionnés que la décision de son père a certainement contrariés. J'en étais conscient. Je ne voulais pas la dompter ; j'espérais qu'elle finirait par m'aimer autant que je l'aimais alors. Car je l'ai aimée, pour mon malheur... J'ignorais alors que les femmes tiennent plus des champignons vénéneux que des chevaux.

Grâce à ce mariage, Alba a découvert avec ardeur la vie mondaine et frivole de Milan. J'attendais de mon épouse de l'attention, une complicité, le partage de nos intérêts et des enfants. Je ne reçus rien. Je me souvins trop tard que les chevaux étaient interdits à Venise. Alba ne chercha pas davantage à m'initier à ses propres passions, et pour cause ; je ne fus pas long à découvrir qu'elle me trompait. Quant à mes espoirs de descendance…

*Après notre mariage, Alba a rencontré le deuxième spécimen qu'il me faut te présenter : Wolfgang von G***, un dilettante allemand qui partageait avec ses compatriotes le goût pour les ruines italiennes – qui leur offre une si subtile distinction de retour dans leurs salons –, et plus encore pour nos femmes qui les changent si délicieusement de leurs matrones qui ont pris du blé l'insipidité autant que la blondeur.*

Alba m'avait déjà abondamment trompé ; avec Wolfgang, elle se crut amoureuse. Et de cette union allait surgir une amanite de la pire espèce. Car cet homme encore jeune était déjà marqué par la trahison et le crime.

Comme beaucoup d'enfants, il avait voué un grand amour à sa mère. Celle-ci n'avait pas fait un mariage heureux, mais elle se consolait en fréquentant souvent un homme, chez qui elle emmenait son fils unique. Un « ami » qui, bien sûr, avait été et était encore son amant et dont l'enfant finit par comprendre qu'il était son véritable père. Mais sa mère lui imposait le secret et l'homme n'avoua jamais. Jusqu'au jour où il disparut de leur vie, ne supportant plus, sans doute, que sa maîtresse ne quitte pas un mari qu'elle n'aimait pas pour vivre avec lui et leur fils. La femme plongea dans une profonde mélancolie dont rien ne put la sortir.

Wolfgang, qui avait alors quinze ou seize ans, s'en prit à son « père », au mari de sa mère, et lui reprocha de n'avoir jamais su rendre sa femme heureuse. Il s'ensuivit une dispute entre les deux époux, que le fils surprit : elle avoua tout, il jura de déshériter ce bâtard et de répudier cette femme infidèle.

Il faut ajouter ici que Wolfgang s'intéressait depuis le plus jeune âge à la chimie. Lorsqu'il sut quel était le dessein de son « père », il se résolut à le tuer : il fabriqua un poison qui élimina l'homme sans éveiller le moindre soupçon. Mais sa mère devina ce que son fils avait osé et ne le supporta pas ; elle se suicida.

Lorsqu'il rencontra Alba, il ne lui fallut pas longtemps pour la convaincre de devenir sa complice dans un plan dont elle profiterait doublement : m'empoisonner. Il lui fournit un poison qu'elle devrait me donner par petites doses, sur une assez longue période pour écarter tout soupçon et faire croire à un de ces maux terribles et mystérieux devant lesquels notre médecine balbutiante s'incline. Moi-même ne me doutai de rien, sinon que ma santé, jusqu'alors infaillible, se dégradait étrangement. Mes médecins n'y comprenaient rien ; et pour ajouter à la confusion, Alba jouait l'inquiétude et la compassion.

Je te l'ai dit : on ne peut tout maîtriser. Wolfgang l'a découvert en voyant sa mère suicidée, alors qu'il espérait sans doute la libérer. De son côté, Alba prit peur lorsqu'elle se découvrit enceinte. Peut-être aussi comprit-elle que son amant pouvait être un homme violent et avide. Pour se ménager une issue favorable en toutes circonstances, elle redoubla de soins et de fausse tendresse à mon égard et se conduisit de telle manière, malgré mon état déplorable, que je pusse estimer être le père de l'enfant à naître. Si je ne soupçonnais ni le poison ni la grossesse, je n'ignorais rien de sa liaison et j'appris, non sans surprise, qu'elle avait rompu, suscitant la fureur de l'Allemand ; au même moment, elle cessa de m'empoisonner et m'accompagna dans un sanatorium suisse. Les médecins m'ont non seulement sauvé mais m'ont aussi ouvert les yeux sur l'empoisonnement qu'ils devinaient, à défaut de le prouver. Je leur intimai l'ordre de ne rien dévoiler à personne, et surtout pas à ma femme – afin de ne pas l'inquiéter, argumentai-je. Ils ne m'ont cependant guère laissé d'espoir sur mes chances de guérison ; si le poison ne m'avait pas encore tué, les doses administrées avaient permis au venin de prendre ses quartiers et de poursuivre son travail de sape, lent mais inexorable. Combien de temps faudrait-il ? Ils ne purent me répondre. Des mois, des années. Tu connais aujourd'hui la réponse.

Peut-être songes-tu, en lisant cette lettre, que j'aurais pu te mettre plus tôt au courant, et de vive voix ; mais outre qu'il n'est pas simple de s'avouer victime devant celui qui vous croit tout-puissant, je ne voulais pas que tu commettes un acte précipité qui, tout en ne me vengeant pas, ou imparfaitement, nous aurait peut-être mis tous deux en danger.

L'Allemand était têtu et débarqua au sanatorium sans chercher à se dissimuler, puisque nous ne nous étions jamais croisés et qu'il me croyait idiot, comme se doivent de l'être tous les cocus.

Alba, de son côté, joua fort mal. Je m'amusai à accueillir celui qui se présentait comme un simple curiste solitaire, amoureux de l'Italie et ravi de trouver auprès de nous un peu de réconfort.

Il y avait, près du sanatorium, un élevage de chevaux. Il n'était pas question pour moi de monter ; mais je les encourageai à se promener ensemble, sachant fort bien qu'il avait repris son emprise sur elle et qu'elle avait étouffé ses remords pour rejoindre son amant à chaque occasion.

Je dois reconnaître qu'Alba m'a impressionné, et mon admiration pour le mycélium s'en est trouvée considérablement accrue. Elle est revenue seule de sa promenade ; le beau Wolfgang avait chu avec sa monture dans un précipice fatal. Il avait disparu corps et âme. Je n'ai pas un instant douté qu'elle était l'instigatrice de cette chute.

Le soir même, elle admit son infidélité avec de touchants accents de sincérité. Je feignis la surprise et ne dis rien ; elle me jura de s'amender mais ne parla pas du poison. Sa beauté, l'idée aussi que mon rival était mort et que la peur éprouvée par Alba pouvait exercer un effet salutaire et durable, tout cela, sans oublier ma faiblesse et d'autres événements que je te dirai plus tard, m'induisit à la clémence. Mais je n'étais pas au bout de ma surprise : avant que je pusse évoquer la délicate question de la paternité de l'enfant, elle me proposa, avec une fougue effrayante, d'accoucher dans le plus grand secret et de se débarrasser de ce monstre que jamais elle ne supporterait sur son sein.

Ébahi et presque convaincu par sa détermination autant que sa contrition, j'accédai à toutes ses volontés. Et durant quelques longs mois, j'ai pu jouir de l'illusion de connaître enfin l'épouse espérée.

Je n'étais pourtant pas devenu tout à coup naïf et une voix en moi m'incitait à la prudence. On n'avait jamais retrouvé le corps de Wolfgang ; je fis enquêter et appris que l'homme avait survécu. Je crus d'abord à un plan machiavélique des deux amants, avant de comprendre que l'apprentie assassin avait manqué de chance. Lui n'en avait eu qu'à moitié ; il vivait, mais désormais cloué dans une chaise, paralysé sous la ceinture... N'est-ce pas ironique, qu'après avoir partagé une femme, nous partagions désormais une infirmité ? Pour autant que ce fût différent...

Wolfgang vivait donc, et vit toujours. Il a laissé croire à sa mort et s'est installé à Berlin sous une identité d'emprunt, où sa fortune suffit désormais à des besoins considérablement réduits. Pourquoi Berlin, alors qu'il n'y avait jamais mis les pieds ? Parce que, sans aucun doute, il nourrit un projet de vengeance contre celle qui l'a trahi et qui a cherché à le tuer. Il a appris, Dieu sait comment, que le fils d'Alba – le sien – avait été adopté par un couple de Berlinois, les von Rüwich, frappés de stérilité. Alba ignore tout de cela et ne connaît que le prénom de cet enfant auquel elle a donné le jour dans les larmes et le désespoir – par quel élan sentimental a-t-elle exigé, au moment où la nourrice prenait l'enfant pour l'emporter, de le charger de ce prénom, Raphael, alors qu'elle ne voulait pas le revoir et ne le reverrait jamais ? L'âme des femmes m'est à jamais un précipice insondable.

Le prêtre à qui nous avons confié l'enfant dès sa naissance a juré le double secret, tant vis-à-vis de la mère que des parents adoptifs. Moi seul suis au courant, parce que ma méfiance a toujours été plus forte que mes brèves illusions.

Le tableau est presque complet, Atanasio. Tu disposes déjà de deux portraits : Alba et Wolfgang, à présent Hans Kapper. Un troisième s'est profilé : leur fils, Raphael donc, qui vit désormais à Berlin, proche d'un homme qu'il ignore être son véritable père – du moins à ce que j'en sais. C'est semble-t-il un garçon sans histoire, de ton âge, mais j'imagine qu'il a dû hériter de son père ce caractère violent et de sa mère cet art consommé de la dissimulation. Je ne doute pas que Wolfgang nourrit ses sombres desseins tandis qu'Alba, insouciante comme l'y invite sa nature véritable – ou plutôt ne se souciant que d'elle –, a depuis longtemps renoncé à feindre qu'elle m'aimait et se repentait. Elle n'a même pas cherché à me faire croire que Lætitia, la fille née trois ans après Raphael, pût être de moi ; elle veille simplement à ne plus s'attacher à ses amants.

J'en veux à tous ces gens qui m'ont privé des joies simples d'un amour sincère et authentique ; eux qui poursuivent une existence frivole, superficielle et mensongère dans les palais où le beau monde déploie les leurres de ses valeurs hypocrites. Tout ce dont j'ai voulu te préserver, Atanasio ; et il est temps que tu en connaisses le motif.

À l'époque où Alba me trompait avec Wolfgang, dans mon infinie détresse, j'ai rencontré une femme exceptionnelle, qui aurait pu paraître d'une autre espèce tant elle s'opposait à Alba et ses semblables. La raison en était sans doute que Maria n'appartenait pas à ce milieu. Je l'ai rencontrée en visitant un élevage de chevaux près de Florence. Elle était la fille unique d'un contremaître, un brave veuf dévoué à sa tâche et à son domaine. Elle était jeune, pleine d'une vivacité éclatante, spontanée, d'une beauté bouleversante, à la différence de celle d'Alba qui vous figeait de stupeur. Elle accompagnait toujours son père et se montrait presque aussi experte que lui. Je pris un grand plaisir à sa compagnie, à ses propos pleins de bon sens, à son rire limpide qui me soignait de ma colère à l'encontre des femmes. Rarement, depuis la Mère de notre Sauveur, ce prénom avait été mieux porté ; et si j'appréciais sa présence, je compris rapidement que ce plaisir était partagé, malgré mon âge qui aurait pu nous faire père et fille. Au terme de plusieurs visites, Maria, profitant de l'absence de son père, me déclara son amour sans la moindre fausse pudeur et, après avoir vaincu mes réticences, se donna à moi, sans rien exiger d'autre que ces instants volés au temps, à la société et ses règles, et que cette tendre complicité qui, depuis notre première rencontre, nous avait conduits l'un vers l'autre.

À toi seul, je puis l'avouer : je n'ai jamais vraiment aimé que cette femme, et pourtant j'ai tout de suite su que je ne pourrais jamais l'aimer comme il l'aurait fallu. Pour cela, j'aurais dû rompre avec un monde que je détestais mais auquel mille liens m'attachaient ; car il était impensable de la faire venir dans cet univers vicié où elle se serait étiolée ou, pis, dénaturée, corrompue. Au mieux, je pouvais envisager une liaison secrète, pourvoir à ses besoins et à ceux de son père en échange de son aveuglement. Et peut-être les choses auraient-elles pu prendre cette tournure si le sort n'en avait décidé autrement.

À peu près en même temps qu'Alba, Maria tomba enceinte. Ma santé, altérée par le poison, m'avait empêché de la rejoindre aussi souvent que je l'aurais souhaité, et la pauvrette s'inquiétait fort de me voir dans cet état. Son amour n'en était que plus vif et elle accueillit avec la même joie insouciante son nouvel état, sans songer à la délicatesse de sa situation. Elle ne me réclamait rien sinon de ne pas la mépriser. Elle élèverait seule notre enfant et, si tel était mon souhait, elle lui cacherait que j'en étais le père – ce qui, bien sûr, ne faisait aucun doute. Lorsque, avec une fougue dont je ne me serais jamais cru capable, je lui déclarai que j'allais divorcer pour pouvoir l'épouser, c'est elle qui me raisonna et me fit renoncer à un plan qui, selon elle, m'aurait gravement nui.

Ma santé empira. Je n'ai bientôt plus été capable de lui rendre visite et c'est à peine si j'ai pu lui envoyer un message pour la rassurer sur mes sentiments, ce qui eut surtout pour effet de l'inquiéter pour ma santé.

Durant mon séjour au sanatorium, je souffris de cette distance accrue entre nous et de la présence quotidienne d'Alba qui m'empêchait même de lui écrire. Mais ma volonté de la retrouver contribua autant que les soins médicaux à ma convalescence. Dès que je fus en état, je rusai pour lui envoyer des lettres – l'arrivée de Wolfgang ne contribua pas peu à me libérer d'Alba.

Quand enfin Alba eut accouché, nous pûmes envisager un retour et, dès que cela me fut possible, je descendis à Florence, sous prétexte de renouer avec ma passion équestre.

Ce que je découvris me glaça de terreur et me poussa à maudire ciel et terre : en mettant notre fils au monde, l'ange qui avait été sa mère était mort. Son père était terrassé ; il n'avait eu la force que de m'attendre et de me confier tout ce qu'il restait de son sang et de ses espoirs. Il m'avoua que la santé de sa fille s'était rapidement dégradée mais que, pour ne pas m'inquiéter, elle avait refusé que l'on me prévînt. Il avait ajouté une phrase que, sur le moment, je n'ai pas comprise, et dont je n'ai reçu l'explicitation que des années plus tard : « Votre extrême sollicitude ne l'en a que davantage touchée, bien que cela n'eût pu suffire à la rétablir. »

Ce fils, elle l'avait prénommé en mourant : Atanasio. Savait-elle, la pauvre créature, que ce prénom signifiait « immortel » ?

Le cinquième portrait de cette galerie est celui de ta mère. Ton grand-père mourut le lendemain de mon retour. Qu'allais-je faire de toi ? Tu connais l'essentiel : les soins de Luigi et Joanna, l'instruction de Ludovico. J'avais décidé de faire de toi un homme prémuni contre tous ces miasmes et en mesure, le jour venu, de me venger.

De nous venger. Des années plus tard, alors que j'étais venu te rendre visite, j'ai rencontré par hasard, dans les ruelles d'une bourgade voisine, une femme que je n'ai pas reconnue : elle avait été ta nourrice et était déjà au service de ton grand-père durant la grossesse de ta mère. En tremblant, elle m'a confié qu'alors que le terme approchait, un homme était venu, se revendiquant de moi. Il était même porteur d'un mot de ma main, qui enjoignait à la pauvre enfant, déjà très faible, de prendre le remède dont ce messager était porteur.

J'ai cru devenir fou en recevant cette confession ! Et combien je regrettai alors d'avoir détruit, après sa mort, toutes les lettres que ta mère avait conservées pieusement, sans même avoir la force de les relire ! Le gredin avait dû enrober le mensonge de belles paroles, et Maria était incapable d'imaginer jusqu'à quel degré de bassesse les êtres pouvaient descendre parfois.

J'aurais pu, peut-être, pardonner un jour à Alba le mal qu'elle m'avait infligé ; mais jamais je ne pourrais l'absoudre de ce crime aussi cruel que gratuit.

Durant toutes ces années, j'ai veillé sur toi, mon fils. J'ai forgé ton caractère et t'ai préservé. Je te voulais fort, inaltérable et résolu pour accomplir cette vengeance.

Encore faut-il désormais que tu acceptes cette mission sans la moindre hésitation. C'est pour cela que j'ai lié l'héritage à cet accomplissement ; si tu refuses, tu pourras poursuivre la vie que tu mènes depuis ta naissance, simple et frugale, et somme toute enviable. Tu as le droit de faire ce choix et il t'honorerait autant que celui de m'obéir. Ne crains pas ma colère, et pas seulement parce que je serai mort. Je mesure combien ces projets de vengeance peuvent sembler vains – même s'ils sont tout ce qui m'a permis de survivre jusqu'à ce jour. Mais si tu acceptes, alors il te faudra agir sans faiblir et ne t'arrêter qu'une fois posé l'acte ultime.

Voici donc ce que je te demande, mon fils : tuer ces quatre individus coupables, à un titre ou un autre, des souffrances injustifiées que nous avons tous trois endurées. Alba d'abord, parce qu'elle n'a que trop profité de sa duplicité et parce que sa malignité est telle qu'elle pourrait compromettre la réussite du plan. Ses deux enfants ensuite, dans l'ordre et de la manière qu'il te plaira. Et en dernier lieu, Wolfgang. Pour lui, je souhaite que tu recoures au poison et que durant son agonie tu lui lises une lettre que tu ne pourras en aucune manière découvrir avant. Je te fais confiance car, depuis la mort de ta mère, tu es l'unique personne en qui je puis me fier.

Pourquoi Wolfgang en dernier ? Parce que sans lui, Alba n'aurait pas eu l'idée du poison. Elle m'aurait trompé, certes, elle le faisait déjà ; mais aurait-elle eu, seule, l'idée et la force d'aller aussi loin ? De plus, le soupçon m'est venu plusieurs fois que l'auteur du piège qui a tué ta mère pouvait être lui. N'avait-il pas déjà empoisonné son père ? N'a-t-il pas survécu à cette chute et n'a-t-il pas été en mesure, rapidement, de se renseigner et d'agir ? Peut-être avait-il percé mon secret, alors qu'il séjournait au sanatorium… Je veux qu'il comprenne petit à petit, lui qui a joué au mort, qu'un vrai mort est plus puissant que lui. Je veux qu'il voie sa maîtresse tuée par un autre, qui le prive de sa vengeance. Je veux que la mort de son fils le prive de tout espoir de consolation.

Il te faudra aussi faire précéder tes meurtres d'une peur ; je sais combien tu es imaginatif. Chacun devra, avant de mourir, connaître le sentiment qu'un destin supérieur, implacable et incompréhensible, le poursuit.

Dois-je te préciser qu'il ne te faut parler de ceci à personne, jamais, pas même à Ludovico ? Les derniers documents que te remettra Constant, outre les indications pour le poison et la lettre pour Wolfgang, te fourniront toutes les informations concernant ce dernier et Raphael, grâce auxquelles tu pourras les retrouver. J'ai mandaté des témoins qui veilleront de loin au bon accomplissement de ta mission. Ils ne pourront ni t'aider ni te contrecarrer. Ils sont mes anges témoins, qui ne gardent rien d'autre que ma volonté, sans rien en connaître. Ils confirmeront à Me Constant le bon déroulement des opérations et, le moment venu, le signal de libérer à ton seul profit une fortune qui, sans doute, te permettra de vivre heureux, mais pas autant que le sentiment d'avoir accompli ton devoir et d'avoir vengé tes parents. Lesquels, sois-en assuré, t'ont aimé autant qu'il leur en a été loisible.

Il me faut conclure, Atanasio. Cette lettre est comme un adieu sur un quai ; on ne sait plus que dire mais l'on dit n'importe quoi pour rester ensemble quelques instants de plus.

Ne faiblis pas, mon fils. Jamais.

Le souffle d'Atanasio était court, rauque, et son cœur cognait violemment dans sa poitrine. Il posa religieusement les pages sur la table et entreprit de déballer les portraits dans l'ordre indiqué. Il attendit que sa main cessât de trembler pour déchirer le premier emballage.

C'était le portrait d'une femme admirable. De longs cheveux noirs, un visage aigu, un regard sombre qui semblait à même de pétrifier quiconque regarderait le tableau.

— Alba… murmura Atanasio, les dents serrées.

Suivit le portrait d'un homme sûr de lui, à l'épaisse chevelure blonde, aux yeux aussi clairs que ceux d'Alba étaient foncés. Il respirait l'arrogance et l'orgueil ; Atanasio ne pouvait que détester ces deux êtres, et il les aurait haïs d'instinct, même sans rien avoir lu à leur sujet. Il les plaça côte à côte sur le bord gauche de la tablette et grava leurs traits dans sa mémoire.

Puis il débarrassa les deux cadres suivants de leur linceul ; Raphael et Lætitia étaient deux très jeunes gens, étincelants de beauté et d'insouciance. Demi-frère et demi-sœur qui s'ignoraient, fruits l'un et l'autre de la duperie et de la trahison, bénéficiaires de crimes épouvantables… Atanasio pouvait-il se laisser toucher ? Non ! Jamais ! S'ils avaient été sous sa main, à cet instant, il les aurait exterminés sans l'ombre d'un remords. Il ferma les yeux. Don Carlo – pourrait-il jamais l'appeler autrement ? – avait toujours insisté pour qu'il ne se laissât pas dominer par ses sentiments. Atanasio respira profondément et, les paupières toujours closes, retourna les deux cadres face contre table.

Quand il eut recouvré son calme, il déballa le dernier paquet. Et pour la première fois depuis de longues années, des larmes jaillirent, incontrôlables, devant la plus belle, la plus adorable femme qu'il eût jamais contemplée – et dont ces quatre monstres l'avaient à jamais privé.

LIVRE 1

ALBA
1800-1825

Dans une pièce voisine, on entendit un bébé hurler. La femme qui gisait dans le lit sursauta et voulut se redresser. Mais elle retomba, lourde, pâle et ruisselante, dans le nid d'oreillers.

— Doriana, ne t'agite pas ainsi…

À son chevet, Girolamo Acotanto, son mari, lui posa une main sur la poitrine, tandis que, de l'autre, il passait un chiffon humide sur le front de la malade.

— Ma fille… gémit-elle.

— Ne t'en fais pas, elle va bien. Très bien. La nourrice est parfaite, Alba mange…

— Je voudrais…

— Ne t'agite pas, mon amour. Tu dois reprendre des forces. Tu auras tout le temps de t'occuper et de profiter de notre fille…

Elle tourna vers lui un regard désespéré. Ses iris déjà si clairs parurent sombrer, comme ces enfants morts que l'on abandonnait jadis aux canaux. Par la fenêtre entrouverte, on entendait le tumulte paisible du Grand Canal, toute cette vie indifférente qui donnait à Girolamo des envies de hurler. Mais il ne fallait pas effrayer Doriana et n'était-ce pas le propre de l'humanité que de poursuivre son chemin à travers les drames singuliers ? Même les tragédies collectives n'étaient que des phrases pour les chroniqueurs ; quatre ans auparavant, Venise avait renoncé à mille ans de gloire devant le nain français qui se prenait pour un géant. Napoléon avait confisqué la flotte et brûlé le Bucintoro pour en récupérer l'or. Volé aussi le quadrige de la basilique. Et malgré cela, le peuple vénitien continuait à vivre ; certains pestaient, d'autres complotaient, la majorité s'arrangeait. Et Girolamo Acotanto, dernier d'une des plus anciennes et des plus illustres lignées de la Sérénissime, assistait impuissant aux naufrages : celui de sa ville, celui de son bonheur, celui de sa fortune, celui de son amour.

— Monsieur…

Il se retourna vivement. Une servante se tenait sur le seuil, les doigts triturant un torchon.

— Quoi ?

— Quelqu'un… Quelqu'un est venu demander des nouvelles de Madame.

— Qui ?

— Le même que ce matin… et qu'hier… Il n'a pas donné son nom mais insiste pour offrir les soins d'un médecin…

Acotanto réprima un cri de colère. N'était-ce pas assez souffrir que de subir l'agonie de la femme qu'il aimait avec une telle passion ? Il savait que Doriana suscitait des regards, et peut-être davantage ; qu'elle avait treize ans de moins que lui et qu'il y avait sûrement dans la ville des partis plus riches, plus beaux. Mais voilà, c'était lui, c'était elle, et Doriana n'était pas du genre à tricher, elle l'avait accepté et nul autre, jamais, ne pourrait prétendre l'avoir aimée, elle, mieux et plus ardemment que lui, Girolamo Acotanto.

— Renvoyez-le la prochaine fois ! lâcha-t-il sans même regarder la servante, qui disparut prestement.

Les lèvres de Doriana frémirent sur des paroles qui restèrent incompréhensibles. Épuisée, elle ferma les paupières et son doux visage s'affaissa sur le côté pour recueillir un rayon de soleil froid. Girolamo se pencha vers elle pour vérifier qu'elle dormait. Un mouvement à peine perceptible soulevait sa poitrine. Il se recula sur sa chaise et ses vertèbres craquèrent ; il avait passé la nuit dans cette position et était lui aussi éreinté. Mais il ne pouvait abandonner ce chevet.

À nouveau, on frappa à la porte. Sans attendre de réponse, le visiteur entra.

— Ah, docteur…

Acotanto se mit douloureusement debout.

— Comment s'est passée la nuit ? chuchota le médecin, un vieillard aux mains et au menton tremblants.

— Des épisodes de fièvre violente, de grande agitation, puis d'autres d'abattement complet. Voilà une heure qu'elle est calme, peut-être deux… Je crois que j'ai un peu perdu la notion du temps.

Le docteur posa la main sur le bras de l'homme.

— Vous devriez vous reposer, Girolamo. Vous rendre malade ne l'aidera pas, et vous devez songer à votre fille…

Il s'approcha du lit et prit le pouls de la malade. Il laissa échapper une grimace.

— A-t-elle mangé quelque chose ?

— Rien.

— Bu ?

— Je lui ai humecté régulièrement les lèvres.

Malgré ces soins, celles-ci étaient sèches et gonflées, d'une couleur brunâtre, terreuse. Dans la chambre voisine, il y eut un bref pleur, puis le silence revint. Le praticien lâcha la main de Doriana, se recula et entraîna Girolamo dans le couloir.

— J'avais encore un très léger espoir lorsque je l'ai quittée hier. La potion aurait pu agir, j'ai déjà assisté à des guérisons grâce à elle ; mais hélas…

— Il n'y a…

— Elle ne verra pas le soleil se coucher.

À nouveau, il serra le bras de Girolamo.

— Je suis sincèrement désolé, mon ami…

Le pronostic se vérifia. Jusqu'au milieu de l'après-midi, Doriana dormit, sans reprendre connaissance. Girolamo ne lui lâcha pas la main, les yeux rouges, le souffle court. Il n'avait laissé la fenêtre ouverte que pour offrir un peu d'air frais à la mourante, un souffle de printemps pour celle qui s'en allait ; mais si les bruits du canal lui avaient d'abord paru une insulte à sa peine et au drame désormais inéluctable, il avait cessé de les entendre, englouti dans les souvenirs d'un bonheur passé et les inquiétudes d'un avenir plus que jamais incertain. Il s'en voulait également : n'avait-il pas été négligent, n'aurait-il pas pu faire quelque chose pour sauver la jeune femme ? Le médecin l'avait déjà rassuré : Girolamo et lui avaient fait tout ce qu'il était humainement possible. La fatalité seule était à blâmer, et il ne servait à rien de blâmer la fatalité. Le médecin, partageant les opinions d'Acotanto en la matière, avait évité de s'en remettre à la volonté divine. Un Dieu qui aurait jugé bon de briser un amour pareil et de priver une enfant de sa mère, un tel Dieu ne méritait pas d'être vénéré.

Plus tard, Alba se remit à pleurer. Girolamo ne s'en était pas occupé, confiant dans la nourrice, laquelle avait promené l'enfant et veillé sur elle le plus silencieusement du monde. Doriana frémit, ses paupières tremblèrent. Avec un chiffon humide, Girolamo les nettoya et humecta les lèvres toujours plus sèches. Devait-il faire venir le bébé ? Le médecin n'y était pas favorable, mais pouvait-il le refuser à la mourante ?

Doriana ne demanda rien. Un imperceptible sifflement sortit de sa bouche, dont il fut impossible de deviner s'il était une poussière de discours ou le vol d'une âme en fuite. Elle n'eut pas la force de rouvrir les yeux et s'éteignit sans avoir accordé à son mari un ultime salut.

— Monsieur ?

— Quoi, Luigi ?

Le vieux domestique qui venait de rentrer dans le bureau de Girolamo se tordait les mains en tous sens.

— Dans le petit salon… La fenêtre. Vous devriez venir voir…

Acotanto repoussa avec humeur le document qu'il était occupé à rédiger et suivit Luigi dans les couloirs sombres du palais. Il y régnait une forte odeur de moisissure que le propriétaire des lieux ne remarquait plus, tant elle se mêlait pour lui à celle de la ville et de sa vie. Ils parvinrent dans une pièce aux murs couverts de boiseries, vestiges comme tout le palais d'un passé glorieux, mais témoins aussi d'une gloire inaccessible. Les veines du bois devaient désormais composer avec les marbrures de l'humidité et les camaïeux vert-de-gris de champignons minuscules. Les livres, sur les étagères, avaient entamé le lent chemin qui les ramènerait au règne végétal.

Au milieu de la pièce, un clavecin résistait, malgré un accord approximatif et deux cordes rompues. Devant le clavier, une fillette de six ans effectuait ses gammes sous la conduite d'un vieillard à moitié sourd et à moitié somnolent qui lui servait de professeur, et dont le plus grand mérite était de ne pas coûter cher. Lorsqu'elle vit son père entrer, Alba s'interrompit et son professeur sursauta.

— Continue, Alba. Rien ne doit t'interrompre quand tu fais ton devoir.

— Ce n'est pas un devoir, répondit-elle gravement. C'est mon plaisir.

Elle inclina la tête et reprit. Elle avait hâte d'en finir avec ces gammes et de plonger dans la sonate de Mozart qu'elle avait commencé à déchiffrer la veille et qui l'attendait avec l'impatience délurée d'une compagne de fugue.

— Signor Bussan, puis-je commencer Mozart ? demanda-t-elle en bâclant sa gamme de mi majeur.

— Tu t'es mise à Mozart ? questionna son père qui oublia sur-le-champ la présence de Luigi et sa requête.

— Oui, père.

— Magnifique ! Ta mère adorait Mozart…

Alba tourna la tête vers Bussan.

— Puis-je, *maestro* ?

— Bien sûr, Mademoiselle, bien sûr… toussa-t-il.

Luigi l'imita, ce qui eut pour effet immédiat d'effacer le sourire qui venait de rajeunir le visage d'Acotanto. Ce dernier soupira et marcha vers l'unique fenêtre de la pièce, par où venait toute la lumière. Dans son dos, Alba entama, maladroite mais volontaire, la pièce de Mozart.

— Alors, cette fenêtre ?

La question était inutile : ce que découvrait Girolamo suffisait pour prendre la mesure du problème. Rongé par l'eau, le sel, le vent et le temps, le châssis latéral s'était désintégré en grande partie et ce qui restait pendait, pitoyable, dans le vide, prêt à s'engloutir dans le rio qui coulait quelques mètres en contrebas. Le choc, au moment où la structure avait cédé, avait brisé la moitié des vitres. Le vent qui s'engouffrait était tiède encore mais l'automne était là.

— Il faudrait remplacer la fenêtre, murmura Luigi.

Girolamo essaya de puiser un peu de calme dans l'ébauche musicale et serra le poing.

— Tu vas calfeutrer au mieux cette ouverture. Tu trouveras des planches en bas et tu placeras des vieux chiffons pour protéger du froid et du vent.

— Mais... c'est l'unique fenêtre de la pièce et la lumière...

Alba s'était à nouveau arrêtée.

— Je suis la seule à venir ici, père, dit-elle d'une voix affermie. Une simple chandelle me suffira. Et nous pouvons aussi déplacer le clavecin dans une autre pièce.

Acotanto vint près d'elle, lui caressa les cheveux et l'embrassa sur le front.

— Tu es un ange... Tout ceci n'est que temporaire. Un jour, bientôt, ce palais sera à nouveau un des plus beaux de Venise.

— Je sais, père.

Très grave, sans un sourire, Alba se remit à jouer. Acotanto l'écouta encore quelques instants puis sortit, Luigi sur ses talons.

— Monsieur... tenta ce dernier qui s'accrochait difficilement au pas rapide du maître.

Girolamo fit une brusque volte-face et Luigi trébucha contre lui.

— Quoi encore ?

— Je pense qu'il vaudrait mieux...

— Si tu penses, Luigi, dis-moi où je vais trouver l'argent pour réparer cette fenêtre. Je pourrais le prendre sur tes gages, bien sûr ; est-ce ce que tu me proposes, pour me remercier de te garder envers et contre tout à mon service, même si tu ne me sers plus à grand-chose ?

Le vieux s'empourpra, ouvrit la bouche puis renonça.

— Je vais chercher des planches, souffla-t-il.

— Attends qu'Alba ait fini son cours. Et qu'on ne me dérange plus.

Il revint dans son bureau et claqua la porte.

Les Français étaient revenus à Venise quelques années auparavant. Ce Napoléon était toujours aussi arrogant et prétentieux, mais il fallait se montrer pragmatique : la situation financière d'Acotanto était précaire et, s'il voulait honorer la promesse faite à Alba, il devait agir en conséquence, sans état d'âme. Pourquoi en aurait-il d'ailleurs été autrement, quand les patriciens et le dernier doge, Lodovico Manin, avaient abdiqué sans combattre, comme des fruits pourris qu'un simple courant d'air jette au canal ? Acotanto était aussi noble qu'eux tous réunis, et il n'avait pas à rougir d'avoir été complice de cette abdication ; cela faisait longtemps que les membres du conseil le boudaient. Trop fier, trop libre pour ces aristocrates embaumés. Et si la Venise millénaire avait sombré, n'était-il pas souhaitable que sa renaissance fût assurée par des gens de sa trempe et de sa valeur – et pourquoi pas avec la complicité des Français ?

Le mémoire auquel Acotanto travaillait était déjà un épais dossier par lequel il entendait proposer des solutions pour les maux qui avaient précipité la chute de la cité et des pistes pour le rétablissement de sa grandeur, au profit de ses habitants et de leurs nouveaux alliés. Il y réfléchissait depuis longtemps et s'y était attelé dès le retour des Français, le 19 janvier 1806. Que ce jour coïncidât avec le sixième anniversaire de sa fille lui parut un signe supplémentaire et le confirma dans sa volonté. Depuis, il y consacrait l'essentiel de son temps, du moins celui qui n'était pas requis par les démarches incertaines et humiliantes qu'il devait multiplier pour obtenir un délai pour un remboursement ou négocier un nouveau prêt. De ce point de vue, la décision de Bonaparte d'abolir le ghetto et tous les interdits pesant sur les Juifs était une aubaine pour Acotanto, du moins l'espérait-il, son discrédit sous l'ancien régime devenant un gage de sympathie pour cette communauté puissante où il ne manquait pas de personnes susceptibles de prêter de l'argent. Afin d'être plus convaincant, il avait ajouté un chapitre à son mémoire qui concernait l'intégration « accomplie » de la communauté juive dans la gestion et le développement de la nouvelle Venise ; c'était le douzième chapitre d'un ensemble qui, à ce jour, en comptait déjà quatorze et couvrait des domaines aussi variés que la pêche, la lutte contre les marées, le redéploiement des activités des chantiers navals, la gestion des hôpitaux, la rénovation des édifices menacés de ruine – parmi lesquels son propre palais, un des plus mémorables –, le développement du tourisme, l'enseignement, les arts…

Quatre ans déjà qu'il y travaillait, qu'il nouait dans l'ombre les innombrables contacts nécessaires pour faire aboutir un tel projet. L'ancienne oligarchie vénitienne avait conservé une part non négligeable de son influence ; les Français ne réussiraient jamais à se guérir de leur fascination pour les vieilles aristocraties, quand bien même elles ne se seraient établies que grâce à la violence et au mensonge. Acotanto s'essayait à la diplomatie, assiégeait des fonctionnaires dont il espérait des miracles jusqu'à ce qu'il découvrît que l'on ne s'occupait absolument pas de ce genre de dossier ou qu'on était muté à quelque autre poste.

La semaine précédente, il avait fait parvenir son mémoire au vénérable Tomasso Reguer qui, même si les portes en avaient été détruites, vivait toujours dans un modeste appartement du Ghetto Nuovo, au quatrième étage d'un immeuble vétuste. Tomasso était riche cependant, très riche même ; mais ses préoccupations étaient d'un autre ordre et il ne pouvait qu'être sensible à la démarche sincère de Girolamo Acotanto. La veille, un message l'avait averti que Reguer souhaitait le rencontrer. Girolamo avait passé la journée à relire son mémorandum et avait apporté dans la marge de son exemplaire quelques modifications qu'il partagerait tout à l'heure avec son hôte. Il devait le convaincre ; un créancier plus hargneux menaçait de s'impatienter et cette fois Acotanto perdrait tout, c'est-à-dire son palais et le peu de réputation qu'il lui restait. Il pesta contre Luigi qui l'avait dérangé pour cette fenêtre ridicule ; s'il savait, le bougre, combien ce détail était insignifiant ! Si demain ils étaient chassés de ces lieux, il n'aurait qu'à emporter les lambeaux pourris de ce châssis en souvenir !

Il enfila son manteau et s'apprêta pour sortir. Avant de refermer la porte, il tendit l'oreille et chercha dans la musique d'Alba un encouragement.

En chemin, il passa, comme il le faisait quotidiennement, par le petit cimetière des Santi Apostoli, où reposait Doriana. Girolamo n'avait que quarante-quatre ans et conservait une allure impressionnante, mêlant force et finesse, laquelle demeurait son meilleur atout pour prolonger son crédit. Il n'avait toutefois jamais songé à se remarier et avait éconduit les quelques téméraires, filles ou pères, qui s'étaient risqués à lui faire des propositions. Et sans doute sa nostalgie et son deuil étaient-ils la part la plus sincère de son âme ; à cette double source, il nourrissait la dernière ambition qui le maintenait debout : rendre à son nom la gloire et la fortune qui offriraient à sa fille la vie heureuse qui avait été interdite à sa mère. Rien d'autre n'avait de réelle importance.

Il gravit sans peine les quatre étages. Une servante muette vint lui ouvrir et l'introduisit dans une pièce minuscule et sombre où le Juif était plongé dans la lecture.

— Ah ! Signor Acotanto ! Je suis ravi de faire votre connaissance. Entrez, entrez… Je vous prie d'excuser l'exiguïté des lieux ; j'ai toujours privilégié l'espace infini de mes pensées à celui de mon existence.

Malgré la pénombre, ou peut-être à cause d'elle, Acotanto fut impressionné par ce vieillard à la longue barbe blanche, au regard pétillant et aux mains qui ne cessaient de voltiger.

— Nos corps sont confinés et nos vies aussi, n'est-ce pas ? Asseyez-vous…

Pendant qu'il parlait, Tomasso dégagea une chaise des livres qui y avaient élu domicile. Girolamo obtempéra tandis que son hôte, demeuré debout, poursuivait son curieux monologue.

— Confinés, oui… Nous avons tous nos ghettos, sans doute.

— Il a été aboli, interrompit timidement le Vénitien.

— Certes, les portes ont été détruites, c'est une excellente chose ; mais je ne parlais pas de ce ghetto-là. Heureusement, le Tout-Puissant nous a donné l'esprit pour nous évader. Quand vous êtes arrivé, je relisais un psaume de notre grand roi David, dans notre sainte Torah, que vous appelez l'Ancien Testament, ce qui ne l'empêche pas, pour vous comme pour nous, d'être éternel. Quelle splendeur…

Il ferma à demi les yeux et récita par cœur :

Pourquoi craindrais-je aux jours du malheur
Lorsque l'iniquité de mes adversaires m'enveloppe ?
Ils ont confiance en leurs biens,
Ils se glorifient de leur grande richesse.
Ils ne peuvent se racheter l'un l'autre,
Ni donner à Dieu le prix du rachat.
Le rachat de leur âme est cher
Et n'aura jamais lieu...

Le visage rayonnant tourné vers le plafond, Tomasso s'interrompit un instant, tandis qu'Acotanto, mal à l'aise, se demandait pourquoi on lui récitait des psaumes, et s'il devait y entendre un message personnel. Mais, sans se préoccuper de lui, Reguer reprit :

Ne sois pas dans la crainte parce qu'un homme s'enrichit,
Parce que les trésors de sa maison se multiplient ;
Car il n'emporte rien en mourant,
Ses trésors ne descendent pas après lui.

Le Juif ne s'était toujours pas assis et la gêne de son visiteur croissait.

— Peut-être, osa-t-il, mais en attendant le trépas…

Reguer sursauta, comme s'il avait oublié sa présence.

— Bien sûr, Signor Acotanto, bien sûr… Le roi David vise ici celui « qui est en honneur et qui n'a pas d'intelligence, semblable aux bêtes que l'on égorge ». Vous n'êtes assurément pas de ceux-là, comme me l'a prouvé l'excellent mémoire que vous avez eu la bonté de partager avec moi.

— C'est que je ne suis pas…

— Riche ? Sans doute. Mais vous êtes intelligent et dévoué au bien de vos contemporains.

— Je suis très sensible aux justes revendications des membres de votre communauté, que l'ancien régime a si ignoblement traités, malgré les innombrables services que vous n'avez cessé de rendre à une république ingrate.

— Vous êtes très bon de vous préoccuper de notre sort. Hier, nos défenseurs étaient rares ; aujourd'hui, ils seraient presque trop nombreux si nous n'étions en mesure de distinguer les alliés sincères des opportunistes…

Les joues de Tomasso se plissèrent avec malice.

— Hier, je n'étais pas en mesure d'agir ; mais soyez assuré de ma sincérité, aujourd'hui que j'ai grand espoir de pouvoir contribuer aux vastes réformes que notre ville attend et auxquelles ce mémoire…

— Je n'en doute pas, mon ami… J'ai lu votre étude avec le plus vif intérêt et je prie pour que vous réussissiez. Je tenais à vous le dire de vive voix.

— Merci, mais je…

La conversation ne se déroulait pas comme Girolamo l'avait imaginé. Jamais il ne se serait aventuré sur cette pente métaphysique alors qu'il venait chercher une aide on ne peut plus matérielle. À présent, le Juif se taisait et Acotanto redouta qu'il mît fin à l'entretien.

— Vous avez peut-être lu également le message qui accompagnait ce chapitre…

Tomasso écarquilla les yeux un instant puis sourit.

— Bien sûr !

Et enfin, il s'assit en face de son visiteur.

— Vous rencontrez des difficultés, à ce que j'ai cru comprendre… Et c'est votre lettre qui m'a conduit à me replonger dans ces psaumes merveilleux. À chaque heure de détresse, dans ma vie, j'y ai trouvé consolation et conseil…

— J'ai malheureusement besoin de plus.

— Bien sûr, bien sûr…

Les mains de Reguer reprirent leur ballet. Il poussa un petit soupir et enchaîna.

— Je connais fort bien vos débiteurs, en particulier le principal et le moins accommodant. Je ne souhaiterais pas à mon pire ennemi de contracter la moindre dette auprès de cet individu. Par bonheur, je n'ai pas d'ennemi…

— Je n'avais guère le choix.

— J'imagine…

— Que me conseillez-vous, sinon de n'avoir pas été contraint de faire ce que j'ai fait ?

— Je me garderais de vous adresser pareil conseil ! Ce qui est fait ne peut être défait, sinon par Dieu. Par ailleurs, je ne crois pas que vous soyez venu en quête d'un conseil…

Acotanto fronça les sourcils.

— Que voulez-vous dire ?

— Qu'un conseil ne pourrait suffire à vous tirer de ce mauvais pas. Pour cela, il faudra cependant que vous me donniez de plus amples détails…

Le professeur s'était endormi. Sans bruit, Alba referma le couvercle du clavier et sortit de la pièce.

— Où vas-tu, Alba ? lui lança Luigi au moment où elle ouvrait la porte. Tu sais que ton père n'aime pas que tu te promènes seule dans la ville…

— Ne t'inquiète pas, Luigi. Je connais tous les recoins de cette ville aussi bien que ceux de notre palais.

Avant que le vieux domestique eût le temps de réagir, elle était dehors et dévalait l'escalier pour gagner la rue. Pour le plaisir plus que par crainte d'être rattrapée, elle courut, se faufilant entre les passants. Elle frôla deux soldats français qui rirent et l'interpellèrent, mais elle ne s'arrêta pas et poursuivit sa course jusqu'au parvis des Santi Apostoli. Contrairement à son père, elle ne se rendit pas sur la tombe de sa mère ; pour Alba, Doriana était un être céleste qui veillait sur elle à chaque instant. Comment un être céleste pouvait-il être enfermé sous une pierre, dans une terre lourde et froide ? Sa mère était partout, sauf dans ce cimetière ; il était normal, en revanche, que son père s'y rendît pour pleurer non pas une mère mais une épouse. Du haut de ses six ans, Alba savait que les épouses se couchaient pour obéir à leur mari et que les mères volaient pour protéger leurs enfants. Et elle était bien résolue à ne jamais se coucher devant un homme, parce qu'elle voulait vivre. Son père ne lui promettait-il pas la plus belle, la plus féerique des destinées ?

Elle n'ignorait pas, toutefois, que cette félicité n'était pas pour tout de suite et que son père affrontait des épreuves. Il en allait ainsi pour les héros ; tous les livres qu'elle dévorait dans la bibliothèque glacée du palais le confirmaient. Rien n'était donné aux hommes, sinon la peine, alors que tout était dû aux femmes qu'ils adoraient.

Elle avait arrêté de courir et cheminait à présent, perdue dans ses pensées, sans regarder où elle allait. Il était impossible de s'égarer dans Venise. Impossible aussi de s'y croire prisonnier ; la mer, de tous côtés, s'offrait aux évasions, sans oublier le ciel. Elle songea à son père, dont elle avait noté la nervosité ces derniers jours. Elle avait entendu qu'il devait aujourd'hui rencontrer quelqu'un d'important. Elle n'en savait pas plus. Son père ne voulait pas qu'elle s'inquiétât, ni qu'elle s'occupât de ses affaires ; elle devait se préparer à devenir une princesse. Tant pis si, pour cela, il fallait en passer par l'occultation de toutes les pièces du palais et assister à son lent naufrage. Les gens de leur rang ne pouvaient s'émouvoir de telles péripéties. Venise avait résisté à tout. Eux aussi. Ils étaient Venise.

Son pied gauche heurta un caillou. Elle l'observa rouler ; s'il tombait dans le canal et si, la minute suivante, Alba entendait le cri d'une mouette, alors son père rentrerait en souriant de son rendez-vous. Elle se concentra sur la pierre minuscule qui poursuivait sa course et qui chut dans l'eau dans un bruit sec. Alba ferma les yeux et entreprit de compter jusqu'à soixante. À quarante-sept, le cri attendu retentit et la fillette poussa une exclamation joyeuse qui fit se retourner les passants.

Elle reprit sa route et s'amusa avec les chats, les marchands des rues et les gondoliers jusqu'à ce que la lumière décrût. Alors, elle comprit qu'elle était loin de chez elle. Elle héla une gondole.

— Giovanni ! Tu me ramènes à la maison ?

Giovanni était un jeune garçon aux cheveux roux, mince et musclé. Il éclata de rire et appuya sur sa rame pour s'approcher du bord.

— D'accord, princesse ; et que me donneras-tu pour ma course ?

— Tu verras quand nous serons arrivés…

Il lui tendit la main pour l'aider à monter et elle vint s'installer dans le fond de l'embarcation, confortablement coincée dans les coussins.

— Alors, la belle, toujours en vadrouille ?

— Toujours, Giovanni, toujours. Tu sais bien…

— Il n'y en a pas deux comme toi dans tout Venise, Alba.

— Sans doute.

— Pas deux pour sauter librement dans la première gondole et se moquer des horloges… Alors dis-moi, qu'as-tu vu dans le ciel ? Rencontrerai-je bientôt la femme de ma vie ?

— Tu es bête, Giovanni ; si tu en trouves une pour un jour, sois déjà heureux.

— C'est toi qui es folle ; avec ces idées, tu resteras seule !

— Tant mieux !

Elle appuya le poing sous son menton et fit une moue déterminée qui amusa Giovanni. Une si jolie fillette, avec des idées aussi étranges, à son âge déjà, allait en rendre des dizaines malheureux…

— Tu sais, Alba, toutes les histoires d'amour ne finissent pas mal…

Il regretta aussitôt ses paroles devant le visage métamorphosé de la fillette ; toute malice avait disparu, ne restait qu'un masque sombre, tendu, d'un autre âge.

Alba ne connaissait qu'une histoire d'amour : celle de son père et de sa mère.

— Je te déteste, Giovanni…

Elle se roula en boule et lui tourna le dos.

— Excuse-moi, princesse…

Mais aucune parole ne l'adoucit. Giovanni, en soupirant, s'arc-bouta sur sa rame et, lent et silencieux, conduisit sa passagère jusqu'au seuil de l'antique palais, le long du Grand Canal. Il lui offrit la main pour l'aider à descendre, mais elle l'ignora et, preste comme un chat, sauta sur le quai.

— Et pour ma peine ? lança-t-il malgré tout, par bravade.

Elle le dévisagea gravement, puis haussa les épaules.

— Tu es trop bête.

— À ton service, s'inclina-t-il avec un sourire triste.

— Il y a d'autres gondoliers.

Et elle disparut sous les voûtes malodorantes.

Elle gravit quatre à quatre les marches du grand escalier de marbre qui reliait les anciens entrepôts au *piano nobile*. Son père devait être rentré mais elle n'était pas inquiète ; jamais il ne la grondait pour ses escapades. Venise ne leur appartenait-elle pas et Alba ne pouvait-elle être à meilleure école que dans ses ruelles ? Avant de pousser la porte, elle pensa à Giovanni ; quel idiot ! Mais il était beau et gentil. Si son père était revenu avec de bonnes nouvelles, comme elle l'avait lu dans la chute du caillou et le cri d'une mouette, alors elle lui accorderait son pardon.

Clara, la servante, l'accueillit avec un petit jappement.

— Où étais-tu encore passée ? J'étais folle d'inquiétude…

— Tu étais folle d'être inquiète, c'est tout.

La grosse femme soupira.

— Décidément, Alba, tu ne parleras jamais comme une enfant. Va, c'est normal, sans doute…

— Ne dis pas ça. Rien n'est normal.

Clara refoula sa réponse ; il y avait longtemps qu'elle ne savait plus répliquer à cette étrange enfant. Alba, de toute manière, n'avait pas attendu de réponse ; elle s'était précipitée dans le salon où son père, fidèle à ses habitudes, guettait à travers les fenêtres ouvertes sur le canal la tombée du jour, en buvant un verre de vin. Quand il aperçut sa fille sur le seuil, il sourit. Et comme il souriait, elle fit de même et vint s'asseoir sur ses genoux. Il lui laissa tremper le doigt dans le verre.

— As-tu passé un bel après-midi, ma princesse ?

Elle finit de sucer son doigt et le trempa à nouveau.

— Oui. Et toi ?

— Excellente.

Les mouettes et les cailloux ne mentaient jamais.

— Monsieur…

C'était infernal, cette manie que l'on avait dans cette maison de venir l'importuner sans relâche pour le moindre souci domestique. Certes, ceux-ci ne manquaient pas dans le palais en ruine, rongé par les canaux, la pluie, le temps et l'incurie, et ils n'étaient plus que quatre à y survivre, le vieux Luigi qui paraissait en aussi piètre état que les murs, la grosse Clara qui n'avait nulle part ailleurs où aller, Alba et lui. Il était le maître, c'était logique que l'on s'adressât à lui et il n'aurait pas toléré que l'on prît une initiative, surtout si celle-ci entraînait un coût ; mais Luigi et Clara n'ignoraient pas qu'il n'y avait pas d'argent pour le superflu et que presque tout était devenu superflu. Il fallait calfeutrer avec les moyens du bord, resserrer l'espace vital sur un nombre toujours plus réduit de pièces, des pièces toujours plus exiguës pour maintenir un peu de chaleur. Il pleuvait dans le grand salon et cela faisait deux ans que Girolamo ne s'y rendait plus pour son verre rituel devant le canal. Tant pis, le vin qu'il lui restait donnait des aigreurs. Seule Alba avait gardé une chambre assez vaste où l'on brûlait le bois que l'on pouvait se procurer. C'était l'ancienne chambre des maîtres à laquelle son père avait renoncé presque avec soulagement, tant les fantômes s'y faisaient pressants. Alba ne les avait pas connus de leur vivant et les chassait avec sa jeunesse, sa beauté et la musique qu'elle jouait, des heures durant, sur l'antique clavier. Par chance, elle n'avait plus besoin de professeur.

— Qu'y a-t-il, Clara ? soupira-t-il sans masquer son irritation.

— Le lit de Mademoiselle est vide.

— Et alors ? Elle est sans doute déjà debout…

La femme plissa les lèvres. Acotanto savait ce qu'elle pensait, la rosse avait osé, à l'une ou l'autre reprise, exprimer à haute voix l'opinion négative qu'elle nourrissait à l'encontre de ses méthodes éducatives.

— Elle n'est pas rentrée de la nuit.

Clara attendit une réaction qui ne vint pas.

— Elle n'a pas quinze ans.

— Elle les aura bientôt. Elle a dû rester chez une amie. Je lui parlerai à son retour. Laisse-moi à présent, j'ai du travail.

Elle poussa un effroyable soupir d'exaspération et tourna brusquement les talons. La porte aurait claqué si la rouille des charnières et le bois gonflé d'humidité ne l'en avaient empêchée.

Ce fut au tour de Girolamo de soupirer. Il perdait le contrôle. De tout, et d'Alba en particulier. Mais qu'y pouvait-il ? Depuis sa naissance, il luttait comme un acharné pour lui offrir la vie qui lui était doublement due, pour elle et pour sa mère. La fillette lui faisait confiance ; ensemble, combien de soirées n'avaient-ils pas passées à imaginer ce qu'ils feraient lorsque la fortune et la gloire reviendraient ? Les travaux pour rendre son faste au palais, les domestiques, jeunes et beaux, que l'on engagerait pour remplacer ces deux vieilles carnes – les garderait-on malgré tout, par magnanimité ? –, le nouveau pianoforte pour remplacer le clavecin dont plusieurs cordes étaient rompues et les autres désaccordées, les voyages dans l'Europe entière – et c'était ce qui illuminait le plus les yeux sombres d'Alba qui n'avait encore jamais quitté Venise. Elle n'était plus une fillette désormais ; à quatorze ans, elle en paraissait trois de plus, comme si les rêves avaient grandi en elle à défaut de se réaliser. Tous les jeunes Vénitiens la connaissaient et la plupart en rêvaient. Elle avait découché… Se pouvait-il que l'un d'entre eux, déjà… ? Girolamo grinça des dents. Non. Il faisait confiance à Alba. À certains garçons aussi, qui veillaient secrètement sur elle. Il n'était pas aussi négligent que le pensait Clara ; il avait son petit réseau d'informateurs, qu'il rétribuait comme et quand il le pouvait. Surtout Giovanni et quelques autres gondoliers. C'étaient eux les plus fidèles et les plus efficaces gardiens de Venise ; et en ces heures troubles de décadence, n'était-il pas plus juste de croire que l'âme millénaire de la cité s'était réfugiée dans la plus gracieuse, la plus sauvage et la plus libre de ses jouvencelles ? Qu'importait ce que colportaient les mauvaises langues ! Au diable les jugements ! Bientôt, les Acotanto se redresseraient, et Venise avec eux, grâce à eux ! À condition qu'on laissât Girolamo travailler.

Et la tâche était rude ; sa vie et ses plans prenaient l'eau de toutes parts. Quelques années auparavant, il avait pu compter sur l'aide providentielle de Tomasso Reguer ; mais le vieux Juif avait disparu sans laisser d'adresse et personne, même dans l'ancien ghetto, n'avait pu le renseigner, comme si l'homme n'avait jamais existé. L'argent qu'il avait prêté à Girolamo n'était pourtant pas une chimère et avait même cette grâce singulière de voir le terme du remboursement reporté *sine die*, le créditeur ayant disparu. Mais Acotanto avait creusé d'autres dettes, auprès de personnes moins conciliantes. Pour compenser, il avait redoublé de zèle auprès des Français et fait allégeance au vice-roi d'Italie, Eugène de Beauharnais, désigné par l'Empereur pour régner sur ce nouvel État.

Son mémoire, inlassablement retravaillé, lui avait au moins permis de se faire admettre dans l'administration du royaume, et certaines de ses propositions avaient été mises en œuvre, parfois avec succès, mais toujours par d'autres qui s'étaient gardés d'en partager les bénéfices avec l'auteur. Lorsque l'échec avait été au rendez-vous, ils en avaient en revanche sans délai reporté la responsabilité sur Girolamo. Les maigres sommes gagnées avaient toutes servi à repousser une banqueroute inévitable, et le peu de crédit acquis auprès des maîtres actuels suffisait à le compromettre irrémédiablement aux yeux de ceux qui, dans l'ombre, aspiraient au retour de l'Autriche.

À l'été 1813, la guerre avait été déclarée et les troupes autrichiennes, menées par Bellegarde, menaçaient la Vénétie depuis le début 1814. Eugène avait résisté vaillamment et refusé l'offre autrichienne, en novembre dernier, qui lui laissait une partie de la Lombardie et le maintien de son royaume. Joachim Murat, roi de Naples et lui aussi lié à Napoléon, avait eu moins d'états d'âme. Girolamo n'avait jamais eu la chance de rencontrer Eugène en personne, malgré ses nombreux courriers, mais il l'admirait ; c'était un homme fidèle, droit, un authentique aristocrate, conscient de ce que l'honneur imposait en termes de sacrifice et de dévouement.

Mais les nouvelles étaient mauvaises ; le 6 avril, Paris avait été envahi et Napoléon abdiquait. Eugène avait réagi avec détermination et vigueur pour renforcer son royaume, lequel pouvait survivre sans l'appui de la France, en comptant sur ses seules ressources et sur la volonté des Italiens d'honneur qui refusaient la soumission à l'Autriche. Girolamo était de ceux-là et il brûlait de faire valoir ses talents auprès du roi ; mais celui-ci était à Milan et il n'était pas possible de le rejoindre. Son seul espoir était désormais Philippe Morgan, un jeune et ambitieux officier français qui avait promis de passer ce matin – ce qui signifiait pas avant midi, voire plus tard – avec des nouvelles fraîches. Girolamo avait compris que si Morgan se déplaçait, ce n'était pas pour lui ; il avait surpris ses regards sur Alba. Ce faquin ne devait pas espérer… Ou plutôt si, qu'il espère ! Il n'aurait rien de plus que son espoir. Alba ne lui appartiendrait jamais, elle était trop fière et trop digne.

Il serait quand même préférable qu'elle fût présente lorsque le Français viendrait. Il était tôt encore ; Girolamo enfila son manteau et sortit, après avoir enjoint à Luigi et Clara de prendre soin de leur visiteur au cas où il débarquerait durant son absence.

Il faisait frisquet mais un soleil printanier promettait une journée agréable. La semaine avait été noyée dans le brouillard. Alba s'étira et salua cette clarté comme le signe d'un changement favorable. Elle en avait besoin. D'un bon bain aussi. Mais l'idée d'affronter Clara, ses regards pleins de sous-entendus, ses allusions malsaines… Elle préférait marcher dans les rues encore désertes, épier les vols de pigeons, les frôlements des chats et leur guerre contre les rats. De toutes les promesses qui tissaient son horizon depuis sa naissance, les seules qui eussent jamais été tenues étaient celles de Venise. Des promesses sans mots, sans autre perspective que cette présence, à la fois solide et évanescente, l'assurance et un rêve déguisé en pierres et en canaux.

Elle serra autour de ses épaules le large châle qu'on lui avait offert la semaine dernière. Qui ? Elle avait oublié. Aucune importance. Les cadeaux qu'elle devait à sa beauté n'étaient pas même un acompte pour ce bonheur que lui promettait son père et qui n'adviendrait jamais si Alba ne s'en remettait qu'aux efforts maladroits et désespérés de ce malheureux, aveuglé par son orgueil et ses illusions. Cela avait été dur pour Alba : reconnaître que cet homme en qui elle avait toujours placé sa confiance n'était pas le héros qu'il se targuait d'être. La cruauté féroce des jeunes gens s'était chargée de lui ouvrir les yeux ; c'était la seule manière qu'ils avaient de se venger d'elle, coupable selon eux d'attiser leurs convoitises et de toujours se dérober. On lui avait révélé en son père le prétendant dont tout le monde se moquait, le sauveur autoproclamé d'un État qui préférait sombrer plutôt que de rien devoir à de tels énergumènes, le débiteur poursuivi par ses créanciers et sans autre issue que de s'endetter davantage.

Les hommes étaient des ânes. Son père aussi, mais elle l'aimait parce qu'il avait consacré tous ses efforts, toute sa vie à la recherche du bonheur pour sa fille. Sans doute existait-il quelques autres spécimens dignes d'être aimés. Giovanni peut-être, et certains gondoliers ; eux seuls avaient toujours protégé la jeune fille sans rien réclamer d'elle, sinon parfois un baiser sur la joue.

Mais les autres… Le sourire que l'aube lumineuse avait amené sur son visage s'effaça. Ils ne pensaient qu'à ça. Sa peau nue, ses seins, son ventre, ses jambes… Leurs mains se tendaient, glissaient, se faufilaient, s'insinuaient. Jusqu'à présent, elle avait toujours réussi à les repousser, à les contenter d'un baiser, d'une caresse, d'un regard. Mais jusqu'à quand ?

Où pourrait-elle prendre un bain sans devoir supporter Clara ? On ne se baignait pas dans les canaux. Giovanni accepterait-il de la mener jusqu'aux plages désertées du Lido ? Il la déposerait sur la rive face à Venise et elle traverserait l'île pour gagner la mer et les étendues de sable. Elle se déshabillerait et plongerait dans l'eau glacée, se jetterait dans les vagues pour se débarrasser de toute cette crasse, tandis que Giovanni l'attendrait sans oser la regarder, montant la garde de loin. Quand elle sortirait de l'onde, il lui tendrait le grand châle, les yeux clos, la frotterait vigoureusement pour la réchauffer et il lui répéterait qu'elle était folle et qu'un jour il lui arriverait malheur. Et elle rirait, propre et joyeuse à nouveau. Que pouvait-il lui arriver de grave tant que le brave gondolier était là pour veiller sur elle ?

Mais elle ignorait où se trouvait Giovanni ce matin, et il refuserait la course, comme il l'avait fait la veille lorsqu'elle lui avait demandé de la conduire à son rendez-vous. Avait-elle vu l'heure ? Qui allait-elle rejoindre au moment où les jeunes filles de son âge devaient se trouver dans leur lit ? Elle s'était cabrée. Il n'était pas son père, et celui-ci l'avait toujours laissée libre. Elle n'avait pas ajouté que c'était aussi pour son père qu'elle fuguait ce soir-là. Qu'elle avait compris qu'elle devait prendre le sort à bras-le-corps. Elle avait feint de capituler et avait rebroussé chemin, mais s'était enfuie dans la direction opposée sitôt sortie du champ de vision du gondolier. Elle s'était rendue à pied à son rendez-vous, Venise n'était pas si vaste et il était toujours bon de faire attendre les hommes. Qu'ils patientent, et qu'elle raffermisse sa décision, forge son courage. Si elle se trompait ? Peut-être. Au moins aurait-elle essayé.

Elle s'était mise à marcher le long de la rive. Elle baissa le châle pour laisser le soleil lui réchauffer les épaules et lui caresser la gorge. Existerait-il encore des caresses innocentes ? Elle grinça des dents pour refouler une larme indigne. Elle n'avait pas le droit de se laisser aller. Par chance, personne ne l'avait vue. Les barques qui glissaient étaient assoupies encore.

— Alba !

Elle se raidit. Dans son dos, elle entendit les pas du jeune homme qui courait vers elle. Elle continua à avancer.

— Attends-moi ! Où vas-tu ?

Il ne prenait même plus la peine d'essayer de lui parler italien. Ou de le massacrer, tant son accent était épouvantable. Elle le lui avait dit, et il avait feint de rire. Mais n'avait plus parlé que français.

Il ne fut pas long à la rattraper. Une main saisit son bras et la força à faire face.

— Pourquoi t'es-tu enfuie ?

— Lâche-moi, Philippe. Tu me fais mal.

Était-il beau ? Pas vraiment. Là, dans le négligé d'une nuit sale, confronté à la pureté du matin vénitien, il n'était qu'un jeune coq aux plumes embrouillées. Il desserra sa prise et tâcha de sourire.

— Tu ne peux pas partir comme ça, après…

— Après quoi ?

— Tu sais…

Elle haussa les épaules.

— C'était…

— Tais-toi.

Elle le revoyait, couché sur elle, suant, ébahi d'être le premier. Que croyait-il ? Qu'à quatorze ans, il aurait été normal qu'il en fût autrement ?

— Et je ne partais pas. Je voulais juste marcher un peu.

— Ah… Je comprends.

— Tu n'oublies pas que tu dois rendre visite à mon père ce matin ?

Il retrouva son aplomb.

— Ne t'en fais pas. Je n'ai qu'une parole. Mais il est encore tôt… Tu ne veux pas…

— Mon père est matinal. Mais il vaut mieux que je sois rentrée avant.

— Que dira-t-il ?

— De quoi ?

— Mais… de nous, de cette nuit, de…

Elle se recula d'un pas.

— Il ne dira rien parce qu'il n'en saura jamais rien. Tu as compris ?

Philippe eut une moue vulgaire qui échoua sur un sourire détestable.

— Compris. Tu peux compter sur moi.

— C'est mon père qui compte sur toi. Ne le déçois pas. Ne me déçois pas.

— Promis, je te dis… Je te revois quand ?

— Je ne sais pas. Tu verras.

Sans plus attendre, elle lui tourna le dos et partit en direction du Rialto. À tout prendre, mieux valait affronter Clara que se retrouver seule avec celui-là.

La débâcle de l'Empire français en avait été une pire encore pour Girolamo Acotanto. Il avait beau reprendre les psaumes de Tomasso Reguer et se dire que le rachat de l'âme de ses adversaires iniques n'aurait jamais lieu, il ne pouvait éviter l'unique conclusion : il avait misé sur le mauvais cheval. Le vaste élan révolutionnaire, parti de France vingt-cinq ans plus tôt – et auquel, pour être franc, il n'avait jamais été particulièrement sensible – avait fait long feu.

Le congrès de Vienne avait entériné une défaite qui, si l'on regardait les choses objectivement et avec du recul, était inéluctable. Girolamo aurait été plus avisé de prendre ses distances avec les Français et l'éphémère royaume d'Italie, pour se rapprocher, même en secret, des tenants de l'Autriche et de l'empereur François. François plutôt que Français ; le destin ne tenait parfois qu'à la capacité de discerner certaines lettres. Ou certains signes. Et tout cela pour placer ses espoirs et le peu qu'il lui restait sur ce Philippe Morgan, ce blanc-bec de vingt ans à peine, dont l'unique motivation avait été les beaux yeux – trop beaux, assurément – d'Alba. Le paltoquet avait empoché la maigre somme que Girolamo avait pu obtenir en revendant quelques meubles, puis il s'était volatilisé avec les derniers Français lorsqu'il fut acté que l'Autriche reprenait le contrôle de toute la Lombardie.

Depuis, l'Empereur avait nommé comme vice-roi l'archiduc Rainier, lequel résidait à cheval entre Milan et Venise. Il avait surtout confié tous les postes de l'administration à des non-Italiens. Pour une âme résolument positive, cette décision pouvait être une consolation pour Acotanto ; avoir été un partisan des Français ne consistait pas, de ce point de vue, un désavantage décisif. Mais la consolation était maigre et ne suffisait pas à calmer ses débiteurs, au contraire. Car c'était une chose de pouvoir accéder à des fonctions dans l'administration, et une autre de pouvoir y compter des appuis. Sous le règne d'Eugène, Acotanto avait pu profiter d'une forme de protection indécise – mais non moins efficace ; il manifestait un tel enthousiasme pour l'Empereur et le vice-roi qu'on pouvait toujours redouter, en l'accablant, d'être considéré comme un ennemi de l'autorité en place. À ses dépens, Girolamo avait découvert que le pouvoir d'un homme était d'abord, sinon exclusivement, le fruit de celui que les autres lui concédaient, pour des raisons souvent parfaitement étrangères à son autorité. Et la débandade des Français sonnait l'hallali pour Girolamo.

Il n'y avait pas que son crédit qui s'effondrait. Le pauvre Luigi était mort d'un infarctus, et si Clara restait, c'était pour s'autoriser à pester à longueur de journée et se payer en franchise aussi irritante qu'inutile. L'autorité qu'elle avait pu exercer sur Alba dans son enfance était à jamais révolue ; la jeune fille menait sa vie à sa guise et les persiflages de la servante éconduite ne pouvaient qu'attiser la détermination rageuse d'Alba. Clara retournait sa frustration sur le père qui n'y pouvait mais, encore plus inapte qu'elle à endiguer les débordements de sa fille. S'il ignorait ce qui avait pu se passer avec Philippe Morgan, il ne devait plus se faire aucune illusion sur l'innocence de sa fille ; et il prenait son impuissance à s'indigner comme un indice supplémentaire de son déclin.

Pourtant, elle lui témoignait une tendresse plus vive à mesure que le piège se refermait sur lui. Était-elle consciente du drame ? Il avait toujours veillé à la préserver, mais les rigueurs imposées par la faillite se multipliaient comme les dégradations au palais, et Girolamo n'ignorait pas que les gens parlaient et que sa fille avait des oreilles. Ce n'étaient que des ébauches, des gestes plus que des paroles ; aucun sujet grave n'était évoqué entre eux. Il continuait à brandir l'espoir d'un temps proche où la gloire et le bonheur récompenseraient les années d'efforts et de privations, et elle l'écoutait sans l'interrompre ; mais elle n'avait plus cet élan du corps qui nourrissait l'illusion de pouvoir contribuer, par la seule force d'un espoir juvénile, à la métamorphose du réel. La jeune adulte prenait en pitié les chimères de son père et ne croyait plus aux signes. À presque dix-neuf ans, les rêves ne suffisaient plus.

Il avait échoué ; il devait le reconnaître. Il était à bout. À bout de ressources, de volonté, d'imagination. Il avait toujours laissé libre Alba parce qu'il était convaincu que c'était ce qui convenait à son rang de princesse ; désormais, cette indépendance devenait un obstacle s'il voulait au moins assurer l'avenir de sa fille et s'octroyer le repos de la défaite, qui n'en était pas moins mérité que celui de la victoire. Que pouvait-il encore tenter ? Il n'était pas simplement question de passer d'un camp à l'autre, de renier son attachement stérile à la couronne d'Eugène pour s'agenouiller devant le trône autrichien. Si cela avait pu suffire, il se serait prosterné dans la boue. Ces trahisons étaient sans importance puisqu'elles affectaient des puissances vaincues qui ne pouvaient plus en souffrir et favorisaient des vainqueurs qui avaient toujours inclus la forfaiture dans leur arsenal. Face à Alba, Girolamo avait dû – devrait – la trahir, elle. Lui retirer la liberté et la confiance qu'elle nourrissait envers lui. L'aliéner et se l'aliéner. Cette perspective était la pire que cet homme, soudainement vieilli, pouvait envisager depuis le décès de son épouse. Aucune femme jamais n'était venue remplacer Doriana. En 1800, il était un homme imposant, dont on respectait au moins l'allure et la noblesse chancelante ; dix-huit ans plus tard, il était voûté, blanchi, grossi ; vieux, au bord du tombeau. Se retrouver sous terre alors qu'à la surface sa chère Alba serait condamnée à la déchéance, à une pauvreté rendue plus cruelle par son exceptionnelle beauté et les illusions dont son père l'avait toujours entretenue… Non. Dût-elle le maudire jusqu'à la fin de son existence, Girolamo la sauverait.

Dans le couloir sombre que l'on n'éclairait plus, il buta sur Clara qui grogna quelque imprécation. Girolamo grommela une forme d'excuse et ne lui demanda pas si Alba était rentrée cette nuit, ne serait-ce qu'à l'aube.

Toutes les fenêtres du petit boudoir où il s'était réfugié avaient été condamnées. Il prit un cadre : un portrait d'Alba réalisé un an plus tôt par un peintre que la beauté de la jeune fille avait ému et qui n'avait demandé pour paiement qu'une séance de pose pour une *pietà*. Clara avait exigé d'accompagner Alba chez le peintre, laquelle s'était moquée. Que craignait-elle ? Que ce vieil homme confit en religion la fît poser nue, voire pire ? Clara avait rougi mais avait maintenu sa requête et Girolamo, que la réplique de sa fille avait inquiété, avait acquiescé. Alba avait haussé les épaules et pris sa moue boudeuse. « Tu en feras une belle, de Madone, avec cette tête ! » avait lancé la servante ; Alba l'avait foudroyée du regard et était partie en claquant la porte, poursuivie par Clara, déjà essoufflée.

Le portrait était superbe et cet artiste sans renommée avait réussi à rendre le caractère mouvant de son modèle, les joies extrêmes qui brillaient dans ce regard sombre qui ne lâchait pas le spectateur, les colères terribles qui lissaient ce front haut et pâle, les accès de désespoir dans les commissures des lèvres qui la jetaient dans d'interminables prostrations, recluse dans sa chambre sans que jamais il fût possible de lui arracher la moindre explication. Il y avait encore autre chose dans ce portrait qui émouvait Girolamo : à la fois l'écho de la beauté de Doriana et le reflet de son propre caractère, de sa physionomie, qui parait d'une ombre inquiète et abyssale la plastique sereine et comme translucide de la disparue. Et seul Girolamo retrouvait en Alba des traits de la morte.

L'artiste ne pouvait pas avoir été conscient de tout cela ; il avait été happé par le magnétisme envoûtant de l'adolescente. Pour la Madone, cela avait été plus difficile et le bonhomme avait été dépassé autant par son sujet que par son modèle ; Clara n'avait pu lui reprocher aucun écart de conduite, mais elle avait laissé éclater le ressentiment accumulé depuis des années à cause de l'inconduite de celle qu'elle avait choyée comme sa fille et qui lui refusait l'autorité d'une mère. « C'est une Marie-Madeleine, cette

Madone-là ! » Alba avait encaissé, fière et droite, avant de répliquer : « N'était-elle pas la préférée du Christ ? » Girolamo, qui était venu pour découvrir la toile, avait réprimé un sourire, tandis que le peintre contemplait le désastre et comprenait qu'il lui trouverait difficilement un acquéreur, du moins qui fût un chrétien sincère. Girolamo n'avait pas l'argent pour la lui acheter et le petit portrait lui suffisait, où se concentraient le talent du peintre et la splendeur du modèle. Ce portrait qui, à présent, serait le meilleur argument pour l'ultime projet d'Acotanto.

— Comment va ta femme, Giovanni ?

Alba s'était assise à la proue de la gondole, le regard fixé sur l'horizon étroit du rio. Dans son dos, l'homme enfonça la rame dans l'eau trouble.

— Bien, Alba. Lucia s'occupe de nos trois enfants.

— Trois ! Mon pauvre…

— Ne te moque pas, *bella*.

— Je ne me moque pas. Quand je vois le souci qu'une seule fille cause à son père, je n'ose imaginer ce qu'il en serait avec deux de plus.

— Peut-être aurait-il trois fois moins de peine.

Les ravissantes épaules nues d'Alba se soulevèrent. Elle passa les doigts dans sa longue chevelure noire.

— Et toi, Alba ?

— Moi ? Quoi ?

— Quand prendras-tu un mari et feras-tu des enfants ?

— Ce que tu peux être bête, Giovanni… Je n'en veux assez à personne pour me marier avec lui. Et pour ce qui est des enfants…

Giovanni se pinça les lèvres. Il avait toujours parlé sans réfléchir.

— Tu sais bien que je ne fais que des anges…

La voix d'Alba était froide, métallique. N'était-ce pas Giovanni, à bout d'arguments, qui l'avait conduite, un an auparavant, dans un recoin sombre de la Giudecca, chez une vieille sorcière qui l'avait débarrassée d'un passager encombrant, au risque de la tuer ? Lui encore qui l'avait veillée deux jours durant, avec la complicité contrainte de Lucia, affolée et scandalisée, parce qu'Alba refusait de se montrer dans cet état à son père et Clara, surtout Clara qui l'aurait achevée avec ses imprécations ? Quand elle avait repris vigueur, elle avait dit à Giovanni : « Ma mère est morte en me donnant la vie ; et moi, j'ai recouvré la vie en donnant la mort. » Giovanni n'avait pas répliqué que Doriana avait été emportée par une mauvaise fièvre. Il s'était contenté d'une injonction vaine et ridicule : « Tu dois être prudente, Alba », qui n'avait eu pour effet que de déclencher son rire.

— Je sais ce que je fais, Giovanni. Arrête de t'inquiéter pour moi. Connais-tu l'histoire d'Antigone ? C'est la fille d'Œdipe, le grand roi qui est mort misérable, après s'être crevé les yeux. Antigone aussi va mourir, parce qu'elle veut enterrer son frère, alors que le nouveau roi a interdit qu'on lui donne une sépulture.

— Où vas-tu chercher des histoires pareilles, Alba ?

— Chez les Grecs.

— Reste à Venise.

— C'est la même chose. Ce sont des histoires universelles, Giovanni. Quoi qu'elle fasse, Antigone est perdue. Si elle obéit au roi, elle trahit son frère et les dieux ; si elle leur est fidèle, elle sera mise à mort.

— Tu n'es pas Antigone. Tu n'as pas de frère à enterrer et…

— Elle avait deux frères, Antigone. Polynice et Étéocle. Ils se sont battus et entre-tués. Étéocle est le bon, qui a droit à des funérailles grandioses, Polynice est le traître dont le cadavre doit nourrir les charognards.

Giovanni était resté un moment stupéfait ; il venait de comprendre ce qui avait conduit Alba à s'identifier à cette Antigone.

— Ils ne se battront pas, répondit-il d'une voix mal assurée.

— Qu'en sais-tu ? Ce sont des hommes ; qu'y a-t-il de plus bête ?

— Et chez qui dois-je te conduire ? Polynice ou Étéocle ?

— Jacopo dormait encore. Chez personne.

— Personne ?

— Chez moi.

Acotanto détestait la traversée de la place Saint-Marc depuis qu'on y retrouvait ces uniformes autrichiens attablés au Quadri. Pour lui, Venise s'était réduite petit à petit à son quartier et il dépassait rarement l'ombre des Santi Apostoli, sinon pour les inévitables rencontres que lui imposaient ses plans et sa situation. L'homme en qui il plaçait ses derniers espoirs lui avait fixé rendez-vous au Florian, ce qui pouvait n'être qu'une tactique prudente pour ne pas s'afficher devant les maîtres de la ville. Mais peut-être celui qui se disait prince était-il un authentique patriote italien. Ou… Girolamo branla du chef. À quoi bon ces raisonnements ? Il avait toujours été un piètre stratège. Il serra le portrait contre lui et poussa la porte de l'établissement. Il aperçut son homme réfugié dans un recoin désert et s'avança vers lui, aussi résolu que possible.

— Vous semblez troublé, Signor Acotanto ! Débarrassez-vous et prenez place…

Giancarlo Malcessati s'était levé pour l'accueillir et lui broyait la main. Maladroit, Girolamo ôta son manteau ; le cadre glissa et tomba à terre, heureusement sans que la vitre se brisât.

— Oh ! Un portrait !

Acotanto l'avait ramassé et reposé, face contre table. Giancarlo le caressa du bout des doigts mais ne le retourna pas.

— Je serais curieux de le comparer avec l'original…

— Vous la verrez bientôt, si tel est votre désir.

— Je l'ai déjà aperçue. Et plus d'une fois.

Le Vénitien sentit la sueur couler sur sa nuque et s'efforça de masquer son trouble.

— Que buvez-vous ? demanda le Milanais.

— Un chocolat chaud… Vous avez fait bonne route ?

Giancarlo héla un garçon et passa la commande.

— Il faut reconnaître aux Autrichiens un sens de l'organisation remarquable. Cela prend presque deux fois moins de temps pour venir de Milan que sous les Français… Pardon : sous le royaume d'Italie. Je sais que vous étiez attaché à cette page de notre histoire ; mais les pages sont faites pour être tournées. Je vous disais donc que je pensais avoir déjà eu la chance d'apercevoir votre fille. Mais il est probable que je me trompe, car les circonstances étaient vraiment étranges. Équivoques, même…

Girolamo plongea vers la tasse que l'on venait de lui apporter et se brûla les lèvres.

— Méfiez-vous, interrompit Malcessati ; ils le servent trop chaud. La première fois, donc, ce fut une apparition furtive, alors que je rendais visite à un ami officier de l'Empereur et du vice-roi. Un homme fort influent. Il a un fils, Gustav, un très beau garçon, quoique très germanique, et qui, bien qu'il ne soit à Venise que depuis quelques mois, a déjà une solide réputation de bourreau des cœurs. Quand on aime, qu'importe l'uniforme, pas vrai ? On l'enlève comme un autre habit… Et donc, je l'ai croisé, il y a quelques jours, au bras d'une fille proprement ravissante, qu'il m'a hâtivement présentée comme une princesse vénitienne. Mais la belle manifestait son peu de désir de devoir l'attendre ou d'être vue en sa compagnie par un inconnu ; elle s'est éloignée, et il l'a appelée. « Alba ! » C'était amusant de découvrir ce garçon, si sûr de lui, soudain tremblant devant une femme. Je l'ai à peine entrevue, et il doit y avoir plus d'une Vénitienne ainsi prénommée, n'est-ce pas ?

Girolamo ne parvenait pas à recouvrer son calme et n'espérait qu'une chose : que cette comédie cessât au plus vite.

— Imaginez de surcroît ma surprise lorsque j'ai cru la revoir le lendemain, non pas chez mon ami autrichien, mais chez un autre, farouche patriote italien, assoiffé de revanche et d'indépendance…

— Vous ne craignez pas les amitiés contraires, réussit à rétorquer Acotanto.

— Mes intérêts priment, mon ami. Les Vénitiens ne disent-ils pas : *Prima Veneziani, e poi Cristiani* ? Pour cela, j'applique en ces matières incertaines que sont la politique et les alliances la plus stricte neutralité.

Je pense vous avoir déjà parlé de ma passion pour les champignons…

De fait, lors de leur première rencontre, le Milanais avait longuement disserté sur les champignons et la manière curieuse et incontrôlable dont ils se reproduisaient et étendaient leur domaine. Girolamo n'avait pas invité l'homme à visiter les colonies qui rongeaient son palais.

Malcessati poursuivait son récit.

— Cet ami italien a également un fils, du même âge que Gustav. Jacopo. Encore plus acharné que son père à bouter les Autrichiens hors de Vénétie. Très beau garçon lui aussi, quoique d'une beauté diamétralement opposée à celle de Gustav. Or, ce Jacopo était très fier de s'afficher au bras d'une ravissante et authentique Vénitienne, laquelle, même si je ne l'ai aperçue que fugitivement – plus encore que la veille –, me parut sinon la même, du moins le sosie parfait de la maîtresse de Gustav. Similitude d'autant plus troublante, vous l'avouerez, que la fille s'est à nouveau détournée en me découvrant, et que son chevalier servant l'a appelée par le même prénom. Je sais que chaque jour a son aube, mais enfin… D'autant que j'ai appris hier soir que les deux coqs s'étaient violemment apostrophés et que, si la politique peut être une bonne raison pour échauffer le sang des jeunes gens, l'amour en est une plus efficace encore. Il se pourrait même que les deux rivaux se fussent donné rendez-vous à… l'aube, pour en découdre. Je devrais bientôt avoir des nouvelles fraîches à ce propos. En attendant, et puisque vous êtes venu dans ce but, non pour recueillir des potins sordides, vous pourriez me montrer le portrait de votre ravissante fille, dont je n'ai entendu dire que du bien.

Le Milanais reposa la main sur le cadre que Girolamo couvait et qu'il faillit retirer ; mais c'eût été ridicule. À contrecœur, il le retourna et le tendit. Giancarlo le saisit et l'éleva devant lui, ce qui masqua son visage.

— Splendide, murmura-t-il. Quelle race… parfaite !

Il reposa le cadre et afficha un sourire carnassier.

— Impossible de trancher s'il s'agit de la même jeune fille ! Et pour être franc, cela m'est tout à fait indifférent. Lorsque j'achète une pouliche, peu m'importe qu'elle ait joué avec les poulains… Ne vous méprenez pas ; je ne compare pas votre fille à une pouliche, et un projet de mariage est une affaire autrement sérieuse. Ce que je veux dire, c'est que je ne partage guère les préventions hypocrites de la plupart de nos contemporains. Les temps que nous vivons sont rudes, mouvementés ; l'expérience est une force…

Si Girolamo avait eu dix ans de moins, il aurait planté là cet ignoble individu. Dix ans, et surtout moins de dettes, plus de force, d'autres cartes à jouer. S'il avait renoncé à faire suivre sa fille, il en savait assez pour être sûr qu'il n'y avait qu'une Alba dans ces trois jeunes filles. Ce soi-disant prince ne s'en offusquait pas ; c'est qu'il aspirait à d'authentiques armoiries pour valider un titre usurpé. Et la beauté d'Alba était un argument qui faisait mentir les calomnies.

— Sur ce point, nous sommes d'accord, poursuivit Malcessati. Restent vos affaires… Avez-vous apporté le relevé que je vous avais demandé ?

À contrecœur, Acotanto sortit une feuille de sa poche, la déplia et la donna. C'était la liste, détaillée et impressionnante, de toutes ses dettes.

— Diantre ! s'exclama joyeusement Malcessati. Vous ne faites pas les choses à moitié, mon cher… Voilà qui est à la hauteur de votre arbre généalogique !

C'en était trop pour Acotanto qui tendit la main et voulut reprendre le document. Mais le Milanais l'avait écarté et éclata de rire.

— Allons, ne soyez pas aussi susceptible ! J'admire dans ce décompte l'art dont vous avez durablement fait preuve, et auprès de tant de débiteurs. Il n'est pas donné à tout le monde de s'endetter autant et d'y survivre aussi longtemps. D'habitude, ce privilège est réservé aux rois et aux papes, qui ont d'autres moyens que nous pour annuler des créances ou pour les rembourser en monnaie de singe.

Il redressa la tête ; un homme venait d'entrer dans l'établissement.

— Je vous prie de m'excuser un instant ; voici, je pense, les nouvelles que nous attendions.

Il fit signe à l'individu qui s'approcha, visage bas comme un de ces espions qui avaient fait la grandeur et la misère de la Sérénissime. Il se pencha à l'oreille de Malcessati et parla à voix basse durant quelques secondes. Puis il se redressa et repartit aussitôt, sans un regard pour Acotanto.

— Je crains que la situation de mon ami italien devienne fort délicate… Son fils a semble-t-il tué Gustav en duel, ce matin. Enfin, je ne puis sauver ni consoler tout le monde. Pour revenir à vos affaires, je crois qu'il ne faut plus jouer avec votre chance ; certains de ces banquiers (il pointa le document) sont très nerveux. Je maintiens mon offre et l'assortis d'une exigence : nous nous retrouvons avec votre fille chez le notaire en fin d'après-midi, puis chez le prêtre, et tout sera réglé avant demain soir. Je suis convaincu que l'air milanais lui sera salutaire ; celui de Venise se fait si rapidement irrespirable, non ?

Jamais Acotanto n'aurait pu rentrer à pied. La veille, il avait demandé à Giovanni de l'attendre sur les bords du bassin. Girolamo se laissa tomber lourdement sur les coussins.

— À la maison… J'espère qu'Alba y sera.

Il avait lancé la remarque à dessein et ne fut donc pas surpris que Giovanni répondît :

— Elle y est.

— Bien.

S'il évitait depuis longtemps d'interroger le gondolier, il savait qu'il restait le mieux informé des méandres de la vie d'Alba. Et aujourd'hui, il voulait savoir.

— Sais-tu si elle compte dans ses… relations un certain Jacopo et un jeune Autrichien du nom de Gustav ?

— Je pensais que vous ne vouliez plus être informé…

— Il paraît que ce Jacopo a tué l'autre en duel ce matin.

— Il paraît, en effet. Mais il faut parfois se méfier des apparences.

Acotanto fronça les sourcils.

— Pourquoi dis-tu cela ? L'Autrichien n'a pas été tué ?

— Ça, pour être tué, il l'est, et tout à fait. Mais pas par Jacopo.

— Comment en es-tu sûr ?

Une brève rougeur colora le visage du marin.

— Nul ne peut être à deux endroits en même temps.

— Qui alors ?

— Allez savoir. Un homme de main qui s'est arrangé pour accuser Jacopo. Aux ordres de qui ? Les candidats sont nombreux, qui veulent monter les uns contre les autres et tirer profit des pires situations.

Acotanto ressentit une vive contrariété.

— Mais tu es sûr ?

— De quoi ?

— Pour Jacopo. S'il n'était pas là, il doit pouvoir facilement se disculper. A-t-il des témoins qui pourraient attester qu'il était ailleurs ?

— Un témoin, oui, mais qui ne peut rien dire sous peine de se compromettre.

Le cœur d'Acotanto s'emballa.

— Que veux-tu dire ?

— Dois-je préciser ? Il était dans les bras d'une jeune personne que l'on aura tôt fait de présenter comme la cause du différend entre les deux rivaux.

Giovanni avait détourné la tête pour ne pas affronter le regard du vieux père trompé, lequel poussa un terrible soupir.

— Et où est-il à cette heure ?

Alba n'avait jamais ramené aucun de ses amants à la maison et Acotanto ignorait si c'était pour l'épargner, lui, ou pour éviter la honte d'un domicile délabré.

— Il a quitté Venise.

— Bon… Vivement ce soir, Giovanni.

— Ce soir ? Pourquoi ?

— Tout sera fini. Peux-tu rester avec nous toute la journée ? Tu risques d'être utile. Alba…

Il hésita. À sentir les mots lui brûler la gorge, il comprit combien cette décision lui coûtait, combien elle représentait la fin de tous ses espoirs, de tout ce qui lui avait permis de rester en vie après la mort de Doriana. Il réprima difficilement un sanglot.

— Qu'avez-vous fait, don Girolamo ? demanda Giovanni d'une voix douce et nouée.

— J'ai sauvé au moins sa vie et son avenir…

Arrivé au palais, il demanda au gondolier de monter avec lui. Il ne pouvait compter que sur Clara et il redoutait la réaction d'Alba. Giovanni hésita puis céda.

C'était la première fois qu'il pénétrait dans cette demeure. Comme tous les membres de sa corporation, il en connaissait l'histoire vénérable et l'état lamentable. Acotanto n'était pas l'unique patricien de Venise à n'être plus en mesure d'entretenir son palais. Nombre s'étaient résolus à vendre à des étrangers, d'autres avaient fui un navire qui poursuivait depuis son lent naufrage. Acotanto au moins était demeuré à bord.

Giovanni était resté sur le seuil, en retrait, tandis que le maître des lieux pénétrait dans le long couloir sombre et empli de remugles épais et acides, qui coupèrent un instant le souffle du gondolier. Une matrone surgit à l'appel de Girolamo et sa silhouette mangea le peu de clarté qui s'infiltrait dans la pièce.

— Monsieur ?

— Va chercher Alba ; je dois lui parler. Et prépare-lui sa plus belle robe. Regarde aussi dans le coffre… Non, je m'en occupe.

Sa voix s'était raffermie. Les heures qui l'attendaient seraient peut-être les pires de sa vie depuis dix-huit ans, mais elles passeraient aussi vite que toutes les autres et il n'y avait aucun moyen de faire marche arrière.

— Et moi ?

Il se retourna vers Giovanni qui n'avait pas quitté le seuil.

— Peux-tu aider Clara ?

Une porte s'ouvrit et un rayon de lumière accompagna l'arrivée d'Alba.

— Père ?

Elle aperçut la présence insolite de Giovanni.

— Giovanni ? Que fais-tu là ?

— Il va nous accompagner, répondit son père.

— Nous accompagner ? Et où allons-nous ?

Acotanto sentit son assurance vaciller à nouveau devant le regard pénétrant de sa fille. Il baissa la tête et se dirigea vers le grand salon, déserté depuis des années.

— Viens, maugréa-t-il, je dois te parler.

Le père et la fille disparurent derrière la porte. Clara haussa les épaules et s'en fut à son tour, tandis que Giovanni demeurait interdit. Il perçut la voix sourde d'Acotanto et rentra la tête dans les épaules, en prévision des cris qui allaient immanquablement surgir. Mais le silence se fit. Le battant se rouvrit et Acotanto se pencha.

— Giovanni…

Mal à l'aise, il les rejoignit dans le salon. L'unique fenêtre encore ouverte jetait une clarté étrange dans la pièce, lugubre et vide. Il y avait longtemps que les derniers meubles avaient été vendus. Au milieu, raide et pâle, Alba regardait droit devant elle.

— Dis-lui, murmura Acotanto.

— Quoi ?

— Ce qui s'est passé. Cet Autrichien…

— Ce n'est pas Jacopo ! s'écria-t-elle, sans bouger.

— Je sais, répondit Giovanni. Ne t'en fais pas, il a fui. Il ne risque rien…

Alba haussa les épaules. Le sort de son jeune amant lui était-il indifférent, comme celui de sa prétendue victime ? Ou bien n'entendait-elle que l'annonce que venait de lui faire son père et qu'il répéta d'une voix blanche devant Giovanni :

— Tout à l'heure, tu épouses le sieur Giancarlo Malcessati. C'est un… un prince milanais qui…

Que pouvait-il dire ? Que Malcessati était follement tombé amoureux d'une fille qu'il avait surprise, en deux jours, au bras de deux galants ? Les phrases étaient vaines : il avait vendu sa fille pour lui offrir ce qu'il n'avait pu lui donner autrement, une vie de luxe, insouciante, dans des palais lumineux, vastes, sains, entourée de domestiques, loin de cette ville putréfiée.

— Et toi, père ?

Lui aussi s'était attendu à des cris, à une révolte ; il écarta les bras et les laissa retomber lourdement.

— Ne t'en fais pas pour moi. Ça ira.

— Prend-il tes dettes à sa charge ?

— Oui.

— Toutes ?

— Toutes.

— Tu es certain ?

— Absolument certain, *cara*. Tu…

— Alors, ne traînons pas.

Le reste de la journée passa comme un rêve, un très mauvais songe. Alba paraissait une poupée privée d'âme, que l'on habilla et coiffa sans qu'elle réagît. Son père lui ceignit le cou du dernier bijou de Doriana qu'il n'avait pas revendu, dans l'attente de l'offrir à sa fille le jour de ses noces. Mais aurait-il pu imaginer que ce jour ressemblerait davantage à des funérailles ? Giovanni était allé chercher sa femme qui apporta un peu de vie et de bonne humeur, et elle seule réussit à arracher un sourire à la fiancée. Clara affichait le visage de cire de ceux qui ne se pardonnent pas d'avoir toujours prédit le désastre soudain survenu, comme si leurs jérémiades incessantes en avaient été l'unique cause. Elle avait arrangé l'habit du vieil homme, puisque d'un regard Alba l'avait congédiée et avait confié le soin de sa tenue à la seule Lucia. Effondré dans un fauteuil, Acotanto avait attendu que tout fût prêt et avait reçu dans la plus grande distraction le clerc du notaire mandaté par le prince, qui était venu lui livrer la teneur des contrats que le Milanais soumettait à sa signature.

Ils ne seraient même pas en retard. Un autre émissaire était venu préciser la chapelle où le mariage aurait lieu. Une chapelle des plus discrètes, pour éviter sans doute un scandale au cas où la rumeur se répandrait qu'Alba pouvait être impliquée dans le duel dont, semblait-il, tout le monde parlait.

On s'embarqua dans la gondole de Giovanni. Lucia s'affairait encore à ajuster un détail de la robe ; avec trois fois rien, deux fleurs et trois rubans, elle avait réalisé une honnête tenue de noces, et elle ne cessait de piailler tandis qu'Alba n'avait pas prononcé plus de dix mots.

— Belle comme tu l'es, toutes les robes sembleraient ternes, répéta-t-elle encore une fois alors que le soleil venait éclairer son ouvrage.

— Lucia… soupira son mari.

— Quoi ? Ce n'est pas vrai, peut-être ? Tu es la plus belle fille de toute la ville, Alba. Crois-moi… Je sais que Giovanni partage mon avis. Depuis le temps qu'il te connaît ! Avant moi. Mais je n'ai jamais été jalouse. Tu es une merveille, c'est vrai, mais tu es aussi un ange. Tu ne m'aurais jamais volé mon homme.

Clara, qui s'était laborieusement coincée au fond de la barque, laissa échapper un éclat de rire qu'elle essaya maladroitement de réprimer dans une toux. Lucia lui décocha un regard assassin, mais ni Alba ni son père ne paraissaient avoir relevé l'indélicatesse.

Malcessati les attendait, accompagné de l'homme venu lui porter la nouvelle chez Florian et d'un prêtre pâle et anodin. Alba avait rabattu le voile qui la dissimulait un peu, mais elle reconnut l'homme croisé chez Gustav puis chez Jacopo, et qui lui avait d'emblée inspiré une peur que jamais personne n'avait encore suscitée en elle. Elle demeura un instant figée sur le seuil ; mais pouvait-elle se dérober sans causer la perte définitive de son père, et la sienne ? Cet homme à qui son père la vendait était de vingt ans son aîné ; il était grand, massif, imposant. Son regard était vif, il s'insinuait en elle telle une eau glacée. Quand il avait découvert Alba, il avait plissé les paupières comme pour transpercer le voile puis avait découvert les dents avant de s'avancer et d'effleurer la main de ses lèvres.

— Soyez la bienvenue, princesse… J'ai pensé que cette humble chapelle vous plairait. Cette toile ne vous est-elle pas familière ?

Du menton, il désigna une Madone accrochée dans la nef. Le curé s'avança, les mains jointes.

— C'est une œuvre d'un de nos plus fervents paroissiens. Il en a fait don à notre communauté…

Jamais sans doute elle n'aimerait son mari et personne n'avait exigé cela d'elle, ni son père ni l'intéressé. Mais elle avait choisi, dès le premier jour, de jouir de la vie qu'il lui offrait ; n'était-ce pas ce dont elle avait toujours rêvé, ce dont son père lui avait toujours parlé comme d'une terre promise ? Moïse n'avait pu y accéder, pas plus que son père. Il était demeuré à Venise, d'où Malcessati l'avait retirée dès le lendemain de leurs noces, et n'avait pas eu l'occasion de la rejoindre dans la capitale lombarde, malgré la promesse d'entreprendre le voyage. Ses lettres étaient brèves, circonstancielles ; des démarches liées aux travaux de restauration enfin possibles – il était vain de préciser que c'était grâce à l'argent de Malcessati, même si Acotanto avait réussi à arracher une contrepartie : que le palais restât propriété de sa seule fille. Malcessati y avait consenti sans difficulté ; il ne cachait pas son peu de goût pour la « cité des doges défaits », comme il l'appelait avec l'arrogance d'un Milanais.

Girolamo Acotanto n'avait jamais revu sa fille et il avait dû se satisfaire de ses lettres pour s'assurer qu'elle était enfin heureuse et que sa promesse était réalisée ; il mourut d'un arrêt cardiaque, en janvier 1820, à quelques jours du vingtième anniversaire d'Alba, alors qu'il renouait avec le plaisir simple d'un verre de vin savouré dans le salon asséché et remeublé de son palais, face au Grand Canal. En fut-elle attristée ? Elle-même ne put trancher.

Malcessati parut surpris mais soulagé en apprenant que sa jeune épouse ne souhaitait pas se déplacer pour l'enterrement et qu'elle se contenterait d'une messe en mémoire du disparu, à Milan. Pendant une semaine, elle fut souffrante, un mal de l'âme ou des bronches passager que ses nouvelles fréquentations respectèrent avec prudence sinon compassion.

Elle avait dû partager le lit de son mari et subir ses assauts. C'étaient ceux d'un homme mûr au ventre fort et au souffle court. Rien à voir avec l'amour découvert dans les bras de ses jeunes amants vénitiens, voire autrichiens. Tout au plus cela lui rappelait-il le sacrifice inutile de sa virginité dans les bras de Morgan, en plus long et plus expérimenté. Malcessati ne s'était pas ému en découvrant qu'elle n'était pas vierge, comme s'il s'agissait à ses yeux d'une affaire entendue ou secondaire – elle avait toutefois évité de l'interroger.

Pourtant, depuis le premier jour, il redoublait d'efforts pour que sa jeune épouse fût heureuse. Cela l'avait d'abord troublée ; Giancarlo se montrait amoureux et attentif, comme s'il l'avait convoitée depuis longtemps, comme si ce mariage n'était pas ce qu'il était, un banal maquignonnage. Alba s'était depuis longtemps convaincue que de tels sentiments n'existaient plus, sinon dans les livres ou la vie étrange et figée de son père, laquelle n'avait conduit qu'au désastre, sort réservé à la majorité des héros de la littérature. Ses passions à elle avaient été froides et calculées, et si la fougue s'en était mêlée, c'était pour l'émoi de ses sens et de son corps, pour lesquels l'autre n'était qu'un adjuvant impersonnel. Elle avait davantage failli s'éprendre de Jacopo, elle aimait son regard bleu qui paraissait porter toujours plus loin que ce sur quoi il se posait, et ce mélange touchant de force et de faiblesse. Elle l'avait retenu contre elle, coincé entre ses jambes et ses bras, et c'était la première fois qu'elle avait aimé non pour sa seule jouissance, mais pour l'empêcher d'aller se battre, de répondre aux provocations grotesques d'un Autrichien dont elle espérait seulement, et sans grande illusion, une aide pour son père. Même si elle était presque convaincue que plus rien ne pourrait sauver le vieil homme et qu'elle ne devait plus songer qu'à elle.

Dès son arrivée à Milan, Giancarlo s'était attaché à lui faire découvrir la ville et la bonne société. Il l'emmena au théâtre et à l'opéra, parce qu'elle lui avait confirmé adorer la musique. Elle fut éblouie par les spectacles, non sans remarquer que son mari n'y goûtait guère et ne s'y rendait que pour lui plaire et croiser du monde, à qui il la présentait avec une fierté un peu vulgaire. Si elle avait eu plus d'expérience et de recul, elle aurait pu se juger égoïste et capricieuse ; mais n'était-ce pas l'air qu'elle avait toujours respiré, la manière dont elle avait mené sa vie depuis l'aube de sa conscience ? Elle éprouvait plus de difficultés avec la société milanaise qui la regarda d'abord comme une excentricité provinciale, une sauvageonne d'autant plus redoutable que l'on était forcé de reconnaître son extrême beauté. Giancarlo lui prodigua quelques conseils et lui révéla deux, trois secrets sur les uns et les autres, manière efficace de leur retirer le masque qui avait intimidé la nouvelle arrivante. En quelques semaines, elle fut aussi à l'aise dans les salons que naguère dans les ruelles vénitiennes, et elle se laissa étourdir par les plaisirs qui, durant près de vingt ans, lui avaient été présentés comme un paradis à la fois promis et inaccessible. Elle s'amusa de ces nuées de jeunes fanfarons qui lui faisaient une cour éhontée devant son mari, et elle recueillait, sans rien offrir en retour sinon un sourire entendu, les confidences des autres femmes sur les prouesses de leurs multiples amants, au rang desquels ne figurait jamais leur époux – mais il suffisait de croiser l'une ou l'autre de ses maîtresses. Elle comprit de même que Malcessati avait vécu avant de la choisir et que certaines lui en gardaient une rancune féroce car, à l'évidence, Giancarlo les avait toutes remerciées depuis son mariage.

— Est-ce bien excentrique ! avait lâché l'une d'elles, outrée, sans se soucier de la proximité d'Alba. On le dirait entré en religion… Nous ne le croiserons bientôt plus qu'à la messe !

Ce soir-là, de retour dans leur somptueux palais, elle avait osé l'interroger.

— Pourquoi avez-vous tenu à m'épouser ?

— Le regrettez-vous ?

Elle n'hésita guère pour répondre.

— Non. Vous m'offrez une vie somptueuse. Mais cela ne répond pas à ma question : pourquoi moi ? Rien qu'à Milan, je pourrais déjà vous citer dix femmes belles et jeunes, riches de surcroît, qui se damneraient pour être votre épouse.

— Vous avez vite pris la mesure de cette faune…

— En déchiffrer une, c'est les connaître toutes. Alors, pourquoi ?

— Disons… un ensemble de facteurs qui vous distingue radicalement de ces femmes. Votre esprit.

Un goût et une pratique du risque. Une créature pour laquelle des jeunes gens sont prêts à mourir… Vous m'avez séduit parce que vous êtes tout ce que ces femmes ne sont pas, et m'offrez tout ce qu'elles pourraient me donner, et bien davantage.

Cette existence désinvolte et brillante se poursuivit quelques années. Alba dévora les livres de la bibliothèque et ne rata pas un concert, pas un opéra. La musique était sa seule passion sincère, celle qui l'avait toujours protégée. Giancarlo lui avait offert un magnifique pianoforte, remplacé en 1822 par un tout nouveau piano de la maison Pleyel, sur lequel elle passa de longues heures quotidiennes, émerveillée par les sonorités de l'instrument. Elle était devenue une excellente pianiste, bien que n'ayant jamais eu de véritable maître, et son jeu était à l'image de sa personnalité : libre, violent, excessif, parfois passionné, parfois désespéré, passant du *pianissimo* au *fortissimo* sans toujours se soucier des indications du compositeur – ce qui ne manquait pas de surprendre, voire de choquer les connaisseurs qui avaient l'occasion de l'entendre. Certains aussi s'étonnaient, malgré la fougue, de la distance à laquelle elle maintenait, à tout instant, ses émotions. Mais ces critiques étaient rares car Alba jouait d'habitude pour elle seule et recevait peu. Quant à Giancarlo, il s'était efforcé, les premiers mois, de la suivre au spectacle et de l'écouter chez eux ; mais il n'appréciait décidément ni la musique ni l'art, et son attention s'était dissipée.

De son côté, il essaya d'intéresser sa jeune épouse à ses propres passions. Elle fut fort étonnée la première fois qu'il l'emmena à la campagne pour visiter un de ses élevages de chevaux. Jamais de sa vie elle n'avait foulé de telles étendues d'herbes et de bois, qu'elle ne connaissait qu'à travers les livres et la peinture. L'odeur puissante des bêtes la suffoqua ; les chevaux étaient, de tout temps, interdits à Venise. Elle se sentit mal et dut respirer des sels tenus par une vigoureuse paysanne qui lui rappela Clara – chassée de ses souvenirs depuis son départ de Venise. Tout cela ne contribua pas à lui faire apprécier cet art qui comptait tellement pour son mari. Lorsqu'elle fut rétablie, honteuse de cette défaillance, elle refusa de rentrer et insista pour qu'il lui expliquât en détail la manière dont fonctionnait cette curieuse entreprise. Alors, il lui rappela ce qu'il lui avait déjà développé dans leur salon, mais cette fois sur le terrain, en pointant tel étalon, telle jument et tel poulain pour illustrer ses théories et l'efficacité de ses méthodes de sélection. Elle songea durant toute la visite que là était peut-être la véritable motivation de leur mariage ; comme il l'expliquait pour cette jument achetée en Allemagne afin d'apporter du sang frais et des caractères qui ne se trouvaient pas dans le troupeau, il était allé chercher à Venise une femme différente pour régénérer une race décadente. Mais elle ne partagea pas cette pensée ; malgré des efforts assidus, leur couple restait infertile. S'il savait qu'elle avait eu des amants, il ignorait tout de l'avortement, qui peut-être l'avait rendue stérile.

Au fil du temps, leurs conversations s'étiolèrent. Elle avait appris à monter et s'était rapidement montrée excellente cavalière ; mais lui pratiquait de moins en moins l'équitation et préférait regarder ses chevaux. En tête à tête, il parlait toujours d'eux, parfois aussi des champignons, son autre marotte ; elle bâillait, évoquait un livre, un opéra, une partition nouvelle ; il écoutait en fermant les yeux jusqu'à s'endormir. Elle le regardait alors à la dérobée et ne voyait qu'un vieil homme épais, bien qu'il n'eût que la quarantaine et encore belle allure. Une colère la prenait parfois, et elle plaquait des accords rageurs qui le réveillaient en sursaut.

Il commença à la laisser se rendre seule au concert et l'incita à inviter des amis dans leur loge ; mais il n'y avait personne dont elle pût se dire véritablement l'amie, un mot qui raviva en elle le souvenir et le regret de Giovanni. Qu'était-il devenu ? Pensait-il encore à elle ? Elle demanda à son mari de pouvoir se rendre à Venise, s'incliner sur la tombe de son père. La requête surprit le prince, mais il ne refusa pas ; cependant, il prétexta mille raisons pour en retarder la réalisation.

Alors, elle se força à inviter des mondaines dans sa loge, où elles reçurent durant les entractes des jeunes gens qui pensaient les éblouir avec quelques jugements définitifs sur les œuvres à peine écoutées et regardées, le tout agrémenté par des ragots sur les artistes et les autres spectateurs. Les premiers temps, Alba en avait ri ; très vite, elle s'était lassée, pour finir par détester ces médisances débitées par des individus qui auraient été incapables de composer ou même d'interpréter dix mesures.

Il n'y avait eu cependant aucune dispute entre les deux époux et, pour autant qu'Alba pût en juger, il lui était resté fidèle. Mais même si elle passait le plus clair de son temps à jouer ou écouter de la musique, jusqu'à s'en étourdir, elle avait remarqué que son attention pour elle s'était relâchée. Ce fut une évidence le jour où elle nota qu'il n'évoquait plus une jument, achetée à grand prix quelques semaines auparavant et qui avait été le sujet principal de ses conversations.

— Comment se porte votre Sultana ?

— Sultana ?

— Cette jument exceptionnelle que vous m'avez montrée il y a un mois…

Elle n'avait pu refuser la visite, malgré sa détestation de plus en plus vive pour ces expéditions campagnardes.

— Ah oui… Bien, je pense.

Elle avait soupiré.

— Qu'y a-t-il, Alba ?

— Rien. Je me dis que vous pouvez vous lasser bien vite.

Il n'avait rien répondu et s'était contenté d'un léger sourire.

— N'êtes-vous pas en train de vous lasser de moi ?

Il s'était redressé, grave et sévère.

— Il me semble que je pourrais vous adresser le même reproche, et à plus juste titre.

— Pourquoi donc ?

— Je n'ai rien épargné pour vous rendre heureuse, et vous en profitez avec gourmandise. Vous êtes une petite fille comblée qui ne pense plus à s'émerveiller, et moins encore à remercier.

Elle s'était raidie sur sa chaise. C'était la première fois qu'il lui adressait une critique.

— Vous oubliez que vous pouvez à loisir m'exhiber et jouir de moi. J'essaie de vous cultiver ; qu'attendez-vous d'autre ? J'écoute avec patience vos théories sur l'élevage équin et même sur les champignons, dont j'ai pourtant assez souffert à Venise. Que voulez-vous de plus ?

Elle avait conclu, sans rougir :

— J'en suis navrée pour vous, mais je ne pense pas être responsable de l'insuccès de vos projets de paternité. Il est sans doute plus simple de faire se reproduire des chevaux…

Il l'avait dévisagée avec une sorte de stupeur ; ses lèvres avaient frémi comme s'il voulait répondre, et elle avait attendu, le cœur battant, consciente d'avoir par ses paroles rompu un équilibre, peut-être factice, mais qui avait réussi jusque-là à maintenir une illusion – encore une illusion, celle de leur couple après celle de ses rêves d'enfant. Mais il s'était ressaisi et avait posé ses couverts, calmement, comme si rien ne s'était passé.

Elle ne put jamais être sûre qu'il y eût un lien de causalité, mais ce fut quelques jours après cet échange qu'elle surprit la première allusion au fait que le prince Malcessati paraissait « enfin guéri ». Sa jeune expérience de la bonne société milanaise autant que sa nature profonde lui évitèrent une question qui l'aurait ridiculisée auprès de ces femmes. Celles-ci, aux premières rumeurs, éprouvèrent le soulagement du naufragé apercevant une voile à l'horizon. La parenthèse se refermait de cet amour incongru autant qu'exclusif – et le plus impardonnable était cette exclusivité, car on s'était vite habitué à l'exotisme de la jeune Vénitienne, aussi vite que celle-ci s'était adaptée aux us milanais. Comme le couple ne sortait plus que rarement au spectacle et que le prince lui demandait de moins en moins de l'accompagner lorsqu'il visitait ses élevages, les possibilités d'une liaison étaient nombreuses ; certaines femmes du monde, qui eurent l'intelligence de percevoir chez Alba une déception qui l'étonna elle-même, tâchèrent de la consoler à mi-mot et de lui faire reconnaître le caractère autant hors norme qu'absurde d'une aussi longue fidélité. Il était âgé, du moins était-elle très jeune ; qu'elle prenne cette relative infortune pour une libéralité dont il était normal qu'elle jouît à son tour. Le nombre de visiteurs dans sa loge crût sans cesse, et tous redoublèrent d'attention pour elle.

Depuis leur mariage, elle disposait de sa chambre personnelle, où Giancarlo, les premiers temps, la rejoignait presque toutes les nuits. Ses visites s'étaient espacées sans qu'elle s'en plaignît. Même alors qu'il se montrait attentionné et s'efforçait de goûter à la musique, ces moments d'intimité n'avaient que rarement été appréciés par Alba. Pour prendre son plaisir, elle devait recourir à des souvenirs vénitiens, ceux d'une peau ferme, de muscles saillants, de bras fiévreux et puissants, lesquels dans sa mémoire n'avaient jamais aucun visage précis. Mais l'idée qu'il la trompât lui fut désagréable, peut-être parce qu'elle s'était juré, au moment où son père lui annonçait cette décision inimaginable, qu'elle lui serait infidèle dès que possible, et qu'elle n'avait jamais réalisé cette promesse. Pourquoi ? S'était-elle laissé prendre à la comédie cruelle et finalement vulgaire d'un amour sincère ?

Mais ce n'était donc que cela : un homme qui avait l'âge d'être son père, qui avait abusé de sa richesse pour s'acheter un jouet, puis s'en était fatigué. Parce qu'elle ne lui donnait pas d'enfant ? Aucune maîtresse ne lui en offrirait un dont il pourrait faire son héritier, à moins d'un divorce. Alba n'était pas au fait des lois et des usages, et elle n'osa poser aucune question ; mais les salons ne manquaient pas d'histoires de femmes répudiées. Les seules qui s'en relevaient étaient celles qui possédaient encore beauté, jeunesse et richesse, ou influence. Quant aux autres, leur nom s'effaçait comme par enchantement et jamais le récit de leur infortune ne venait troubler celles qui, pour l'heure, se croyaient toutes hors de danger. Elle eut peur. Peur de retomber dans la pauvreté, de devoir retourner vivre seule dans ce palais dont elle ne conservait que le souvenir du délabrement et qui, depuis le décès de son père, devait avoir reperdu le faible lustre que les travaux entrepris avaient pu lui rendre.

Elle reconnut alors la fragilité de son sort : le rêve qui s'était réalisé n'en demeurait pas moins un rêve dont elle pouvait s'éveiller douloureusement, à tout instant. Giancarlo pouvait la tromper si cela lui chantait, et elle ne pouvait non seulement pas le lui reprocher, mais peut-être lui était-il interdit de se comporter de la même manière, du moins ouvertement.

En tout état de cause, elle n'en avait aucune envie. Lorsqu'elle fut convaincue de son infortune, elle plongea alors dans une longue période de mélancolie, durant laquelle elle se partagea entre son piano – elle joua sans relâche les pages les plus sombres de son répertoire – et son lit. À son mari qui parut s'en inquiéter, elle fit répondre par une servante qu'elle souffrait d'un refroidissement et ne souhaitait voir personne. Elle avait depuis longtemps perdu l'envie de chercher des signes dans les vols d'oiseaux. De toute manière, le ciel de Milan et ses passereaux parlaient une langue inconnue. Usant du même messager, il lui souhaita un prompt rétablissement et rappela que toute leur domesticité était à son service, de même que leur médecin qui ne manquerait pas d'accourir à son premier appel. Pour sa part, si elle n'y voyait pas d'inconvénient, il devait se rendre en Angleterre pour un concours hippique de première importance, et serait absent deux ou trois semaines. Il espérait vivement la retrouver guérie à son retour.

L'esule di Granata de Giacomo Meyerbeer n'était sans doute pas la création la plus originale et la plus forte de cette saison à la Scala ; mais, en ce mois de mars 1822, Alba avait besoin de distraction et l'opéra conservait sa préférence, après les heures solitaires à son clavier. Elle était venue à la première et avait tranché sur la froideur du public, qui ne l'avait rejointe dans son enthousiasme qu'à l'un des derniers airs du second acte. Elle ne se souciait pas des remarques que ses goûts pouvaient susciter auprès de cette faune blasée, qui avait tout vu et tout éprouvé, tout épuisé, et qui ne savait même plus ce qu'elle attendait. Ceux qui profitaient de sa loge s'efforçaient de ne pas la contrarier ; mais ces derniers temps, elle s'était retrouvée seule à plusieurs reprises, en partie de son chef, et n'avait reçu que quelques visiteurs empressés à l'entracte. Elle était pourtant, à en croire les rumeurs, plus belle que jamais, et n'avait pas plus de vingt-deux ans ; mais plutôt que de prendre les infidélités de son mari pour ce qu'elles étaient et d'en profiter comme l'aurait fait toute femme du monde pour se divertir et honorer l'un ou l'autre galant parmi ceux qui avaient signalé plus ou moins discrètement leur disponibilité, plutôt donc que de tromper celui qui la trompait, elle s'était refermée sur elle et sa beauté avait pris une teinte dure qui tenait à distance. Pour peu qu'elle se fût rendue à la messe, on l'aurait prise pour une Madone – et si elle n'avait justement été si belle, pour une de ces bigotes qui se consolent de leurs infortunes et de leur laideur dans la prière. Dans son dos, on murmurait qu'elle était bien sotte et finalement si provinciale ; d'autres, avec cette pertinence aveugle qu'offre parfois la médisance, pressentirent la part de peur dans l'attitude d'Alba.

Peut-être était-ce pour cela qu'elle avait aimé l'opéra de Meyerbeer, malgré tous ses défauts. L'histoire était des plus convenues ; à la cour de Grenade, après un coup d'État, le nouveau prince doit épouser la fille de celui qu'il a renversé après avoir assassiné presque tous les siens. Le père défait revient adjurer sa fille de ne pas le trahir ; après moult rebondissements, tergiversations et complots, le prince magnanime lève la condamnation à mort prononcée à l'encontre du père et lui rend sa fille ; ému par la clémence de son rival et vainqueur, celui-ci consent enfin à ces noces. Alba avait déjà vu ce genre de drame des dizaines de fois, mais cela n'ôtait rien à l'émotion qu'elle ressentait devant les déchirements de la jeune femme, partagée entre l'amour et le devoir filial, ou devant cette ahurissante clémence du vainqueur. Dans la réalité, cela ne se passait pas comme ça. Jamais. Jamais ? Elle ne savait pas, elle était si jeune encore et qu'avait-elle vécu, que connaissait-elle de l'âme humaine ? Davantage sans doute que ses contemporaines qui n'étaient jamais sorties de leur cage confortable.

C'était la quatrième fois qu'elle venait assister au spectacle. La salle était loin d'être remplie et on disait qu'on n'arriverait pas à la dixième représentation. Les cordes déroulaient la longue introduction de l'air de la princesse, au deuxième acte, « *Itene, amiche, e questa ora tranquilla* », ce moment où le drame se nouait mais où tout semblait encore possible. Alba était seule dans sa loge ; avant de partir, elle avait essayé de convaincre Giancarlo de l'accompagner, mais il avait décliné, ce qu'il avait lu dans la presse ne lui donnait aucune envie de perdre son temps et il trouvait d'ailleurs étonnant, mais du coup remarquable, que sa femme y trouvât tant de plaisir ; elle avait coupé court à la discussion et n'avait pas cherché à inviter quelqu'un d'autre.

Elle ne réalisa pas tout de suite qu'une ombre s'était glissée derrière elle ; mais quand l'intrus se pencha et posa la main sur son épaule nue, elle sursauta et se retourna vivement, convaincue que ce ne pouvait être que Giancarlo. Ce n'était pas lui, et il lui fallut quelques secondes, dans l'obscurité, pour reconnaître ce visiteur surgi de son passé et qui, souriant, posait un doigt sur sa bouche pour l'inviter à se taire. Mais Alba, malgré sa stupeur, n'avait pas besoin de cela pour conserver la maîtrise de ses réactions.

— Jacopo… Que fais-tu là ?

Il se pencha vers elle et murmura à son oreille :

— J'ai toujours été sensible aux drames vécus par de pauvres jeunes filles soumises à des dilemmes…

Dans son mouvement, les lèvres du jeune homme frôlèrent le cou d'Alba qui ne put réprimer un frisson. Sans réfléchir, elle prit sa main et la serra. Elle sentit que le Vénitien glissait un morceau de papier entre ses phalanges.

— Je ne peux pas rester, chuchota-t-il encore. Viens me retrouver à cette adresse, dès que tu le pourras. J'y serai tous les jours, à onze heures…

Avant qu'elle ait pu dire un mot ou faire un geste, Jacopo s'était relevé et disparaissait.

Alba n'entendit plus rien de l'opéra. Jacopo… Comment était-il possible qu'il l'ait retrouvée ? Et pourquoi ? Mais plus que tout, elle était troublée par cette sensation qui s'était emparée d'elle lorsque ses lèvres avaient effleuré sa peau, la violence du désir qui avait éclaté en elle, impérieux, qui balayait toute prudence.

Elle ne connaissait pas l'adresse que Jacopo avait indiquée mais brûlait de s'y rendre. Par chance, Giancarlo était parti le lendemain à l'aube, pour un voyage en Allemagne qui s'annonçait long – en plus de la tournée des élevages équins, il voulait rendre visite à une cousine installée à Berlin, où elle avait jadis épousé un duc prussien. Alba, qui avait mal dormi, s'apprêta en hâte et demanda qu'on la conduisît dans le centre. Là, elle congédia la voiture, s'assura qu'aucune connaissance ne se trouvait dans les parages et arrêta une calèche.

— Vous êtes sûre de vouloir vous rendre là ? s'inquiéta le cocher avec une moue soupçonneuse.

— Oui, trancha-t-elle d'un ton ferme en glissant un billet dans la main de l'homme qui, de mauvaise grâce, fit claquer son fouet.

Alba ne s'était jamais aventurée au-delà des beaux quartiers du centre, sinon pour traverser des artères et des quartiers populeux lorsque Giancarlo l'emmenait visiter une écurie. Il ne manquait pas alors de baisser les stores et dissertait parfois sur la différence morale qui existait entre la pauvreté des villes – dominée par la crasse, la violence et le vice – et celle des campagnes, fausse pauvreté au demeurant, fruit d'une saine et vigoureuse frugalité. Mais Alba détestait la nature et ne trouvait rien de sain dans le spectacle de ces créatures couvertes de boue, contraintes de cohabiter avec des bêtes puantes. Elle avait toujours connu cette pauvreté urbaine et les canaux ne la rendaient ni plus belle ni plus poétique à qui l'endurait ; mais elle était inscrite dans sa mémoire, dans son corps, et il lui arrivait parfois – de plus en plus souvent – de sentir certaines odeurs si particulières à Venise, alors même qu'elle discutait au milieu d'un salon milanais.

Pendant que la voiture avançait, le rideau entrouvert pour observer la rue, Alba découvrait avec émotion la métamorphose des immeubles et des passants ; et même si rien ne ressemblait vraiment à sa cité perdue, elle éprouvait le sentiment d'y retourner.

La calèche s'immobilisa devant un estaminet où entraient et d'où sortaient des ouvriers et des femmes au verbe haut. Le cheval renâclait, au diapason du cocher qui avait hâte de s'en aller.

— Vous êtes vraiment sûre ? réitéra-t-il.

— Tout à fait. Tenez…

Elle le paya et, sans plus un regard pour lui, s'avança sur les pavés glissants jusqu'à la porte de l'établissement où lui avait donné rendez-vous Jacopo. Elle avait veillé à s'habiller simplement, mais elle attirait les regards et les gens s'écartaient pour la laisser passer, méprisants ou déférents. Elle ne les voyait pas cependant, la gorge serrée et le cœur battant plus fort qu'elle ne l'aurait voulu. N'était-ce pas une folie de répondre à cette invitation, transmise par un fugitif accusé d'un meurtre et qui pouvait avoir plusieurs motifs de lui en vouloir ? Il était trop tard pour reculer ; dans son dos, la voiture avait repris sa course et s'était vivement éloignée. Alba entra dans le café sombre et bruyant. Une atmosphère joyeuse et nerveuse y régnait, chaude, odorante. Après une première surprise, on cessa rapidement de lui prêter attention. Elle scruta les recoins, soudain inquiète de ne pas le reconnaître, d'avoir été dupée. Elle vérifia l'heure : il était onze heures quatorze. Et s'il était déjà reparti ? Une main qu'elle reconnut aussitôt se posa sur son épaule.

— Tu es venue ! Merci… Suis-moi.

C'était bien Jacopo, à peine changé, toujours aussi souriant, fin, tendu. Elle l'accompagna jusqu'à une table dans un recoin solitaire, au fond de l'établissement, où l'éclairage raréfié semblait attendre des comploteurs. Il l'invita à s'asseoir sur une rude banquette de bois et prit place en face d'elle. Il se pencha et prit sa main, comme si rien n'était plus naturel. Son regard pétillait.

— Tu te souviens, la dernière fois que nous nous sommes vus ?

Elle rougit un peu ; au souvenir du plaisir pris ce matin-là, elle ressentit violemment combien elle détestait sa nouvelle vie. Elle avait laissé la main de Jacopo recouvrir la sienne et elle hocha la tête avec un minuscule sourire, cherchant en vain à éviter les yeux clairs et rieurs du jeune homme.

— Tu voulais me retenir pour que je n'aille pas trucider cet imbécile. Mais tu vois ? Ce qui doit arriver arrive ; un autre s'en est chargé.

Il eut un rire limpide qui lui fit redresser la tête. Il rit de plus belle.

— Quoi ? Tu préférerais que je pleure ?

Elle dégagea sa main.

— Pourquoi m'as-tu recherchée ?

— Je ne t'ai pas cherchée ; je t'ai trouvée. C'est différent.

— Tu n'es pas passé par hasard dans ma loge.

— Juste. Je suis à Milan depuis plusieurs mois. Pas comme toi ; j'ai épousé une cause qui me contraint à la clandestinité.

— Ne parle pas de ça.

— De quoi ? De ma cause ou de ton mariage ? Je ne t'en veux pas ; je sais ce qui s'est passé, Giovanni m'a expliqué. De toute manière, j'ai toujours su que je ne pourrais pas t'offrir la vie à laquelle tu aspirais. Et que tu mérites…

— Pourquoi ?

Elle s'était reculée.

— Pourquoi tu la mérites ? Parce que… Je ne sais pas, moi ! Parce que tu t'es battue pour l'obtenir et parce que je crois qu'on a raison de se battre. Parce que tu es belle…

— La beauté ne donne aucun droit.

Il rit encore.

— Tu me fais penser à ces aristocrates qui essaient de se faire passer pour des démocrates !

Devant sa mine boudeuse, il reprit sa main pour l'embrasser.

— Bien sûr, la beauté donne des droits. Pas tous, mais beaucoup, parfois.

Elle retira à nouveau sa main.

— Parfois aussi, elle ne donne que des obligations, coupa-t-elle, froidement. Elle peut être…

— Laissons cela. Je voulais juste te dire que je n'avais aucune raison ni aucun droit de t'en vouloir de ce qui s'est passé. Ni pour ton mariage. J'espère juste que tu es heureuse.

Il attendit une réaction qui ne vint pas.

— Es-tu heureuse ?

Elle se raidit.

— Bien sûr. Mais toi ?

Jacopo n'insista pas. Il raconta brièvement sa fuite de Venise, la vie cachée, les réseaux carbonaristes auxquels il appartenait et grâce auxquels il avait pu disparaître aux yeux des polices et poursuivre la lutte politique pour l'indépendance de leur pays. Alba se détendit petit à petit ; elle n'entendait pas grand-chose à ces débats politiques et, dans les salons qu'elle fréquentait, on rencontrait souvent des *Tedeschi*, prussiens ou autrichiens, les maîtres de l'Italie du Nord. La seule indépendance qui l'intéressait était la sienne et sa récente déconvenue lui avait révélé combien il était illusoire pour elle de s'en réclamer. Vite, les paroles de Jacopo ne furent plus qu'une musique légère qui la ramenait quelques mois en arrière, avant que sa vie basculât. Elle avait fixé son regard sur le visage rieur et franc du garçon, ses cheveux longs et bouclés, ses yeux azur, sa bouche fine dont les lèvres dansaient telles des vagues légères. L'environnement sombre et populaire contribuait au charme nostalgique. Ici, Giancarlo ne pouvait rien contre elle ; ici, elle était libre, comme autrefois. Elle ne réagit pas quand, au détour d'une phrase, Jacopo reprit possession d'une de ses mains. Et quelques instants plus tard, ce fut elle qui posa la paume sur le poignet du jeune homme. Il toussa pour s'éclaircir la voix.

— Donc, je suis convaincu que l'assassinat de Gustav et les motifs de celui qui m'en a imputé la responsabilité étaient politiques. Gustav n'avait aucune importance en lui-même ; les siens ont pu le sacrifier pour accroître leur pouvoir et leur offrir une raison de nous affaiblir. Enfin, de chercher à nous affaiblir !

Elle parut brusquement réaliser quelque chose.

— Mais alors, tu es toujours recherché ?

— Oui, sourit-il, mais ne t'en fais pas ; ici, nous ne risquons rien.

— Nous ?

— Je veux dire : je ne risque rien.

— Et moi ?

Il pensa qu'elle allait retirer sa main mais, au contraire, la pression sur son poignet s'accentua.

— Que crains-tu ?

Un voile passa sur ses yeux sombres. Elle haussa les épaules, baissa un instant la tête puis refit face, fière et déterminée, comme jadis à Venise, comme lorsqu'elle l'avait choisi pour amant alors qu'il n'osait y croire.

— Je ne crains rien, reprit-elle. Es-tu retourné à Venise ?

— Une ou deux fois. J'ai… J'ai assisté aux funérailles de ton père, de loin. J'espérais t'apercevoir.

— Je n'ai pas pu.

— Je comprends…

— Que comprends-tu ?

Son ton s'était durci et la pression sur le poignet se relâcha.

— Je ne sais pas. Je…

— Il n'y a rien à comprendre, trancha-t-elle. Mon père n'a pas pu tenir sa promesse, même s'il a cru le faire en me…

Elle soupira avant de poursuivre.

— Avant de me vendre à cet homme. Alors oui, je suis riche. Enfin, je vis richement. Mais…

— Mais tu n'es pas heureuse.

Ils se turent. Puis Jacopo se redressa et l'entraîna dehors, sans lâcher sa main.

Durant les semaines qui suivirent, elle revint souvent dans la mansarde misérable où le jeune révolutionnaire vivait et qu'il lui avait montrée le jour où elle l'avait rejoint dans cette auberge populaire. Avait-il voulu lui prouver qu'il lui faisait confiance ? Peut-être. Alba n'y avait pas songé, pas tout de suite en tout cas ; elle s'était laissé submerger par ses émotions, sa nostalgie, sa frustration. Dès qu'ils s'étaient retrouvés seuls dans la chambre, ils s'étaient jetés dans les bras l'un de l'autre, s'étaient déshabillés avec rage et s'étaient aimés comme jadis, quand ils n'étaient peut-être encore que des enfants, mais des enfants libres, pauvres et vénitiens. Ils n'avaient plus parlé. Elle l'avait effrayé par sa fougue désespérée, par une avidité qu'il ne lui connaissait pas, une violence des gestes, des morsures, des ongles plantés dans son dos, une manière de se cabrer, de crier, de mener la danse, effrayé et émerveillé en même temps, tandis qu'elle découvrait dans ce lit, ruisselante de sueur, dévorant le corps de son amant, combien elle s'était perdue, combien Venise lui manquait, combien son père avait dû être désespéré et épuisé pour croire qu'une vie avec Giancarlo la rendrait plus heureuse que l'existence qu'elle menait à Venise.

Elle ne pensa à rien d'autre, entraînée par cette nostalgie et un sentiment de revanche. Elle fut toutefois prudente, d'abord pour elle, puis pour Jacopo. L'aimait-elle ? Quand il lui posait la question, elle se fâchait et refusait de répondre ; quand elle s'interrogeait, elle hésitait. Elle n'avait jamais aimé autre chose que sa liberté. Mais Jacopo n'avait-il pas ce goût-là, ne lui offrait-il pas la seule liberté qu'il lui restât ?

Était-ce cependant assez de partager une nostalgie pour parler d'amour ? Non. Et puis, pourquoi parler ? C'étaient des gens comme Malcessati qui usaient du langage pour dominer les autres, par le mensonge, l'hypocrisie, la flatterie. Avec Jacopo, elle ne voulait pas de mots. Leurs corps suffisaient. Ou du moins suffirent-ils un temps.

Mais Jacopo, s'il acceptait avec volupté qu'elle se ruât sur lui dès l'instant où elle pénétrait dans son antre, commença à vouloir la retenir après l'amour, à l'empêcher de se rhabiller et de se sauver comme une voleuse. Il avait compris la blessure que représentait l'abandon de Venise ; il commença par évoquer Giovanni. Elle resta, allongée nue à côté de lui, qui regretta de ne pas savoir dessiner pour la croquer – sans doute devinait-il que cela ne durerait pas, mais pourquoi s'encombrer de tels souvenirs quand on ne peut plus étreindre ? Elle lui posa quelques questions. De jour en jour, ils restèrent plus longtemps à parler. Elle sursautait quand elle percevait que la clarté du jour vacillait ; elle disparaissait alors en quelques instants, fâchée d'avoir pris des risques inutiles, criant parfois qu'elle ne reviendrait plus, que c'était trop dangereux. Mais elle revenait toujours.

Ils en vinrent à parler de lui, de sa situation précaire. Sans avoir encore résolu la question de l'amour, et même si elle pouvait parfois se convaincre qu'en se donnant à lui elle lui offrait assez, elle voulut l'aider. Il refusa d'abord, fier et brave, par crainte de gâcher ce qui, à ses yeux, était le plus vif bonheur de ces retrouvailles, la jouissance d'un corps, la fougue de leur jeunesse et d'une passion qui ne s'encombrait d'aucun faux-semblant. Mais elle avait deviné qu'en dehors de leurs ébats, Jacopo menait une existence difficile et périlleuse. Quand elle était chez elle, avec son mari, ou dans les salons, elle tendait désormais l'oreille ; la police menait la vie rude aux carbonaristes et la pauvreté de Jacopo était criante, alors qu'à Venise, il était plus riche qu'elle. Malcessati ne contrôlait que rarement les dépenses de sa femme, et jamais dans le détail ; elle proposa d'abord de l'argent à Jacopo. Sa première réaction fut violente.

— Ne sois pas un coq prétentieux, rétorqua-t-elle. Il te doit plus que tu ne pourras jamais lui prendre.

— Pourquoi ? Il ne m'a rien pris.

— Et moi ?

Il hésita et la dévisagea avec attention. Elle était à moitié nue devant lui, elle avait attendu le moment du départ pour extirper une liasse de billets de son sac et elle demeurait, l'argent serré contre ses seins, peut-être plus tentante, plus allèchante encore malgré toute la vulgarité de cette juxtaposition.

— Toi ? Tu veux dire que, sans lui, tu serais restée avec moi ?

Elle chiffonna les billets.

— Je ne sais pas. Quelque temps, sans doute. Qui sait ? Personne ne peut le dire. En tout cas…

Elle lui retendit l'argent qu'il saisit.

— En tout cas, tu en as besoin. Ne nie pas. Et il en a trop. Il soutient les Autrichiens, même si je le soupçonne de cultiver des contacts dans l'autre camp pour se ménager, quoi qu'il arrive. Il est plus malin que mon père. Pas de scrupules, je te prie.

Cela dura jusqu'à la fin du mois de mai. Presque trois mois au cours desquels Alba eut l'impression de vivre une autre vie. Ce n'était pas la jeunesse vénitienne mais plus tout à fait l'existence mondaine milanaise ; et pourtant, elle chevauchait ces deux univers, incertaine de la réalité. Jacopo, souvent, lui rappelait qu'elle devait être prudente. Elle se souvenait de ce qu'elle avait pensé en découvrant les infidélités de son mari et la dépendance dans laquelle elle se trouvait ; Jacopo aussi prenait des risques. Elle le rassurait. Malcessati ne se doutait de rien, il n'était d'ailleurs pas souvent là et les domestiques étaient habitués aux sorties régulières de leur maîtresse. Quand elle était chez elle, rien ne changeait à ses habitudes, elle passait toujours autant de temps sur son clavier. Un soir qu'il était présent, Giancarlo l'avait même complimentée pour un adagio de Mozart qui l'avait ému.

Jacopo savait cependant que cela ne pourrait durer. La lutte l'attendait et ses compagnons s'étonnaient de son éloignement. On finirait par le soupçonner, ou la police découvrirait sa cache. Jamais il n'était demeuré aussi longtemps au même endroit. Mais jamais non plus, depuis Venise, il n'avait joui d'une maîtresse plus belle et plus ardente. Il était incapable de s'en rassasier et les conversations n'avaient été qu'un essai infructueux pour prendre un peu de distance. Il avait aussi compris le terrible malentendu qui avait rendu possible cette liaison : le peu qu'Alba lui avait confié sur sa vie et tout ce qu'il avait deviné dans ses gestes et ses expressions suffisaient pour mesurer le fossé entre le désir et la réalité de la jeune femme. Ce qu'il n'avait pu que pressentir à Venise apparaissait clairement : Alba avait toujours vécu dans une illusion, la réalité n'était pour elle qu'une toile terne qu'il fallait couvrir de leurres, de couleurs, de chimères. Pas plus aujourd'hui qu'à l'époque, elle ne l'aimait ; à Venise, il avait été un espoir pour réaliser des rêves, à Milan, un corps pour échapper à un cauchemar. Était-elle vraiment à plaindre ? Jacopo se laissait parfois envahir par la colère, quand il l'attendait plutôt que de rejoindre ses compagnons de lutte ; Alba vivait dans le luxe, n'était-ce pas ce qu'elle avait toujours désiré ? Bien sûr, elle avait dû pour cela épouser un homme âgé et qui la trompait ; mais c'était ainsi que l'on vivait dans ce monde, et se comportait-elle autrement ? Si elle avait voulu l'amour et la liberté, ils auraient pu fuir ensemble. Mais lui-même avait-il songé à lui proposer de le suivre ? Quand on l'avait averti du danger qui le menaçait après la mort de Gustav, il avait fui, sans penser à elle. L'aimait-il alors ? Sans doute pas. Il était fier qu'elle fût sa maîtresse, mais vexé aussi qu'elle le trompât ouvertement, malgré ses dénégations et ses justifications maladroites. Pouvait-il la juger ? Non. L'un et l'autre se battaient pour l'indépendance.

— Jacopo, qu'est-ce que tu fais encore ici ?

L'homme avait déboulé dans la mansarde sans crier gare et avait surpris Jacopo endormi dans les draps qu'Alba venait de quitter, une heure auparavant. Il n'était pas quatre heures de l'après-midi. Jacopo avait sursauté et avait recouvert son sexe avec le drap.

— Michele… Je…

— Ne me dis rien. Tes histoires d'amour ne m'intéressent pas. Et je ne veux même pas savoir si c'est de l'amour. Note, je préférerais qu'il s'agisse d'une pute…

Jacopo s'était levé et s'habillait.

— Ce n'est pas une pute.

— Tant pis.

— Ne te mêle pas de ça, Michele.

L'homme, à peine plus âgé que Jacopo mais qui devait peser le double, ricana en agitant une canne dans l'air malsain et surchauffé de la pièce.

— Pas d'inquiétude, l'ami ! Ce n'est pas ton sexe qui m'intéresse, mais ta tête et tes bras. Ma seule préoccupation est que le premier ne compromette pas le bon fonctionnement des autres. Cela fait des semaines que nous n'avons plus de tes nouvelles, et autant que tu loges au même endroit, ce qui est certainement encore plus con que de remplacer ton cerveau par tes couilles.

— Vous ne vous êtes pas inquiétés plus tôt.

— Nous ne manquons pas d'occupations…

Jacopo faillit rétorquer que la première d'entre elles était la désorganisation du mouvement et les querelles internes, mais cela n'aurait servi à rien. Il acheva de lacer ses chaussures.

— Et puis, c'est toi qui es poursuivi pour meurtre.

— Tu sais bien que je ne l'ai pas commis.

— Jusqu'ici, je n'avais que ta parole…

Jacopo bondit sur Michele.

— Jusqu'ici ? Tu as une preuve ?

— Peut-être. Pas une preuve que nous pourrions produire au tribunal, malheureusement, mais un faisceau de témoignages concordants.

— Et ?

— Es-tu sûr de ne pas pouvoir obtenir le témoignage de la fille avec laquelle tu couchais au moment du meurtre ?

Jacopo eut un mouvement irrité qui fit sourire Michele.

— Je te l'ai déjà dit…

— Je sais ; on ne la croirait pas, voire on la soupçonnerait de complicité. À propos, ce n'est pas elle qui…

Il désigna le lit du bout de sa canne.

— Ça ne te regarde pas.

— Plus que je ne le croyais en arrivant, fit-il avec une moue. Je sais que la belle est milanaise de fraîche date, mariée à un riche et puissant soutien des Autrichiens. Et ce que j'ai appris, d'une certaine manière, pourrait la compromettre…

Il devança un mouvement de colère de Jacopo.

— Du calme… Écoute-moi d'abord. Ensuite, tu jugeras de ce qu'il convient ou non de faire.

Une demi-heure plus tard, Michele était parti, non sans avoir à nouveau mis Jacopo en garde ; s'il ne bougeait pas, il finirait par se faire repérer et arrêter. Et on avait besoin de lui… Jacopo savait que Michele avait raison ; il lui fallait changer de cachette et peut-être même rompre au plus vite avec Alba, même si les révélations n'étaient en rien une preuve qu'elle ait été impliquée dans le meurtre de Gustav. Mais il ressentait en même temps une immense lassitude, comme un déchirement intérieur qui l'empêchait de bouger et de se sauver.

Il le devait, pourtant. Michele avait raison sur un autre point : sa vie ne lui appartenait plus entièrement, des gens avaient pris des risques pour lui et il devait tenir ses engagements.

Il entassa ses quelques affaires dans un sac et quitta la mansarde. Par chance, il avait accepté le jour même l'argent qu'Alba lui avait apporté. Il passa chez un barbier, se fit raser de près et couper les cheveux ; puis il acheta un costume avec un chapeau de parfait bourgeois, et négocia de l'autre côté de la ville, dans un quartier de petits artisans, le loyer d'une chambre au fond d'une impasse.

La prudence exigeait qu'il ne revît plus Alba. Elle trouverait la mansarde déserte et s'imaginerait ce qu'elle voudrait. À vrai dire, il aurait même dû quitter la ville ; mais il ne se résolvait pas à ne plus revoir sa maîtresse, à ne plus sentir sa peau, son corps entre ses mains. Aussi, le lendemain, se rendit-il dans le centre, malgré les patrouilles de soldats, et se postat-il à proximité du palais du prince Malcessati. Selon ses calculs, et pour autant qu'elle n'eût pas changé ses habitudes, ce devait être l'heure à laquelle elle partait pour le rejoindre. Elle lui avait expliqué qu'elle quittait les lieux à pied pour prendre une calèche anonyme à quelque distance ; il pouvait donc mettre en œuvre le plan qu'il avait conçu.

Elle sortit et il l'observa un moment, ému de la découvrir ainsi. Se dégageait d'elle un mélange troublant d'assurance et de crainte, une manière à la fois de marcher droit devant tout en redoutant un danger dans son dos. C'était déjà ainsi qu'elle glissait dans les rues de Venise ; mais la foule milanaise, les voitures, les chevaux, toute cette agitation donnait à son allure une dimension plus tragique. Quand elle disparut à un tournant, il se précipita pour ne pas la perdre de vue et il la suivit à bonne distance, se rapprochant petit à petit. Si elle se retournait, le reconnaîtrait-elle ? Mais elle ne se retournait pas. Au moment où elle ralentit pour faire signe à une voiture, Jacopo accéléra et sortit de sa poche le mouchoir qu'il avait préparé, au cœur duquel il avait glissé un billet. À deux pas d'elle, alors qu'une calèche s'arrêtait à leur hauteur, il se baissa et feignit de ramasser le chiffon.

— Je vous prie de m'excuser, mais je pense que vous avez perdu ceci…

Ses yeux cillèrent à peine en le découvrant.

— Merci, dit-elle sur le ton le plus anodin.

Jacopo souleva son chapeau et s'inclina légèrement avant de s'éloigner, tandis qu'elle montait dans la voiture.

Elle observa la chambre avec méfiance.

— J'ai été obligé de déménager. Grâce à toi, j'ai pu trouver ceci.

— Grâce à moi ?

Elle n'aimait pas ce lieu. C'était trop propre, trop bourgeois, trop médiocre. Elle n'aimait pas davantage cette piqûre de la réalité qui lui rappelait ce que leur situation avait de risqué et de fragile.

— L'argent…

— Ah… J'imagine que tu en auras encore besoin.

Elle détestait aussi son ton, l'ironie qu'elle glissait alors qu'elle ne ressentait que de la crainte et du désespoir. Dans son dos, Jacopo s'approcha et la prit dans ses bras. Elle se raidit, mais le laissa faire.

— Ne parlons pas de ça, murmura-t-il en l'embrassant dans le cou.

Elle ferma les yeux et s'adoucit. Qu'il l'embrasse encore, qu'ils s'étendent sur ce lit, malgré l'horrible couverture rose, qu'ils…

— J'ai aussi eu des informations nouvelles à propos de ce qui s'est passé à Venise.

Elle se dégagea vivement et lui fit face. Trop tard pour les baisers et pour l'amour ; ne restait que le couvre-lit et ce que Jacopo venait de lui apprendre. Il parut désolé, regrettant sans doute de n'avoir pas attendu pour ces révélations sans urgence. Il tenta de récupérer la situation, voulut l'embrasser, mais elle le maintint à distance.

— Quelles informations ?

Il soupira et s'assit sur le lit. Elle demeura debout.

— Sur le commanditaire du meurtre de Gustav.

— Qui est-ce ?

— Ce n'est pas sûr, mais…

— Qui ?

Sa voix était sèche, tranchante.

— Ce… ce pourrait être ton père.

— Mon père ?

Elle sentit ses jambes fléchir mais elle se ressaisit et s'écarta du lit. Cette hypothèse, elle l'avait déjà envisagée, mais cela paraissait tellement improbable…

— Pourquoi aurait-il fait cela ? Quelles sont tes preuves ?

— C'est un compagnon qui m'a averti…

— Un carbonariste ?

— Oui. Qui m'a aidé à fuir. Il a rencontré l'homme qui prétend avoir tué Gustav. Son commanditaire serait un homme d'un certain âge, de belle stature, visiblement noble…

— Il l'a vu ?

— Pas distinctement, mais…

— Mille hommes à Venise correspondent à ce signalement. Pourquoi mon père aurait-il commis un tel acte ?

— Parce que… Tu le sais, non ?

Elle se tenait désormais hors de portée, rigide, le visage fermé, crispé.

— Non. Dis-le.

Jacopo soupira à nouveau. Alba avait gardé son manteau, elle ne l'ôterait plus. Maladroit, il évoqua la situation précaire d'Acotanto, la chance inespérée que représentait le mariage avec Malcessati, non seulement pour mettre sa fille définitivement à l'abri, mais aussi pour solder ses dettes…

— De cette manière, il éliminait deux prétendants d'un coup et éloignait tout soupçon.

— C'est absurde. Mon père n'était pas au courant.

— Venise est une ville d'espions. D'après Giovanni, il a toujours su ce que tu faisais.

— Laisse Giovanni en dehors de ça ! Quoi qu'il en soit, mon père n'avait ni l'argent ni l'imagination nécessaires pour monter un tel plan !

Pour l'argent, il suffisait d'ajouter la somme au montant de ses dettes ; le meurtrier avait précisé n'avoir rien reçu avant deux jours. Mais Jacopo n'insista pas.

— Ce n'est pas important. Et même, je pourrais comprendre qu'il ait agi de la sorte.

— Tu ne comprends rien !

Sans lui laisser le temps de se lever, elle tourna les talons et partit en claquant la porte. Il ne chercha pas à la rattraper et se prit le visage entre les mains.

Durant les trois jours qui suivirent, il ne quitta pas sa chambre, dans l'espoir qu'elle revînt. Mais il ne la revit pas.

Le prince Malcessati pénétra dans le petit salon où elle interprétait une sonate de Schubert et, sans égard pour la musique, l'interpella.

— Ma chère, êtes-vous au courant ?

Sans cacher sa mauvaise humeur, elle referma le couvercle et le dévisagea.

— Quelle nouvelle ? Vous savez combien le monde m'ennuie…

— Cela devrait toutefois vous intéresser au plus haut point.

— Vous avez acheté une nouvelle jument ?

Giancarlo feignit de ne pas comprendre l'allusion et ne se départit pas de son sourire.

— Je sais hélas que vous ne partagez pas ma passion équestre, même si j'ai réussi à faire de vous une cavalière accomplie.

— De quoi s'agit-il alors ?

— C'est lié à une affaire terrible qui s'est produite à Venise la veille de notre mariage. Le meurtre de ce jeune Autrichien, que l'on prétendait l'un de vos soupirants… Comment s'appelait-il encore ?

Alba n'avait pas baissé les yeux et l'observait, inflexible. Giancarlo fut impressionné par sa maîtrise.

— Je l'ai oublié, fit-elle.

— Gustav, je crois. Et l'on avait prétendu que son assassin était un jeune patriote vénitien, peut-être aussi amoureux de vous. Jacopo, sauf erreur de ma part…

— Ce sont des ragots.

— Quoi donc ? Votre double liaison ou le fait que ce Jacopo soit le meurtrier de Gustav ?

— Les deux.

Elle pinça les lèvres et reprit sans attendre.

— En tout cas, cette liaison supposée.

— Je n'en doute pas. D'ailleurs, la justice n'a jamais évoqué cette piste, ou du moins ce mobile.

— Alors ?

— Ce meurtrier a été arrêté ce matin, ici, à Milan.

Il scruta attentivement le visage de sa femme mais il put à peine y deviner une ombre de surprise. Elle baissa cependant la tête, rouvrit le couvercle et posa un accord de ré mineur.

— Eh bien… Que la justice fasse son travail.

— Elle le fera. Le procès commencera sous peu, et je pense que ce spectacle sera du plus vif intérêt.

— Je préfère l'opéra. La politique m'assomme.

Elle s'installa devant le clavier, comme pour entamer un nouveau morceau. Giancarlo s'approcha et posa la main sur son épaule. Elle tressaillit.

— J'aimerais que vous m'y accompagniez.

— Je n'en ai aucune envie.

Elle entama une autre sonate.

— Auriez-vous peur ?

— De quoi ? fit-elle sans s'interrompre.

— Que, vous apercevant dans la salle, il vous reconnaisse et vous utilise comme alibi ?

— Comme alibi ?

Les mesures se succédaient, trop rapides et trop nerveuses, mais sans la moindre fausse note.

— Du moins qu'il vous compromette.

— Je ne vois pas comment.

— Donc, vous ne craignez rien ?

— Rien.

— Alors, vous viendrez, n'est-ce pas ? conclut-il en refermant le couvercle.

Elle eut juste le temps d'écarter les doigts.

La salle d'audience était bondée. Les jours précédents, Giancarlo n'avait parlé de rien d'autre et le sujet courait dans tous les salons où il l'avait emmenée, mettant un terme à une longue période au cours de laquelle on ne les avait presque plus jamais vus ensemble. Alba ne résistait pas ; pourquoi l'aurait-elle fait ? Jacopo était arrêté et les regrets étaient vains ; elle avait été blessée par ses révélations et n'était jamais retournée dans cet horrible appartement. Avait-elle peur ? De quoi ? À plusieurs reprises, au cours de leurs conversations après l'amour, Jacopo lui avait répété que si un jour il était arrêté et jugé pour ce meurtre, il le revendiquerait comme un acte politique, inscrit dans la longue lutte des patriotes italiens. Elle trouvait cela touchant et stupide ; mais lorsqu'elle avait évoqué la possibilité de témoigner en sa faveur, il s'y était fermement opposé. Outre que cela ne servirait qu'à la discréditer sans rien arranger au sort de Jacopo, cela réduirait l'affaire à une banale histoire de mœurs et de jalousie.

Elle avait donc subi cette épreuve sans broncher, se demandant seulement pourquoi Giancarlo insistait tant pour qu'elle assistât au procès. Il avait retrouvé une tendresse envers elle, et des attentions depuis longtemps disparues. Soupçonnait-il quelque chose, avait-il été abandonné par une de ses maîtresses ?

Grâce à ses relations, Malcessati avait obtenu deux places au premier rang, à quelques pas de l'accusé. Le box était vide encore quand ils s'installèrent. Alba était pâle et silencieuse, tandis que son mari redoublait de mondanités. Il s'assit enfin et se pencha vers elle pour lui glisser à l'oreille :

— Pensez-vous que vous le reconnaîtrez ? Lui, j'en suis sûr ; on ne peut oublier votre beauté…

Elle fut dispensée de répondre : les gendarmes arrivaient, qui escortaient Jacopo. Son regard clair et droit balaya la salle et se posa un bref instant sur Alba, qui le supporta sans faillir ; puis il reprit son observation qui s'acheva sur un sourire satisfait.

— Il a du cran, commenta Malcessati. Je suis sûr qu'il vous a vue, mais il n'en a rien montré…

— Me croirez-vous enfin lorsque je vous dis qu'il ne s'agit que de ragots ?

— Vous étiez quand même la plus belle femme de Venise.

— Ces patriotes n'aiment que leur pays ; n'est-ce pas ce que vous m'avez expliqué ?

Le procès ne dura que trois jours, au cours desquels Jacopo ne se départit jamais de sa version : oui, il avait tué Gustav pour frapper l'occupant autrichien. Personne, ni l'accusation ni la défense, n'évoqua une rivalité amoureuse, comme si les deux partis voulaient privilégier la dimension politique de l'affaire. Il régnait dans la salle une chaleur accablante, mais Jacopo paraissait n'en pas souffrir ; il affrontait ses juges, fier et souriant, et mesurait la popularité de sa cause aux grondements de la salle et aux colères du juge qui réclamait le silence à grands coups de marteau. Le soir, dans leur salon ou celui d'un autre, Giancarlo, très en verve, commentait les débats et les articles de la presse, affichant sans vergogne son parti pris et réclamant la peine capitale pour cet assassin présomptueux et arrogant. À chaque réquisitoire, il lorgnait vers son épouse qui affrontait son regard sans ciller.

— Cela ne vous touche-t-il vraiment pas que ce beau garçon meure bientôt, peut-être à cause de vous ?

— Pourquoi revenez-vous sans cesse avec cette hypothèse absurde et injurieuse ? Lui-même ne cherche pas à l'utiliser.

Ces trois journées furent un enfer pour Alba. À de rares occasions, son regard croisa celui de Jacopo ; chaque fois, il la fixa en souriant et elle ressentit une vague de chaleur et de panique mêlées. Elle n'avait pas peur, pourtant, pas vraiment ; Jacopo était résolu et chacun de ses brefs coups d'œil lui confirmait qu'il ne la trahirait pas. Pourtant, Giancarlo avait raison : c'était à cause d'elle qu'il se retrouvait là. Elle l'avait retenu à Milan. Elle ressassait leur dernière conversation et tâchait de se convaincre que son père était étranger à ce meurtre et à cette dénonciation ; mais n'était-ce pas crédible ? À présent que Jacopo était jugé, elle ne pouvait plus en parler à personne, à moins de retourner à Venise et de voir Giovanni.

Le verdict tomba en fin de journée : la mort. Il n'y eut que quelques applaudissements ; la majorité du public, même parmi les adversaires politiques, avait été touchée par la grâce du condamné autant que par son attitude et son discours posés et raisonnables. Alba, épuisée d'émotions et accablée de chaleur, se planta les ongles dans la paume pour ne pas s'évanouir. Giancarlo paraissait très satisfait du spectacle et d'autorité emmena sa femme et quelques amis dans un restaurant choisi expressément pour l'occasion.

— *L'Assassino* ! Nous ne pouvions pas aller ailleurs, n'est-ce pas ?

Ses hôtes rirent bruyamment et Alba serra les dents.

Lorsqu'ils rentrèrent chez eux, enfin seuls après une soirée bruyante et arrosée, Giancarlo la suivit dans sa chambre.

— Vous semblez affectée par la sentence…

— Aucune mort ne rachètera celle de l'Autrichien.

— Vous êtes bien libérale ! Et la justice ? Il faut que ces fous comprennent que leur combat est perdu.

— Je n'entends rien à vos histoires de politique, mais je croirais plutôt que cela les renforcera dans leurs convictions.

Giancarlo sourit, badin.

— C'est possible. Un martyr, c'est toujours émouvant. Surtout jeune et beau comme ce Jacopo. Nous verrons. S'ils s'entêtent, ils en paieront le prix.

Elle eut le premier geste d'impatience depuis le début du procès.

— Pouvez-vous m'épargner vos théories ? Dans deux minutes, vous allez me sortir vos histoires de champignons et je n'aurai pas la force de les entendre. Je suis fatiguée et ma tête va exploser. Je vous prie de me laisser.

Il s'inclina. À deux reprises depuis l'arrestation de Jacopo, il avait de nouveau partagé le lit de sa femme et semblait y reprendre goût.

— Je comprends, accorda-t-il cependant. Dormez bien.

Mais sur le seuil, il se retourna.

— Je pourrai disposer de bonnes places pour assister à l'exécution.

Bien qu'elle lui tournât le dos, il perçut le haut-le-cœur qui la saisit.

— Mais rassurez-vous, je vous ferai grâce de ce spectacle cruel.

L'exécution eut lieu au milieu du mois d'août 1822, à l'aube d'une journée caniculaire qu'Alba passa, comme toutes celles qui l'avaient précédée, dans la pénombre de ses appartements, avec son piano pour unique interlocuteur. Giancarlo avait été très occupé, elle ne savait pas à quoi. S'il le lui avait jamais expliqué, elle n'en avait rien retenu. Elle avait prétexté une maladie, comme elle l'avait déjà fait par le passé ; n'était-ce pas l'excuse convenue pour permettre aux femmes de son monde de se protéger un peu et se mettre à l'abri des prédateurs ? Qu'il eût peur de la contagion ou qu'il se désintéressât d'elle à présent que le rideau était retombé sur cet ignoble acte, Giancarlo n'avait donc pas franchi son seuil durant plusieurs jours, au cours desquels Alba avait eu plus que de raison le temps de tourner et retourner les idées les plus sombres et les plus douloureuses.

Le débat le plus violent, elle l'avait mené contre son corps et ses sens qui ne se résolvaient pas à l'anéantissement de Jacopo, à la perte du plaisir et des étreintes. Son esprit répliquait que cela n'aurait pu durer et que cette passion sans avenir était peut-être la cause de la perte du jeune amant ; sa peau se hérissait devant de tels arguments, la pointe de ses seins se durcissait, ses jambes tremblaient devant ce qui n'était, pour ce corps trahi, que de fausses excuses, qu'une lâche consolation. Et quel rôle avait joué Giancarlo dans cette sinistre histoire ? S'il ignorait la relation renouée à Milan – et rien, dans ses propos ou ses attitudes, ne pouvait laisser subodorer qu'il fût au courant –, il en savait sans doute assez sur la fugace liaison entre les deux jeunes gens, avant son mariage ; était-il de ces jaloux soucieux de se confronter à ceux qui les avaient précédés dans le cœur de leur femme ? Alba ne pouvait trancher. Comment aurait-elle vu clair dans un homme qu'elle connaissait si mal, alors qu'elle démêlait si peu l'écheveau de ses propres sentiments ? Son unique certitude était qu'elle n'était pas heureuse. Le cadavre de Jacopo, qu'elle imaginait chaque nuit, était d'abord celui de ses illusions, héritées de la folie paternelle ; elle vivait dans l'opulence, désormais préservée de la pauvreté, mais l'unique certitude et le seul gain de cette union avaient été de permettre à son père de mourir sans dettes. Elle était aujourd'hui aussi pauvre qu'hier, et plus encore, sans doute, incapable de monnayer ses seuls biens : sa liberté, sa jeunesse et sa beauté. Quelles qu'eussent été ses intentions, Giancarlo lui avait rappelé qu'elle dépendait totalement de lui et qu'elle jouissait, en guise de liberté, de celle d'un animal précieux dans sa cage – et ce n'était pas le palais vénitien demeuré à son nom qui y changerait grand-chose.

Le soir de l'exécution fut le seul, au cours de cette période, où Giancarlo força le seuil de sa chambre.

— Notre jeune héros vénitien est mort bravement. Je jurerais qu'il a cherché quelqu'un du regard parmi l'assemblée, avant que le bourreau recouvre sa tête. Il a eu un petit sourire un peu déçu… Enfin, je crois. Difficile de savoir ce que pense un homme qui va mourir…

Alba aurait voulu le gifler, le chasser ; elle demeura immobile, pétrifiée sur son lit, dans l'espoir que son attitude le pousserait au plus vite vers la sortie.

— Vous ne dites rien ? Vous êtes bien pâle…

— Je suis souffrante, vous le savez. J'ai dû me refroidir. Votre palais de justice est rempli de courants d'air. Et vos histoires ne m'intéressent pas.

Il était revenu quinze jours plus tard, au terme d'une de ces journées interminables qui, toutes, se confondaient dans la mélancolie, les regrets et les interrogations sans réponse qui hantaient la jeune femme.

— Je viens vous annoncer que je dois partir pour Paris et Londres. Je serai absent trois ou quatre semaines. Voulez-vous m'accompagner ? Cela vous ferait du bien ; voilà plusieurs semaines que vous vous étiolez ici, et vous refusez même de voir le médecin. Un refroidissement ne peut durer si longtemps.

Elle refusa ; mais l'idée qui la taraudait depuis plusieurs nuits, floue et imprécise encore, se mua en évidence.

— Je ne me sens pas la force de voyager aussi loin, ni de fréquenter du monde. Mais il est temps que je retourne à Venise ; je veux vérifier dans quel état se trouve mon palais (elle insista sur le possessif) et enfin aller me recueillir sur la tombe de mon père.

Il la dévisagea avec ironie. Il détestait Venise ; il le lui avait déclaré souvent et, jusqu'à ce jour, sa promesse d'y accompagner Alba était demeurée lettre morte.

— Mais vous venez de me dire que vous êtes trop faible pour voyager…

— Venise n'est pas si loin. Ma demande ne date pas d'hier. Je sais le peu de bien que vous pensez de ma ville ; voilà une occasion de me satisfaire sans vous importuner.

Elle se tenait debout devant lui, ferme et résolue. Il réfléchit quelques instants, sans cesser de sourire, avant de claquer des mains.

— Soit ! Je demande à Luca de préparer une équipe de domestiques pour vous accompagner ; quel que soit son état, votre palais n'est certainement pas prêt pour vous accueillir. Ils vous précéderont pour préparer votre arrivée et s'occuperont de tout, afin que votre séjour se déroule au mieux. Ce sera l'occasion de vérifier s'il convient encore de mener des travaux, et surtout si vous entendez conserver ce bâtiment ou s'il n'est pas préférable de le vendre.

Il devança son cri.

— Ne répondez pas maintenant. De toute manière, la décision comme le palais vous appartiennent. Et je financerai les travaux nécessaires. Qui sait, vous finirez peut-être par me faire aimer cette ville liquide.

Elle n'avait aucune envie d'être envahie par cette domesticité dont la première tâche serait de la surveiller, mais elle n'était pas en mesure de s'y opposer ; et comment des Milanais pourraient-ils la contrôler dans une ville inconnue, là où même son père n'y était pas parvenu ?

Avant de quitter la pièce, Giancarlo ajouta, avec un sourire glacé :

— Vous auriez pu rendre visite au malheureux père de Jacopo ; mais d'après ce que je sais, il a lui aussi quitté Venise. Sans doute complote-t-il pour la même cause que son fils, plus déterminé que jamais…

— Je vous ai dit que ce crime ne servira à rien.

— Si vous parlez de crime, j'imagine que vous songez à l'assassinat de cet Autrichien. Quoi qu'il en soit, vous vous trompez ; rien ne sert jamais à rien. Ou plutôt, tout finit par servir. Pas toujours pour ce que l'on croyait.

— De grâce, épargnez-moi vos champignons.

Jamais elle n'aurait cru que l'émotion qui s'emparerait d'elle à la vue des canaux de sa cité natale serait aussi puissante, presque dévastatrice. Luca et une petite dizaine de domestiques étaient partis cinq jours avant elle pour prendre possession des lieux et les préparer au mieux ; avec réticence, elle leur avait confié les clés et donné quelques instructions. À tout prendre, elle aurait préféré se retrouver en tête à tête avec Clara ; mais elle ignorait ce qu'elle était devenue. Elle avait voyagé avec une jeune servante à laquelle elle n'avait pour ainsi dire pas adressé la parole et dont elle refusait de retenir le nom. Sa seule exigence avait été que l'on demandât à Giovanni de venir la chercher sur le continent pour la conduire jusqu'à son palais.

— *Bella... Come stai ?* l'avait-il saluée, simple et souriant, tandis qu'il lui tendait la main, le même geste qu'il avait eu si longtemps pour l'aider à monter à bord.

Des larmes avaient empêché Alba de lui répondre autrement que d'un regard, et elle lui avait été infiniment reconnaissante d'avoir convié un collègue pour qu'il se chargeât des bagages et de la servante.

Giovanni avait laissé la deuxième embarcation prendre de l'avance, par une voie plus directe. Alba s'était blottie à sa place habituelle, recroquevillée sur elle malgré la douceur de cette fin d'après-midi d'août. Les montagnes derrière eux portaient à leur sommet les traces d'un orage ; était-il déjà passé, ou hésitait-il encore ? Alba n'interrogea pas son ami, peu importait ; un orage ici aurait été une fête et il y avait tant d'autres questions qu'elle aurait voulu poser à Giovanni… Pour l'heure, ils demeuraient silencieux et Alba, les yeux fermés parfois, qu'elle ouvrait de loin en loin pour retrouver la silhouette de Venise marchant lentement à sa rencontre, Alba se laissait envahir par les sons de la cité, des sons à nul autre pareils, un concerto tissé du clapotis, des cris rauques des gondoliers et des mouettes, du vent dans les voiles des bateaux.

Ils arrivèrent par des canaux secondaires et étroits. La musique se modifiait depuis qu'elle se répercutait sur les murs de pierre et de brique, sur les rives où les pas jouaient aux percussions et les rires des enfants aux fifres.

— Allons d'abord chez toi, Giovanni…

C'étaient les premiers mots qu'elle prononçait. Au sourire du gondolier, elle eut la confirmation que c'était ce qu'il avait espéré.

Lucia fut émue aux larmes et la serra longuement dans ses bras. Puis, sans rien dire, elle prit leurs trois enfants et les entraîna dehors pour laisser Alba et Giovanni tranquilles.

— Ce n'est pas plus confortable que lorsque tu es partie, mais…

— C'est parfait, Giovanni.

Sa voix n'était qu'un souffle.

— Si tu savais… acheva-t-elle avant de se laisser tomber sur un vieux fauteuil et de se prendre le visage entre les mains, submergée par son émotion, les sons, les odeurs, les images de sa ville.

Giovanni lui servit un verre de vin blanc et s'assit près d'elle.

— Tu veux me raconter ? demanda-t-il.

Elle hocha lentement la tête et se mit à parler, douloureusement d'abord, arrachant chaque syllabe à la peur et au silence, puis de plus en plus vite. Elle lui dit son mariage, ce qu'elle avait cru puis compris des projets de son père, les premiers mois à Milan, l'ivresse d'une vie légère pour oublier qu'elle avait été vendue, la progressive détérioration de sa relation avec son mari, ses tromperies, ses passions qui la laissaient de glace, et puis – elle hésita un instant –, et puis Jacopo, surgi dans sa loge, Jacopo retrouvé, aimé, la folie et l'insouciance de ces semaines volées au malheur, jusqu'à l'arrestation, le procès et… Elle ne put poursuivre, la gorge nouée sur le martyre du jeune homme. Alors, elle s'accusa, se reprocha sa colère, son égoïsme, d'une voix dure qui se noya bientôt dans des sanglots.

Giovanni l'avait écoutée sans l'interrompre. Aux premières larmes, il vint la prendre dans ses bras et la berça doucement, comme il l'avait fait jadis pour consoler une fillette en butte à l'indifférence du monde.

— Tu ne dois rien te reprocher. À ton père non plus. Jacopo avait raison quand il t'a dit que le meurtre de Gustav avait été commandité ; mais je peux te jurer que ce n'est pas ton père.

— Qui alors ?

Giovanni fit la moue.

— Je ne sais pas. Quelqu'un de puissant et d'habile.

— Un patriote ?

Il eut un mouvement indigné.

— Non !

— Pourquoi ? De ce que j'ai entendu, les carbonaristes ne sont pas des anges…

— Ce que tu as pu apprendre à leur sujet dans les salons milanais n'est pas des plus objectifs…

— Qui ? répéta-t-elle, butée.

— Alba… murmura Giovanni qui retrouvait l'enfant têtue qui, contre vents et marées, menait sa barque. Je ne sais pas et nous ne le saurons sans doute jamais. Quelle importance ? Nous sommes sûrs que ce n'est pas ton père et que Jacopo était innocent.

— Cela te suffit-il ? Ils sont morts tous les deux. Gustav aussi, alors que je voulais le protéger autant que Jacopo. Et mon père ; ce mariage horrible, c'était pour lui permettre de vivre heureux, enfin…

Avait-elle jamais formulé son destin en ces termes ? Elle ne l'aurait pas juré. Les mots avaient jailli, là, devant Giovanni, dans cette pièce humble qui lui était plus accueillante que sa propre chambre à Milan.

Giovanni resservit du vin. Elle poussa un terrible soupir et sécha ses joues.

— Tu as sans doute raison, Giovanni… Comme toujours. Même si je ne t'ai pas souvent écouté. Parle-moi de mon père. Ses derniers jours. Sa… sa mort. Son enterrement.

Giovanni revint s'asseoir à côté d'elle et elle se blottit dans ses bras alors qu'il entreprenait le récit d'un vieil homme usé, soulagé d'avoir sauvé le peu qui pouvait l'être encore et qui, aussi longtemps que son cœur le lui avait permis, s'était consacré au sauvetage de son palais et à des souvenirs que le temps épurait.

— Pourquoi y a-t-il consacré autant d'efforts et d'argent alors qu'il se doutait que Malcessati ne me laisserait jamais retourner ici ?

Giovanni sourit.

— Et où te trouves-tu en cet instant ? Ton père était malin…

Alba eut un petit rire involontaire.

— Pas toujours bien inspiré, c'est vrai, poursuivit Giovanni, mais malin. Il avait arraché à ton mari le remboursement de ses dettes et le paiement de la restauration du palais. Il se doutait que le Milanais ne viendrait pas vérifier l'achèvement des travaux. Il a pourvu à l'indispensable et n'a véritablement restauré que son salon. Il m'a invité à y boire un verre. Je peux te dire qu'il était heureux, ce soir-là, autant qu'il le pouvait.

— Il n'avait presque aucune nouvelle de moi…

— Assez pour se convaincre qu'il avait bien agi. Et pas assez pour s'en vouloir… C'est ce soir-là qu'il m'a expliqué…

— Quoi ?

— Sa petite ruse… Et il m'a chargé de te l'expliquer, parce qu'il était certain que tu reviendrais tôt ou tard, et que ce jour-là, tu passerais me voir.

Girolamo Acotanto avait menti sur les montants des travaux pour extorquer un supplément à Malcessati, dans l'idée de se prémunir au cas où il ne rendrait pas Alba heureuse. De quoi pouvait-on être tout à fait sûr, et surtout de qui ? Acotanto avait parallèlement réduit les travaux au minimum ; le reste avait été placé dans une banque au nom de sa fille.

— Ton père tenait à ce palais. Il y avait été heureux avec ta mère, elle y était morte. Il en était fier ; c'est le témoignage d'une famille ancienne qui a compté dans l'histoire de Venise. Mais il voulait que tu saches que tu n'étais pas liée à ses lubies, pas plus qu'à ses rêves ; quelle que soit ta décision par rapport à ce palais, il l'a d'emblée acceptée.

Ce fut le premier sourire d'Alba. Giovanni reprit son récit ; la fin du vieil Acotanto n'avait pas été malheureuse. Il avait siroté ces derniers mois comme un bon vin, solitaire mais serein. Le gondolier passait de loin en loin. Clara était demeurée à son service, plus grosse et inefficace que jamais, mais cela n'avait plus aucune importance. Elle était morte, quelques semaines après son maître.

— Et son enterrement ?

Giovanni pressa tendrement les épaules de la jeune femme.

— Il ne voulait pas que tu viennes. À moins d'avoir trouvé le grand bonheur à Milan, tu devais lui en vouloir ; sinon, tu devais l'oublier. C'était très bien ainsi ; c'est lui qui me l'a dit. Je mentirais en prétendant que nous étions nombreux à l'accompagner au cimetière ; il n'y avait que Lucia, moi et Clara qui n'a pas cessé de pleurer, bien que ton père ait prévu qu'elle puisse demeurer dans le palais jusqu'à sa propre mort.

Il se tut un instant.

— Il y avait aussi quelqu'un d'autre. Mais je ne sais pas qui. Un vieil homme. Très vieux, sauf ses yeux… Il est demeuré dans le fond de l'église et a disparu avant que j'aie pu l'approcher pour lui demander qui il était.

— Existe-t-il un Vénitien que tu ne connais pas ?

— Il n'était peut-être pas vénitien. Et oui, il y a dans cette ville des individus qui ne sont jamais montés dans ma gondole et dont je n'ai jamais entendu parler. Peut-être n'était-ce qu'un voyageur qui passait devant l'église, à la recherche d'une anecdote typique…

Alba haussa les épaules.

— Il y a quelques années, mon père m'a parlé d'un vieux Juif qui l'avait aidé. Je ne sais pas ce qu'il avait pu faire précisément et il ne m'a jamais donné son nom. C'est peut-être lui ?

— Je ne sais pas, princesse.

Elle se raidit.

— Ne m'appelle pas comme ça.

L'entrée dans le palais fut comme un retour dans le passé, celui de sa petite enfance, ou plus lointain encore, celui de ses rêves, des récits de son père sur leur gloire passée et promise. Sans avoir renoué avec le lustre de la légende familiale, les lieux avaient recouvré un peu de luxe. Toutes les fenêtres avaient été réparées et les lumières de la nuit jouaient avec les éclairages que Luca avait apprêtés pour accueillir sa maîtresse. Alba avait insisté pour que Giovanni l'accompagnât jusqu'à l'étage.

Elle savait désormais que tous les travaux n'avaient pas été menés à terme et elle employa les jours qui suivirent à dresser la liste de ce qu'il restait à entreprendre. Giancarlo lui avait promis de prendre en charge ces frais, mais elle comprit rapidement que Luca avait reçu des instructions et que toutes les dépenses devraient être approuvées et réglées par lui. Elle n'entretenait avec ce Sarde terne et taiseux que les relations les plus réduites et n'avait jamais cherché à se lier avec lui ; elle se rebiffa et batailla pour imposer sa volonté, obligée cependant à des concessions qui lui parurent des défaites lorsqu'elle comprit que Giancarlo resterait injoignable et n'interviendrait pas dans ces discussions – ce qui revenait à donner raison à Luca.

Heureusement, Giovanni et, dans une moindre mesure, Lucia furent là pour compenser la présence envahissante de la domesticité milanaise. Les choses avaient-elles vraiment changé ? Alba adulte comme adolescente fugua et passa plus de temps dans les rues et sur les canaux qu'entre les murs du palais. Pourtant, certaines données étaient différentes désormais : grâce à l'argent que son père avait épargné sur le compte de son beau-fils, elle pourrait jouir d'une relative indépendance, au moins financière.

Puis, il y eut la tombe de son père, à côté de celle de Doriana, cette mère inconnue. Elle se rendit compte qu'elle était partie à Milan sans rien emporter, sinon des vêtements depuis longtemps jetés. Elle hésita à ramener là-bas des portraits de ses parents, puis renonça. Elle ne croyait pas au dialogue avec les morts ; mais elle reconnut ce qu'elle devait à cet homme malchanceux et maladroit qu'avait été son père. On ne pouvait reprocher à celui qui était en train de se noyer de ne pas nager harmonieusement ; et qu'il eût été le seul responsable de sa chute à l'eau n'y changeait rien. De toute manière, à quoi bon lui garder rancune et se battre contre des morts ? Elle devait vivre et chercher à être heureuse, coûte que coûte, à recouvrer sa liberté, autant que possible.

Une lettre de Giancarlo, postée à Paris, s'inquiéta du bon déroulement de son séjour. Elle l'avait tenu informé des premiers constats et travaux. Le prince concluait par une question : entendait-elle conserver ce palais ou comprenait-elle qu'il était plus sage de le revendre et de se constituer un capital qu'il l'aiderait à faire fructifier ? Ce fut précisément l'argument qui acheva de la convaincre : jamais elle ne se séparerait de ce palais. Elle s'efforcerait même d'y revenir le plus souvent, car elle avait réalisé combien sa ville lui avait manqué. Ce serait en outre sa seule chance de conserver un accès vers la liberté, sans laquelle il eût mieux valu mourir tout de suite.

— Votre père était un homme de caractère.

Celui qui se tenait devant Alba ne le semblait pas moins. Elle s'était rendue à la banque où son père avait déposé à son intention l'argent qu'il lui restait ; là, on l'avait invitée à rencontrer un certain Asmodée Edern, qu'Acotanto avait désigné comme exécuteur testamentaire. Giovanni n'avait jamais entendu ce nom étonnant mais l'avait encouragée à se rendre à l'adresse indiquée ; que risquait-elle ? Et elle s'était retrouvée au *piano nobile* de ce palais élégant à l'escalier monumental, où l'avait reçue celui qui paraissait avoir été l'homme de confiance de son père, lui qui avait appris à se méfier plus qu'à se fier, et dont pourtant elle n'avait jamais entendu parler.

Giovanni ne l'avait pas accompagnée et elle le regrettait ; cet Asmodée était un vieillard barbu au regard étonnamment vif qui lui rappelait l'allusion du gondolier à cet inconnu venu assister aux obsèques. Si elle avait fait preuve de réserve à son arrivée, elle résistait mal à la jovialité douce et rieuse de l'inconnu.

— Est-ce vous qui avez assisté à ses funérailles ?

Les yeux d'Asmodée pétillèrent et Alba rougit. Avant qu'elle pût s'empêtrer dans des explications sur sa propre absence, il répondit :

— Oui, c'était moi. Votre ami Giovanni a dû vous raconter que nous n'étions pas nombreux. Votre père se doutait que vous ne pourriez être présente.

— Pourquoi ?

Asmodée plissa les paupières.

— Pour être plus précis, je pense pouvoir affirmer qu'il souhaitait votre absence. Il ne doutait pas que les changements profonds qu'il vous avait imposés étaient difficiles à accepter. Il ne désirait pourtant qu'une chose, depuis toujours…

— Que je sois heureuse, murmura-t-elle.

— Exactement. Il ne pouvait cependant pas être sûr que vous l'étiez. Il m'a souvent parlé de cette décision et de ce qu'il lui en a coûté d'offrir votre main à ce prétendant.

— Mais comment savez-vous tout cela ? Je n'ai jamais entendu parler de vous, il n'a jamais mentionné votre nom devant moi, pas même dans ses dernières lettres…

Elle rougit à nouveau.

— Je vous prie, poursuivit-elle en abaissant la tête, de m'excuser si…

— Votre étonnement est on ne peut plus légitime ! Je n'ai eu le privilège de rencontrer votre père que quelques trop courtes semaines avant son décès. Mais j'avais été un ami intime d'un homme qui l'avait fréquenté jadis.

— Serait-ce ce Juif qui l'avait aidé ?

Asmodée eut un large sourire et ouvrit les mains.

— Lui-même… Ce brave Tomasso Reguer avait quitté Venise pour ses affaires. Nous nous étions retrouvés à New York, où il est malheureusement décédé. Je le connaissais depuis toujours et je me remets difficilement de sa disparition ; mais nous emportons nos disparus, n'est-ce pas ? Je ne suis pas très croyant, pour dire vrai je ne le suis pas du tout ; je considère que le seul paradis qui nous attend réside dans la mémoire affectueuse de ceux qui nous survivront. Ne le pensez-vous pas ?

Alba se contenta d'acquiescer. Si son père avait besoin d'elle pour survivre, le malheureux devait se sentir bien mort…

— Tomasso n'avait aucun secret pour moi, et réciproquement. Très vite, il m'a parlé de votre père comme d'un homme remarquable que les circonstances de la vie et de l'Histoire avaient injustement malmené. Tomasso se rangeait toujours du côté de Job et, eût-il vécu du temps de ce malheureux, la Bible aurait dû ajouter un compagnon sur le tas de fumier, qui aurait exigé avec l'infortuné une explication divine à cette insupportable injustice. Ce que la vie fait de nos rêves…

Elle redressa la tête et dévisagea son interlocuteur dont les yeux gris et lumineux la fixaient avec affection.

— Mon mari, dit-elle d'une voix sombre, a une curieuse théorie sur le sujet.

— Ah bon ?

Asmodée s'était légèrement penché vers elle, intrigué.

— Je n'y ai jamais compris grand-chose, sans doute parce qu'elle ne me convient pas. Elle se fonde sur la manière semble-t-il curieuse qu'ont les champignons de se reproduire…

— Votre mari est-il botaniste ? Votre père ne m'avait pas signalé cette particularité… Pour être franc, il ne m'a presque pas parlé du prince Malcessati. Avec Venise, vous étiez ce qui occupait le plus ses pensées, et bien entendu le souvenir de sa chère épouse, votre mère. Il était l'illustration parfaite de ce que je vous disais à l'instant sur la mémoire… Mais quelle est donc cette théorie fondée sur les champignons ?

Du mieux qu'elle le put, Alba s'efforça de présenter les idées de son mari, qui lui parurent plus saugrenues encore de devoir les proférer. Asmodée l'écouta attentivement, sans l'interrompre.

— Voilà qui ne manque pas d'intérêt, conclut-il en claquant la langue, à la grande surprise d'Alba. C'est une manière certes singulière d'appréhender le hasard, quand on renonce à s'en remettre à la providence mais pas à une loi supérieure, quoique indéchiffrable. Invisible et pourtant active. Autrement dit, notre bonheur et notre malheur, notre fortune et notre ruine tiennent à si peu… Un peu d'humidité ou de chaleur en plus ou en moins, telle rencontre, telle décision, et voilà notre existence qui bascule ! C'est ce que l'on nomme aussi le destin, me semble-t-il. Étonnante, cette fascination de nos semblables pour le destin ! Songent-ils bien qu'il ne s'agit que d'une terrifiante induration ?

Alba se laissa aller à sourire.

— Que voulez-vous dire ?

— Vous souvenez-vous de vos rêves d'enfant ?

Elle se rembrunit.

— Oh oui… murmura-t-elle.

Asmodée ne parut pas noter son changement d'humeur.

— Et puis, on grandit. On pose des choix, on rencontre des gens, on vit des événements… Et nous devenons petit à petit ce que les gens retiendront de nous. Notre destin ! C'est ce que nous serons devenus à défaut d'avoir été tout ce que nous aurions pu, si les circonstances avaient été différentes. L'arbre de nos possibles pousse à l'envers ; plus nous vieillissons, moins les branches sont nombreuses. Et nous échouons sur le tronc, si glorieux soit-il, dont on tirera les planches de notre cercueil !

Il se redressa soudain.

— Mais je m'en voudrais de ternir votre humeur avec des théories oiseuses. Quoi qu'il en soit du hasard, des choix ou de la providence, il importe de vivre au mieux, et c'est exactement ce que votre père souhaitait pour vous. Raison pour laquelle également il m'a demandé de gérer au mieux le petit capital qu'il a réussi à constituer à votre intention.

— Vous ne m'avez pas encore expliqué comment ni pourquoi vous l'avez rencontré, interrompit-elle non sans une certaine sécheresse qu'elle regretta aussitôt.

Asmodée eut un petit rire.

— Vous avez raison ! Pour aller à l'essentiel, disons que mon ami Tomasso m'a enjoint, sur son lit de mort, sachant que je retournerais bientôt à Venise, de m'informer de l'état de fortune – au sens le plus noble du terme – où se trouvait votre père et de le secourir si besoin était – ce qui ne se présenta pas, pour les raisons que vous savez, mais ce qui ne m'en offrit pas moins le plaisir de faire sa connaissance et de devenir son ami. Votre père fut de son côté très touché d'apprendre la mort de Tomasso et le souci que ce dernier avait eu de lui. Et puisqu'il ne se fiait que modérément aux banquiers, il m'a demandé d'accepter cette mission – laquelle n'est pas sans péril ni fatigue, mais que j'ai acceptée avec joie tant je me suis pris d'amitié pour votre père et pour vous, à travers ce qu'il me racontait et me montrait.

— Vous montrait ?

— Le portrait qu'il avait commandé, de même que cette Madone que j'ai eu l'occasion d'aller admirer dans je ne sais plus quelle chapelle. Toujours est-il que je serais honoré si vous m'accordiez la même confiance que votre père. Vous répondrez, non sans raison, que vous ne me connaissez pas ; mais il s'est trouvé dans la même situation. Il connaissait toutefois Tomasso, dont il avait pu apprécier la générosité et le sens de la justice – notez que, sans le second, la première n'est souvent qu'une forme particulièrement perverse d'égoïsme. Je vous l'ai dit, Tomasso était plus qu'un frère pour moi ; par un bout ou l'autre, il y a un chemin, une lignée amicale qui nous relie désormais. J'aime croire qu'elle ne doit rien au hasard ni à la providence, et moins encore aux caprices du mycélium, mais seulement à la chaleur de l'humanité.

— En quoi consistera votre rôle ? questionna encore Alba qui ne pouvait renoncer aussi vite à sa méfiance instinctive.

— Ma foi… D'abord à faire fructifier l'argent que votre père vous a légué. Il l'admettait volontiers : ce n'était pas son fort.

Alba sourit tristement.

— Il m'avait déjà confié cette tâche avant son décès ; il a pu ainsi vérifier les compétences que m'attribuait Tomasso dans la lettre qu'il m'avait confiée à son intention.

— La lettre ?

— Oui. Ne vous ai-je pas dit que Tomasso, sur son lit de mort, avait eu la force de rédiger un mot d'introduction à l'attention de votre père ? Vous pourriez dénicher ce document dans ses affaires, s'il l'a conservé.

Alba avait déjà passé de longues heures à ranger et examiner les papiers laissés dans le palais, et elle n'avait trouvé aucune lettre de ce type. Elle hocha la tête négativement.

— C'est possible qu'il l'ait jetée, reprit Asmodée. Je pense avoir perçu qu'il était extrêmement pudique. Pour en revenir à ma tâche, il a pu apprécier mes modestes talents, puisque son capital a crû de vingt pour cent en à peine trois mois, et qu'il a poursuivi sur cette belle lancée depuis. Je vous montrerai bien entendu tous les documents et vous tiendrai scrupuleusement au courant. Pour éviter tout malentendu désagréable, je précise que je refuse catégoriquement tout intéressement à ces bénéfices. J'ai tout ce dont j'ai besoin, et il n'est que pour les rencontres humaines que l'on n'est jamais assez riche.

Il sortit d'un tiroir une liasse de feuilles couvertes de chiffres en colonnes.

— Ces opérations me divertissent. Elles sont une sorte d'alchimie sans âme, une multiplication des pains sans spiritualité aucune, et qui pourrait bien mener l'humanité à sa perte si elle s'imposait comme la nouvelle religion – ce qui est malheureusement fort probable. En attendant, si l'on en use avec discernement, comme d'un outil et non comme d'une fin, elle peut forcer le sort et venir en aide à ceux qui le méritent.

— Mon père aurait dû vous rencontrer plus tôt, pour son bonheur autant que pour le mien…

Asmodée écarta les bras en signe d'impuissance.

— Croyez que j'en aurais été ravi… Mais ce n'est pas une raison pour ne pas agir quand l'occasion s'en présente enfin.

Il poussa les feuillets vers elle.

— Vous pouvez les reprendre pour les analyser à loisir. Vous pouvez même les montrer à votre mari, lequel doit s'y entendre dans ce domaine…

Elle se raidit.

— Il n'en est pas question. Si je décide de me fier à mon père et donc à vous, ce sera à la condition expresse que mon mari n'en sache jamais rien.

Edern acquiesça gravement, presque comme un notaire, n'eût été l'ironie dans ses iris. Elle prit les documents et y jeta un regard distrait et incompétent, avant de les repousser.

— Je pourrais passer la nuit à les lire, je n'y comprendrais rien. Étant donné ma situation, de surcroît, je pense n'avoir guère le choix ; je vous accorde ma confiance.

Le visage d'Asmodée se fit sérieux.

— Permettez-moi alors de poser mes conditions.

— Vos conditions ? Mais…

— Ne vous méprenez pas, je ne reviens pas sur la gratuité de mes services. Mais justement, cela me permet, voire m'impose d'exprimer certaines exigences. Vous me confirmez ce que votre père avait imaginé, à savoir que cet argent doit demeurer secret, par rapport à votre mari. Du moins pour le moment…

— Ni maintenant ni jamais.

— Soit. Je suis touché de votre confiance, mais je refuse une confiance aveugle. D'abord parce que je ne suis pas infaillible, ensuite parce que je ne suis pas éternel. Je vous demanderai donc de m'accorder quelques heures avant votre départ pour que je vous initie aux arcanes de la finance, au moins à ses rudiments. De la sorte, vous comprendrez ces chiffres barbares et serez à même, le cas échéant, de reprendre en main cette gestion, ou de la confier à quelqu'un dont vous pourrez mesurer l'honnêteté et l'efficacité. Il faudra aussi que nous nous mettions d'accord sur les procédures par lesquelles nous garderons le contact ; je devrai parfois demander votre accord pour des opérations extraordinaires, et puis il faudra réfléchir à la meilleure manière de vous garantir un accès discret et simple à cet argent ; il serait absurde, en effet, qu'il vous faille chaque fois venir à Venise.

— Soit. À mon tour, alors, de vous adresser une requête.

Asmodée avait retrouvé son fin sourire.

— Je vous écoute.

— Parlez-moi de mon père…

Le palais d'Asmodée se situait à proximité des Santi Apostoli ; Alba s'y rendit tous les jours et passa, chaque fois, sur la tombe de ses parents. Elle avait raconté à Giovanni la première rencontre et le gondolier l'avait confortée dans sa décision. Cela lui paraissait même une chance inespérée, qui transformait la « ruse » de Girolamo, comme il l'appelait, en une stratégique mesure de sécurité.

Avec patience et humour, le vieil homme l'initia et ils échafaudèrent des moyens simples et efficaces pour communiquer et permettre à Alba de disposer de son argent. Il lui parla aussi de Girolamo Acotanto, ou plutôt d'un Vénitien qui portait ce nom et qu'Alba ne reconnaissait pas toujours. À plusieurs reprises, elle soupçonna Asmodée d'enjoliver, voire d'inventer ; mais c'était préférable, à tout prendre, à l'image d'un homme ruiné qui n'avait pas trouvé d'autre salut que de vendre sa fille. Sur lui, Edern demeura on ne peut plus discret et Alba, qui savait la valeur des ombres et des secrets, respecta ce silence ; il en fit autant à son égard et se contenta de la faire parler de sa jeunesse passée à Venise, puisqu'elle prenait un plaisir évident à replonger dans ces souvenirs dont elle découvrait qu'ils étaient heureux.

Mais il n'était pas possible de demeurer indéfiniment à Venise. Mi-octobre, une lettre de Giancarlo l'informa qu'il serait bientôt rentré à Milan et qu'il espérait l'y retrouver. À l'évidence, Luca l'avait tenu au courant et le prince s'en cachait à peine. « Vous me raconterez, écrivait-il, à quoi vous aurez occupé vos longues journées hors du palais. »

— Penses-tu qu'il m'a fait suivre ? demanda-t-elle à Giovanni, soudain inquiète.

Le gondolier eut une moue circonspecte.

— Quand je te conduis, je peux t'assurer que non. Personne ne pourrait me filer sans que je le repère. Mais lorsque tu es seule…

Elle avait été attentive et les réflexes de la fugueuse étaient revenus dès la première heure, mais elle ne pouvait toutefois en être certaine. De toute manière, ses absences auraient suffi à rendre Giancarlo soupçonneux s'il lui venait l'envie de l'être.

Il lui fallut donc préparer son retour vers Milan. Même si elle n'avait jamais imaginé pouvoir y échapper, cette perspective la replongea dans un profond état de tristesse.

— Je n'aurais peut-être pas dû venir, confia-t-elle à Giovanni. Ce sera si dur de me retrouver là-bas…

Asmodée, à qui elle avait aussi laissé percevoir son chagrin, tâcha de la réconforter.

— Ce séjour vous aura quand même apporté des perspectives que vous n'espériez pas. Nous n'avons guère évoqué votre vie de femme mariée à Milan ; si je peux deviner qu'elle n'est pas aussi heureuse que l'espérait votre père, je ne puis croire qu'elle soit à ce point désespérante. Avoir un lieu sûr où se réfugier et des amis qui vous y attendent est une consolation, et même un luxe dont sont privés la plupart de nos semblables…

Après ces quelques journées passées ensemble, Asmodée pouvait se compter au rang des rarissimes amis auxquels Alba acceptait de se fier. Cette pensée lui rendit un peu de courage.

Était-ce pour l'aider ou un effet de ce hasard auquel il ne semblait pas croire ? Asmodée lui annonça, cinq jours avant la date fixée pour le retour à Milan, qu'il lui fallait quitter Venise le lendemain pour une affaire pressante. Ils prolongèrent leur dernière rencontre et le vieil homme la saoula d'anecdotes distrayantes, glanées dans ses souvenirs ou son imagination. Alba se laissa griser. Cela ne rendit pas moins inévitable l'heure des adieux. Pour la première fois, elle embrassa Asmodée, qui en parut ému malgré sa constante ironie, élégance pour se protéger de ses émotions ou se rappeler qu'on finissait souvent par rire de ses larmes autant que de ses peurs. Elle n'osa pas lui demander s'ils se reverraient, ni où ni quand.

Elle n'avait pas commandé à Giovanni de venir la chercher et avait refusé l'offre d'Asmodée de la faire raccompagner. Ne courait-elle pas dans ces rues depuis son enfance ? La ville la protégerait comme elle l'avait toujours fait – pourtant, pas une brique, pas une goutte d'eau ne s'était opposée à son mariage ou à son départ.

Dès qu'elle se retrouva seule, l'ivresse des paroles d'Asmodée se dissipa comme un rêve. De lourds nuages hâtaient la pénombre du soir et l'humidité fraîche et odorante des canaux donnait à l'air des couleurs d'automne. Le rire épais de passants la fit sursauter ;

elle baissa la capuche de son manteau et hâta le pas. Que pesaient ses souvenirs face au retour à Milan ? En quoi la mémoire de ses disparus lui rendrait-elle les années futures plus légères ? Lui permettrait-elle de serrer à nouveau le corps nu de Jacopo, de sentir ses sens s'embraser sous ses caresses ? Elle ne voulait plus rentrer, elle voulait rester à Venise, dans son palais… Un sanglot de rage la secoua. C'était impossible. Le talent d'Edern n'avait pas suffi à transmuer le petit butin en un capital suffisant pour vivre seule, assurer les frais d'un tel palais, d'une vie libre, à la hauteur de ce dont elle avait pris l'habitude. Et même si, dans un accès de folie, elle choisissait de renoncer au confort, Giancarlo viendrait la récupérer comme un jeune chien fugueur. Son état n'était autre que celui d'un bien, propriété d'un homme orgueilleux et qui jamais ne supporterait l'affront d'être abandonné.

Elle s'était engagée dans un réseau de ruelles de plus en plus étroites, dans la direction opposée à celle de son palais. Elle s'arrêta un instant et essuya son visage. Était-elle femme à se laisser abattre ? Toute sa jeunesse, elle avait agi à sa guise ; au moins ce séjour à Venise lui avait rappelé cette vérité. Milan…

Un bruit la fit sursauter. Des pas dans son dos. Elle pivota ; il faisait presque nuit dans la venelle où elle s'était inconsciemment engagée. Elle ne distinguait rien et les pas s'étaient arrêtés. Pourtant, il lui semblait que quelqu'un se tenait là, tapi dans la pénombre d'un recoin.

— Qui est là ? lança-t-elle, moins fermement qu'elle ne l'aurait voulu.

Personne ne répondit. Elle devait sortir de là, regagner une artère plus large et plus fréquentée. Mais il lui faudrait pour cela passer devant cette ombre invisible – à moins qu'elle n'ait rêvé ?

— Qui est là ? répéta-t-elle.

Aucune réponse, sinon ce qu'elle prit pour une respiration rauque. Elle regarda autour d'elle ; partir dans l'autre direction la conduirait, pensait-elle se souvenir, à un canal. À moins que… Sauf erreur, à quelques dizaines de mètres se trouvait une ruelle plus étroite encore et qui, par une petite boucle à travers des cours délabrées, la ramènerait derrière son poursuivant – pour autant qu'il existât, qu'il eût bien l'intention de la suivre et qu'il fût assez stupide pour tomber dans ce piège. Sans plus hésiter, elle refit volte-face et s'éloigna rapidement. Dans son dos, après un court silence, les pas reprirent. Elle accéléra encore. Par chance, sa course était silencieuse. Elle bifurqua, jeta un œil derrière elle : personne, sinon le bruit de chaussures pesantes. Sur sa droite apparut la ruelle, un chas d'aiguille dans un mur en ruine. Elle devait poursuivre jusqu'à l'entrée prochaine et là seulement emprunter le passage.

Elle s'y engouffra et se mit à courir. Même si l'inconnu la suivait dans le boyau, elle arriverait avant lui à la sortie et la voie serait libre pour regagner une rue fréquentée.

Mais sa robe l'empêchait de courir vite ; dans son dos, son poursuivant se rapprochait et elle percevait distinctement sa respiration profonde et rageuse. Elle avait présumé de ses forces ou sous-estimé celles de l'autre. Qui était-il ? Question oiseuse, un voleur qui avait vu une proie idéale tomber dans sa toile. Elle ressortit dans la ruelle, trébucha, poussa un cri, reprit la fuite, le souffle court. Derrière elle, les pas se rapprochaient. Elle cria de nouveau, appela à l'aide ; soudain, elle sentit une main épaisse s'abattre sur son épaule et une autre qui tentait de la bâillonner ; elle hurla tandis que son agresseur invisible cherchait à la maîtriser et grommelait des imprécations dans le patois des quartiers les plus misérables de la cité. Elle mordit de toutes ses forces et balança sa jambe en arrière, à l'aveugle. Le bandit lâcha prise et hurla de douleur avant de la rattraper, plus furieux.

Mais une voix forte retentit.

— Que se passe-t-il ?

— À l'aide ! lança-t-elle tandis que son agresseur hésitait.

On approchait. Une imposante silhouette apparut. L'homme dans son dos s'enfuit. Elle s'appuya contre le mur, à bout d'émotion. L'inconnu qui l'avait secourue lui prit le bras.

— Ça va ?

Ce n'est qu'alors qu'elle remarqua son accent germanique ; elle releva les yeux mais, dans la pénombre, n'aperçut qu'une sorte de géant à l'imposante chevelure.

— Ça va… répondit-elle dans un souffle. Merci…

— Qui vous a attaquée ?

La voix était ferme, réconfortante.

— Je ne sais pas.

— Je vais le rattraper.

Elle sentit qu'il allait s'élancer et elle le retint. Elle fut surprise par la force qu'elle perçut, la tension de ses muscles puis, subitement, alors que ses doigts s'agrippaient, une forme d'abandon subit.

— Laissez, dit-elle. Vous n'êtes pas d'ici et il vous perdra dans un labyrinthe, ou vous tomberez sur une bande…

Elle n'en savait rien. Jamais elle n'avait vécu pareille aventure. Elle n'ignorait pas qu'il y avait des malandrins à Venise, mais n'en avait jamais rencontré.

— Reconduisez-moi jusqu'aux Santi Apostoli, je vous en prie…

L'homme hésita un instant puis, reprenant avec douceur le bras de la jeune femme, acquiesça.

— Vous avez sûrement raison. Venez…

Les doigts de l'homme s'enroulèrent sur son muscle fin, avec ce même mélange de puissance et de tendresse.

Ils avancèrent vers la sortie de l'impasse en silence. Régulièrement, il se retournait pour s'assurer qu'ils n'étaient pas suivis. Un peu de clarté revint et ils arrivèrent dans une rue plus large où quelques passants les dévisagèrent avec une moue suspicieuse. Elle put enfin découvrir le visage de l'homme.

— Permettez-moi de me présenter : Wolfgang von G***. Je suis allemand, mais amoureux de votre pays.

Il lui sourit. C'était un Goliath long aux traits fins et résolus, au regard franc et clair, mince et musclé. Il ne devait pas être beaucoup plus âgé qu'elle, mais lui parut combien plus insouciant. Après la frayeur, après la mélancolie, elle fut prise par une irrésistible envie de rire. Il la regarda avec étonnement puis joignit son rire au sien.

— Je vous prie de m'excuser, bredouilla-t-elle lorsqu'elle eut recouvré un peu de calme. J'ai eu si peur…

— Je comprends. Vous…

— Je m'appelle Alba.

Elle faillit préciser « Acotanto », mais déclara finalement :

— Alba Malcessati. Pouvez-vous me reconduire jusque chez moi ?

— Certainement. Vous êtes donc vénitienne ?

— Oui. Enfin…

Elle songea alors que, chez elle, il y aurait Luca et les domestiques de Giancarlo, et elle se rembrunit.

— Quelque chose ne va pas ? s'inquiéta aussitôt Wolfgang.

Elle sentit son cœur battre plus fort et le sang lui monter au visage.

— Je ne voudrais pas abuser de votre gentillesse. Je pourrai rentrer seule.

Il parut s'offusquer.

— Ce serait de la folie ! Si votre assaillant revenait ?

— Il ne reviendra pas. Il a eu trop peur de vous…

— Raison de plus pour que je vous raccompagne !

Il sourit à nouveau. Elle se sentit défaillir.

— Non… tenta-t-elle, à peine audible.

Il fit une moue et réfléchit un instant.

— Je ne veux pas vous embarrasser. Laissez-moi vous accompagner au moins jusqu'à proximité de votre domicile.

Elle n'eut pas la force de répondre et, s'agrippant à son bras, elle se mit en route. Ils ne dirent plus un mot jusqu'à l'entrée de la rue où s'ouvrait le palais Acotanto. Il la lâcha à regret.

— Vous reverrai-je au moins ? demanda-t-il en la fixant droit dans les yeux.

Elle se mordit la lèvre supérieure avant de répondre mais ne détourna pas le regard.

— Demain à dix heures, sur le campo du Ghetto Nuovo.

Son visage s'illumina.

— J'y serai…

— Vous avez donc décidé de garder ce palais ?

Giancarlo avait ordonné un somptueux repas pour deux, le soir de son retour à Milan, afin, déclara-t-il, de fêter leurs retrouvailles ; Alba n'avait pu s'y soustraire et n'y avait pas même songé, portée par l'extravagante ferveur qui s'était emparée d'elle lorsqu'elle avait enfin pu distinguer les traits de ce jeune Allemand à qui elle devait la vie – du moins voulait-elle le croire – et qu'elle avait revu tous les jours jusqu'à son départ, à l'insu de tous, même de Giovanni avec qui elle n'avait pas osé partager la folie de cet amour subit. Car c'était bien de cela qu'il s'agissait, un amour passionnel et ardent, juvénile comme elle s'en croyait à jamais interdite, un amour de son âge, à l'échelle de ses rêves. Elle n'avait pas dormi ce premier soir et, le lendemain, pleine d'émotions contraires, avait failli ne pas sortir à l'heure fixée, puis s'était ruée, désespérée à la crainte qu'il ne fût pas là, qu'il ne l'eût pas attendue. Mais il arpentait la vaste place et il avait levé vers elle le visage rayonnant de l'amant rassuré, non sans qu'elle eût noté la tension que son arrivée avait dissipée.

Les premières heures, ils les avaient passées à marcher et à parler, à se raconter, à mots précipités comme s'ils étaient talonnés par un nouveau péril. Elle ne lui avait rien caché de sa vie ni de son état, mais était restée discrète sur les difficultés rencontrées par son père ; il lui avait appris qu'il était célibataire, assez riche pour ne pas s'inquiéter de travailler, d'un âge suffisant pour ne pas pleurer des parents disparus et pour se réjouir d'un héritage qui l'avait rendu libre de voyager et de découvrir ce pays. Elle s'était souvenue que l'Italie était le premier amour qu'il lui avait déclaré.

— Oui, répondit-elle à Giancarlo en vidant la flûte de champagne. Et j'aimerais pouvoir y retourner régulièrement. Vous avez vos chevaux ; je me suis souvenue que j'avais mes canaux.

— Si vous faisiez l'effort d'apprécier mieux mes chevaux, je ferais celui de goûter à vos canaux.

— Vous pourriez vous y noyer. Et je ne voudrais pas vous contraindre…

Il n'y avait eu nulle contrainte lorsque, le lendemain, subitement à court de paroles, il s'était penché sur elle pour l'embrasser, un baiser long, profond, vertigineux, qui scellait leurs confidences. Plus encore que lors de leur premier contact dans la ruelle sombre, elle avait été bouleversée par ce mélange de force et d'abandon, qui se traduisit par une sorte de tremblement aux premiers instants, quand leurs langues se frôlèrent. Sans un mot, il l'avait conduite dans la chambre qu'il louait dans un petit palais sur le Cannaregio et l'avait déshabillée, les yeux émerveillés par ce corps que ses mains dénudaient lentement.

Alba avait replongé dans l'amour avec la rage de celle qui s'en était crue à jamais privée, elle s'était rappelé qu'elle n'avait que vingt-quatre ans, Wolfgang vingt-cinq, l'âge d'aimer à corps perdus, de jouir et jouir encore pour se moquer de la mort, de l'ennui et du temps.

Jusqu'à la dernière heure, ils s'étaient revus, clandestins et ivres ; ils s'étaient aimés, racontés, déclinés sous tous les modes. Il ne lui avait pas demandé de le suivre, de tout quitter pour lui, et elle avait choisi de lui en être reconnaissante même si, alors qu'elle jouissait pour la première fois entre ses bras, qu'elle le sentait venir en elle dans un râle puissant, elle les avait imaginés à cet instant tous deux blottis dans une voiture conduite par des chevaux au galop qui les emportait loin de Giancarlo et de cette vie.

Non. Il lui avait promis qu'il la suivrait et qu'ils se rencontreraient à Milan, à la barbe de son mari.

— Nous verrons, conclut Giancarlo. Mais je suis heureux de vous voir guérie. Nos amis se languissent de nous, à ce que laisse deviner le nombre impressionnant d'invitations reçues depuis que la nouvelle de votre retour court la ville. Je compte sur vous pour les honorer de votre resplendissante présence.

— Peut-être, rétorqua-t-elle avec assurance.

— Pas de contrainte ?

— Exact.

— Je crains qu'il ne s'agisse pas de la même chose. Pour nos… plaisirs respectifs, il est possible de laisser flotter la bride ; mais nous avons un rôle à jouer dans la société, et il y a eu de ce côté trop de flottement déjà.

Un rôle à jouer… Ses pensées virevoltaient sans cesse entre des pôles contradictoires, sinon antagonistes : l'infinie liberté de vagabonder dans Venise ;

l'émulation intellectuelle et joyeuse ressentie à discuter avec cet étonnant Asmodée Edern ; la jouissance amoureuse dévorée dans les bras de Wolfgang ; le luxe de sa vie de princesse, les fausses joies mondaines mais l'extrême plaisir de la musique jouée et écoutée. Pour les deux premières existences, son rôle était spontané et naturel ; pour le dernier, la contrainte dominait, et le mensonge, la dissimulation, la tromperie. Sa liaison avec Wolfgang était à la charnière, une charnière charnelle, qui pouvait à tout instant basculer d'un côté ou de l'autre. Le pire risque n'était-il pas que cet amour fût contaminé par le monde, qu'il devînt un banal adultère ? Que Giancarlo réussît à gâcher même cela ? Elle revoyait l'horrible couvre-lit du nouveau logement de Jacopo… Son esprit appréhendait ce danger mais son corps s'y refusait, il ne connaissait que la philosophie des sens et de l'instant. Alba entendait son mari pérorer et s'efforçait de n'écouter que ce qui était nécessaire pour donner la réplique, tandis que la pointe de ses seins durcissait au souvenir de la langue de Wolfgang.

Giancarlo voulut poursuivre la fête jusque dans la chambre de son épouse, qui ne put s'y soustraire – c'était un de ces rôles qu'il lui fallait interpréter, ce qu'elle fit sans passion, mécaniquement. Ses mains évitèrent de toucher le corps mou de son mari et rêvèrent des muscles vigoureux de Wolfgang. Dès qu'il eut fini, elle se tourna sur le côté et prétexta la fatigue pour le congédier. Elle ne chercha pas à deviner si Giancarlo avait joui aussi rapidement parce qu'il sortait d'une longue période d'abstinence ou parce qu'il avait ressenti un trop vif plaisir à la retrouver nue sous lui.

Dès le lendemain, la vie reprit avec ses ruses et ses pièges. Les premiers jours, Giancarlo traîna chez eux plus qu'auparavant, ce qui n'eut pour effet que d'attiser le désir d'Alba. Elle prétexta des courses – dont elle revenait bredouille, rien ne lui avait plu –, des concerts privés – demi-mensonge qui la dispensait d'inventer des commentaires qui n'intéressaient pas Giancarlo, même s'il lui fallait tricher sur les noms des hôtes et des salons – ou des représentations publiques – elle y croisait étonnamment si peu de leurs relations communes. Chaque fois, elle rejoignait Wolfgang dans la chambre louée dans un quartier discret, une cachette plus confortable que celle qui avait abrité ses amours avec Jacopo, tenue par une matrone avenante et qui promettait la discrétion, clé de son succès et de sa réputation. L'immeuble dont elle était propriétaire disposait de deux entrées, donnant dans des rues parallèles ; ses locataires, tous complices et coupables du même délit, feignaient de ne pas se regarder lorsque, par hasard, ils se croisaient dans l'escalier.

Wolfgang était un amant merveilleux. Il prenait son temps, flânait dans les méandres de son corps, la couvrait de baisers et de caresses, la faisait jouir fort et longtemps avant de venir en elle, doux et puissant à la fois. Parfois, alors qu'il la couvrait de caresses et de baisers, des pieds à la tête, il s'interrompait ; le temps que les dernières vagues de plaisir s'estompent et qu'elle réalise qu'il s'était arrêté, elle ouvrait les yeux et le découvrait penché sur elle, la dévorant des yeux, avec dans le regard quelque chose de sourd et de mystérieux.

— Qu'y a-t-il ? demandait-elle.

Il semblait revenir d'un monde lointain, sursautait et lui souriait.

— Je n'en reviens pas de ma chance… murmurait-il.

Elle adorait cet amour, sa jouissance et celle de son amant, sa semence chaude en elle, sur ses seins, dans sa bouche, et puis les longs moments de détente, l'un contre l'autre, trempés, dans un demi-sommeil où le désir reprenait des forces…

Wolfgang était aussi mélomane et cultivé. Il transportait une malle de livres et en achetait sans cesse de nouveaux, en italien, pour les partager avec sa maîtresse et parfaire sa connaissance de la langue. Avec lui, elle pouvait partager tout ce qu'elle aimait ; avec Giancarlo, il ne serait jamais question que de profiter de l'argent qu'il distribuait sans recevoir grand-chose en échange, puisque rien ne l'intéressait de ce qu'aimait Alba.

Les premières semaines passèrent ainsi, lui reclus dans sa chambre, elle multipliant les inventions pour s'échapper. Par chance pour elle, Giancarlo fut absent certains jours et, malgré ce qu'il avait annoncé, les invitations et les soirées mondaines ne furent pas aussi nombreuses – de toute manière, il n'était pas possible aux amants de partager leurs nuits et, à tout prendre, Alba préférait la cohue vaine des salons au face-à-face conjugal.

Un jour, toutefois, Wolfgang lui demanda de l'introduire dans la société milanaise. Ils venaient de faire l'amour au rythme d'une pluie battant sur les carreaux. Effrayée, elle s'assit contre les oreillers et remonta le drap sur sa poitrine.

— Tu es fou !

Il rit et prit sa main. D'un geste ferme, il fit tomber le drap et se pencha pour embrasser son téton gauche.

— Pourquoi ? Voilà presque deux mois que je suis enfermé ici. À part toi, qui viens quand tu le peux, je ne croise que ma propriétaire dont les sourires obséquieux me donnent la nausée, les libraires où je vais chercher de quoi meubler mes longues heures sans toi et les garçons des restaurants et cafés où j'essaie d'oublier ton mari. Et je ne te parle pas de mes nuits solitaires…

Elle le repoussa tendrement.

— Les miennes le sont aussi…

— Toutes ?

Elle rosit.

— Toutes.

Ce n'était pas tout à fait mentir ; même lorsque Malcessati venait exiger son dû matrimonial, jamais il ne restait dormir dans le lit d'Alba. Et rien ne ressemblait moins aux étreintes avec Wolfgang que les brèves gesticulations subies avec Giancarlo.

— Le temps sans toi me paraît si long, et si bref lorsque nous sommes ensemble, reprit-elle pour écarter le sujet.

Il la dévisagea intensément et elle détourna les yeux.

— Que dire pour ce qui me concerne ! reprit-il d'une voix amère.

— Rien n'est plus ennuyeux et plus vain que les salons milanais !

— Je doute qu'ils le soient davantage que ceux de Venise ou de Bonn. Ouvre-moi une seule porte et je me fais fort de te croiser dans tous les salons de la ville en moins d'un mois.

Elle n'en doutait pas un seul instant : Wolfgang était jeune, beau, riche et intelligent, plein d'esprit et de charme. La bonne société milanaise ne tarderait pas à l'aduler, les femmes en premier, jeunes et moins jeunes.

— De quoi as-tu peur ? demanda-t-il.

Sa main avait repris possession de ses seins et ses doigts en titillaient les pointes gonflées.

— De rien, mentit-elle en se laissant caresser, les yeux clos pour goûter au plaisir qui l'envahissait par vagues lentes, qui irradiait de sa poitrine jusqu'au creux de son ventre, courait le long de son échine.

Sa main glissa sur le torse de son amant, jusqu'à son sexe encore à moitié mou, qu'elle entreprit de raviver. Wolfgang approcha ses lèvres de l'oreille d'Alba.

— Tu n'as rien à craindre… Je t'aime.

Les doigts de l'homme s'insinuèrent entre ses lèvres intimes et elle geignit.

— Si tu préfères ne pas te compromettre, je trouverai seul comment pénétrer dans les salons. Je n'ai pas entrepris ce voyage sans quelques adresses et recommandations…

Alba lâcha le sexe rigide et voulut se reculer, mais les phalanges expertes de Wolfgang l'empêchèrent de résister.

Ce soir-là, quand elle quitta son amant, elle ressentit pour la première fois un sentiment qui le disputait au plaisir éprouvé. Pouvait-elle empêcher Wolfgang de sortir de sa retraite ? Sans doute non.

Du moins lui avait-il demandé son accord. Assurément, il aurait pu se passer d'elle et la surprendre un soir, au bras de son mari, introduit par une quelconque baronne ou un insipide bourgeois. Quelle aurait été sa réaction ? Elle voulait croire qu'elle n'aurait rien laissé paraître, mais Giancarlo était soupçonneux, ou du moins le soupçonnait-elle de plus en plus de deviner beaucoup. Oui, Wolfgang était sincère et l'aimait ; il voulait juste vivre, et pas seulement quand ils étaient ensemble. Elle avait promis de l'introduire via une des rares personnes de ce monde en qui elle pouvait à peu près se fier, et elle lui avait fait jurer de ne jamais chercher à leur parler – à Giancarlo ou elle – s'ils se croisaient.

Une nouvelle phase de leur vie débuta, qui dura jusqu'au printemps 1824. Une période étrange durant laquelle Alba se laissa entraîner et s'efforça de ne pas ouvrir les yeux pour permettre à son bonheur de se prolonger le plus longtemps possible. Parfois, un éclair glacé de lucidité la frappait : son histoire n'était plus rien d'autre qu'un médiocre adultère, comme il s'en déroulait des dizaines sous ses yeux, comme ceux que son mari lui imposait à nouveau, plus ou moins discrets selon le degré de vengeance et de cruauté que l'infidèle souhaitait adjoindre à son plaisir. La liberté et la légèreté de Venise étaient loin, et peut-être n'y goûterait-elle plus jamais.

Les amants avaient continué de se voir dans l'appartement de Wolfgang et d'y faire l'amour. À peine si l'ardeur de leurs étreintes avait baissé. Mais à présent, Alba se demandait si d'autres qu'elle rejoignaient ici le bel Allemand qui, comme elle l'avait subodoré, était rapidement devenu un habitué des salons. Il riait de sa jalousie maladroite et répétait qu'aucune Milanaise ne l'égalait en beauté et en intelligence, et qu'il n'était pas pensable pour lui de dissocier l'une de l'autre.

— Demande à ma propriétaire si jamais une seule autre femme que toi est montée ici !

Jamais elle ne se serait abaissée à une telle démarche, vouée d'ailleurs au ridicule et à l'échec, car pourquoi attendre la vérité d'une femme que le mensonge enrichissait ? Alba savait aussi que dans les salons une énigme contribuait au charme de Wolfgang : personne ne savait où il vivait. On lui prêtait les adresses les plus extravagantes, des plus somptueuses aux plus communes, et il refusait avec obstination de répondre aux questions. Qui plus est, une autre rumeur acheva de la réconforter : on ne connaissait aucune maîtresse au jeune Allemand. La nouvelle, que l'on se confirmait à chaque soirée, était pour les candidates à la fois rassurante et inquiétante. Alba, elle, retrouva donc un peu de joie et de légèreté lorsqu'elle comprit, vers Noël, que l'on redoutait des inclinations particulières à Wolfgang.

Mais lorsqu'elle confia cette rumeur en riant à son amant, celui-ci se mit en colère – sa première colère. Trouvait-elle si amusant qu'on le prît pour un inverti ?

— Mais enfin, Wolfgang ! Quelle importance ? Je sais bien…

— Que sais-tu ? hurla-t-il. Que sais-tu de moi ? Et moi, que sais-je de toi ?

Elle le regarda, ébahie, les yeux envahis de larmes.

— Tout ! Tu sais tout de moi, et tu m'as tout confié, n'est-ce pas ?

Il la dévisagea durement, puis se radoucit.

— Pardon… Tu as raison. C'est juste que, pour un homme, il n'est pas agréable qu'on se méprenne sur ce genre de choses…

Elle s'efforça de sourire.

— Veux-tu que je répande la nouvelle que tu es un amant exceptionnel ?

Pour cette fois, la dispute s'acheva dans les rires et les baisers.

Mais le doute et le malaise revinrent. Que Wolfgang ne l'eût pas encore trompée ne signifiait pas qu'il ne se laisserait jamais tenter. Bien qu'il lui répétât qu'elle était la plus belle, c'était un de ces constats qui s'usaient, ne serait-ce que parce qu'une part non négligeable de surprise rentrait dans ce que l'on considérait comme beau. Le trouvait-elle, lui, toujours aussi magnifique ? Oui, mais il lui était arrivé de détailler tel ou tel jeune homme qui débutait dans le monde. Et Giancarlo l'avait sans aucun doute trouvée, elle, splendide en la choisissant pour épouse…

Il y avait aussi eu cette colère qui l'avait laissée décontenancée, désarmée. Jamais elle ne l'avait vu fâché, mais n'avait-elle pas parfois ressenti en lui une tension contradictoire, des tremblements que le plaisir ne pouvait seul justifier ? Déjà, la première fois que sa main avait enserré son bras…

Une autre cause que l'usure et l'habitude pouvait expliquer l'abandon de Giancarlo : jamais, depuis leur mariage, elle n'avait eu la moindre hésitation à la période de ses règles. Malcessati lui reprochait ouvertement cette infertilité. Avec Wolfgang, elle prenait un maximum de précautions ; mais qu'elle ne fût jamais tombée enceinte malgré ces mois de passion la confortait dans l'idée – le reproche – que cet avortement subi à Venise était responsable de sa stérilité.

Les plaisirs d'Alba se réduisaient à ceux du corps et de la musique, et l'usure probable des premiers la distrayait des seconds. Les conversations avec Wolfgang se réduisaient, par crainte d'aborder des sujets qui auraient pu le fâcher – comme cela avait été le cas avec cette rumeur stupide et à d'autres occasions ultérieures – et par épuisement des autres. Alors que Giancarlo était parti rendre visite à sa cousine berlinoise, Alba essaya d'obtenir quelques informations supplémentaires sur son pays, un point sur lequel le jeune homme était resté discret, le refoulant chaque fois sous son amour pour l'Italie ; elle n'obtint presque rien, sinon qu'il n'avait pour ainsi dire jamais mis les pieds à Berlin et qu'il n'aimait pas cette ville. Elle concentrait à ses yeux tout ce qu'il détestait chez ses compatriotes : la suffisance, la lourdeur et la pédanterie. Comme Alba n'y était jamais allée et bien qu'elle se fût toujours méfiée des idées reçues, elle prit garde de ne pas le contredire.

Devait-elle se préparer à voir cette romance sombrer et mourir bientôt ? Rien ne pourrait lui plaire davantage qu'un long séjour solitaire à Venise… Wolfgang était certes toujours un aussi bon amant, mais quelque chose manquait. Pis, il lui était arrivé à plusieurs reprises d'exiger d'elle des attitudes et des gestes humiliants ou douloureux. Ses réticences avaient suscité de l'ironie blessante, voire de franches colères qui la laissaient pantoise et fragile comme la petite fille qu'elle avait été et qui avait cherché à se faufiler entre l'orgueil et la violence des hommes qui l'entouraient.

On sortait de l'hiver ; Giancarlo était parti veiller à la saillie de quelques juments, après s'être assez grossièrement émerveillé de leur docile fertilité.

Quand elle le rejoignit, Wolfgang la consola et se montra très tendre. L'absence de Giancarlo lui permettait de rester plus longtemps et le plaisir retrouvé dans les bras de son amant écarta ses pensées sombres.

— Tu restes dormir ici ? lui demanda-t-il dans le creux de l'oreille, alors qu'il recommençait à la caresser.

— Je ne peux pas, geignit-elle. Tu sais bien…

Jamais ils n'avaient dormi ensemble. Alba en rêvait, elle se disait que ce serait toujours quelque chose qui manquerait à leur amour. Elle ne l'avait jamais fait avec son mari. C'était si simple, finalement, de faire l'amour, alors que dormir à côté de quelqu'un nécessitait une telle confiance, dans l'abandon impudique du sommeil.

Wolfgang s'appuya sur ses coudes et la dévisagea gravement.

— Qu'y a-t-il ? demanda-t-elle, impressionnée par son regard.

— Je me demandais…

— Quoi ?

— Ton mari…

Elle se rembrunit.

— Laisse-le où il est, avec ses pouliches.

— Pourquoi restes-tu avec lui ?

Alba soupira et tira le drap sur elle. Wolfgang connaissait la trivialité de la réponse : même si elle divorçait, et pour autant que cela lui fût possible, comment vivre ensuite ? Garder son palais ? Le capital géré par Asmodée ne suffirait pas, et au demeurant elle n'en avait jamais parlé à Wolfgang. Quant à la fortune de ce dernier, dont il lui avait brièvement narré l'origine – l'héritage de ses deux parents morts tragiquement quelques années auparavant –, elle lui permettait de vivre seul, en dilettante, et de voyager, mais sans excès d'aucune sorte. Elle le lui rappela posément, en veillant à ne pas froisser sa susceptibilité.

— Mais de quoi avons-nous besoin pour vivre et être heureux ? rétorqua-t-il sans sourire. Je déteste Milan autant que toi ; comme toi, je rêve de regagner Venise. Y vivre avec toi au grand jour, sans plus devoir nous cacher ; n'en as-tu pas envie ?

— Oui ! grinça-t-elle.

— Qu'as-tu besoin de cette vie, de ce luxe ? Tu n'es jamais plus belle, plus agréable et plus élégante que nue. Un piano, des livres, de quoi boire et manger, aller au concert ; je pourrais travailler un peu, s'il le faut…

Il avait entamé des études de chimie qu'il n'avait pas achevées, mais il pouvait donner des cours d'allemand, devenir conseiller – il ne manquait ni de jugeote ni d'allant –, voire entrer dans l'administration autrichienne, où sa double maîtrise de l'allemand et de l'italien ainsi que sa connaissance intime de l'Italie pouvaient se révéler précieuses.

Cette suggestion raviva le souvenir pénible de Girolamo Acotanto et de ses démarches vaines. Alba obtint ce soir-là que Wolfgang changeât de conversation, mais il revint à la charge les jours suivants, jusqu'à ce qu'elle le suppliât de ne plus jamais en parler : elle ne pouvait pas divorcer, ce serait ruiner tout ce pour quoi son père s'était battu et sacrifié. Elle essaya de chasser par des baisers tendres les plis sombres que sa réponse imprima sur le front de son amant. Bien sûr, elle aurait voulu comme Wolfgang n'être qu'à deux, affranchis, et à Venise ; mais avait-il songé à Tristan et Yseult, qui se retrouvèrent libres et pour ainsi dire nus dans la forêt après que le roi Marc les eut chassés, et qui finirent par ne plus supporter l'ennui de cette vie qu'ils avaient crue idyllique ?

— Tristan et Yseult n'ont pas été à la hauteur de leur amour, répliqua-t-il avec une fougue adolescente mêlée de colère contenue.

Elle ne put s'empêcher de rire, avant de chercher ses lèvres pour clore la conversation. Laquelle reprit quelques jours plus tard, jusqu'à ce que Wolfgang évoquât cette autre solution dont le fantôme avait pu les hanter tous deux, sans pourtant qu'aucun ait eu le courage de la formuler : si, plutôt que de le quitter, Alba enterrait Giancarlo ?

Ce qui n'avait été d'abord qu'un espoir dont la réalisation était confiée au hasard, comme celui d'une bonne fortune apportant à la fois libération et richesse, devint petit à petit un projet, à partir du moment où, dans le courant du mois de mai 1824, Alba réalisa dans un tourbillon de sentiments contradictoires qu'elle était enceinte. Elle n'avait aucun doute : depuis le printemps et le retour de tendresse de Wolfgang, elle avait toujours réussi à éviter au maximum les visites nocturnes de Giancarlo, et certainement depuis ses règles précédentes.

Dès qu'elle en eut l'occasion, elle courut annoncer la nouvelle à Wolfgang. Elle ne doutait pas qu'il serait heureux ; il avait souvent évoqué son désir d'avoir des enfants, même si, à cause de leur situation, le rêve était toujours resté au niveau des généralités. En même temps, elle se doutait aussi que cela raviverait leurs discussions autant que ses craintes : serait-elle capable d'être mère, elle qui avait déjà tué un enfant dans son sein et qui, pour ce crime, s'était interdit de ne jamais plus penser à la maternité ?

De fait, Wolfgang accueillit la nouvelle avec un cri de joie et la souleva en riant aux éclats dans ses bras.

— Tu es sûre ? Bien sûre ?

— Autant que possible… Et toi seul peux en être le père.

Il voulut aussitôt la déshabiller et poser ses mains, ses oreilles, sa bouche sur son ventre. Elle se laissa faire, ravie, caressant les cheveux de son amant avec des rires adolescents.

— Tu es fou ! Tu ne peux rien entendre encore…

Ils firent l'amour très tendrement, ce qui n'empêcha pas Alba de pousser un hurlement formidable lorsqu'elle jouit, plus fort qu'elle ne l'avait jamais fait. Pour la première fois également, rompue de plaisir, elle s'assoupit.

Lorsqu'elle rouvrit les yeux, elle bondit sur son séant. Wolfgang était assis dans un fauteuil en face du lit, toujours nu, qui la regardait, grave et songeur.

— Quelle heure est-il ?

— Presque cinq heures. Rassure-toi : j'allais bientôt te réveiller.

Elle se leva et se débarbouilla en vitesse au broc d'eau froide.

— Que faisais-tu ? demanda-t-elle en souriant malgré tout.

— Je réfléchissais.

— À quoi ?

— À ce que nous allions faire. À ce que nous devions faire.

Son ton l'alarma. Elle se sécha en hâte et s'habilla.

— Il faut éviter qu'il soupçonne…

Wolfgang bondit et lui saisit les poignets avec une telle force qu'elle cria.

— Quoi ? Tu vas coucher avec ton mari pour lui permettre de croire que mon enfant est le sien ?

Son regard la terrifia. Alba se mit à trembler et ne put répondre – c'était en effet son intention, mais fallait-il en parler à Wolfgang ?

— Tu l'as déjà fait, peut-être ?

— Non ! Tu ne peux pas…

Une vague de désespoir passa dans ses yeux clairs. Il relâcha sa prise et s'affala sur le lit, la tête entre les mains.

— Je te prie de m'excuser… Je suis si heureux, et puis l'idée que… ton mari (Alba crut qu'il allait cracher) vienne polluer ce bonheur si pur, si beau… Il ne peut pas, tu m'entends ! Il ne peut pas ! Quand je l'imagine couché sur toi…

Il frappa son genou avec violence. Elle s'était approchée pour le prendre dans ses bras, mais ce geste avait interrompu son mouvement.

— C'est mon enfant autant que le tien. Je refuse de le lui abandonner. Il faut…

Il n'acheva pas sa phrase mais Alba devina le terrible dessein qui se profilait dans son esprit.

— Wolfgang…

Il se remit debout et lui prit les mains, sans violence.

— Alba, tu ne peux pas imaginer combien tu me rends heureux, ni tout ce que tu rachètes… C'est bien plus que cela même, je ne connais pas les mots, ni en italien ni en allemand. Je n'osais plus y croire lorsque je t'ai rencontrée… Tu te souviens dans quelles circonstances incroyables nos chemins se sont croisés ?

Elle sourit, émue ; si elle se souvenait…

— Tu… Ce serait trop compliqué à expliquer, mais tu dois me croire ; ces derniers temps, j'avais peur. Peur que notre amour n'ait rien d'exceptionnel, que je me sois trompé, que ce ne soit que…

— Qu'un banal adultère ?

Il la dévisagea, étonné, puis sourit.

— Oui ! As-tu, toi aussi, redouté cela ?

Elle ne put répondre que d'un mouvement de tête.

— Tu vois !

Elle ne voyait pas vraiment mais elle resta silencieuse.

— Cet enfant est la preuve… Promets-moi !

Elle recula d'un pas.

— Te promettre ? Mais quoi ?

L'expression de Wolfgang était brûlante, exaltée.

— De faire tout ce que je te demanderai ! De me faire confiance !

— Wolfgang, de quoi parles-tu ?

Il serra très fort ses poignets et elle poussa un cri de douleur.

— De nous, Alba ! De nous trois ! Promets-moi !

— Tu me fais mal !

Des larmes lui montaient aux yeux, de peur et de souffrance. Il la lâcha brusquement.

— Pardon, pardon… Je suis si… Tu me promets ?

En vain chercha-t-elle à obtenir plus de précisions ; lorsqu'elle sentit qu'il risquait de sombrer dans une de ses terribles colères, elle céda et promit.

Le soir tombait lorsqu'elle rentra chez elle. Elle avait craint un moment qu'il décidât de la raccompagner et de venir provoquer Giancarlo, mais il l'avait abandonnée dans une sorte de hâte fiévreuse qui n'était pas moins inquiétante.

De ses années vénitiennes, Alba avait appris et retenu que les promesses étaient des formules magiques qui n'offraient la tranquillité que pour quelque temps. Seuls les fous y accordaient davantage d'importance. Elle ignorait ce que Wolfgang projetait et même si elle pouvait s'en douter, rien ne garantissait que cela réussirait, ni même qu'Alba serait en mesure de respecter sa parole. Si possible dès ce soir, elle céderait aux demandes de Giancarlo et saurait les provoquer si l'homme n'y songeait pas. Ce qu'il se passait dans sa chambre ne regardait pas Wolfgang. Oui, elle l'aimait et leur histoire était peut-être bien exceptionnelle ; mais ils ne vivaient pas dans l'univers éthéré d'un roman médiéval et, d'expérience, Alba savait qu'il ne fallait rien attendre des autres et qu'elle seule devait décider de sa conduite. Cet enfant serait celui de Wolfgang, mais elle serait seule à le porter durant neuf mois ; et si le plan du jeune père échouait, elle devait mettre toutes les chances du côté de cet enfant.

Ce soir-là, malgré l'intensité inouïe du plaisir que son amant lui avait procuré, elle réussit sans peine à attirer Giancarlo dans son lit. Pendant qu'il la besognait, elle noua les jambes autour des siennes et le tint serré jusqu'à ce que, dans un râle, il se soulageât en elle.

Le lendemain, Giancarlo ne quitta pas le palais et elle ne put rejoindre Wolfgang. Son mari, peut-être conforté par leur étreinte, la voulait sans cesse auprès de lui. Une soirée mondaine était au programme, où une foule se presserait ; Wolfgang y serait probablement. Alors qu'ils avaient toujours veillé à s'ignorer, il faudrait qu'elle trouvât le moyen de le rassurer.

Mais le jeune Allemand ne parut point à la soirée et ce fut Alba qui s'en alarma.

— Vous semblez préoccupée, s'étonna Giancarlo.

— Je suis un peu fatiguée…

Il accepta de la ramener assez tôt et vérifia si la bonne fortune de la veille était ou non passagère ; à nouveau, elle le laissa s'étendre sur elle et jouir de ses droits conjugaux.

— Tu n'as rien à craindre ! Je te garantis que personne ne pourra jamais rien soupçonner.

Le visage de Wolfgang vibrait d'une ferveur qui effrayait Alba plus encore que les mots dont le sens lui paraissait indéchiffrable, comme si son amant, subitement, s'était mis à lui parler allemand. Il lui tendait avec insistance une fiole de verre opaque.

Wolfgang ne s'était pas inquiété de son absence la veille parce que lui-même n'avait pas rejoint sa chambre avant la nuit. Ils s'étaient retrouvés le lendemain et Alba l'avait découvert qui arpentait la petite pièce. Dès qu'il l'avait vue, il s'était précipité vers elle ; mais alors qu'elle lui offrait ses bras et ses lèvres, il lui avait saisi les mains avec fièvre.

— Alba, j'ai la solution ! Tu entends ? La solution !

— La solution ?

— Tu as promis de m'obéir, n'oublie pas !

Elle avait grimacé.

— Tu me fais mal, Wolfgang…

— Pardon…

Il avait relâché son étreinte et l'avait conduite vers le lit.

— Assieds-toi, je vais t'expliquer.

Et ils se tenaient là, face à face, lui anxieux, dans l'attente de sa réponse, elle incrédule, atterrée.

— Je ne comprends pas, répéta-t-elle pour s'accorder un répit.

Il serra les lèvres et s'accroupit devant elle, les paumes sur les genoux de la jeune femme.

— Écoute… Lorsque j'étais à Bonn, je te l'ai raconté, j'ai entamé des études de chimie. Tu te souviens ?

Elle hocha la tête.

— Alors voilà…

À mots lents, chuchotés, il lui exposa son plan comme s'il parlait à une enfant. Elle avait bien compris : il lui demandait de verser tous les jours quelques gouttes de poison dans la boisson de Giancarlo. Rapidement, sa santé se dégraderait, mais les médecins croiraient d'abord à un banal refroidissement. Le poison était absolument indécelable – et Wolfgang insista sur le mot que tout son savoir de chimiste renforçait. Au bout de trois semaines, le malade expirerait au terme d'une agonie indolore – autre mot qu'il souligna d'une pression sur le genou –, au plus grand soulagement de tous, y compris du sien. Alors tout serait parfait : Alba libérée d'un mari qu'elle n'aimait pas, qu'elle n'avait jamais aimé, héritière de sa fortune et, après un deuil convenable, épouse de Wolfgang qui pourrait adopter leur enfant. Vivre heureux ensemble, au grand jour, quitter Milan, avoir d'autres enfants, voyager… Au fur et à mesure qu'il déroulait le tableau de leur avenir, Wolfgang retrouvait sa fougue, sans noter la pâleur d'Alba.

— Personne jamais ne te soupçonnera ! Penses-tu… L'épouse attentive qui veille à étancher la soif de son cher époux souffrant !

Elle se releva d'un bond.

— Mais tu es fou !

Il avait trébuché et s'était retrouvé sur les fesses, médusé et ridicule. Son expression se métamorphosa, dure, plus effrayante encore. Il se redressa et se campa devant elle, posa les mains sur ses deux épaules, les doigts frôlant son cou nu. Tout son corps eut un mouvement de répulsion panique, mais elle ne bougea pas.

— Non, je ne suis pas fou, Alba. Je ne pense qu'à nous trois et tu as promis de m'obéir. Cet enfant est le nôtre, tu entends ? Oserais-tu m'affirmer à présent qu'il est celui de cet impuissant ?

— Non, souffla-t-elle, tremblante de peur.

— Alors, tu n'as pas le choix. Je refuse que cet enfant, que *mon* enfant, soit élevé par cet homme, porte son nom et ne connaisse jamais son véritable père. Comment imaginais-tu les choses ? Pensais-tu que je jouerais le rôle de l'ami de famille, voire celui d'un lointain cousin soudain surgi du néant ? Je méprise ton mari mais je lui reconnais une qualité : il est intelligent. Quoi qu'il en soit, la seule chose qui doit compter pour toi à présent, c'est ceci : tu portes mon enfant et nous nous aimons. Notre rencontre a été providentielle, l'aurais-tu oublié ? Je t'ai sauvée, peut-être de la mort. Tu n'as pas le choix.

Entre ses mains puissantes, elle se sentait si fragile… Ses jambes cédèrent et elle éclata en sanglots. Il la prit contre lui et lui caressa les cheveux, doux à nouveau, qui lui susurrait des mots tendres à l'oreille.

Une heure plus tard, elle se rhabillait et sortait en hâte de cette chambre, abandonnant Wolfgang dans le lit, satisfait et triomphant ; elle avait cédé, à ses caresses d'abord, à ses paroles ensuite. Elle n'avait pas crié mais son corps s'était soumis avant elle au projet de Wolfgang, lumineux et évident pour lui quand l'âme d'Alba se révulsait à l'idée de bâtir son bonheur sur un crime, même à l'encontre d'un homme qu'elle n'aimait pas. Elle avait toujours cru que son esprit guidait ses choix et ses décisions, en vue d'accomplir le rêve impossible de son père ; mais elle réalisait à l'instant que son corps menait la danse, sans doute depuis toujours, accroché viscéralement à la vie, à la liberté et à la jouissance. D'abord celle de l'enfance, des errances dans Venise, une jouissance simple qui se satisfaisait d'un rayon de soleil, d'une odeur de pain chaud. Mais la satisfaction du corps, comme de l'esprit, était toujours éphémère, et il lui en fallait toujours plus. Il y avait eu les premiers baisers, les premiers garçons. Elle avait imaginé son corps à son service pour les domestiquer, ces mâles prétentieux, mais son corps s'était joué d'elle, ses sens avaient pris le contrôle de ses pensées, tapis dans l'ombre, invisibles et combien pressants, pour en arriver à ce jour où la vie s'était implantée dans son ventre, décuplant cette puissance devant laquelle rien ne résistait, et sûrement pas les arguments d'une morale dictée par un monde inique qu'elle avait toujours combattu et détesté. Quoi ? semblait lui crier cet enfant en elle, cette chair en puissance née de sa propre chair et de son plaisir, elle oserait mettre dans la balance la vie de cet homme qui l'avait achetée pour sa jeunesse, sa beauté, lui aussi guidé par son corps vieillissant, ses sens épuisés, auxquels il fallait toujours davantage ? Plus que les arguments de Wolfgang, plus que ses menaces ou sa colère, c'était cette vérité charnelle qui l'avait convaincue, aidée par les caresses, la jouissance encore et toujours. Elle avait glissé le flacon dans son manteau et Wolfgang lui avait répété les instructions, une dizaine de gouttes par jour pour débuter. Elle l'informerait de l'évolution et il adapterait au besoin. Dans moins d'un mois, tout serait consommé…

Mais si le corps est rivé à la vie, la mort le révulse. Le premier soir, Alba fit tomber les gouttes fatales dans un verre d'eau mais ne put aller jusqu'à dix tant sa main tremblait. Elle réussit toutefois à le porter à Giancarlo sans rien renverser et il le but d'une traite, sans même prêter attention à son geste ni à sa femme. Le lendemain, il se réveilla tard, fatigué, soupçonna une indigestion. Alba fut impressionnée par la puissance du poison et se contenta, ce jour et les suivants, de verser trois à cinq gouttes. À Wolfgang, qui s'enquérait avec impatience de l'évolution du mal, elle dressait un tableau fidèle des effets constatés mais n'avoua pas avoir triché sur les doses.

Après une semaine, Giancarlo ne put se lever. Il se sentait sans la moindre force et sa tête lui faisait souffrir le martyre. Alba lui porta un grand verre d'eau avec deux gouttes de poison, incapable d'en verser davantage. Elle fit quérir le médecin, à la demande de Malcessati qui avait refusé jusque-là qu'on dérangeât le praticien. L'homme vint, ausculta son patient, ne comprit rien et prescrivit une potion qu'Alba envoya chercher à la pharmacie. Elle resta au chevet de Giancarlo après le départ du docteur.

Le malade s'était assoupi ; ce n'était rien d'autre qu'un vieil homme, de vingt ans son aîné, concupiscent et terrassé, une épave dépouillée de toute majesté, impuissante et misérable. Où était l'esprit vif, cruel, la poigne de fer qui saisissait une jument rétive et lui découvrait la denture pour l'inspecter et asseoir son pouvoir sur les êtres et les choses ? Ce ne serait bientôt plus qu'une dépouille dont on se débarrasserait après une cérémonie au protocole convenu…

Giancarlo ouvrit les yeux et aperçut sa femme. Il ouvrit la bouche pour parler et elle se pencha pour l'entendre, suffoquée par l'odeur infecte de son haleine.

— Merci… de me veiller…

Une main tremblante se posa sur la sienne, moite et sans force.

— C'est normal, répondit-elle, plus émue qu'elle ne l'aurait voulu.

— Vous devez… vous reposer aussi…

Il n'avait visiblement pas conscience du temps. Elle ne le contredit pas.

— Vous pouvez… me laisser… Je dois dormir…

Lorsqu'elle lui fit son rapport, Wolfgang exulta et l'embrassa avec fougue.

— Encore trois, quatre jours maximum et nous serons libres !

Giancarlo dormait lorsqu'elle rentra. La servante lui avait donné la potion prescrite et lui dit que le malade avait dormi presque sans répit, d'un sommeil pesant.

— C'est encore le meilleur remède, conclut-elle avec l'assurance d'un éminent docteur.

Alba pensa que cet état ressemblait déjà à la mort et ne versa rien dans le verre d'eau que Giancarlo but péniblement avant de replonger dans sa nuit.

Elle dormit mal, d'un sommeil agité de cauchemars dont il ne lui resta au réveil qu'une impression pesante et quelques images : des chats qui filaient dans les ruelles, à la poursuite des rats, des mouettes qui lançaient leurs cris stridents, tous ces signes qu'elle guettait avec avidité quand elle était encore à Venise et qu'elle avait dédaignés depuis longtemps, puisque aucun présage ne l'avait avertie du sort que lui réservait son père. Fallait-il interpréter ces rêves comme le retour des oracles ? C'était stupide, songea-t-elle. Et quand bien même, comment devait-elle les interpréter ?

Elle s'empressa de rejoindre la chambre de son mari et le découvrit éveillé, redressé sur ses oreillers.

— Alba !

Sa voix était faible encore, mais ce n'était plus celle d'un moribond.

— La potion semble agir… Je me sens mieux !

Elle s'efforça de sourire et pria pour que les battements précipités de son cœur ne la trahissent pas.

À cette nouvelle, Wolfgang eut un accès de colère qui l'épouvanta. Il la pressa de questions : avait-elle bien respecté les doses ? De quoi était composée cette potion ? Pouvait-elle la supprimer, la remplacer par un quelconque sirop ?

— Tu dois m'en apporter ! Je trouverai de quoi il s'agit et je la remplacerai par une autre… Et double la dose !

Il la renvoya sur-le-champ. Terrorisée, elle n'osa pas lui expliquer son trouble, son rêve et cette amélioration subite qui pouvait être un signe. Car si tel était le cas, le message ne s'adressait qu'à elle, en aucun cas à Wolfgang.

Giancarlo dormait. Elle ne versa pas de poison et ne réussit pas à subtiliser la potion. Le lendemain, l'état du malade fut stationnaire. Alba ne sortit pas et resta à son chevet. Il dormit presque toute la journée. Elle attendait. Quoi ? Un autre signe ? Qui lui dirait s'il fallait reprendre du poison ou l'abandonner définitivement ? Et dans ce cas, que faire de Wolfgang ? À la tombée de la nuit, Giancarlo ouvrit les yeux et sourit en la voyant. Sa voix était meilleure.

— Cette maladie aura eu au moins un effet bénéfique…

Sans réfléchir, Alba posa la main sur la sienne et réprima un mouvement de dégoût en découvrant la peau trop sèche.

— Êtes-vous…

Il hésita, toussa et laissa retomber la tête dans ses oreillers. Elle se pencha.

— Que voulez-vous savoir ?

— Rien. C'est idiot…

— Dites.

— Je me posais une question dont je connais la réponse.

— Quelle question ?

— Êtes-vous heureuse ?

Spontanément, elle posa la main sur son ventre et répondit en un souffle.

— Oui.

— Heureuse avec moi ?

Il avait redressé la tête dans un effort douloureux et scrutait son expression. Aucun mot ne put sortir de ses lèvres. Giancarlo soupira et se laissa retomber.

— Si vous saviez pourquoi je vous ai choisie…

— Pourquoi ?

— Si seulement…

Il ferma les yeux. Sa voix avait faibli.

— Portez-moi de l'eau. Allez vous reposer. Je ne veux pas que vous veilliez.

Le lendemain fut pareil, sans nouvelle amélioration. Le médecin ne comprenait toujours pas ; l'embellie du premier jour était due à sa potion, à n'en pas douter, mais il ne s'expliquait pas pourquoi cela ne s'était pas confirmé les jours suivants. Alba savait que ce n'était pas à cause d'elle ; elle n'avait plus versé de poison depuis. Elle ne put se résoudre à sortir pour rejoindre Wolfgang et veilla Giancarlo un autre jour. Allait-il guérir ou mourir ? Devait-elle laisser le sort en décider ? Parfois, il reprenait conscience, demandait un peu d'eau et prononçait des bribes de phrases pas toujours compréhensibles, écume d'une conversation intime dans les profondeurs de son inconscience. Elle en comprit néanmoins certaines qui ajoutèrent à son trouble ; s'il s'agissait d'oracles, ils étaient bien sibyllins. Le plus clair fut : « Si vous pouviez avoir un enfant », qui la harponna de plein fouet.

Pendant deux jours encore, elle resta cloîtrée. L'état de Giancarlo se dégrada, sans qu'elle en fût responsable. Il passait de périodes d'abattement à des vagues d'agitation véhémente, durant lesquelles il prononçait des fragments de discours de moins en moins cohérents. Les mots qu'Alba repérait parlaient plus de chevaux que d'elle. Le médecin s'inquiétait de nouveau et prescrivit un autre remède. Giancarlo allait-il quand même mourir ? Elle avait posé une autre question au docteur : souffrait-il ?

— Difficile à dire… Se plaint-il lorsqu'il reprend conscience ?

— Non. Mais cela fait deux jours qu'il n'a pas vraiment repris conscience.

L'homme fit la moue.

— J'ignore de quel mal il est atteint. Mais je crains de devoir vous dire que oui, il souffre…

En fin de journée, un domestique vint frapper à la porte de sa chambre. Une lettre avait été déposée à son attention et la personne avait insisté pour qu'elle fût remise sans délai. Alba pâlit.

— J'ai pensé que c'était lié à l'état du prince, raison pour laquelle je me suis autorisé…

Elle le remercia vivement et, tandis qu'elle prenait l'enveloppe et congédiait l'homme, elle jeta un œil inquiet vers Giancarlo, prête à le trouver rétabli, avec ce sourire carnassier qu'il avait eu chaque fois qu'il avait évoqué le sort de Jacopo. Mais il n'était plus pour l'heure qu'un moribond englouti dans des oreillers et des draps, la bouche légèrement entrouverte, les joues grises, broussailleuses et flasques.

C'était ce qu'elle redoutait : une lettre de Wolfgang. Ils étaient convenus que jamais il ne se manifesterait, de quelque manière que ce soit, au palais de Malcessati ; mais elle avait aussi juré de ne jamais laisser passer plus de deux jours sans aller le voir ou lui donner des nouvelles.

Le message était bref mais terrifiant :

Ne laisse plus passer une nuit sans me rejoindre. Tu n'as pas idée de ce dont je suis capable. Jamais je ne renoncerai à toi et à cet enfant.

Était-ce si difficile à imaginer ? Elle songea à ses premiers sentiments, à ce qu'elle avait perçu dans certaines tensions, et plus encore aux colères qui l'avaient défiguré ; Wolfgang ne pouvait-il pas se révéler ce genre d'homme qui, privé de ses rêves, détruit tout plutôt que d'en laisser le fruit à d'autres ? Alba n'avait pas le choix.

Wolfgang l'accueillit avec éclat.

— Alors ? Madame se découvre une âme d'infirmière ? Ou d'épouse fidèle ?

— Tais-toi ! opposa-t-elle bravement, tâchant de masquer sa peur ; je ne suis pas libre de mes mouvements, en particulier dans ces circonstances.

Il haussa les épaules. Il n'avait visiblement pas beaucoup dormi et ne s'était pas rasé depuis deux jours au moins, ni changé ni lavé. Il régnait dans la chambre une odeur et un désordre d'étable qui avaient soulevé le cœur de la jeune femme à son entrée.

— Quand sera-t-il mort ?

— Je ne sais pas. Bientôt.

Ce disant, elle refoula un sanglot, ce qui le fit ricaner. Elle reprit d'une voix plus ferme :

— Pourquoi ris-tu ?

— Parce que je pense que tu te moques de moi.

— Non ! Regarde…

Elle sortit de sa poche le flacon de l'ancienne potion. Wolfgang s'en saisit, l'ouvrit et renifla.

— Voilà donc l'antidote à mon poison !

Elle ne le contredit pas. Il en fit couler une goutte sur son doigt, le suça longuement et fit claquer sa langue.

— Pas mauvais ! Parfait ; je vais te procurer un flacon tout pareil, mais avec un remède à ma façon qui devrait régler le problème une fois pour toutes.

Elle détourna la tête ; il lui prit le poignet et la força à le regarder.

— Qu'y a-t-il, Alba ? Tu hésites ? Des remords ? Souviens-toi de tout ce que je t'ai dit… De nos projets.

Sa voix s'attendrit.

— Je sais que c'est dur pour toi. Sois sûre que si je le pouvais, je viendrais moi-même administrer ce poison. Si tu savais comme je m'en veux de te mêler à cela ; mais pouvons-nous faire autrement ?

Était-il sincère ? C'était à nouveau son regard clair, aimant, qu'elle aurait pu contempler des heures sans se lasser. Mais s'il était sincère à cet instant, ne l'était-il pas aussi quand il la menaçait ? Et dans ce regard azur, n'y avait-il pas une lueur jaunâtre, trouble ?

— Non, murmura-t-elle par crainte de raviver sa colère.

Il sourit et pressa tendrement ses doigts.

— Et même par égard pour lui, tu devrais avoir à cœur de ne pas prolonger ses souffrances. Demain, je te donnerai ce qu'il faut ; sa dose habituelle en viendra à bout en moins de dix jours. Ce soir, contente-toi des dix gouttes de l'autre.

Elle ne put réprimer un mouvement des cils. Wolfgang s'assombrit.

— Tu les lui administres toujours, n'est-ce pas ?

— Oui ! s'écria-t-elle, d'une voix mal assurée.

— Si tu me mens, Alba…

Il n'acheva pas sa phrase.

Elle mit deux jours pour venir chercher le flacon préparé par son amant. Elle prétexta que Giancarlo s'était réveillé et avait réclamé sa présence ; la maladie du prince créait de surcroît une agitation dans la maison qui compliquait ses déplacements. C'était d'ailleurs la vérité ; Giancarlo avait effectivement repris connaissance et la nouvelle potion semblait plus efficace – mais peut-être cette amélioration serait-elle aussi éphémère que la précédente. Devait-elle en parler à Wolfgang ? Elle était lasse de mentir, de dissimuler ; était-ce cela, le grand bonheur que lui promettait l'amour de Wolfgang ? Son corps, aujourd'hui, était aussi indécis que son esprit ; il avait vu celui de Giancarlo conduit aux limites de la mort, il avait aussi perçu, dans ses entrailles, les menaces qui sourdaient des mots et des gestes de Wolfgang.

Elle rentra au palais plus troublée que jamais. Elle n'était pas de taille ; ni de s'opposer à Wolfgang ni d'éliminer Giancarlo. Aimait-elle encore l'un, détestait-elle vraiment l'autre ? Elle aurait voulu être à Venise, blottie chez Giovanni et Lucia, entendre les histoires et les conseils d'Asmodée, s'asseoir dans le grand fauteuil de son père, face au canal, et ne plus penser à rien, ne plus devoir choisir, ne vivre que pour cette vie qui poussait en elle et pour la sienne, être heureuse et insouciante enfin. Mais il semblait que cette grâce lui fût interdite.

Elle trouva le docteur au chevet de Giancarlo, assis plus que couché, et qui grignotait un morceau de pain beurré.

— Alba !

La voix du malade était encore faible, mais après les derniers jours, c'était presque miraculeux. Elle s'efforça de sourire et vint lui serrer les mains.

— À ce qu'il paraît, poursuivit le prince, je reviens sinon de l'enfer, du moins des limbes, et ce grâce à l'acharnement de ce brave docteur Fizzi et à vos soins…

— Je n'ai fait que mon devoir…

Il eut une petite grimace.

— J'aurais aimé entendre que vous n'avez pas agi seulement par devoir… Mais enfin, il semble qu'il ne faille pas trop exiger quand on revient de si loin.

Fizzi toussa.

— J'ai préconisé à votre mari de partir dès qu'il le pourrait achever sa convalescence dans un institut spécialisé, dans les montagnes suisses. Je ne sais toujours pas ce qui a causé cette crise et je ne peux qu'espérer son éradication ; un air pur sera salutaire.

Était-ce le signe qu'elle espérait ? Son cœur se mit à battre violemment.

— Qu'en pensez-vous ? lui demanda Giancarlo.

— C'est une excellente idée.

Elle posa la paume sur son ventre, avant de poursuivre, les yeux mi-clos :

— Cela me fera aussi le plus grand bien.

Giancarlo avait noté son geste et la regarda, interloqué. Elle rouvrit les yeux, le vit, faillit lui sourire mais se ravisa.

— Si vous êtes d'accord, je vais donner les instructions pour que l'on prépare ce voyage. Docteur, quand pensez-vous que le prince sera en état de prendre la route ?

C'était la première fois de sa vie qu'elle voyait des montagnes de si près. À Venise, elles étaient la toile de fond d'un décor inaccessible et inutile pour cette cité de marins ; ici, elles offraient leur masse gigantesque au regard avec une grâce et une légèreté qui avaient bouleversé Alba. C'était son corps, toujours lui, qui lui avait confirmé la justesse de son choix en arrivant au sanatorium, et le mal de ventre qui la tenaillait depuis que la décision de ce voyage avait été prise s'était brusquement dissipé.

Juillet ici serait céleste.

À Milan, elle avait dû ruser, agir à l'instinct, sans trop réfléchir, faire taire les mille contradictions qui l'agitaient, de même que ses craintes. Seule, assise sur son lit, elle avait passé de longs moments, les bras serrés autour de ses genoux, à se balancer doucement, à l'écoute de ses seins, de son ventre qui lui murmuraient de ne penser à rien d'autre qu'à elle, qu'à l'enfant. Et à l'arrivée en Suisse, ils le lui avaient répété : rien d'autre que son bonheur, sa vie. Pouvait-elle se fier à Wolfgang qui lui avait laissé entrevoir combien il pouvait être violent ? Des amants, elle en trouverait toujours, aussi longtemps du moins qu'elle serait belle et désirable. Elle était si jeune… L'annonce de sa grossesse avait ravi Giancarlo et hâté son rétablissement, au moins suffisamment pour prendre la route. Expédition qu'Alba avait orchestrée dans la plus extrême discrétion : seul un domestique était au courant de leur destination et avait l'interdiction formelle de la dévoiler à qui que ce soit. Elle avait accordé des congés à tous ceux qui ne seraient pas indispensables et Giancarlo l'avait laissée agir à sa guise.

Cela avait pris trois jours, durant lesquels elle ne vit qu'une fois Wolfgang. Résolue, elle lui dit sans baisser les yeux que son rival était au plus mal ; elle devait être prudente parce que le médecin tenait à administrer personnellement les médicaments. Il avait remplacé la potion, mais Giancarlo avait reçu plusieurs doses du nouveau poison et il lui restait de l'ancien qu'elle pouvait toujours glisser dans son eau. Le prince était étonnamment résistant, avait-elle conclu ; mais son état déclinait et le praticien lui avait confié sa profonde préoccupation. Wolfgang l'avait-il crue ? Elle le pensait. Elle s'était esquivée avant qu'il ne lui vînt l'envie d'elle, parce qu'elle redoutait d'être trahie par ses sens.

À cette heure, avait-il découvert qu'ils étaient partis ? Qu'elle l'avait fui ? Comment réagirait-il ? Elle s'efforçait de ne pas songer au message qu'il lui avait transmis : « Tu ne sais pas ce dont je suis capable. » Mais lui aussi ignorait ce dont elle était capable pour se défendre. Wolfgang devrait d'abord retrouver leur trace ; cela prendrait du temps. Le temps nécessaire pour comprendre qu'il s'était trompé sur son amour, pour comprendre l'horreur qu'il avait voulu perpétrer. Serait-il assez fou pour l'attendre à Milan ?

Maintenant qu'elle lui offrait un descendant, Alba convaincrait Giancarlo de s'installer avec leur enfant dans un environnement plus sain, plus calme. À défaut de Venise, il y avait un domaine sur le lac de Garde où ils avaient séjourné à deux ou trois reprises, une ancienne propriété de famille un peu vétuste, petit château prétentieux qu'elle avait toujours trouvé ridicule et empoussiéré mais que Giancarlo aimait pour de vagues raisons sentimentales. Elle y serait tranquille, protégée. Et peut-être la magie de l'eau opérerait-elle là aussi.

On verrait. Tout ce qu'elle désirait à présent, c'était se reposer. Se replier sur elle, écouter les chamboulements qui se produisaient en elle. Et assurer coûte que coûte, pour elle et son enfant, le bonheur qui leur était dû, parce qu'il lui avait été si longtemps promis.

Elle avait jeté les flacons mortels que Wolfgang lui avait confiés et suivait les progrès de la santé de Giancarlo. Là, dans ces montagnes, entourée de médecins et d'infirmiers dévoués, de malades dont certains n'étaient ici que pour mourir paisiblement, elle avait pris la mesure de l'horreur de son geste et plus encore du danger qu'il avait représenté pour elle. Avait-elle vraiment cru qu'un tel crime aurait pu demeurer impuni ? Wolfgang l'en avait-il convaincue ? Elle ne redoutait pas la justice divine ; que valait la sentence d'un juge qui tolérait que les crimes les plus ignobles fussent commis en son nom ? Seul ce qui pouvait menacer sa survie et son bonheur inquiétait Alba. Elle avait perdu le contrôle de son destin depuis qu'elle avait été contrainte de quitter Venise ; elle s'était soumise à des hommes, elle qui n'avait jamais toléré d'obéir même à son père – sinon cette fois funeste où elle avait accepté la trahison en croyant y trouver le salut. C'était fini. Plus personne ne lui dicterait sa conduite, elle en faisait le serment devant les sommets enneigés. Plus personne, ni père, ni mari, ni amant, ni même enfant, ne lui imposerait quoi que ce soit. Elle n'aimait pas Giancarlo et il pouvait bien mourir, mais pas de sa main. Et elle n'aimait plus Wolfgang.

Les journées glissaient, uniformes, lumineuses par la grâce des lieux, monotones et protocolaires, rythmées par les soins et les activités insipides requises ou conseillées, dont les plus importantes étaient liées aux repas et aux interminables siestes. Alba joua pendant longtemps le rôle de l'épouse dévouée. La santé de Giancarlo s'améliorait très lentement. Par des questions prudentes, Alba avait cherché à sonder les médecins ; aucun ne comprenait les causes profondes de ce mal mais tous s'accordaient sur une récupération certaine, quoique relative et toujours menacée de rechute. Giancarlo pour sa part recouvrait son esprit, sinon sa vitalité, et put enfin partager des propos anodins avec sa femme et quelques hôtes. Et s'il avançait vers sa guérison, Alba faisait de même : pas un mot de son mari, dont elle avait pu pourtant mesurer le goût pour les insinuations en d'autres occasions, ne trahit jamais la moindre suspicion. Ses craintes s'apaisèrent.

Avec la sérénité revint l'ennui. Six semaines après leur arrivée, alors que septembre débutait et que la fraîcheur des soirées rappelait que l'été finissait, les inquiétudes disparues d'Alba s'étaient distillées en mélancolie, et il lui prenait des bouffées de rage impuissante contre les montagnes et l'écrasante certitude de leur paix.

— Vous permettez que je me joigne à vous ? Je vous ai entendus parler italien ; je n'aime rien tant que cette langue et je suis certain que sa pratique me fera plus de bien que toutes les potions de nos chers médecins…

Alba et Giancarlo étaient attablés sur la terrasse où on leur avait servi le repas. Depuis une semaine, Giancarlo avait renoué avec le vin et son appétit revenait.

— Je vous en prie, dit-il en désignant une chaise voisine à leur visiteur, tandis qu'Alba détournait la tête vers le paysage et plantait ses ongles dans sa cuisse pour masquer son effroi.

Wolfgang l'avait retrouvée. Avait-il mis six semaines ou, par cruauté, lui avait-il laissé ce délai pour accroître l'effet de son retour ? Il s'était en tout cas présenté à leur table de la plus simple des manières. Ils venaient de Milan ? Quelle coïncidence ! Il y avait lui-même vécu plusieurs mois. Peut-être s'étaient-ils rencontrés ? Il cita des noms que Giancarlo connaissait. Wolfgang se permit une galanterie : une femme aussi belle qu'Alba ne pouvait passer inaperçue.

— Mon épouse n'est pas des plus mondaines, et ma santé nous a tenus à l'écart des salons, répondit Giancarlo.

Le soir, il interrogea sa femme.

— Est-il vraiment possible que vous ne l'ayez jamais croisé ? Un très beau jeune homme, assurément. Cultivé et aimable. Il ne paraît guère souffrant, mais j'ai cru comprendre que l'on soignait aussi les maladies de l'âme dans cette clinique. En tout cas, je me réjouis pour vous, car je commençais à redouter que vous ne vous ennuyiez.

— Comment une future mère pourrait-elle s'ennuyer ? Et puis, je prends soin de vous…

Alba avait réussi à se recomposer une physionomie.

— La maternité, surtout à votre stade, et le dévouement matrimonial ne peuvent suffire à rendre une jeune femme heureuse, sourit-il. Ce Wolfgang sera une agréable distraction.

— Je suis désolée de ne pas réussir à vous distraire suffisamment.

— Je ne parlais pas pour moi. Pour l'heure, j'ai surtout besoin de mon lit et de sommeil.

Comme tous les soirs, Alba confia Giancarlo aux infirmières et l'embrassa sur le front. D'habitude, elle gagnait la terrasse ou le salon, suivant la température, et s'accordait un verre de fine ; cette fois, elle gagna directement son appartement, voisin de celui de son mari. Mais alors qu'elle ouvrait la porte, une voix retentit dans son dos.

— La princesse Malcessati m'accordera-t-elle un verre de champagne sur la terrasse ?

Elle fit volte-face et découvrit Wolfgang, adossé contre le mur, à quelques pas. Sans doute l'attendait-il là depuis longtemps.

— Je crains de prendre froid.

— L'air est particulièrement doux ce soir, et je ne doute pas que vous disposiez d'un châle pour couvrir vos ravissantes épaules. Mais nous pouvons aussi aller chez vous.

— Ce ne serait pas convenable et je suis fatiguée. À demain, Monsieur.

Elle fit un pas pour s'engager mais Wolfgang fut sur elle avant qu'elle eût pu refermer la porte.

— Je ne crois pas, prononça-t-il à voix basse et menaçante.

— Je vais appeler.

— Non.

— Qu'en savez-vous ?

Leur conversation était devenue un murmure. Alba guettait les bruits et les ombres, à la fois inquiète et impatiente que quelqu'un surgît.

— Ce serait un trop gros risque. Et j'ai compris que tu n'aimais pas les risques…

Ce disant, il se pencha sur son cou, y posa un baiser et, dans le même temps, la poussa en avant, s'introduisit avec elle dans la pièce et referma la porte dans son dos. Alba fit face.

— Va-t'en.

— Non, reprit-il avec assurance. Mais tu ne dois rien craindre…

— Je n'ai pas peur.

Il éclata de rire.

— Tu es terrorisée ! Je peux comprendre, après ce que tu m'as fait… malgré mes avertissements.

Il s'approcha d'elle, qui eut un mouvement de recul ; mais il la prit par les épaules et posa un doigt sur ses lèvres, les caressa.

— Admettons. Tu n'as plus été en mesure de verser le poison et tu as été obligée de le suivre ici. Mais tu aurais pu trouver le moyen de m'avertir. M'écrire. Un malade dans cet état ne peut te surveiller nuit et jour… Même en bonne santé, il ne le faisait pas.

— Pourquoi te prévenir ? C'est une folie de te montrer ici.

— Soupçonnerait-il quelque chose ?

— Je… c'est possible.

— Tu mens. Et je te l'ai dit, on ne peut rien prouver. La vérité, c'est que tu n'es rien d'autre qu'une menteuse.

Sa voix était toujours douce, un murmure à son oreille, mais ses doigts enserraient son cou. Alba était tétanisée. D'instinct, elle porta la main sur son ventre. Il perçut son geste et l'arrêta. Il entreprit de déboutonner la robe de la jeune femme dont les yeux se mouillèrent.

— Arrête… Quelqu'un va venir…

— Menteuse, tu m'entends ? M'as-tu jamais aimé ? Ou n'aimes-tu que toi, que ton plaisir ?

Pas à pas, il la contraignit à reculer jusqu'à buter contre le lit, où il la força à s'étendre après une dernière poussée. Il se coucha sur elle et acheva de la déshabiller, doux et déterminé. Quand elle fut nue, il s'écarta pour la contempler. Elle voulut cacher son sexe et sa poitrine, incapable de refouler ses larmes.

— Non, dit-il sèchement, et elle retira ses mains en tremblant.

Il promena les siennes sur le ventre rebondi, sur les seins gonflés.

— Je ne te laisserai pas me priver de notre enfant, Alba. Je te l'ai dit ; tu ne m'as pas cru ?

Elle ne répondit rien.

— As-tu oublié le plaisir que nous avons pris à nous aimer ?

Ses caresses se firent plus précises. Alba ferma les yeux, impuissante, gonflée de haine, et d'abord contre elle, contre ce corps qui était sur le point de la trahir. Wolfgang continuait de parler, de dresser le portrait d'une infidèle, ou devait-il croire qu'il ne s'agissait que d'une pauvre jeune femme effrayée qui allait abjurer ses erreurs et renouveler son serment, jurer loyauté et fidélité au seul homme qui l'avait vraiment aimée, dont elle portait l'enfant et qui pouvait lui pardonner peut-être, si elle faisait amende honorable, si elle achevait ce qu'elle avait entamé…

Lorsqu'il la pénétra, elle poussa un cri qu'il étouffa de sa bouche. Elle rouvrit les yeux ; quand et comment avait-il pu se déshabiller lui aussi ? Ils étaient là, nus, enlacés, et elle, abandonnée par son corps qui renouait avec la vie après ces longues semaines d'ennui mortel. Emportée par ses sens ressuscités, elle pleura et jura, promit tout ce qu'il voulait.

Les jours suivants, le piège se referma sur elle. Wolfgang devint un habitué de leur table et Giancarlo ne s'en passait plus ; la nuit venue, il la rejoignait dans sa chambre, qu'il quittait après avoir fait l'amour à celle qui ne lui résistait plus et qui l'avait supplié de lui pardonner. Que pouvait-elle faire d'autre ? Pour l'heure, rien, sinon temporiser. Wolfgang ne semblait rien vouloir de plus pour l'instant que reprendre le contrôle d'Alba et mesurer l'état de santé de Giancarlo.

— Tu es cruelle, Alba… Ce que tu lui as fait absorber le condamne à mort, mais au terme de souffrances terribles…

— Qu'en sais-tu ? Son état s'améliore.

— J'en sais plus que toi et tous les médecins du monde sur la nature de ce poison. Il n'a aucune chance. Cette rémission n'est qu'une cruauté supplémentaire.

Elle refusait de le croire ; Wolfgang ignorait qu'elle avait triché sur les doses, les quantités de poison administrées étaient infimes à côté de ce que le jeune Allemand estimait et elles ne suffiraient pas à tuer Giancarlo. Du moins le pensait-elle.

— J'imagine que tu n'as pas conservé les fioles, lui demanda-t-il un soir.

— Non, dit-elle avec un frisson qui le fit rire.

— Ne t'en fais pas ; j'en ai amené.

— Je ne peux rien lui donner ici !

— Nous verrons. Rassure-toi ; j'ai compris que je ne devais pas compter sur toi pour des missions aussi délicates. Je préserverai ta chère âme…

Il se pencha sur elle et posa la main sur son sein droit qu'il serra jusqu'à lui faire mal.

— Mais sois sûre d'une chose, Alba ; s'il m'arrive quoi que ce soit, ce que tu portes en toi (son autre main glissa sur son ventre, tandis que la pression de la première s'accentuait) me vengera, d'une manière ou d'une autre, tôt ou tard…

Le lendemain, alors qu'ils partageaient le déjeuner, Giancarlo leur fit une proposition.

— Je me sens mieux de jour en jour ! Je ne sais plus si je vous l'ai dit, Wolfgang, mais j'ai une passion pour les chevaux.

Wolfgang simula le plus vif intérêt tandis qu'Alba se concentrait sur son assiette.

— J'en ai parlé au médecin qui est tout à fait d'accord ; il y a près d'ici une assez belle écurie, à ce qu'il semble. Rien de comparable à mes élevages en Italie, mais enfin, la convalescence passe aussi par là. Montez-vous, Wolfgang ?

— Je me débrouille…

— Pour ma part, c'est prématuré, reprit Giancarlo, mais Alba est devenue une cavalière chevronnée, malgré son aversion pour les questions d'élevage.

— Le résultat importe davantage que la méthode pour y arriver, insinua l'Allemand, ce qui déclencha le rire de Giancarlo.

— Pour ma part, j'affectionne le chemin presque plus que l'aboutissement. Mais c'est une autre discussion. Je vous propose de nous rendre tous ensemble à cette écurie. C'est à moins d'une demi-heure en voiture. Je serais heureux de vous choisir à chacun une monture, si du moins votre santé vous l'autorise, Wolfgang.

Avant qu'il eût pu répondre, Alba sortit de son mutisme.

— Mon état ne me permet pas de monter.

— N'ayez aucune crainte, ma chère, reprit le prince en posant une main protectrice sur celle de sa femme. Votre santé à tous deux m'est plus précieuse que la mienne ; mais votre vie ici est d'un ennui plus dommageable qu'une simple balade, et je vous choisirai la plus paisible des juments. Vous pouvez me faire confiance, je m'y connais… Qu'en dites-vous, Wolfgang ?

Le visage de l'Allemand s'était un bref instant crispé lorsque la main de Giancarlo avait couvert celle d'Alba. Il sourit en dévoilant ses dents.

— S'il n'y a pas de contre-indication pour votre épouse, ce sera avec joie ; mais je comprendrais que vous fassiez preuve de prudence pour votre enfant…

— Allons ! s'écria joyeusement Giancarlo, il n'est jamais trop tôt pour se familiariser avec les chevaux ! Et j'espère que cet enfant partagera davantage ma passion que ma femme.

Alba n'avait presque pas dormi. La dernière menace de Wolfgang l'avait plus que toute autre affolée. C'était plus qu'une menace ; un oracle prononcé non sur un vol de mouette par une petite fille superstitieuse, mais sur la peau nue de son ventre et ce qui s'y cachait. Elle avait eu un bref et effroyable cauchemar, où un monstre surgissait de ses propres entrailles et la dévorait.

Après le repas et la sieste indispensable à la santé de Giancarlo, durant laquelle elle s'enferma dans sa chambre, incapable de dormir comme de penser sereinement, ils partirent tous trois jusqu'au domaine, accompagnés par un cocher et un infirmier. Wolfgang et Giancarlo s'étaient assis l'un à côté de l'autre et devisaient gaiement, comme deux amis d'enfance. Face à eux, blottie contre le dossier et enveloppée dans un long châle malgré la douceur de l'air, Alba se taisait et les observait, horrifiée, en proie aux pires pensées et incapable de comprendre quel jeu jouaient ces hommes qui, malgré ses résolutions, dirigeaient toujours sa vie.

Giancarlo parut rajeuni de plusieurs années lorsqu'il se retrouva devant l'enclos où le propriétaire fit défiler devant eux des bêtes correspondant à ce que son visiteur lui avait demandé.

— Rien d'exceptionnel sans doute, commenta le prince à l'intention de l'Allemand, mais quelque chose de spontané, de naturel, que je trouve très revigorant… Alba, regardez cette jument grise ! Elle est très belle et son port… J'aimerais que vous la montiez et me donniez votre sentiment. J'ai l'intuition que cela pourrait donner des merveilles si je la croisais avec un de mes étalons en Toscane… Pour autant que la maladie n'ait pas altéré mon jugement en la matière !

Il n'attendit pas la réponse et désigna une autre monture.

— Celui-là devrait vous convenir, Wolfgang. Il ne s'agit que d'une balade dans la région ; pour cela les deux devraient s'entendre.

— Vous ne les choisiriez pas pour la reproduction ? questionna Wolfgang en lançant un clin d'œil vulgaire à Alba dans le dos de son mari.

— Certainement pas ; ce serait de ces mélanges où la conjonction des défauts ruine tout espoir de talent.

Alba n'avait pas prononcé trois mots de tout l'après-midi, mais les deux hommes ne semblaient même pas s'en être rendu compte. L'Allemand n'avait cessé d'interroger l'Italien sur les secrets de ses sélections et Giancarlo avait beaucoup parlé, sans rien dévoiler toutefois. Le dernier espoir d'Alba était qu'ils se tussent, qu'épuisé par cette journée Giancarlo regagnât son lit et s'y engloutît, à jamais s'il le fallait. Ou que la voiture versât dans le fossé et qu'elle en fût l'unique rescapée, libérée de tout et de tous, y compris de ce qui s'était logé dans son ventre et qui avait été désigné par son père comme l'instrument d'une vengeance pour un acte qui n'avait pas été commis – pas encore du moins, sinon à présent en pensée.

Elle ne fut pas quitte de son supplice de retour au sanatorium. Giancarlo invita Wolfgang à leur table et commanda une bouteille de champagne pour célébrer ce qu'il appelait sa résurrection. Alba, incapable de s'y opposer, les suivit mais ne chercha pas à participer à une conversation dont elle avait depuis longtemps perdu le fil.

Avant le dessert, il y eut une pause. Chacun se cala dans son fauteuil et plongea dans ses pensées. Wolfgang ne se départait pas d'un sourire satisfait et suffisant, tandis que la physionomie de Giancarlo avait pris un tour songeur que, même au plus profond de son désarroi, Alba perçut avec inquiétude.

Alors qu'on leur servait une part de gâteau au chocolat, Giancarlo s'ébroua et interrogea leur hôte.

— Mes idées ont vagabondé, comme j'aurais aimé pouvoir le faire demain en votre compagnie…

— Vous le pourrez bientôt, répondit le jeune homme.

— Sans doute… Mais dites-moi, Wolfgang, je me demandais…

— Oui ?

— Cela va vous paraître saugrenu, parce que le lien est ténu, voire absent. Mais c'est comme ça que nos pensées dérivent, n'est-ce pas ?

Wolfgang, intrigué, opina.

— Dites-moi donc, si vous le voulez bien, s'il y a, selon vous, un sentiment qui pourrait dominer votre vie au point que celle-ci n'aurait plus de sens en dehors de celui-là, au point que toutes vos actions et toutes vos pensées seraient dictées par ce sentiment ?

Wolfgang se redressa tout à fait.

— Diantre ! La philosophie à l'heure du chocolat ! Parleriez-vous de votre passion pour les chevaux ?

Il avait jeté un œil vers Alba qui avait pâli et s'était reculée pour masquer son trouble dans la pénombre.

— Non, répondit Giancarlo. Un passe-temps, si passionnant soit-il, n'est pas un sentiment.

Wolfgang fit mine de réfléchir.

— Je dirais… l'amour, évidemment.

Giancarlo éclata d'un rire narquois.

— Pas vous, mon ami ! Je sais, je ne vous connais que depuis peu, vous êtes allemand et jeune, et pour ce double motif, une cible toute désignée pour les ravages du romantisme ; mais de grâce, épargnez-nous ces niaiseries !

La voix blanche et glacée d'Alba s'éleva.

— Niaiseries ? Pourquoi ?

Giancarlo tourna la tête vers elle comme s'il l'avait oubliée et s'inclina en souriant.

— Si je vous avais posé la question, ma chère, cette réponse non seulement ne m'aurait pas surpris, mais elle m'aurait rassuré. Permettez-moi de préciser : l'emprise de ce sentiment devrait être long, nous accompagner jusqu'à notre dernier souffle. Et il n'est pas d'amour, si noble et puissant soit-il, qui dure aussi longtemps, à moins de mourir jeune et prématurément.

Wolfgang pinça les lèvres, tandis qu'Alba se repliait sur elle.

— Alors…

Il claqua la langue.

— La vengeance, bien sûr ! La vengeance à l'encontre de qui nous a trompé.

— Ah… fit Giancarlo en levant sa fourchette au-dessus du gâteau.

Puis, piquant avec force et précision :

— Vous avez sans doute raison. Même si Alba pourrait nous rétorquer qu'il s'agit toujours d'amour.

Elle s'avança dans la lumière.

— Peut-être ne trompe-t-on que ceux qui ne sont pas à la hauteur de l'amour qu'on leur porte.

Son visage pâle et tendu se dessinait dans la lueur des bougies. Giancarlo l'observa en souriant.

— Vous oubliez, Alba, qu'il y a des êtres dont, hélas, la nature, comme chez ce terrible Iago, est de trahir et de tromper, tout le monde et tout le temps…

— Ceux-là ne méritent pas d'être aimés.

Elle n'en pouvait plus ; sans attendre de réplique, elle se leva.

— Je vous laisse philosopher. Cette sortie m'a éreintée. Je ne suis pas sûre de pouvoir vous accompagner demain, Wolfgang, et certainement pas si je ne vais pas me coucher sur-le-champ.

— Je vous attendrai sur la terrasse ! leur lança Giancarlo avant de remonter dans la voiture, tandis que les deux cavaliers traversaient à pas lents la cour de la ferme, sous le regard attentif du propriétaire.

Celui-ci leur avait prodigué quelques conseils : ne pas s'éloigner des sentiers, ne pas monter trop haut dans la montagne. Il semblait marri que ses clients eussent refusé d'être accompagnés par un de ses hommes, bon guide et excellent cavalier. Pour Alba, ce n'était pas la fierté qui avait nourri son refus ; après une nuit infecte, barricadée dans sa chambre, elle s'était levée, résolue : puisqu'il fallait que cette promenade absurde eût lieu, qu'elle soit l'occasion de résoudre l'insoluble, d'une manière ou d'une autre. Elle avait à peine adressé la parole à son mari et à Wolfgang durant le petit déjeuner ; ils s'étaient mis en route tôt pour ne pas se retrouver à cheval durant les heures trop chaudes. Ils avaient poursuivi leur conversation sur les chevaux et Giancarlo avait posé quelques questions sur les activités de son nouvel ami, qui était resté évasif et dilettante.

Dès le départ, Alba prit la tête. Elle savait que Wolfgang n'était pas un cavalier émérite et qu'il avait bluffé, sans doute pour séduire Giancarlo et lui administrer son poison plus facilement en temps voulu, s'il n'avait déjà commencé à le faire. Elle n'avait pas eu besoin d'autres signes que cette arrogance et la peur qui ne la quittait plus depuis la dernière menace. L'un et l'autre voulaient cette promenade ? Ils l'auraient.

Lorsqu'ils se furent suffisamment éloignés pour n'être plus vus par personne, Wolfgang talonna son cheval et tâcha péniblement de rejoindre Alba.

— Nous sommes seuls maintenant. Splendide idée du mari cocu ! Il nous aurait bordés dans son propre lit qu'il n'aurait pas été plus accueillant ! Comment peux-tu supporter ce stupide pédant et ses chevaux... Je n'ai accepté cette proposition ridicule que pour me retrouver seul avec toi.

Il rit et la regarda, espérant qu'elle partagerait sa joie. Mais elle chevauchait à côté de lui, lèvres serrées, le regard droit devant elle. D'un mouvement des genoux, elle accéléra le trot.

— Alba ! Attends !

Il cravacha son étalon qui renâcla. Alba jeta un œil en arrière ; Giancarlo avait choisi pour lui un canasson rétif et paresseux. Elle en avait eu le soupçon la veille et c'était désormais évident ; si l'envie lui prenait de partir au galop, Wolfgang ne pourrait pas la suivre. Mais il essaierait malgré tout, parce qu'à l'évidence la jument était en chaleur. Seul Wolfgang ne l'avait pas remarqué, et seul l'argent avait dû guider le silence du propriétaire.

— Attends ! répéta-t-il avec une pointe d'agacement contre son cheval qui ne parvenait pas à revenir à la hauteur d'Alba. Trouvons-nous un bosquet pour passer quelques heures tranquilles...

Ne rien précipiter. Elle ralentit et le laissa revenir contre son flanc.

— Nous ferons l'amour au bord d'un ruisseau, reprit-il avec un sourire. Et dès ce soir, je m'occupe de lui… Dans une semaine, tu es une jeune et ravissante veuve et je te consolerai ! Regarde, là, en contrebas…

— Ils verront tout de suite que les chevaux ne sont pas fatigués… Et nous sommes trop proches encore.

Elle reprit de la vitesse et Wolfgang suivit de mauvaise grâce. Pendant plus d'une heure, elle poursuivit ce jeu ; il tentait de la rattraper ou de la convaincre de s'arrêter, et elle avançait sans ralentir, sur des pentes toujours plus raides et plus éloignées des sentiers.

— Alba ! Tu vas trop vite ! Dans ton état…

Elle ne l'écoutait pas et s'était mise à sourire. Son état… Elle s'était laissé attendrir stupidement. Cet enfant n'était pas mieux venu que le précédent, et puisque Wolfgang l'avait désigné comme instrument de sa vengeance, pourquoi devrait-elle le protéger encore ?

Ils débouchèrent sur un plateau herbeux. Wolfgang talonna son cheval qui, dans une ruade, partit au galop : conservant tant bien que mal son équilibre, il coupa à travers la prairie pour venir se placer devant elle et la contraindre à l'arrêt.

— Arrête, Alba !

Devant son air effaré, elle ne put retenir un éclat de rire. Sa jument fit un écart et poursuivit sa course, tandis que Wolfgang manquait d'être désarçonné. Elle se tourna vers lui, toujours riante.

— Que veux-tu de plus ? Nous sommes à deux, libres ! Nous pouvons toujours faire l'amour dans mon lit…

Plus jamais, songea-t-elle, et une ivresse sauvage s'empara d'elle, fruit de sa peur, de sa fatigue, de cette course insensée, de cette défaite que sa volonté imposait à son corps.

— Alba !

Pas besoin de le voir pour mesurer la terreur et la fureur de Wolfgang. Tous ses efforts se concentraient sur son équilibre ; excité par la jument et la course, sa monture ne lui obéissait plus, et si elle avait pu se débarrasser de ce poids, elle l'aurait fait volontiers.

Le plateau finissait sur une pente assez raide que la jument aborda d'une foulée souple, suivie par l'étalon et son cavalier hurlant. Soudain, la première se cabra ; devant elle, le sol se dérobait et dévoilait un précipice vertigineux, au bas duquel brillait le filet d'une rivière. D'un coup de bottes, Alba prit sur sa gauche un sentier pierreux, inégal et qui rétrécissait tandis qu'il grimpait le long d'une paroi sévère.

— Alba ! C'est de la folie ! Arrête-toi !

Quelle folie ? voulut-elle lui répondre ; mais à quoi bon ? Il ne l'aurait pas entendue, et certainement pas écoutée. Elle éperonna encore, malgré le chemin toujours plus étroit. Wolfgang devait tenter désespérément d'arrêter son cheval, mais celui-ci était incontrôlable, rendu fou par la jument qui le précédait autant que par la terreur de son cavalier. Quand le sentier fit un brusque coude, Alba faillit valser dans le vide ; mais la bête avait senti le danger et viré au dernier moment, dans un hennissement terrible, avant de partir vers une surface plane et plus dégagée. Dans son dos, Alba entendit un hurlement, homme et bête mêlés. Elle se sentit envahie par une vague brûlante, comme au plus fort du plaisir, et ferma les yeux, tandis que sous ses jambes la jument frémissante s'arrêtait.

Elles demeurèrent longtemps immobiles, le cheval renâclant, parcouru de tremblements, Alba figée, dos tourné au drame, à la libération. Enfin, elle rouvrit les paupières et, très doucement, tira sur les rênes pour faire demi-tour. Docile, la jument obéit. En contrebas, le cadavre disloqué de l'étalon gisait sur la berge, tandis que le corps de Wolfgang, ballotté par le courant, entamait son voyage vers la vallée.

Personne ne mit en doute sa parole lorsqu'elle revint en larmes à l'écurie et annonça le terrible accident. Elle indiqua les lieux du mieux qu'elle le put et on la ramena auprès de son mari qui fut consterné et tâcha de la réconforter. Elle se laissa conduire dans sa chambre et mettre au lit par des servantes efficaces et prévenantes ; un docteur lui administra une potion et elle sombra dans un profond et merveilleux sommeil, sans le moindre rêve.

Quand elle reprit conscience, le soleil brillait à travers les rideaux de soie blanche. Giancarlo était assis à son chevet, son regard vif posé sur elle, si intense qu'elle en fut troublée. Mais il lui sourit et s'approcha.

— Vous nous avez occasionné une de ces frayeurs…

— Que s'est-il passé ?

— Vous ne vous souvenez pas ?

Si, elle se souvenait parfaitement, dans les moindres détails. Elle revoyait même ce que ses yeux, pourtant, n'avaient pu observer, l'effroi de Wolfgang découvrant le vide, sa chute…

— Je me souviens, murmura-t-elle.

Tout son corps était meurtri par cette cavalcade et sa tête bourdonnait.

— Les hommes ont retrouvé le lieu du drame et le cadavre du cheval. Je l'ai payé à l'éleveur, pour éviter les ennuis.

— Et…

— Votre amant ?

Elle blêmit, mais le prince poursuivit, impassible.

— Son corps a été emporté par le courant. On le retrouvera plus bas, plus tard, à moins qu'il ne soit dévoré par des ours ou d'autres bestioles affamées.

— Pourquoi ?

— Que voulez-vous savoir ? Épargnons-nous les détails scabreux, je vous prie. Dites-moi simplement : est-il votre amant depuis son arrivée ici ou vous connaissiez-vous à Milan et avez-vous patiemment attendu je ne sais quoi pour qu'il vous rejoigne ici ?

Elle s'enfonça dans les oreillers et laissa échapper un bruit proche du sanglot.

— Avant… souffla-t-elle.

Giancarlo fit craquer les jointures de ses doigts.

— Et cet enfant ?

— Le sien.

Il soupira.

— Bon… Dans ce cas, Madame, si vous voulez que je vous accorde une dernière chance autant qu'éviter le déshonneur et la ruine, vous allez vous conformer en tout point à mes consignes : pour la fin de votre grossesse, vous irez en un endroit secret que je choisirai. Vous ne garderez pas l'enfant ; je le ferai adopter et nous n'entendrons plus jamais parler de lui. Quant à vous, vous irez vous installer dans ma propriété de Garde, durant une période suffisante. Ensuite, nous aviserons. Est-ce clair ?

Son ton était sec et glacial. Elle faillit lui demander si c'était ainsi qu'il gérait ses propres bâtards, mais elle avait trop mal.

— Comme vous voudrez, Monsieur, répondit-elle en refoulant un sanglot.

Il se redressa et se dirigea vers la porte. Il se retourna et, la dévisageant de son regard pénétrant, lui demanda :

— Au fait, je me rends compte que vous ne m'avez jamais parlé de votre mère…

LIVRE 2

HANS & ATANASIO
1825-1849

— *Herr Graf*, il y a là quelqu'un pour vous…

Johann, le majordome, se tenait sur le seuil du salon et attendait que son maître lui répondît. Celui-ci était assis devant la fenêtre, songeur. Après quelques secondes, il soupira, posa la main gauche sur la roue de la chaise et la fit pivoter. Johann découvrit le visage de Hans Kapper, aussi grave et triste qu'au premier jour de son engagement, quelques semaines plus tôt. Le majordome pouvait le comprendre ; si jeune et cloué à jamais sur cette maudite chaise, la moitié du corps paralysé, ce n'était pas une condition joyeuse. Mais *Herr* Kapper était riche, suffisamment pour entretenir une maison et pourvoir à ses besoins, lesquels étaient par ailleurs limités et raisonnables, non seulement à cause de son handicap, mais aussi par rigueur morale. Seuls, peut-être, ses cheveux étaient-ils trop longs et mal coiffés au goût du domestique ; mais il n'aurait pas osé un commentaire à ce propos.

— Fais-le entrer, répondit Hans d'une voix lasse.

Johann inclina la tête et retourna dans l'antichambre.

Peu après, un individu couvert d'un manteau de cuir noir et d'une toque en fourrure nappée de neige entra et s'avança sans attendre vers Hans.

— J'ai les renseignements que vous m'avez demandés, dit-il d'une voix sèche et désagréable. Cela n'a pas été très difficile, au demeurant. Si toutes les enquêtes que l'on me confiait étaient aussi faciles et les clients aussi déterminés, mon métier serait le plus beau du monde !

Hans eut un mouvement de la main agacé et l'homme toussa avant de poursuivre.

— Je puis donc vous confirmer que le prince Giancarlo Malcessati est arrivé hier à Berlin et qu'il s'est aussitôt rendu chez sa cousine, la duchesse ***, où il aurait semble-t-il l'habitude de coucher lorsqu'il vient ici – ce qui n'est cependant pas très fréquent. Des indiscrétions m'ont appris que l'homme sort d'un long séjour dans un sanatorium de Suisse, où il est allé soigner quelque maladie – mais sur ce point, je n'ai pu récolter aucun détail. Si vous le souhaitez, je peux diligenter une enquête en Suisse…

— Cela ne m'intéresse pas, fit Hans avec une grimace énervée. Poursuivez…

— Il a également rencontré un prêtre. Pas chez sa cousine, toutefois, et il aurait pris toutes les précautions pour que cette visite se fasse dans la plus grande discrétion. Je vous ai inscrit sur ce document le nom du prêtre, ainsi que son adresse. Comme vous le savez, les gens d'Église sont tenus par toutes sortes de secrets ; mais ils n'en sont pas moins des êtres de chair et de sang, et surtout d'envies. Je n'en connais pas qui n'ait finalement cédé à la tentation d'une juste rétribution pour une petite information… Et si par hasard nous tombions sur un tel saint, il n'en est pas qui n'ait son Judas, ou qui, s'il agit, ne laisse derrière lui des traces que sa naïveté rend des plus apparentes.

— Venez-en au fait, soupira Hans. Pourquoi le prince est-il venu à Berlin et à quoi a servi ce prêtre ? Je ne doute pas un instant que vous avez déjà percé ce mystère.

L'autre eut un sourire ambigu, mêlé de satisfaction d'amour-propre et de frustration de ne pouvoir pérorer davantage.

— Je suis heureux de constater que vous reconnaissez l'excellence de mes services, fit-il en s'inclinant. En effet, ce prêtre-là n'a pas dérogé à la règle, même s'il est proche de la sainteté. Il m'a juste avoué avoir rencontré le prince, mais a refusé de m'en donner le motif. J'ai donc dû recourir à d'autres moyens…

Devant le nouveau geste d'impatience, l'espion toussa derechef.

— Il ressort de tout ceci que le prince est venu accompagné d'une nourrice et d'un nourrisson, un garçon né en février, il y a donc moins d'un mois, et qu'il a demandé au prêtre de le confier à une famille berlinoise d'excellente réputation, riche mais hélas – pour elle du moins – sans héritier, bien que les époux soient mariés depuis vingt ans et aient eu toutes les occasions pour assurer leur descendance…

Il acheva sa phrase avec un horrible sourire grivois, que Hans feignit d'ignorer.

— L'enfant se prénomme Raphael et portera désormais le nom de famille des von Rüwich. Si vous deviez enfin vous mêler à la bonne société berlinoise, ce que je vous conseille vivement, vous seriez certainement amené à les rencontrer. Ce sont d'excellentes personnes, sans la moindre histoire, qui feraient le désespoir de toute ma confrérie. Leur seule obsession, mais qui est partagée par nombre de bourgeois et de notables, est la préservation de leur patrimoine. Sans progéniture, le voici condamné à aller engraisser l'État ou quelque œuvre de bienfaisance, de quoi vous désespérer de l'existence et de la providence réunies. Avec cet enfant miraculeux, voilà assurée sinon l'éternité, du moins la pérennité ! Ne restera qu'à conclure un bon mariage, ce qui ne devrait pas poser de problème. Mais pour ces questions, ma science est sans effet ; je ne puis que dévoiler le passé.

Hans crispa les mains sur les accoudoirs de sa chaise et s'efforça de ne pas manifester trop ouvertement l'impatience que suscitaient en lui ces digressions ridicules. Il avait engagé un détective, pas un philosophe.

— Merci beaucoup. Johann vous réglera ce que nous vous devons.

— Je n'ai pas fini… minauda le visiteur.

— Quoi d'autre ?

— Il paraît que les instructions qui ont entouré cette adoption ont été des plus strictes. Les von Rüwich ignorent tout de la provenance de l'enfant et ils n'ont jamais rencontré le prince, ni même entendu prononcer son nom. J'imagine que le prince s'est débarrassé ici d'un bâtard. Il semble que même sa cousine n'en sache rien. Tout ce que l'on saura des origines de cet enfant, outre son prénom, est qu'il vient d'Italie. Voilà qui lui permettra de se distinguer auprès des jeunes gens d'ici, si la nature le dote des traits méridionaux qu'apprécient tant nos jeunes filles…

Cette fois, Hans ne put réprimer un mouvement d'humeur et congédia l'individu.

Enfin seul, il fit à nouveau pivoter sa chaise et revint à la fenêtre. Le spectacle était triste ; une avenue berlinoise couverte de neige, arpentée par quelques calèches pesantes, des arbres nus et laids… Il détestait cette ville et ce pays qu'il avait fui, avec l'espoir absurde de n'y jamais plus revenir. L'Italie… Si l'imbécile qui venait de sortir avait pu deviner combien ce pays le faisait, lui, rêver, autrement plus, et plus douloureusement, que toutes les vierges teutonnes ! Un rêve désormais mué en souffrance, un amour métamorphosé en haine…

De tout ce qu'il venait d'apprendre, une seule chose comptait. Le reste, il aurait pu en dévoiler beaucoup à son informateur, s'il en avait eu l'envie. C'était son histoire. Sa vérité. Même s'il lui avait fallu du temps pour la reconstituer et pour revenir à la vie. À moitié. Avec une rage décuplée.

Il n'avait gardé aucun souvenir de sa chute. Juste quelques images de ce qui l'avait précédée ; la poursuite derrière Alba qui l'entraînait sur des chemins et des terrains toujours plus dangereux, lui qui n'était qu'un piètre cavalier ; son stupide orgueil qui l'avait poussé à s'accrocher, ou plus justement, son incapacité à dominer son cheval ; et soudain le vide… Il se souvenait aussi de ses sentiments, ce matin-là, quand ils avaient tous les deux quitté l'écurie. Son envie de s'arrêter avec elle dans un taillis, de l'aimer, de caresser son ventre délicieusement arrondi, au sein duquel grandissait leur enfant. Sa détermination à éliminer définitivement l'obstacle de Giancarlo pour pouvoir épouser cette femme qu'il aimait, malgré ses premières défections, malgré ce qu'il pouvait deviner de son caractère, mais que son aveuglement l'empêchait de reconnaître. Il voulait tout recommencer. Encore. La dernière fois, la dernière chance…

Et elle avait voulu le tuer.

Ce n'était pas un accident. Pendant les semaines qu'il avait passées, cloué sur un lit puant dans cette bergerie où un couple l'avait hébergé après l'avoir repêché miraculeusement vivant, Hans, comme il se faisait désormais appeler, avait eu le temps d'évaluer toutes les hypothèses. Et l'accident n'en fit très vite plus partie. Alba avait voulu sa mort, comme ils avaient été d'accord pour orchestrer celle de Giancarlo. Elle avait choisi le confort, la position sociale, la sécurité. Peut-être même s'était-elle dit qu'un mari pareil lui offrait un luxe supplémentaire : celui de pouvoir multiplier et renouveler ses amants. Avait-elle pris peur ? De qui, de quoi ? Il était décidé à ne plus lui demander d'empoisonner son mari. Elle aurait même pu nier être complice, au cas improbable où l'affaire aurait été éventée. Peur de lui, son amant ? Ou, pensait-il amèrement, peur de l'amour, comme tant de femmes…

Il n'était pas mort dans cette chute, mais ses dernières illusions n'avaient pas survécu. Il était allé jusqu'à imaginer que cette tentative de meurtre avait été ourdie par les deux époux, réconciliés sur son dos et, pis encore, sur la promesse d'une naissance. La belle, incapable d'offrir un héritier à son vieux mari, tout heureuse de réparer cette infamie et soulagée de découvrir qu'elle n'était pas la cause de cette stérilité, avait songé aux avantages que lui offrait la situation…

Il avait ruminé ainsi pendant des semaines, du moins quand la douleur lui laissait un peu de répit. Les bergers avaient été d'un dévouement magnifique. Hans s'était imaginé qu'ils espéraient une belle récompense ; malgré ses vêtements mis en pièces par la chute et le séjour dans le courant, on devinait qu'il était riche, infiniment plus riche que ne le seraient jamais ces gueux. Quand il ne désespérait pas d'Alba, il redoutait les montagnards ; allaient-ils le garder en otage, l'assassiner lorsqu'il leur aurait révélé le moyen d'accéder à sa fortune ? Pour l'heure, ils devaient le sauver ; il n'avait rien sur lui. Quant à se sauver lui-même, il ne fallait plus y songer…

Les premiers jours, il n'avait pas vraiment eu l'occasion de s'occuper de ses jambes. Quand il avait réalisé sa paralysie, il avait d'abord espéré que ce ne serait que passager ; mais la femme, dans un sabir où se mêlait un peu d'italien et de français, après avoir lourdement hoché la tête de droite à gauche, lui avait fait comprendre qu'il ne fallait pas y compter. Ses jambes étaient mortes. Il ne marcherait plus jamais. Et pis, comprit-il tout seul : plus jamais non plus il ne ferait l'amour. À défaut de réussir à l'éliminer définitivement, Alba l'avait rendu, lui, véritablement impuissant.

Pendant des semaines, les bergers l'avaient donc nourri et soigné. Ils lui avaient fait boire des infusions d'herbes dont il n'était pas possible de déterminer si elles avaient aidé à son rétablissement, ou si seuls la haine et le temps lui avaient finalement permis de quitter son lit.

Quand il fut un peu mieux, il sortit. Il découvrit que l'hiver allait venir bientôt. Il ne pouvait rester ici, dans ces montagnes ; mais il n'était pas question non plus de revenir comme cela dans le monde. On le croyait mort, à commencer par Alba et Giancarlo ? Parfait. Il se souvenait de sa dernière discussion avec le prince ; aurait-il dû se méfier ? Peut-être ; en tout cas, ni le prince ni son infernale princesse ne se méfieraient désormais d'un homme mort.

Il évalua froidement la situation : il était désormais paraplégique, mais il était vivant. Sans avoir la richesse de Malcessati, il avait suffisamment de bien pour poursuivre son existence et réaliser le plan qu'il commençait à échafauder. L'essentiel de sa fortune était placé dans une très discrète banque suisse ; il lui faudrait obtenir des faux papiers, sans doute, toutes sortes de choses dont il n'avait pas vraiment l'idée, mais pour lesquelles la nécessité le rendrait ingénieux et efficace, et plus encore son handicap et sa volonté rageuse. Avec de l'argent, on pouvait beaucoup.

Il réussit à expliquer à ses hôtes qu'il devait partir dès que possible pour Genève. Ils n'avaient jamais entendu parler de cette ville et ne pouvaient abandonner leurs bêtes ; en contrebas, dans la vallée, à près d'une journée de marche, il y avait un bourg. L'homme s'y rendit et y dénicha un guide qui acceptait de conduire le handicapé sur la simple promesse d'être payé à l'arrivée. Le convalescent promit de charger le guide d'une somme pour ses hôtes, qui voulurent refuser ; tout le monde se serait comporté comme eux, c'était la solidarité élémentaire qui prévalait dans la montagne. Hans ne chercha pas à les convaincre que le reste du monde leur ressemblait fort peu et se promit de les récompenser, d'une manière ou d'une autre. Surtout, il leur fit jurer à tous trois le plus grand secret. Jamais ils ne devraient dire qu'ils l'avaient hébergé. Jamais. Tous trois jurèrent.

Le guide était du même acabit que les bergers ; un homme simple, sans autre instruction que celle de la vie et de la montagne, loyal par évidence puisque, dans des univers aussi hostiles, ne pas pouvoir se fier à quelqu'un était un péril mortel. Le voyage n'en fut pas moins des plus pénibles et douloureux ; Hans avait été emmitouflé dans d'épaisses peaux, au cœur d'un grand traîneau qu'un cheval énorme tira sur les premières neiges, ce qui atténua les souffrances qu'aurait suscitées tout autre mode de déplacement. Mais il y gagna en froid, surtout lorsque le vent se mettait de la partie et s'insinuait dans les brèches de ses fourrures et vêtements.

Hans était jeune et sa colère, qui ne faiblissait pas, lui permit de faire acte de bravoure. Ils arrivèrent assez rapidement à Genève tant il avait contraint son guide à accélérer, sans se soucier de lui. Ils s'installèrent dans une auberge discrète et il envoya son homme s'enquérir auprès du banquier s'il pouvait être reçu discrètement, et dans les meilleurs délais.

Le lendemain, il remit au guide une bourse bien garnie et une autre, équivalente, pour les bergers. Il lui demanda simplement, avant de repartir, de lui trouver quelqu'un pour prendre soin de lui. Quelques jours plus tard, il emménageait dans un petit appartement où une brave femme s'occupa de son ménage et l'aida pour ses déplacements, tandis que son fils, Pierre, un jeune homme débrouillard d'une vingtaine d'années, suffisamment instruit pour lire, écrire et parler trois langues, dont l'italien, se mettait à son service.

L'hiver était là. Hans Kapper, ainsi que l'appelaient désormais les quelques personnes qui le connaissaient, ne voulait plus perdre de temps. Il envoya Pierre en mission jusqu'au sanatorium pour apprendre ce qu'étaient devenus Alba et Giancarlo. L'enfant ne pouvait pas encore être né ; il était prévu pour fin janvier, début février. Pierre partit, après avoir introduit un de ses cousins qui continuerait à aider Hans en son absence. L'Allemand put ainsi se procurer des papiers à sa nouvelle identité et s'assurer que, dans son pays natal, ses rares relations avaient été informées de son décès. Il en reçut la confirmation avec une sorte de jubilation sombre ; à défaut d'être immortel, il y avait quelque satisfaction à entendre de son vivant l'annonce de son propre trépas, et s'en porter plutôt bien, nonobstant son état physique.

Pierre ne fut pas long à revenir et les nouvelles qu'il apporta permirent à Hans d'affiner son plan et d'écarter certaines hypothèses que l'ignorance, la solitude et la douleur avaient échafaudées dans une sorte de triste délire ; Alba avait quitté le sanatorium et se tenait recluse dans une modeste maison de la campagne avoisinante, sous la garde d'une féroce nourrice. Sa grossesse touchait à son terme. Il était évident que son mari la gardait enfermée là et comptait l'y maintenir jusqu'à sa délivrance ; c'était un indice pour réfuter l'idée d'une connivence entre les époux contre l'amant. Cet enfant n'était pas bienvenu ; d'une manière ou d'une autre, Giancarlo avait résolu de s'en débarrasser sans ternir l'honneur de sa femme – et surtout le sien. Pourrait-il aller jusqu'à l'assassiner ? L'idée fit bouillir le sang de Hans ; il était là, paralysé, à des lieues et des lieues, impuissant, alors que son enfant allait naître, et peut-être aussitôt mourir… Il renvoya Pierre avec des instructions très précises ; et bien que la tâche fût délicate, dans ces hameaux isolés où tout nouvel arrivant était aussitôt remarqué, le jeune garçon fit merveille. S'il ne lui fut pas possible d'approcher Alba, il put cependant se faire engager dans le sanatorium et rencontrer le prince, qui y résidait toujours bien qu'il ne parût plus souffrir. Hans avait été tout de suite séduit par une faculté étonnante de Pierre : une manière d'être présent sans se montrer. On le croyait absent ; mais sitôt qu'un besoin surgissait, que l'on ne pouvait satisfaire seul, Pierre était là, et d'une telle façon que l'on trouvait naturel de lui confier la tâche. Il n'avait pas agi autrement envers Giancarlo qui, à l'évidence, s'était lui aussi laissé prendre à ce qui n'était au demeurant pas de l'astuce ; une disponibilité totale. Giancarlo lui avait confié de petites tâches, puis de plus importantes, comme de transcrire des lettres et de les envoyer. Hans avait ainsi appris que Giancarlo avait une correspondance plutôt suivie avec un prêtre berlinois, de même qu'avec une cousine. Lorsqu'il reçut cette information, il comprit quel était le plan de Giancarlo et organisa son déménagement pour Berlin, bien que l'idée de rentrer en Allemagne lui déplût suprêmement. Mais le passé était révolu ; il ne devait songer désormais qu'à sa vengeance.

Tout s'était donc déroulé comme il l'avait deviné, grâce aux renseignements fournis par Pierre. Il avait déménagé pour Berlin, trouvé un appartement luxueux et embauché du personnel en suffisance ; il lui fallait désormais jouer un rôle au grand jour. Son handicap et son immobilité l'avaient vieilli ; ses cheveux avaient perdu leur blondeur et tournaient au gris prématurément, il avait grossi et une épaisse barbe achevait de le métamorphoser. Il ignorait toutefois ce que comptait exactement faire Giancarlo ; envisageait-il de confier l'enfant à la garde de sa cousine ? C'était peu probable. Et de fait, comme il venait d'en recevoir confirmation, Giancarlo s'était contenté de se débarrasser ici de l'encombrant bâtard… Le mot fit jurer Hans. C'était de son fils qu'il était question. Un fils qu'il ne fallait pas envisager aborder, s'il souhaitait accomplir son projet. Un projet qui le renvoyait à son propre passé et qui lui rappelait qu'on n'échappait pas à son destin quand celui-ci avait été écrit, dès le départ, dans l'encre du mensonge, sous le règne de la violence.

Avait-il vraiment cru, avec Alba, que l'amour était possible, qu'il lui laissait une chance, une dernière chance ? Mais Malcessati l'avait énoncé avec cynisme et lucidité : ce n'était que du vent. Ce sentiment futile et fugace avait laissé la place à cet autre, puissant, qui durerait aussi longtemps que lui et qui, à sa manière, lui interdirait même de mourir avant que d'être assouvi.

Sa nouvelle vie commençait, et il faudrait qu'elle lui apporte des satisfactions. C'était ainsi ; chacun cherchait son bonheur, sous la pluie ou le soleil, dans le crime ou l'innocence. Wolfgang était mort à vingt-cinq ans ; au même âge, Hans avait perdu l'illusion de l'innocence. Il comptait bien savourer chaque instant qu'il lui restait à vivre, et les années seraient nombreuses. Il ne précipiterait rien. Il venait d'arriver à Berlin, Giancarlo et Alba étaient convaincus de sa mort et, dans leur ignorance, lui livraient son fils, à portée de main. Il attendrait de recevoir la confirmation du départ de Malcessati et de son retour en Italie. Pierre, que Giancarlo avait finalement engagé à son service, continuerait à l'informer de leurs agissements et de leur vie ; lui, à Berlin, s'introduirait dans quelques salons de la bonne société, comme il l'avait fait à Milan. Il deviendrait l'intime de la cousine du prince, dont on lui avait déjà dressé un portrait peu flatteur, celui d'une rombière à blason qui, dès sa nuit de noces, s'était empressée d'épouser tous les défauts des Allemands sans hériter de la moindre de leurs qualités. C'était désormais une imposante Prussienne au ridicule accent transalpin que ses convives feignaient de trouver adorable. Quant aux nouveaux parents de Raphael, Hans ne tarderait pas à se lier avec eux. Sans les connaître, et quels qu'ils fussent, il devait s'en faire des amis intimes. Pourquoi et dans quel but ? Il ne le savait pas encore précisément, mais c'était une nécessité.

— Il fait sa sieste, don Carlo… Voulez-vous que j'aille le chercher ?

Le visiteur fit un geste à la paysanne pour qu'elle ne bougeât pas.

— Laisse-le dormir, Joanna. Je le verrai tout à l'heure. Assieds-toi, je dois te donner quelques instructions, et j'aimerais que tu me parles de lui.

— Du petit ?

— D'Atanasio, oui.

Joanna rougit. Don Carlo l'avait toujours terrorisée ; elle savait qu'il n'aimait rien moins que les familiarités. « Petit » était un terme affectueux qu'il n'utilisait jamais. Pour désigner le bambin dont il lui avait confié la charge au printemps 1825, alors qu'il n'était qu'un nourrisson privé du sein maternel, il disait « l'enfant » ou recourait tout simplement à son prénom, sans aucun diminutif.

— Il grandit… Il est robuste pour ses trois ans, presque jamais malade. Il parle facilement, mais peu. Il est curieux de tout et pose mille questions auxquelles j'ai parfois du mal à répondre ! On voit bien qu'il…

— Que vois-tu, Joanna ?

Le regard de don Carlo était aiguisé comme une lame. Joanna rougit jusqu'aux oreilles ; elle aurait voulu dire qu'on voyait que l'enfant était de belle ascendance, mais elle n'en savait rien, l'homme avait toujours été muet sur les origines d'Atanasio. S'il était le père, il n'en montrait rien. Il avait simplement déclaré que les parents du bébé étaient morts et avaient été des amis proches, auxquels il avait juré de prendre en charge l'éducation de leur fils unique, et de le protéger d'une société dissolue. Joanna ne comprenait pas ce que cela pouvait signifier ; la société, pour elle, n'avait jamais été autre chose que celle de ce bourg perdu du val d'Orcia, le domaine agricole que ses parents tenaient de leurs parents et qu'elle avait repris avec son mari, à deux pas de la minuscule Pienza, ce rêve de pierre éphémère d'un pape mort des siècles plus tôt, et depuis figé, visité par plus de chèvres que d'humains.

— Qu'il est intelligent, reprit-elle.

— Justement. C'est ce dont je devais te parler. Je sais que tu ne ménages pas ta peine pour t'occuper de lui. Luigi et toi êtes assurément les meilleures personnes que je pouvais espérer pour prendre soin de l'enfant.

Joanna rosit à nouveau. C'était encore un point difficile à comprendre dans la décision de don Carlo ; elle savait qu'il avait attaché beaucoup d'importance au fait que leur couple était stérile. Elle avait cru que, par un effet miraculeux de la Providence, ce noble étranger avait voulu la consoler de son infertilité en lui offrant cet enfant ; mais il avait tout de suite précisé qu'Atanasio ne pourrait jamais être considéré par Joanna comme son fils. Elle en avait la charge mais ne devait point lui manifester trop de tendresse.

Elle devait aussi toujours garder à l'esprit, de même que son mari, qu'Atanasio ne resterait pas et que jamais, au grand jamais, il ne serait leur héritier. Ce qu'il adviendrait de leur ferme lorsqu'ils seraient vieux ne regardait pas don Carlo, et l'argent qu'ils recevraient en attendant pour la mission qu'il leur confiait suffirait à les prémunir contre les difficultés de l'âge au cas où ils n'auraient trouvé personne pour racheter les terres et la ferme.

— Je vous assure que je ne suis pas trop tendre avec lui… Je l'ai même sévèrement puni l'autre jour parce qu'il avait fait une bêtise et…

— Tu me raconteras tout cela ce soir. Écoute-moi d'abord. Des ouvriers vont venir pour aménager la métairie qui se trouve derrière, là…

Il pointa du doigt en direction d'un bâtiment isolé et à l'abandon.

— Je veux y loger Ludovico Grossi, un précepteur que j'ai engagé et qui s'occupera de l'instruction d'Atanasio. Tu continueras à t'occuper de lui pour les choses quotidiennes, et tu tiendras aussi le ménage de Grossi. Tu veilleras à le nourrir, bien entendu, et ton mari fera un effort pour trouver un meilleur vin que celui dont il me gratifie à chacune de mes visites. Pour le reste, Grossi sera le maître, ou plutôt, il sera ma voix. Tout ce qu'il décidera pour l'enfant, il faudra l'appliquer. Quoi que tu penses ou ressentes, est-ce clair ?

Joanna pâlit et dodelina du chef, sans savoir elle-même si c'était un acquiescement ou un déni.

— Rassure-toi, cela ne diminuera en rien la pension que je vous alloue. Au contraire, puisque tes frais et ta charge augmenteront, elle sera elle aussi accrue. Mais n'oublie jamais : tu devras obéir sans discuter à Grossi, comme si c'était moi. Pareil pour Luigi. D'accord ?

Don Carlo comprenait toujours tout, même ce que Joanna ne comprenait pas en elle. Il avait vu son hésitation et deviné son trouble. Cette fois, les choses étaient claires : obéir à Grossi comme elle obéissait à don Carlo. Pouvait-elle répondre non ?

— D'accord, bredouilla-t-elle, confuse d'avoir tardé.

Don Carlo se redressa et fit une grimace.

— Vous avez encore mal au ventre ? ne put-elle s'empêcher de demander.

Lors de sa visite précédente, l'homme avait été pris d'une crampe à l'estomac – c'est du moins ce qu'il avait dit – qui l'avait contraint à s'étendre pendant une heure sur le lit conjugal des paysans, non sans avoir ordonné que l'enfant ne le vît pas dans cet état. Lorsque la douleur était passée, il avait tourné cela en dérision et mis l'incident sur le compte du vin offert par Luigi. La brave femme n'était peut-être pas très instruite mais elle savait déchiffrer le langage des corps et de la douleur ; le vin n'y était pour rien. Mais il n'était pas prudent de sa part de jouer au médecin avec don Carlo. Il rejeta sa question avec un mouvement d'humeur de la main.

— Va voir s'il dort encore. Je ne peux pas rester longtemps aujourd'hui.

Elle s'empressa vers l'escalier mais, au moment de poser le pied sur la première marche, elle se retourna.

— Et il arrivera quand, ce monsieur ?

— Grossi ? Dès que les travaux seront terminés. Dans deux mois au plus tard, j'espère.

Elle soupira et monta.

Quelques instants plus tard, elle réapparaissait, poussant devant elle un bambin de trois ans aux longs cheveux sombres et au visage fin et sévère, rendu plus grave encore par les restes d'un sommeil interrompu. Atanasio demeura sur le seuil de la cuisine. Giancarlo eut une grimace qui ne ressemblait que de loin à un sourire.

— Alors, Atanasio, tu ne me reconnais pas ?

— Oh ! s'exclama Joanna dans son dos, bien sûr qu'il vous reconnaît ! Pas vrai, Atanasio ?

Elle le poussa légèrement et l'enfant fit un pas en avant.

— Bonjour, don Carlo, dit-il d'une voix grave et monocorde. Comment allez-vous ?

— Il parle souvent de vous, poursuivait Joanna avec fébrilité, car si elle était mal à l'aise lors de ses face-à-face avec don Carlo, rien ne l'angoissait davantage que lorsque Atanasio les rejoignait. Hier encore, il…

— Tais-toi, lâcha don Carlo. Viens ici, Atanasio.

L'homme s'était rassis sur une chaise et tendait la main vers l'enfant qui s'avança sans hésiter. À deux pas de l'adulte, il s'arrêta et s'inclina légèrement, cérémonieux. Don Carlo sourit, satisfait.

— Bien. Tu as effectivement bonne mine. Raconte-moi ce que tu as fait.

— J'ai aidé Joanna à traire les vaches et je suis allé chercher des chèvres avec Luigi et les chiens.

Don Carlo soupira, mais l'enfant poursuivit.

— J'aime bien jouer avec les chiens. Ils sont toujours gentils.

— Personne n'est toujours gentil, Atanasio. Ni les chiens ni les gens.

— Mais vous, vous êtes toujours gentil, non ?

— Je suis bienveillant, c'est différent. Je veille sur toi. Je veux que tu deviennes un homme d'honneur, à qui on peut se fier. Un homme droit, courageux, incorruptible. Ce sont des mots que tu ne comprends pas encore, mais tu verras… Pour ce qui est de la gentillesse, non, je ne suis pas toujours gentil. Parfois, la gentillesse est une erreur. Une faiblesse. Si tu fais une bêtise, je ne serai pas gentil avec toi.

Atanasio baissa la tête.

— Je ne ferai pas de bêtise…

— Je le souhaite, Atanasio, mais à moins que tu ne sois un saint, tu en feras. C'est inévitable. Ce jour-là, quoi que je dise ou fasse, si tu ne me trouves pas « gentil », sache que je ne penserai cependant qu'à ton bien. Regarde-moi ; as-tu compris ?

Atanasio se redressa et fixa l'adulte sans plus ciller. Il hocha la tête à plusieurs reprises, tandis que la pauvre Joanna se tordait les mains dans son dos.

— Bien. Pour ce qui est des vaches et des chèvres, tu auras bientôt d'autres occupations. Un homme va venir s'installer ici, qui sera ton précepteur. Ton professeur. Il t'apprendra tout ce que je veux que tu saches pour devenir l'homme que tu dois devenir. Tu devras lui obéir sans discuter, d'accord ?

— D'accord, répondit aussitôt Atanasio, sans quitter du regard don Carlo. Mais vous viendrez encore ?

— Certainement. Le plus souvent possible.

L'ombre d'un sourire traversa le visage de l'enfant, qui fut pour don Carlo la plus vive satisfaction de sa journée.

— Hans, je suis ravie de vous voir !

Eleonora von Rüwich accueillit son visiteur avec un sourire radieux. Dans sa chaise roulante, poussé par Johann, Hans Kapper répondit de la même manière.

— Eleonora, c'est pour moi un des rares plaisirs que la vie me laisse…

— Ne dites pas cela ! Vous êtes un homme charmant et cultivé ; vous pourriez avoir tellement d'amis si vous n'étiez pas si…

— Je vous en prie, mon amie, ne revenez pas sur ce sujet.

Cela faisait quatre ans que Hans avait forcé la porte des von Rüwich. Dès qu'il avait su que Raphael avait été adopté par eux, au printemps 1825, il s'était efforcé de les rencontrer. Cela n'avait pas été difficile ; les von Rüwich étaient mondains et n'aimaient rien tant que de faire admirer le petit château prétentieux qu'ils avaient érigé dans un quartier chic de la ville, entouré d'un jardin « à la française » que Hans avait tout de suite trouvé ridicule, mais dont il avait d'abondance vanté les charmes. Il leur avait raconté n'avoir eu de plus vives passions que les jardins, avant le terrible accident qui l'avait cloué sur cette chaise, et les avait éblouis à bon compte, sur la base de quelques lectures et, plus encore, de leur ignorance. Il était donc devenu leur familier en quelques semaines et s'était facilement distingué de leurs nombreuses connaissances par une caractéristique fort rare dans leur milieu : son désintéressement. Eleonora avait aussi été émue par le handicap de leur compatriote, et tous les deux avaient été séduits par sa culture – séduits comme on peut l'être par un talent hors de portée – et par son charme.

Son goût et sa connaissance de l'Italie n'avaient pas pesé moins lourd, alors qu'ils venaient d'adopter un petit garçon dont l'origine était demeurée secrète, à l'exception de ce détail : il était italien. Les von Rüwich étaient des commerçants prospères mais voyageaient peu ; Werner était à peine moins casanier que sa femme et vouait à son petit château berlinois une adoration qui comblait ses envies.

Hans avait ainsi pu à loisir façonner l'image d'un homme meurtri par la vie, victime d'un accident dont il préférait ne rien dire, sinon qu'il l'avait rendu durablement méfiant, voire misanthrope, du moins extrêmement avare de sa confiance. Le privilège qu'il accordait aux von Rüwich, sans l'expliquer autrement que par une sorte de formule à la Montaigne – « parce que c'était vous, parce que c'était moi » –, flattait ces derniers, même s'ils mesuraient que la vue d'une personne clouée dans une chaise pouvait être une fausse note dans la plupart des salons de la bonne société berlinoise. Seule Eleonora revenait de loin en loin sur la possibilité que Hans aurait d'étendre ses relations sociales, et elle n'insistait jamais, preuve que les uns et les autres trouvaient leur compte dans cette situation.

La seule amitié que les von Rüwich connaissaient à leur ami était la duchesse ***, née Malcessati, et cela avait entériné tacitement l'importance de l'Italie dans leurs relations. La duchesse était une personne excentrique et plutôt fantasque, dont le mari était très riche et très absent. Ce que faisait Hans lorsqu'il n'était ni chez la duchesse ni chez eux, tous l'ignoraient ; et comme il ne leur revenait aucun bruit d'activités qui pussent être contraires à la bonne réputation qu'ils entendaient préserver, ils avaient depuis longtemps cessé de poser des questions.

— Raphael sera ravi de vous voir, reprit Eleonora en conduisant son hôte dans le petit salon d'été. Il a adoré l'histoire que vous lui avez racontée lors de votre dernière visite ! Pour ma part, je l'ai trouvée un peu cruelle, mais lui n'y a vu que le courage du chevalier…

— J'imagine que cette différence d'appréciation explique à elle seule ce qui distingue votre sexe du nôtre ; mais rassurez-vous, goûter aux histoires de combat ne fera pas de votre fils un assassin !

Eleonora poussa un petit cri qui finit dans un rire étouffé.

— Je l'espère bien ! Mon mari dit toujours que rien ne nuit davantage aux affaires que la guerre.

— Certains y font pourtant des fortunes…

— Voulez-vous un thé ou du café ? proposa Eleonora que ce genre de conversation dérangeait rapidement.

— Du café, si je n'abuse pas. Raphael est-il là ? Je lui ai apporté un cadeau…

— Encore ! Mais vous le gâtez trop, Hans…

Il fit signe à Johann qui sortit un paquet et le tendit à son maître.

— N'exagérons pas, Eleonora. Il ne s'agit pas d'un cadeau susceptible de gâter un enfant ; et d'ailleurs ceux qui les apprécient sont rares, d'après ce que je sais – mais je ne connais pas grand-chose aux enfants, malheureusement…

Comme chaque fois qu'il évoquait une des facettes de son malheur, Eleonora inclinait la tête et prenait une expression contrite et compatissante. Elle prit la clochette pour appeler une servante et refit face à Hans.

— Je parie qu'il s'agit d'un livre !

— Je suis trop prévisible, j'imagine… Oui, un livre d'art pour lui présenter les chefs-d'œuvre de la peinture italienne, en attendant d'avoir la chance de les lui montrer en vrai.

S'il n'était pas possible à Eleonora, pas plus qu'à son mari, d'admettre son peu d'intérêt pour l'art, elle se réjouissait de pouvoir compter sur Hans pour développer une fibre qui paraissait une des composantes du caractère de cet enfant. La mère adoptive était de ces personnes pour qui la vie semblait pleine de mystères ; en dehors du cadre précis des affaires de son mari et de l'intendance de son domaine, où rien ne devait être laissé au hasard, elle considérait que ce qui fondait la nature profonde des êtres relevait de sources cachées, sans doute héréditaires, sinon voulues par des puissances occultes. Comme elle ignorait tout des origines de leur fils, elle avait noté chez lui cet intérêt pour la musique, pour les histoires, puis pour l'art. Ce qui l'aurait étonnée chez un enfant né de sa chair lui parut une surprise qui l'eût inquiétée si Hans n'avait été présent pour permettre de la développer – car le souci de ces parents qui avaient si longtemps attendu un héritier était d'assurer non seulement la pérennité de leur fortune, mais aussi le bonheur de l'heureux élu.

Hans, de son côté, avait vécu cette découverte avec plus d'émotion que les von Rüwich – même s'il s'était gardé d'en rien montrer. Dès sa première rencontre, il avait été frappé par le physique de l'enfant qui lui avait paru le portrait craché de sa mère, alors qu'il peinait à y retrouver ses propres traits. Bien sûr, il savait combien les adultes étaient capables de s'illusionner sur les ressemblances supposées entre un nourrisson et ses géniteurs. Et nombre de maris cocus refusaient jusqu'à leur mort de voir grandir en face d'eux le portrait craché de l'amant de leur femme, alors même que ce dernier fréquentait leur salon assidûment. Il ne le savait que trop bien. Pour lui, cette physionomie sombre et solaire à la fois était le fruit de l'implacable volonté d'Alba et de son caractère dont il avait découvert la part terrifiante : elle avait réussi à nier l'amour de Wolfgang.

Était-il heureux de côtoyer ainsi son fils ? Il évitait de se poser la question et plus encore d'y répondre. Sa haine et sa colère ne faiblissaient pas ; elles avaient résolu de se dissimuler derrière un masque, celui du personnage qu'il jouait sous le nom de Hans Kapper ; mais jamais il ne perdait de vue sa résolution de vengeance. L'aurait-il fait qu'il lui aurait suffi de toucher du doigt la roue de son fauteuil ou d'apercevoir dans la glace sa silhouette massée sur cette chaise, son corps athlétique réduit à ce pantin qui devait lutter pour ne pas grossir et maintenir un peu de force et d'allure, non pour séduire, mais pour ne pas oublier qui il avait été.

Pour ce qui était de l'affection qu'il portait à Raphael, elle n'était dans son chef que subterfuge. Certes, l'enfant en grandissant confirmait ses qualités et la beauté de ses traits. Plutôt couvé par ses parents, qui craignaient de perdre ce qu'ils avaient si chèrement acquis, il avait trouvé en ce curieux visiteur dont une partie du corps était de bois et de métal un ami original et apprécié, qui ne manquait jamais de lui apporter une surprise et qui lui racontait des histoires dont il était friand. Il savait qu'il avait été adopté, même si ce mot ne signifiait pas grand-chose pour un bambin de quatre ans ; de ces origines particulières, un élément toutefois avait frappé son imagination et Hans s'ingéniait à aviver cet intérêt : l'Italie. Kapper ignorait encore à quoi cela mènerait ; au final, son projet était de frapper Alba, d'une manière ou d'une autre. Elle avait accepté d'être séparée à jamais de son fils, et ce que le fidèle Pierre lui avait rapporté ne permettait pas de trancher définitivement si cette décision avait été prise par le seul Giancarlo, contre le gré de sa femme, ou si cette dernière avait été consentante, voire celle qui l'avait imposée. Pierre tenait régulièrement Hans informé de l'évolution de ce couple ennemi. L'Allemand savait ce qu'il avait glissé à l'oreille de sa maîtresse, lors d'une de leurs dernières étreintes : ce qu'elle portait en elle, s'il lui arrivait malheur, viendrait le venger un jour. Il connaissait assez Alba, qui lui avait raconté son enfance et ses croyances, pour mesurer combien sa superstition allait couver cet oracle et le rendre efficace en temps opportun. Pour l'heure, une seule priorité : s'assurer le contrôle de

Raphael pour faire de lui, en temps voulu, cet instrument. Et ne pas s'attacher.

Une servante apporta le café et une autre introduisit Raphael, qui se précipita joyeusement vers son ami.

— Hans ! cria-t-il, avec une spontanéité qui fit rire sa mère.

L'homme tendit les bras et attrapa l'enfant qu'il hissa sans peine sur ses genoux pour l'embrasser.

— Tu m'as apporté un cadeau ? demanda le bambin.

— Raphael ! s'offusqua sa mère. Tu ne peux pas demander cela !

Il tourna vers elle un regard étonné, mais Hans intervint.

— Laissez, Eleonora ; je suis sûr que Raphael a bien compris que je ne suis pas seulement celui qui apporte des cadeaux et qu'il peut arriver que je vienne les mains vides. Pas vrai, Raphael ?

L'enfant tourna les yeux vers lui et hocha la tête en souriant.

— Je sais, Hans.

Puis, après avoir serré les lèvres comme pour réfléchir profondément :

— Rien que te voir, c'est un cadeau…

La mère s'extasia, mais Hans dut lutter pour ne pas reposer l'enfant à terre brutalement ; il avait eu ce mouvement des lèvres qu'il avait souvent vu sur le visage d'Alba, et qui avait effacé toute la gentillesse du propos.

En sortant de chez les von Rüwich, Hans demanda à Johann de le conduire chez la duchesse.

La flatterie avait toujours été le meilleur sésame et ce qu'il savait de la duchesse en faisait une proie idéale. Exilée dans une ville qu'elle n'avait jamais aimée, cette femme imposante n'avait trouvé comme consolation que l'argent de son duc de mari, à défaut de son affection. On racontait que, dans sa prime jeunesse – elle avait une petite quarantaine d'années lorsque Hans avait fait sa connaissance –, elle avait été belle et avait collectionné les aventures ; Hans connaissait assez la banalité de l'adultère, même s'il en avait goûté la saveur puis la douleur toujours singulières. Aujourd'hui, il semblait bien que toute la sensualité de la duchesse se satisfît des plaisirs de la bouche, nourriture et bavardage dans un mélange aigre-doux duquel l'ingestion prenait la part du sucre et laissait à l'expression le vinaigre et le piment. La duchesse n'en était pas moins une nature positive ; dire du mal de ses contemporains était un exercice de style pour tuer le temps et elle recevait avec la plus sincère affabilité celle qu'elle venait d'assassiner devant un public friand de ses traits d'esprit.

Hans avait donc rapidement gagné ses faveurs, par une ruse qu'elle adorait rappeler presque à chacune de ses visites.

— Je vous revois encore, la première fois que vous avez franchi ce seuil ; vous affichiez l'air le plus désespéré qu'il m'ait jamais été donné de voir ! Vous alliez mourir, pleuriez-vous, s'il ne vous était pas possible d'entendre chanter une mélodie populaire italienne qui vous avait chaviré jadis, et que personne, à Berlin, n'était en mesure de chanter, sinon moi !

— C'était ce que l'on m'avait assuré, répondait-il rituellement.

— Mais il y a des dizaines de femmes qui parlent italien dans cette ville !

— Aucune ne le parle et ne le chante aussi bien… Et vous avez appris depuis combien je fuis le monde…

Même s'il ne fréquentait aucun autre salon, ses domestiques et ses informateurs le tenaient très au courant de tout ce qui se disait, se tramait et même se pensait à Berlin. Dès leur première rencontre, après le mensonge de la mélodie italienne, il avait achevé de séduire son hôtesse en lui livrant un secret d'alcôve qui faisait jaser tous les salons depuis des semaines. Il lui avait juré n'avoir révélé ce secret à personne d'autre, et lui en laissait la propriété, ce qu'elle avait su monnayer les jours suivants par l'imagination dont elle para l'information devenue, sous sa langue, un roman qui fit les belles heures de son salon durant presque un mois. Personne ne voyait jamais Hans chez elle – ni d'ailleurs chez les von Rüwich ; il avait pris l'habitude de venir dans la matinée, plus tard chez la duchesse qui n'était pas soumise aux horaires du commerce et des enfants, un moment de la journée où les mondains dormaient encore ou se préparaient. Hans dormait peu et n'avait pas grand-chose à préparer. Et par-dessus tout, il tenait à rester dans l'ombre.

Il n'avait évidemment jamais rien dit de ses liens avec le cousin de la duchesse. Il l'avait fait parler d'elle, de sa vie, de son passé italien ; il avait utilisé quelques portraits posés çà et là dans le salon, et en particulier celui d'Alba, qu'il avait reconnue dans un serrement de cœur.

— Quelle ravissante personne ! s'était-il exclamé après avoir recouvré son flegme. Est-ce vous ?

La duchesse avait eu un rire triomphant.

— Vous êtes un flatteur, Hans ! Encore que je puisse me sentir vexée de la comparaison. Je vous montrerai des portraits de moi au même âge et vous jugerez laquelle de ces deux personnes est la plus belle. Quant à celle que vous admirez, que Dieu vous préserve de jamais la rencontrer.

— Vraiment ? Pourquoi ?

— Il s'agit de l'épouse de mon cher cousin Giancarlo Malcessati. Elle est de vingt ans sa cadette, ce qui pourrait être la seule excuse que je lui trouverais pour expliquer une union aussi malheureuse. Je ne l'ai rencontrée qu'à une reprise, lors d'un bref passage à Milan, car cette créature ne daigne pas mettre les pieds en dehors de son pays ! Je sais que vous adorez l'Italie, mais concevez qu'il y a dans cette attitude quelque arrogance mal placée…

— Absolument…

— Depuis son mariage, elle s'évertue à rendre malheureux ce pauvre Giancarlo. Lequel, cependant, ne se plaint guère.

— Comment le savez-vous alors ?

Elle eut une grimace expressive.

— Ce sont des choses que les femmes sentent, Hans. Mon cousin vient parfois me rendre visite. C'est lui qui m'a apporté ce portrait et m'a demandé de le garder sur ce meuble. Ainsi, m'a-t-il dit, je pourrais penser à lui le plus souvent possible et compatir à ses épreuves.

— Vous venez de dire qu'il ne se plaignait pas…

— J'ai dit qu'il ne se plaignait *guère*. Ce fut d'ailleurs son unique allusion à ses déboires. J'imagine qu'elle le trompe…

Hans évita de lui demander si elle pensait vraiment que ce fût un crime.

C'était devenu un de leurs sujets de conversation récurrents. Ainsi, Hans put confirmer ou compléter les informations de Pierre. Le prince Malcessati semblait en effet entretenir avec sa cousine une relation privilégiée, et elle s'enorgueillissait d'être sans doute sa seule confidente sincère et absolument fiable – oubliant, ce disant, qu'elle ne se gênait guère pour répéter à Hans ce que Giancarlo aurait certainement préféré garder secret. Il ne se doutait évidemment pas qui se cachait derrière l'ami de sa cousine, quand bien même celle-ci l'aurait évoqué dans l'une de ses lettres ; lorsqu'il venait à Berlin, Giancarlo fuyait toutes les opportunités de rencontrer qui que ce soit, exception faite de sa cousine. Ces jours-là, elle fermait son salon et même Hans était prié de ne pas venir. Par chance pour elle, Giancarlo ne demeurait jamais longtemps ; et Hans s'empressait de revenir pour glaner des informations fraîches.

La principale préoccupation de la duchesse à l'égard de son cousin, outre sa mésalliance avec celle qu'elle traitait de bohémienne vénitienne lorsqu'elle était vraiment en colère, voire de courtisane, était sa santé. Preuve que ce mariage était une calamité, cette santé s'était considérablement altérée depuis les noces, du moins quelques années après celles-ci. Elle avait longuement raconté les mois passés dans un sanatorium suisse, comme si elle y avait été présente, alors qu'elle ne s'y était jamais rendue. Cela pouvait sembler contradictoire avec l'affection qu'elle témoignait envers son cousin, mais elle avait l'excuse officielle de la présence de l'épouse honnie, et celle plus officieuse mais combien plus réelle de sa terreur de toute contamination.

Hans avait pu également vérifier que Giancarlo ne faisait pas assez confiance à sa cousine pour lui dévoiler l'histoire de Raphael. Habilement questionnée, elle le convainquit qu'elle ignorait l'existence de l'enfant et n'avait qu'une très vague connaissance des von Rüwich, décidément trop épiciers à son goût aristocratique. Hans ne doutait pas que Giancarlo avait choisi Berlin pour l'enfant afin de pouvoir garder un œil sur lui. Voulait-il s'assurer que jamais sa mère ne chercherait à le retrouver ? Pierre ne lui était d'aucune aide pour résoudre cette question ; jamais, dans le couple Malcessati, on ne mentionnait l'enfant, du moins en présence d'étrangers – mais Pierre affirmait que le sujet n'était pas même mentionné les rares fois où les époux se retrouvaient en tête à tête, car il s'était assuré de ne rien manquer de ces confidences.

Le prince Malcessati était revenu à Berlin six mois plus tôt et avait apporté la confirmation d'une information, ou plutôt d'une supposition récemment transmise par Pierre : Alba était enceinte. La duchesse ignorait que ce fût la seconde fois. Elle ne s'en montra pas moins acerbe.

— Mon cher cousin est décidément bien généreux ! Il ne fait aucun doute qu'il n'est pas le père de cet enfant. Depuis quelque temps, son épouse se cache à peine de le tromper avec les artistes qu'elle fréquente assidûment. Il paraît que la chère âme aime le piano… Giancarlo, qui est d'une bonté qui le perdra, affirme même qu'elle en joue très bien.

Hans faillit l'interrompre pour préciser : divinement. Il se mordit la langue.

— Elle reçoit peu à Garde et ne va plus jamais à Milan ; mais elle a conservé un palais qu'elle tient de son père à Venise, et où elle se réfugie dès qu'elle le peut. Giancarlo déteste cette ville, et son état de santé l'oblige à fuir autant que possible les climats malsains.

Pierre avait été plus précis, même s'il n'avait jamais la possibilité d'accompagner Alba à Venise, celle-ci ayant toujours marqué à son encontre la réserve qu'elle entretenait avec tout le personnel engagé par son mari ; Alba choisissait désormais ses amants parmi les artistes qu'elle invitait dans son salon ou rencontrait dans d'autres palais. Pierre était aussi formel que possible sur ce point, grâce à des renseignements cueillis dans les bras des rares femmes de chambre qui partageaient sinon les confidences, du moins l'intimité de leur maîtresse : Alba ne s'attachait jamais – plus jamais, songeait Hans, entre rage, jalousie et orgueil.

Hans s'était demandé pourquoi cette fois Giancarlo acceptait cette grossesse dont il ne cherchait pas, du moins devant sa cousine, à s'attribuer la paternité, alors qu'il avait écarté sans état d'âme le bâtard précédent. Son état de santé lui avait-il définitivement ôté l'espoir d'engendrer ? S'était-il bourgeoisement résigné à préférer la certitude d'un héritier à l'honneur ? Décidément, il y avait autour de cet homme quelque chose d'insondable qui, avec le temps et particulièrement l'annonce de cette grossesse, prenait une épaisseur qui dérangeait Hans. Il avait pressé Pierre de le sonder plus avant, mais même si Giancarlo appréciait celui qui était devenu son majordome, il demeurait très secret.

Cette annonce l'avait cependant touché, et plus qu'il ne l'aurait admis. Il se souvint de son émotion lorsque Alba lui avait annoncé, rayonnante et amoureuse, qu'elle portait le fruit de leurs étreintes. Son bonheur, alors, et l'espoir qu'enfin tout pourrait être racheté… Cette peine qu'il portait en lui depuis tant d'années, qui l'avait poussé à l'exil, allait pouvoir être abolie par cette vie nouvelle, par cette alchimie de chair et de tendresse qui ouvrait pour lui la certitude d'une résurrection. Ils allaient vivre ensemble, Alba, ce bébé et lui, et rien d'autre ne compterait… Et au final, il était cloué dans une chaise, veillant sur un enfant qui ignorait qu'il fût son père, couvant sa vengeance et – il devait l'admettre à présent – une forme de jalousie à l'encontre de cette femme superbe qui continuait à jouir de sa beauté, de son corps, de ses sens.

Ce matin-là, le 15 avril 1828, alors qu'un léger crachin laissait le printemps en suspens, Hans était plus impatient encore d'arriver chez la duchesse. Le terme de la grossesse était dépassé et la nouvelle devait être arrivée. Pierre, cependant, ne lui avait encore rien communiqué, sinon qu'Alba était partie seule à Venise, sans doute avec la volonté d'y accoucher, et que Giancarlo était demeuré à Garde, à l'exception d'un déplacement pour inspecter un de ses élevages.

— Hans ! Vous arrivez au bon moment !

La duchesse avait l'air en grande forme, de cette humeur en apparence joyeuse, du moins exubérante, qui se nourrissait d'une colère ou d'une frustration.

— J'ai reçu ce matin un message de mon cousin Giancarlo, qui m'informe que sa garce de femme a accouché dans son palais vénitien d'une fille que l'on affirme ravissante. Soyez gentil, ne me demandez pas aujourd'hui de vous seriner la ritournelle italienne ! Cette créature en arriverait à me faire renier mes origines ! Quant à mon malheureux cousin, il pousse l'abnégation, le fou, jusqu'à m'écrire qu'elle aura assurément la beauté incroyable de sa mère ! Vous vous rendez compte ?

Hans prit une profonde respiration et dissimula ses pensées du mieux qu'il put.

— Malgré tous ses défauts, la beauté de votre cousine est impressionnante…

— De grâce, mon ami, ne l'appelez pas « ma » cousine ! Et vous savez ce que je pense de ce genre de beauté…

— L'enfant ne peut être tenue pour responsable du comportement licencieux de sa mère. Et si votre cousin, comme il le semble, est prêt à l'accepter, nous pouvons espérer qu'il lui offrira une éducation et une morale qui la tiendront éloignée des affres où sa mère…

— Hélas ! Vous ne connaissez pas Giancarlo ! Il est sans doute excellent dans sa partie – l'élevage de chevaux ; mais pour ce qui est d'élever des enfants ! De plus, avec sa santé déficiente…

— Aucune amélioration ?

— Aucune… Enfin, parfois un léger mieux, mais temporaire… Il y a des unions – je ne dirai pas des amours – qui sont de véritables poisons !

De retour chez lui, Hans trouva un message de Pierre : la fillette avait été prénommée Lætitia. Sans attendre son retour à Garde, Alba l'avait fait baptiser aux Santi Apostoli, et lui avait choisi pour parrain un vieillard inconnu – Pierre supputait qu'il s'agissait d'un ancien ami de son père – et pour marraine la femme d'un gondolier. Sèchement, Hans congédia Johann qui était venu s'informer de ce qu'il désirait pour le déjeuner. Une idée absurde s'était emparée de lui ; s'il avait eu l'audace, alors qu'il venait de la rencontrer, de convaincre Alba d'abandonner sur-le-champ son mari, et de rester à deux à Venise... Il fit une boule de la lettre de Pierre et la jeta au feu. Il ferma les yeux et retrouva l'image d'Alba, nue sur le lit, dans les convulsions du plaisir. Des larmes de rage glissèrent sur ses joues. Il frappa du poing sur ses jambes insensibles. Elle continuait à vivre, à faire l'amour, à se moquer du monde, à jouir. Elle allait au concert, jouait du piano, se laissait caresser... Elle le croyait mort et ne pensait plus à l'enfant qu'ils avaient eu ensemble. Elle avait laissé un autre homme l'engrosser, et cette fois elle conserverait le fruit de cette tricherie, une fille qu'elle éduquerait, à laquelle elle enseignerait ses principes odieux, dont elle ferait une créature de son espèce, belle et vénéneuse, terrifiante... Hans ouvrit un flacon de whisky dont il se servit un verre énorme, puis un second. Jamais, depuis son arrivée à Berlin, il n'avait ressenti une telle douleur, une rage aussi forte et aussi impuissante. Quel fou avait-il été de croire qu'il pourrait un jour tirer vengeance de cette femme ! Cent fois, il aurait mieux fait de mourir dans cette chute. Mille fois, de ne jamais la rencontrer, ou de la laisser périr sous les mains de ce truand des rues...

Mais il l'avait rencontrée. Il l'avait aimée, follement. Il lui avait proposé de l'aimer, lui, de vivre avec lui, avec leur enfant. Et il n'était pas mort. Il était à deux pas de leur fils. Il était seul à savoir certaines choses, à pouvoir manipuler le destin.

Le whisky fit son office. Au troisième verre, Hans s'était calmé. Ainsi, Alba avait eu une fille et entendait la garder près d'elle… Puisqu'elle ne voulait plus, de toute évidence, s'attacher à un homme, elle allait reporter sur cette enfant sa soif d'amour… Ici, à Berlin, grandissait un beau garçon, dont Alba ignorait tout… L'idée qui venait de surgir en lui était effroyable, magnifique. Et grâce à la duchesse, il avait le moyen de l'accomplir. Si Dieu du moins, ou le hasard, lui permettait de vivre assez longtemps, de même que sa complice inconsciente. Pour ce qui le concernait, il n'était pas inquiet ; le poison qui coulait dans ses veines était spirituel et le garderait vivant au moins jusqu'à ce que sa vengeance fût accomplie, au contraire de celui qui détruisait petit à petit Giancarlo.

— Tu dois le savoir, Atanasio ; il y a peu de cadeaux dans la vie, et chacun crée une dette envers celui qui te l'offre.

Ludovico profitait de chacune de ses leçons, quelle que fût la matière, pour conclure par une petite morale. Ils venaient d'achever la lecture des *Maximes* de La Rochefoucauld, que le précepteur trouvait particulièrement adaptées pour l'apprentissage conjoint du français et de la sagesse, et Atanasio lui avait demandé si la leçon était terminée et s'il pouvait rejoindre Tempête, le jeune chien que don Carlo lui avait offert, après que l'enfant l'en eut prié durant des mois.

Comme toujours, l'enfant de huit ans écouta religieusement la leçon et inclina la tête pour signifier qu'il avait bien entendu et compris. Il le savait ; don Carlo ne lui avait pas souvent fait de cadeaux, du moins pas de ces futilités qui encombrent l'espace, comme l'avait également expliqué Ludovico. Le précepteur était de ces jansénistes que la pauvreté de naissance avait aidés à ne pas s'attacher aux biens matériels. Il vivait de peu et on ne lui connaissait qu'une faiblesse, toute relative au demeurant : le vin, dont il buvait deux verres tous les soirs, ni plus ni moins. Nul ne savait, au domaine des Auguri, où don Carlo était allé le trouver, et il n'avait jamais rien raconté de son existence antérieure ; Joanna et Luigi le respectaient et le craignaient un peu, quoique l'homme fût d'une discrétion et d'une amabilité sans faille, malgré ses airs austères et ses postures un peu rigides. Mais il était la voix du maître, son régent en quelque sorte, et depuis cinq ans avait tout pouvoir en ce qui concernait la vie et l'éducation du jeune Atanasio. Joanna avait vu son autorité sur l'enfant se réduire semaine après semaine, et même son affection n'avait plus trouvé d'occasion de s'exprimer autant qu'elle l'aurait souhaité. D'instinct, elle avait compris que don Carlo voulait faire de ce garçon un être fort, que les sentiments ne pourraient fléchir, et elle ne trouvait aucun argument à opposer à ce projet, même si son cœur n'en comprenait pas les motifs. La vie était dure, certes, et elle ne savait rien des origines de cet enfant. Que don Carlo s'en occupât et pourvût à tout ne signifiait pas que cette aide s'étendrait au-delà des quelques années de l'enfance ; peut-être, par ce rude apprentissage, voulait-il le préparer à un après où il ne serait plus là, et la paysanne admettait que c'était sage, don Carlo n'était plus tout jeune et sa santé semblait s'être détériorée à chacune de ses visites. Son mari, quand elle partageait avec lui ses interrogations, la rabrouait ; elle ne devait pas s'occuper de ce qui ne la regardait pas. Ils étaient payés pour une mission, et cela leur permettait de vivre un peu mieux que les paysans de la région. Les temps étaient durs pour tout le monde et le fermier se réjouissait de voir un jeune garçon armé pour les affronter, car il n'imaginait pas que la situation pût être très différente ailleurs.

Atanasio avait donc grandi et appris à ne rien exiger, puisque déjà il fallait remercier pour tout ce qu'il avait. Remercier non pas le ciel – Ludovico était un janséniste sans dieu et la religiosité superstitieuse de Joanna n'était qu'un recueil de contes pour s'endormir le soir – mais cet homme qui veillait sur lui, de loin. Il avait grandi dans cet environnement préservé et aride, une ferme dans un paysage somptueux dont personne ne semblait remarquer la beauté, sinon lui. Quand il n'étudiait pas avec Ludovico, il marchait dans le pays, puisque don Carlo avait demandé qu'il fût aussi peu que possible associé aux travaux de la ferme – il donnait un coup de main durant les moissons ou à l'occasion, mais toujours avec l'aval du précepteur qui semblait garder un décompte précis des heures consacrées à ces travaux. Cela lui permettait de développer une force physique et une résistance qui étaient inscrites dans son apprentissage, à quoi Ludovico avait expressément demandé que l'on ajoutât dès que possible la chasse et le maniement du fusil, matière en laquelle Luigi se révéla un maître d'excellence.

Atanasio aimait être seul. Bien sûr, il avait de l'affection pour Joanna et Luigi. Atanasio savait qu'il n'avait pas de parents ; il l'avait d'abord compris avec l'instinct d'un enfant, sans voir dans cet état une source de malheur. Il ne fréquentait presque aucun autre gamin de son âge et pourquoi aurait-il trouvé cela anormal ? Il ne manquait de rien, Joanna n'avait pas pour lui moins d'affection apparente que les paysannes des fermes voisines avec leur marmaille. Celle-ci prononçait les mots de « papa » et « maman », tandis qu'Atanasio disait « Joanna » et « Luigi » ; où était le problème ? Et puisque les autres enfants avaient paru trouver cela curieux, Atanasio s'en était rapidement écarté. Quand il n'avait pas cours avec Ludovico, quand il n'y avait rien à faire à la ferme, il partait vagabonder dans les environs, dans ce val d'Orcia à la terre polychrome, qui variait au gré des saisons, du noir de l'hiver au jaune des moissons, en passant par toute la palette des ocres, des ors et des bruns, au gré des labourages ardus qui laissaient sur les champs des mottes énormes comme les pierres des chapelles et des fermes en ruine qui parsemaient la région. Et dans ses balades solitaires, il n'emmenait avec lui qu'un des chiens de la ferme, d'abord parce que Joanna n'avait pas voulu qu'un garçonnet de son âge partît seul, ensuite parce que c'était devenu une habitude, tant pour l'enfant que pour le chien.

L'année dernière, le compagnon de promenade, un vieux bâtard, était mort dans son sommeil. Atanasio en avait ressenti une forme de chagrin qui lui était inconnue et qui l'avait perturbé. Il ne savait comment nommer ce sentiment nouveau pour lui ; Ludovico en avait profité pour lui rappeler qu'il ne fallait s'attacher à rien et que c'était le propre de l'existence que de multiplier les pertes et les absences. Lui-même n'avait-il pas, dès sa naissance, perdu ses parents ? C'était un sujet que l'on abordait rarement devant Atanasio. Celui-ci osa des questions ; les parents étaient-ils comme un chien ? Et Ludovico avait-il des parents ?

— Nous avons tous des parents, c'est indispensable pour venir au monde. Et non, les parents ne sont pas comme des chiens. Ils sont parfois moins fidèles, mais il est des chiens dangereux aussi. Qu'est-ce qu'un parent, Atanasio ?

Pour répondre, il pouvait surtout se fonder sur les nombreuses lectures que Ludovico lui avait imposées.

Il énonça quelques exemples, des pères ou des mères qui, dans les livres, lui semblaient plus crédibles que ceux qu'il croisait dans les parages. Mais cela restait pour lui une réalité lointaine, pas même une réalité, une hypothèse, un conte comme ceux de Joanna sur le petit Jésus et sa maman, Marie, laquelle était Vierge, sans qu'Atanasio sût ce que cela pouvait signifier. Jésus devenu adulte était mort dans d'affreuses souffrances en suppliant son père de venir à son aide, et son père n'était pas venu.

— Voilà, avait conclu Ludovico. Les pères ne viennent pas toujours, et les mères inventent souvent des histoires pour garder leurs fils auprès d'elles. Ce qui compte, Atanasio, ce sont les gens qui t'aident à devenir qui tu es. À devenir indépendant et autonome. Autonome mais fidèle.

— Et les chiens ? avait insisté l'enfant, qui se souciait peu de ses parents alors qu'il venait de perdre un chien qui avait été son compagnon pendant plusieurs années.

Ludovico avait soupiré. Le soir même, dans la lettre quotidienne qu'il envoyait scrupuleusement à don Carlo, il nota l'incident et osa une suggestion : certes, Luigi n'allait pas manquer de reprendre un animal car les chiens avaient leur rôle à jouer dans la gestion de la ferme, mais ne serait-il pas opportun d'en offrir un à Atanasio, dont il devrait prendre soin et qu'il dresserait ?

La réponse était venue non par courrier, mais lors d'une visite impromptue de don Carlo. Lorsqu'il sortit de la voiture, Atanasio, qui était accouru pour l'accueillir, aperçut dans ses bras une petite boule de poils blond-roux et écarquilla les yeux.

— Comment l'appelleras-tu ? avait demandé don Carlo.

Atanasio songea à la dernière nuit qui avait été agitée.

— Tempête.

Une lueur avait agité l'œil de don Carlo, qui s'était presque laissé aller à sourire.

— Tempête… Bien. Tu es désormais seul responsable de Tempête, Atanasio. Je compte sur toi pour le dresser et en faire un animal fidèle et obéissant. Mesure bien la responsabilité qui est la tienne désormais ; je ne souffrirai aucun manquement, tu m'entends ?

Atanasio avait acquiescé, comme il le faisait toujours, même s'il n'avait pas compris exactement de quoi son protecteur voulait parler.

Il avait donc reçu un cadeau de don Carlo, le premier en vérité, dont il s'était occupé avec un soin extrême, sous l'œil attentif de Ludovico et de Luigi, lequel lui avait prodigué quelques conseils pour dresser l'animal. C'était un chien de race, un chien de chasse comme le fermier n'en avait jamais eu. Don Carlo s'y connaissait en races ; s'il venait dans la région, c'était d'abord pour les chevaux, et ce depuis des années, bien avant qu'arrivât Atanasio. Luigi n'avait que vaguement entendu parler de lui par les éleveurs, lui était un simple agriculteur ; c'était lui, pourtant, que don Carlo avait choisi, avec Joanna, pour prendre en charge l'enfant. Cela lui avait conféré une sorte de promotion implicite dans le pays, dont il n'était pas peu fier, mais dont il évitait de se vanter, surtout devant don Carlo. On ne savait jamais comment cet homme pouvait réagir, et sa puissance ne résidait pas seulement dans l'argent dont la distribution généreuse pouvait aussi bien s'arrêter du jour au lendemain.

Tempête était un chien magnifique, qui serait un auxiliaire précieux pour la chasse. Les mois avaient passé et Atanasio avait découvert un nouveau sentiment : l'attachement. Le chien ne le quittait pas, même pour la nuit, à l'exception des leçons auprès de Ludovico, qui redoutait que la présence de l'animal ne distraie son pupille. Était-ce parce qu'il avait éprouvé la perte de son compagnon, ou parce qu'il avait regardé grandir le chiot et lui avait tout appris ? Peut-être tout simplement pour le regard que l'animal lui adressait, un regard dévoué, instinctivement confiant, qui emplissait le gamin de fierté et d'une émotion confuse qu'il ne partageait avec personne, ignorant les mots qui conviendraient pour l'exprimer.

Atanasio avait fêté ses huit ans et Tempête allait sur ses deux ans. Le mois de mai 1833 avait été particulièrement chaud, ce qui avait contrarié Luigi. Alors que le val, à cette saison, débordait de vert, des camaïeux de jaune étaient venus se mêler aux semis et aux arbres. Il ne pleuvait que de la poussière, se lamentait le paysan ; mais il n'y avait rien à faire, sinon tenter d'irriguer au mieux et de sauver ce qui pouvait l'être. Les pluies finiraient par arriver, prophétisait Joanna pour rassurer son homme, qui ne l'écoutait pas.

La leçon du jour était à l'anglais, car don Carlo avait insisté pour qu'Atanasio maîtrisât à la perfection plusieurs langues : l'italien classique, bien entendu – Ludovico sermonnait constamment Luigi et Joanna lorsqu'ils renouaient avec leur patois devant Atanasio –, mais aussi le français, l'anglais et l'allemand. Sans qu'il eût été besoin de rien préciser, cet apprentissage était la preuve évidente qu'un jour Atanasio quitterait le pays pour parcourir le monde. Joanna songeait avec effroi que don Carlo voulait peut-être en faire un soldat, sinon pourquoi aurait-il autant insisté pour que Luigi fît de lui un tireur chevronné ? Mais les soldats, ripostait son mari, ne doivent pas parler, et certainement pas les langues des ennemis. Ludovico, quand les paysans s'enhardissaient à l'interroger, une fois son deuxième verre vidé et le troisième refusé, répondait invariablement qu'il ignorait tout des intentions de don Carlo, mais que le champ du possible était vaste.

Ludovico lui avait raconté l'histoire d'Othello et du terrible Iago. Cela faisait deux semaines qu'ils travaillaient sur ce texte et Atanasio, qui n'avait d'abord rien trouvé d'intéressant à cette intrigue si bizarre à ses yeux, y avait finalement pris beaucoup de plaisir, sous la houlette de son précepteur. Celui-ci lui avait d'abord demandé de définir brièvement chacun des personnages. Que pensait-il d'Othello, de Iago, de Desdémone, de tous les autres ? Atanasio avait commencé en décrivant l'apparence, les actes que tout le monde voyait.

— Es-tu sûr que ce soit le plus important ? avait demandé Ludovico. Et que les paroles prononcées sont toujours la vérité ?

Après une semaine, Ludovico lui avait posé la question :

— Que penses-tu de Iago ?

— C'est un traître…

— Vraiment ?

— Il ment pour se venger.

— Ment-il ? Et sa vengeance, est-elle fondée ? Cassio méritait-il davantage que lui d'être le bras droit d'Othello ?

Jour après jour, ils étaient revenus sur la pièce, et la lumière s'était faite progressivement dans l'esprit de l'enfant, malgré son jeune âge : Cassio était un incapable, un usurpateur. Othello s'était trompé en le choisissant contre Iago, et celui-ci avait le droit de lui en vouloir. Par ailleurs, ne disait-il pas au début de la pièce qu'il soupçonnait Othello d'avoir couché avec Emilia, sa femme ? Si Atanasio était peu au courant des choses du sexe, il savait que les hommes et les femmes dormaient ensemble quand ils étaient mariés, et que de ces nuits venaient les enfants, mais qu'il n'était pas correct que cela se passe en dehors du mariage. Othello était un naïf, qui se laissait mener par sa soif de gloire et par sa méconnaissance des usages d'un monde auquel il était étranger. Othello voulait être aimé, ce qui était le moyen le plus sûr d'être trompé. Il avait choisi la plus belle femme de Venise et avait gagné son amour, mais de quelle manière ? En lui racontant des histoires. Avait-il menti ? s'était inquiété Atanasio. Shakespeare n'en disait rien, avait répondu Ludovico, mais on pouvait deviner que, comme tout fanfaron, le général en avait rajouté sur ses exploits pour séduire la belle. Atanasio avait déjà vu le comportement des coqs dans la basse-cour, n'est-ce pas ? Ils se juchaient sur le fumier, paradaient, gonflaient leurs plumes, claironnaient à longueur de journée ; mais si le renard venait, ils étaient les premiers à tenter d'échapper à la mort. Othello était-il un coq ? D'une certaine manière, oui ; seul Iago faisait preuve de détermination, voire de courage.

Mais une autre question se posait : Othello avait-il tort de tuer Desdémone ? Oui, s'était écrié Atanasio.

Pourquoi ? avait interrogé Ludovico d'une voix calme. Parce qu'elle était innocente, qu'elle ne l'avait pas trompé. D'ailleurs, ne regrettait-il pas amèrement son geste, une fois dévoilé le piège de Iago ? Ludovico l'avait laissé parler, puis avait opposé : n'avaient-ils pas tous deux convenu que Iago n'était pas le traître que l'on voulait voir ? Qu'il avait raison ? Atanasio avait opiné, troublé. Du coup, pouvait-on encore affirmer que Desdémone était innocente ? Certes, elle n'avait pas couché avec Cassio, mais son comportement envers le jeune homme était-il dépourvu de mauvaises intentions ? Bien sûr, quand cette garce d'Emilia lui expliquait qu'il était normal de tromper son mari, elle rougissait et défendait fermement qu'elle ne pourrait jamais agir ainsi ; mais ne fallait-il pas toujours aller derrière le masque des gens ? Et leurs paroles n'étaient-elles pas leur premier leurre ? Ils avaient repris le texte de Shakespeare, relu les scènes où Desdémone parlait à Cassio, ou l'évoquait devant Othello ; n'étaient-ce pas là des paroles étonnamment tendres ? Atanasio avait rougi. Jamais autour de lui il n'avait surpris des hommes et des femmes parler d'amour ; cela n'existait que dans les livres, mais justement, il en avait lu beaucoup. Et Ludovico avait raison, une fois encore ; Desdémone aimait Cassio. Iago disait juste, un jour ou l'autre elle aurait trompé Othello, et elle l'avait déjà trahi en pensée.

— Donc, Atanasio, que conclus-tu ?

— Que Desdémone méritait de mourir, murmura-t-il, impressionné par le poids de cette vérité.

— Ce qui n'empêche pas que cet orgueilleux d'Othello mérite lui aussi le châtiment, pour son aveuglement. Le seul qui se retrouve injustement puni n'est dès lors que Iago ; note toutefois que Shakespeare, fort habilement, ne montre pas sa mort, et l'on est en droit d'imaginer qu'il réussira à s'échapper.

Atanasio, la bouche entrouverte, vit en un éclair l'homme qui déjouait l'attention de ses gardes, bondissait sur les remparts de Chypre et, après une course effrénée dans les ruelles, parvenait à recouvrer la liberté. Il allait sourire lorsque des cris retentirent dehors, doublé d'un jappement déchirant.

— Tempête ! s'écria Atanasio qui, sans demander l'autorisation, se précipita dehors.

Une surprise de taille l'attendait dans la cour, où Joanna s'était précipitée, suivie par Luigi : assis sur les marches de sa voiture, don Carlo se tenait la main, tandis que le cocher, armé de son fouet, avait agrippé Tempête par le cou et le maintenait fermement. Atanasio courut aussi vite qu'il le put, Ludovico sur ses talons. Il n'osa plus crier le nom de son chien, parce qu'il avait aperçu du sang sur la main de don Carlo. Celui-ci tourna vers lui un regard terrible, comme Atanasio ne lui en avait jamais vu ; sa course s'interrompit et ce fut à pas lents qu'il approcha de la voiture. Tempête se démenait comme un diable et tournait vers son maître des yeux écarquillés, comme fous, implorant son aide ; mais Atanasio s'efforçait de ne pas le regarder et de ne pas détourner les yeux de don Carlo qui l'attendait, figé, hiératique.

— Ton chien m'a attaqué, dit-il simplement d'une voix glaciale. Comme ça, sans raison. Est-ce ainsi que tu l'as dressé ?

Des larmes jaillirent des yeux de l'enfant.

— Non ! Je…

— Ne pleure pas. Je te l'interdis, tu m'entends ?

Atanasio fit un effort surhumain pour refouler ses larmes. De tout son jeune corps, il aurait voulu se précipiter sur le cocher, lui arracher son chien et le serrer contre lui ; mais c'était impossible.

— Tu ne contrôles pas ton chien. Il t'a trahi. On ne peut plus faire confiance à une bête qui a mordu. Tu m'entends ?

Atanasio ne pouvait pas prononcer un mot, sa gorge était pleine des sanglots qu'il s'efforçait de refluer. Il hocha lourdement la tête.

— Sans doute étais-tu trop jeune pour réaliser une telle tâche, reprit don Carlo d'une voix moins dure.

L'enfant eut une bouffée d'espoir, vite réduite à néant.

— Mais pour celui-là, c'est trop tard.

Du menton, don Carlo avait désigné Tempête.

— Luigi, n'est-il pas vrai qu'un chien qui a mordu un homme est perdu ?

Le fermier, qui se tenait en retrait, les mains nouées, acquiesça d'une voix sourde, tandis que Joanna, le visage dans les mains, s'était mise elle aussi à pleurer.

— Dis à ta femme de rentrer et de chercher de quoi me soigner, lança don Carlo sèchement.

Luigi posa la main sur l'épaule de Joanna qui tressaillit et se précipita vers la maison. Don Carlo reposa les yeux sur Atanasio.

— Tu sais ce que tu dois faire ?

Le sang battait fort dans les tempes de l'enfant. Dans son dos, il crut entendre Ludovico murmurer : « Éteignons d'abord cette lumière », mais peut-être rêvait-il, peut-être tout ceci n'était-il qu'un mauvais songe, il allait se réveiller, Tempête au pied de son lit et…

— Tu sais ce que tu dois faire, oui ou non ? répéta durement don Carlo.

Les larmes jaillirent à nouveau.

— Ne pleure pas, répéta don Carlo. Rien ne compte davantage que la fidélité et la loyauté, Atanasio. Et cette fidélité ne peut souffrir le moindre accroc. Elle est, ou elle n'est pas.

Il se retourna vers Luigi.

— Va chercher son fusil.

Le fermier hésita une seconde puis fit volte-face et rejoignit le logis. Suivi par Joanna qui tenait des bandages, il revint quelques minutes plus tard, durant lesquelles les acteurs de la scène restèrent figés. Même Tempête avait cessé de geindre et s'était couché, toujours tenu par la main du cocher. Luigi, tête basse, gardait les yeux braqués sur l'arme qu'il achevait de charger. Il s'avança vers Tempête, tandis qu'Atanasio se raidissait.

— Non.

Le même mot avait jailli des bouches de don Carlo et de l'enfant, le premier froid et sec, le second vif et fiévreux. Luigi s'arrêta, interdit, tournant ses regards vers l'un puis l'autre. Sans attendre que don Carlo confirmât, Atanasio marcha vers lui, prit le fusil de ses mains et se tourna vers le cocher et le chien. Celui-ci redressa le museau et chercha une réponse dans les yeux de son maître. Ce qu'il y vit lui fit baisser la truffe ; Atanasio ordonna à l'homme de lâcher l'animal, puis dit simplement :

— Viens.

La queue entre les pattes, Tempête le suivit. Tous deux disparurent derrière le bâtiment du logis. La détonation fit hurler Joanna et sursauter les hommes, à l'exception de don Carlo qui demeura impassible.

— Occupe-toi de ma main, ordonna-t-il à Joanna en lui tendant le bras.

— Laisse…

D'une main moite, il écarta la jeune femme qui s'était penchée sur son entrejambe pour tenter de ressusciter, de ses lèvres et doigts experts, un sexe qui demeurait inerte.

Elle se recula et essuya sa bouche avec une moue contrite. Johann avait pourtant parfaitement compris les désirs de Hans et lui avait déniché une fille qui correspondait autant que faire se pouvait à la description qu'il lui en avait donnée : pas plus de vingt-cinq ans, mince, poitrine pas trop forte, jambes fines et longues, cheveux noirs. Peu importait la langue qu'elle parlait ; Hans n'envisageait pas de lui faire la conversation.

— Je suis désolée, fit-elle.

— Tu ne dois pas.

La main de Hans se trouvait entre les genoux de la fille. Il la remonta le long de ses cuisses et vint effleurer ses lèvres humides. Aussitôt, en professionnelle, la fille baissa les paupières et laissa échapper un très léger gémissement. Les doigts de Hans s'insinuèrent dans son intimité avec un chuintement mouillé qui le dégoûta. Il laissa retomber lourdement la main sur le matelas et elle rouvrit les yeux. À quoi se réduisait l'amour ? Il porta les doigts à son visage, respira l'odeur saline et poussa un terrible soupir.

La fille s'étendit contre lui et colla ses seins contre son flanc. C'était doux. Ses jambes glissèrent contre celles de Hans, mais là, il n'éprouva rien du tout.

— Qu'est-ce que tu veux ? lui chuchota-t-elle à l'oreille.

— Rien. Reste comme ça, ne bouge plus. Si tu veux dormir…

Il songea que pour elle, de tels clients étaient une aubaine. Elle se pelotonna contre lui et déploya sa chevelure sur son épaule gauche. À sa respiration, Hans devina qu'elle s'était endormie aussitôt.

Il demeura ainsi, immobile, les yeux grands ouverts sur le plafond de sa chambre. Voilà ce qu'était devenue sa vie : une paralysie complète, une fixité du regard sur un plafond. Si seulement… Il chercha à imaginer que la fille assoupie contre son flanc n'était pas une prostituée ramassée dans un bordel berlinois mais Alba, qu'ils étaient tous deux à Venise, dans sa chambre sur le Cannaregio, après l'amour. Son sexe, bientôt, durcirait à nouveau sous la caresse, Alba allait se réveiller, l'embrasser sur le torse, la bouche, il… Il était fou de penser à cela. Fou d'imaginer qu'Alba pouvait l'avoir aimé et aurait pu l'aimer longtemps. Comme il avait été fou de croire que cet amour l'aiderait à effacer le passé. Rien ne s'effaçait jamais, sinon dans la mort. Giancarlo Malcessati avait raison sur ce point : seule la vengeance pouvait durer aussi longtemps qu'une vie. Elle était la volonté désespérée d'abolir le passé. Annuler ce qui avait eu lieu, ou du moins lui substituer un acte aussi violent qui rétablirait l'équilibre. L'équilibre… Il réprima un mauvais rire, il ne voulait pas que la fille se réveillât.

Que devait-il faire ? Avait-il seulement encore le choix ? Son plan sinistre se déroulait comme il l'avait prévu et affiné au gré des ans. Presque dix ans… Raphael grandissait, affirmant sa beauté méridionale dans cette ville blanche et blonde, son goût pour la culture et la musique, son élégance naturelle. Et Hans y contribuait, qui lui offrait des livres, l'emmenait déjà pour des petits voyages, à la découverte des merveilles artistiques et architecturales d'une région qui s'élargissait progressivement, pour écouter des concerts et des opéras que l'enfant suivait avec passion et sagesse, une sagesse plutôt étonnante pour un garçon de neuf ans. Tout en Raphael était posé, comme si dans sa tête il était déjà adulte, informé de ce que sa vie serait. Tenait-il cela d'Alba ? Peut-être. Une forme de résolution, de détermination ; cela pourrait-il le conduire à des actes aussi terribles que sa mère ? Ou que son père ? Hans le savait ; il portait en lui une violence terrible, le plus souvent contenue, mais qui avait surgi lors de certains incidents, et qui avait pu effrayer Alba. Qui l'effrayait lui-même, car ce n'était pas ce qu'il voulait être, et moins encore montrer.

Ce contre quoi Hans devait le plus lutter, c'était l'affection qui menaçait à l'égard de son fils, malgré ses résolutions. Car c'était son fils… Mais c'était aussi celui d'Alba, de celle qui n'avait pas hésité à provoquer l'accident qui aurait dû le tuer et qui l'avait réduit à cet état inerte, incapable de répondre aux caresses d'une prostituée ni même de la faire jouir. Son pari était insensé, il avait si peu de chances de réussir… Ici, à Berlin, il pouvait contrôler plus ou moins, s'assurer que le cœur de Raphael ne s'éprenne pas d'une Berlinoise ; il instillait lentement dans l'âme de l'enfant la conviction que son bonheur ne pourrait se trouver qu'en Italie, et n'était-ce pas vrai ? Son bonheur et son malheur, mais il serait temps de le découvrir après… Après quoi ? De l'autre côté des Alpes, Alba vivait encore, trompait son mari, son ancien amant, ses nouveaux, et couvait sa fille Lætitia d'un soin jaloux que ne lui disputait pas Giancarlo, fort peu curieux du destin de cette enfant qui n'était pas de lui mais qui, néanmoins, hériterait le jour venu de sa fortune, puisqu'elle semblait destinée à rester fille unique, ou du moins unique descendante reconnue. Une fillette ravissante, comme l'avait prouvé le premier portrait déposé par Giancarlo, non sans fierté à en croire la duchesse, qui avait ricané, tout en reconnaissant qu'il s'agissait en effet d'une beauté prometteuse, et concluant que la pauvre enfant n'était pas responsable des errements de sa mère.

Raphael non plus n'était pas responsable. Il n'hériterait pas de Giancarlo ni d'Alba, mais ne serait pas non plus réduit à la pauvreté qui était le sort de tant de bâtards. Pourquoi Giancarlo avait-il eu ce soin ? Encore un mystère dans la conduite de cet homme dont Pierre, le fidèle espion, lui dressait un portrait de plus en plus sombre.

La pensée de Hans vagabondait, il lui était parfois si difficile de se concentrer, de ne se laisser détourner par aucune idée parasite. Aucune sensation. Contre son ventre, le sein gauche de la fille dont il apercevait le mamelon sombre, le téton délicat que des cohortes d'hommes avaient sucé, et qui là, endormi sur sa peau, était aussi ingénu que celui d'une mère allaitant son bébé. Il grinça des dents ; qu'avait-il à se laisser submerger par des analogies aussi ridicules ? La sainteté de la mère ! Bon Dieu, quelle ânerie… quelle monstruosité ! Il ne put réprimer un mouvement d'humeur et la belle rouvrit les yeux. Il lui pressa doucement l'épaule et chuchota :

— Ce n'est rien, rendors-toi…

Il n'éprouvait pour elle aucune tendresse particulière. Son corps avait juste besoin de sentir contre lui celui d'une femme nue, c'était tout ce dont il pouvait jouir, et c'était toujours mieux que l'ennui qui l'attendait une fois que la fille serait partie.

Raphael et Lætitia, donc… Ce n'étaient encore que des enfants, ignorant jusqu'à l'existence de l'autre. Elle avait six ans, trois de moins que son demi-frère inconnu. Quels rêves nourrissait-elle, dans son île de Garde ou à Venise, tandis que Giancarlo fuyait leur compagnie à Milan ou dans les différents élevages où se développait sa passion privilégiée de l'élevage ? Un jour, Hans trouverait le moyen de les faire se rencontrer. Et alors ? Alors, la bêtise de l'amour était tellement prévisible…

À cette pensée, des larmes lui montèrent aux yeux et un spasme souleva sa poitrine, qui réveilla encore la fille. Elle vit une larme couler sur sa joue, qu'elle cueillit du bout des lèvres. Elle lui caressa les cheveux et chantonna des petits mots insignifiants.

— Laisse-moi, lança-t-il en la repoussant vivement.

— Hé toi ! Viens ici !

La voiture de don Carlo s'était arrêtée dans la cour et le cocher l'avait aidé à descendre. La manœuvre avait été délicate, car le Milanais éprouvait depuis deux semaines des douleurs aiguës aux genoux, chaque fois qu'il lui fallait les plier. En gagnant la terre battue, il avait lancé des imprécations que le cocher s'était efforcé de ne pas entendre.

La cour était étrangement déserte. Seules quelques poules sur lesquelles un gros coq faisait mine de veiller déambulaient, indifférentes au visiteur et à l'attelage de sa voiture. La silhouette que don Carlo avait interpellée se retourna et parut étonnée.

— Qu'è qu'vous voulez ? lui lança-t-il d'une voix grave et forte, avec un terrible accent patoisant, sans bouger.

— Approche, s'énerva don Carlo.

L'autre se décida enfin et marcha à pas lents et nonchalants. Il était vêtu d'une chemise grossière et déchirée aux coudes, d'un pantalon de toile épaisse et de gros sabots qui claquaient sur la terre sèche. Quel âge pouvait-il avoir ? se demanda don Carlo qui ne se souvenait pas d'avoir jamais vu ce garçon de ferme, lequel s'arrêta à deux pas de lui et le dévisagea avec insolence. Il avait une barbe hirsute et une horrible cicatrice sur la joue gauche, des sourcils épais, et le Milanais ne put réprimer une moue de dégoût devant un visage aussi disgracieux.

— Qui es-tu ? demanda-t-il avec humeur. Et où sont Luigi et Joanna ?

— Qui que j'suis ? Ben j'suis c'lui que j'suis… Et les patrons, y sont partis au village.

— Au village ?

— Pienza, mais vous d'vez pas voir, z'êtes pas d'ici, vous, ça s'voit…

Don Carlo crispa les poings et s'apprêtait à crier lorsque Ludovico surgit dans la cour, essoufflé, qui appelait Atanasio. Lorsqu'il aperçut don Carlo, il s'interrompit net et, l'air catastrophé, se précipita vers la voiture, sans prêter la moindre attention au garçon.

— Ah Monsieur, je suis…

— Que se passe-t-il, Ludovico ?

— Atanasio…

— Eh bien quoi ?

— Je ne sais pas où il est passé…

Don Carlo se retourna vers le garçon.

— Et toi, tu ne sais pas où il est ? Tu ne l'as pas vu ?

— Qui ça ? répondit-il avec une horrible grimace. Atana…

Ludovico découvrit sa présence et réprima un haut-le-cœur.

— Mais qui es-tu ? s'exclama-t-il, stupéfait.

— C'est ce que j'essaie de percer à jour, fit don Carlo avec une moue perplexe. Je pense que c'est un rôdeur qui pensait pouvoir chaparder quelque chose en l'absence des fermiers…

Le cocher, qui était resté en retrait, s'avança, menaçant.

— Si vous voulez… lança-t-il d'une voix sourde et menaçante.

Le gamin tourna vers lui un regard étincelant et bondit en arrière.

— Faudrait qu'y m'attrape, c'lourdaud !

Alors que le cocher s'avançait vers lui, le gamin partit d'un éclat de rire puis, bousculant son agresseur, revint se camper devant don Carlo, fit une révérence et, d'un mouvement vif de la main, arracha barbe et postiche et se mit à frotter son visage souillé.

— Atanasio ! s'écria Ludovico, sidéré, tandis que don Carlo dévisageait le garçon rayonnant avec une ombre grandissante de sourire.

— Mais qu'est-ce qui t'a pris, bon sang ! poursuivait le précepteur, visiblement scandalisé.

— Je n'ai fait qu'obéir à don Carlo, reprit-il calmement.

— Comment ? s'étrangla Ludovico, qui jeta un œil désapprobateur vers son maître.

— C'est exact, fit ce dernier. J'avais demandé à Atanasio, lors de ma précédente visite, de me surprendre. Je voulais voir s'il était capable de faire preuve d'imagination…

La porte du logis s'était ouverte et Luigi était apparu, Joanna dans son ombre. Tous deux arrivaient à pas lents, circonspects. Atanasio se tourna vers eux et leur cria de venir.

— Étiez-vous dans la confidence ? questionna Ludovico, toujours effaré.

— Oui, bredouilla Luigi. Enfin… Nous savions que don Carlo venait aujourd'hui, et Atanasio nous a dit qu'il lui avait confié une mission très importante, pour laquelle il fallait que nous restions cachés dans le logis jusqu'à ce qu'il nous appelle…

Don Carlo lui ordonna d'aller se laver et de le rejoindre ensuite dans la voiture ; il voulait l'emmener pour une balade.

— Je suis vraiment navré, reprit Ludovico une fois que l'enfant fut parti.

— Pourquoi ?

— Cette extravagance… Soyez assuré que ce n'est pas moi qui lui ai donné une telle idée ! Si j'avais été au courant de votre demande, je lui aurais conseillé de vous surprendre autrement…

— C'était justement ce que je voulais éviter, Ludovico.

Puis, devant l'air scandalisé du précepteur :

— Ne vous méprenez pas ; vous êtes un excellent maître et je ne peux que me féliciter de la manière dont vous enseignez à Atanasio ce que je vous ai demandé de lui inculquer. Ses progrès sont impressionnants, et vous en êtes le premier artisan. Mais voyez-vous, il n'y a pas que le savoir dans la vie ; je veux qu'Atanasio soit aussi en mesure de réagir, de s'adapter à toutes les situations. Il vient d'avoir douze ans ; la vie à la campagne lui a offert une constitution robuste, des muscles solides. Vous lui avez offert les bases pour réfléchir sainement et il commence à maîtriser les langues indispensables. Il est droit et obéissant, comme je le souhaite ; mais j'avais quelque motif de craindre qu'une trop grande obéissance le prive du sens de l'initiative dont il aura grandement besoin le jour venu. Et ce n'est pas vous faire injure si j'affirme qu'en cette matière, vous n'êtes pas le maître idoine…

Ludovico rougit et acquiesça.

— Sans doute, admit-il d'une voix émue. Mais… Qui lui a appris ?

— Personne. C'était ce que je voulais vérifier avant de prendre toute décision : le bougre est doté d'un don naturel pour le travestissement et la dissimulation. Peut-être pas naturel, au demeurant, et sans doute y avez-vous joué un rôle à votre insu.

— Comment cela ?

— Les œuvres littéraires que vous lui avez données à lire sont remplies de ruses, de masques, de mensonges…

— Elles sont le fruit de votre sélection…

— Je sais. Et je me réjouis de voir qu'elles ont porté leurs fruits. Ceux qui prétendent que la littérature n'influence pas les âmes ne connaissent pas les jeunes filles des villes qui se damneraient pour des histoires d'amour, lesquelles dans la réalité se contenteront de les pousser à l'adultère et à la surveillance de domestiques qui les volent.

Atanasio s'était changé en un tour de main et revenait vers eux.

— Remettez-vous, Ludovico ! lança don Carlo d'un ton joyeux. Vous n'avez pas perdu votre élève et il est plus doué encore que vous ne le pensiez…

Il fit monter Atanasio dans la voiture et y grimpa à son tour, douloureusement, avec l'aide du cocher. Puis ils plantèrent là le précepteur toujours médusé.

La voiture roula sur la route blanche. Don Carlo avait relevé les vitres pour éviter que la poussière ne rentrât dans l'habitacle. Devant lui, Atanasio avait retrouvé son visage impassible, mais ses yeux parcouraient l'espace, intérieur et extérieur, vifs et rapides. Ce qui avait finalement le plus surpris don Carlo dans la métamorphose du gamin était son rire ; il ne se souvenait pas de l'avoir jamais entendu exprimer ainsi sa joie, comme si le déguisement l'avait, un bref instant, affranchi de la retenue qu'il affichait chaque fois que don Carlo lui rendait visite. Attitude qu'il n'avait cependant pas seulement dans ces circonstances ; tant Ludovico que Luigi et Joanna lui avaient confirmé qu'Atanasio ne se comportait pas différemment avec eux. À peine s'il manifestait un peu plus de familiarité avec les paysans. Cette maîtrise des sentiments était une qualité majeure aux yeux de don Carlo ; rien n'était plus énervant que les gens qui s'épanchaient sans cesse, avec le premier venu.

— Je suis content de toi, Atanasio, finit-il par lâcher.

L'enfant le regarda et sourit humblement.

— Il t'arrivera sûrement de te retrouver dans une situation inhabituelle et tu devras faire preuve d'imagination et d'initiative pour t'en sortir. S'en sortir, cela signifie transformer les obstacles en force.

Atanasio hocha gravement la tête.

— Où allons-nous ? demanda-t-il.

— À Pienza.

Pienza était une folie bâtie par un pape de la région qui avait voulu, dans ce val agricole où il était né, réaliser le projet de la cité idéale, selon les canons humanistes de son siècle. Entre Montepulciano et Montalcino, sur une colline dominant tout le val, Pie II avait fait tracer une ligne droite le long de laquelle s'étaient ordonnés quelques palais, des ruelles perpendiculaires pour les commerces et les artisans. Au centre de ce minuscule bourg, un quadrilatère légèrement faussé pour lui donner, par un effet de perspective, des dimensions plus vastes qu'en réalité, et sur le côté sud, une magnifique cathédrale en pierre blanche, sans aucun ornement intempestif, dont le chœur venait dangereusement flirter avec le vide. De chaque côté de cette abside, à l'extérieur, un chemin de ronde où nul soldat ne devait monter la garde, mais seulement des flâneurs et des amoureux, des adorateurs de la beauté majestueuse qui se déroulait sous leurs yeux, ces plaines qui s'étendaient jusqu'au pied du Monte Amiata, le volcan assoupi qui dominait la Toscane sans plus inquiéter personne, sinon parfois ceux qui s'égaraient sur son sommet dans le brouillard et le froid de l'hiver.

Le rêve de Pie II avait avorté : après la mort prématurée du pape, les cardinaux contraints de bâtir un palais dans cette campagne reculée, si loin de Rome et ses plaisirs, s'empressèrent de plier bagage et de retourner dans la Ville éternelle. Pienza avait depuis vivoté, intacte mais moribonde, peuplée de fantômes et de moines de moins en moins nombreux, reclus dans un monastère qui menaçait ruine. L'église elle-même, qui n'avait jamais connu le moindre aménagement selon la volonté expresse du pape, subissait un inquiétant affaissement de son sol dans la partie du chœur. Un jour, songeait don Carlo alors qu'ils débouchaient sur la place, un jour tout cela s'effondrerait et le paysage s'accommoderait de quelques ruines supplémentaires. Ou bien les hommes des générations futures décideraient que ces lieux devaient être sauvés, réinvestis. Un nouveau pape y établirait le Saint-Siège, ou un roi son palais, ou un fou son paradis.

— Tu es déjà venu ici ? demanda-t-il à Atanasio tandis que celui-ci lui tendait la main pour l'aider à descendre.

— Oui.

— Tu aimes ces lieux ?

Atanasio cligna des yeux. Que répondre ? Il aimait tous les lieux où il pouvait se sentir seul ; celui-ci était différent de la campagne, et il y éprouvait un sentiment particulier, qu'il n'avait jamais pourtant cherché à analyser.

— Oui, dit-il encore, laconique.

— Et pourquoi ?

Don Carlo le laissait rarement s'en sortir avec une réponse incomplète. Cela faisait longtemps qu'Atanasio avait compris que les questions les plus anodines étaient une manière de le tester, de l'interroger sur autre chose. Fuir ne servait à rien ; don Carlo le traquerait jusqu'à ce qu'il obtînt ce qu'il désirait – non pas une réponse précise, mais, comme Atanasio l'avait toujours éprouvé, quelque chose qui le surprendrait lui-même.

— Je ne sais pas…

— Cherche.

L'enfant mordit sa lèvre inférieure et pivota sur son pied droit. Les vieux palais et l'église le surplombaient avec indifférence ; Ludovico lui avait donné plusieurs leçons ici, sur le projet de Piccolomini, sur les valeurs qu'il entendait promouvoir à travers cette architecture. Mais ce n'était pas pour cela qu'il aimait l'endroit. L'humanisme de Pie II lui était étranger et la vie de ces hommes, de ces prélats et de leurs courtisans lui paraissait ne pouvoir exister que dans les livres.

— Peut-être… amorça-t-il avant de s'interrompre.

Don Carlo le laissa poursuivre sa réflexion.

— Peut-être, reprit-il enfin, parce que dans la campagne je suis seul autrement.

— Autrement ?

— Là-bas, la solitude est vide. Vous comprenez ?

Don Carlo fit une moue.

— Et ici ? demanda-t-il encore.

— Ici, elle est… pleine d'absences.

— Je suis navré de t'imposer le poids d'un tel handicap…

Raphael, qui aidait Johann à porter la chaise et son occupant sur les marches du pont, eut un sourire bienveillant.

— Ne t'en fais pas ! Je suis tellement content d'être à Venise avec toi…

Hans se contenta de rendre son sourire à l'adolescent et ferma les yeux. Les odeurs et les sons de la ville l'envahirent et l'émotion lui serra la gorge. Il était fou d'être revenu ici. Presque quinze ans après sa rencontre avec Alba, plus de treize à nourrir sa vengeance, à l'élaborer avec la patience d'une araignée tissant sa toile – une image idiote, quelle ressemblance pouvait-il bien avoir avec cette bestiole véloce dont les huit pattes rapides fonctionnaient à merveille ? Seuls les humains pouvaient être animés par ce sentiment qui le tenait debout depuis tant d'années, et auquel il ne pouvait renoncer sous peine de mort, pensait-il, quand bien même son corps continuerait à fonctionner cinquante ou cent ans. L'araignée ne poursuivait qu'un but : se nourrir pour se reproduire. Elle usait avec sagesse et parcimonie de son venin, prioritairement pour neutraliser ses proies, car elle savait le temps qu'il lui fallait pour en fabriquer du nouveau et ne pouvait le perdre inutilement pour s'attaquer à des ennemis immangeables. La fuite, face aux agresseurs plus puissants, était, dans tout le règne animal, une preuve de sagesse. Seul l'humain, gorgé d'honneur, de jalousie, de principes, de vertus, affrontait le danger de manière absurde et s'entêtait dans des plans qui finissaient par l'obnubiler, dût-il s'y perdre. Hans savait tout cela ; les heures infiniment longues auxquelles il était désormais condamné, passées sur sa chaise à contempler le spectacle honni des rues de Berlin, et même celles qu'il occupait avec de la musique ou de la lecture, ces heures lui avaient permis de brasser sans relâche cette philosophie. Mais celle-ci ne pesait rien face à ce sentiment qui lui dévorait les tripes chaque fois qu'il repensait à Alba, qu'il songeait à sa vie broyée. Chaque fois aussi que revenait la blessure qu'il avait espéré guérir avec cette femme si belle, croisée par un si exceptionnel hasard ici, dans une ruelle perdue de Venise, où il aurait pu ne jamais s'engager, à moins d'être, comme il l'avait romantiquement cru alors, guidé par un dieu tutélaire bienveillant, un ange gardien soucieux de lui offrir une rédemption. L'araignée ne croyait pas à la rédemption, et Hans n'y croyait plus que sous sa forme sombre, celle de l'expiation.

Il avait découvert, à travers ces années, que la haine était aussi difficile que l'amour, et aussi dévorante. Mais peut-être aussi nourrissante, capable de combler un homme ou une femme, et de lui faire oublier tout le reste – surtout quand ce reste pesait si peu. Aimer quelqu'un qui ne vous aimait pas ou qui ignorait tout de votre amour était une douleur, une souffrance que l'amoureux transi prenait souvent plaisir à maintenir, car le sentiment sans écho, le don sans réciprocité est préservé de l'usure et de la déception. L'autre demeurait inaccessible, sans doute, mais inaltéré, soumis à l'image que s'en était forgée l'aimant. Dans la haine, Hans avait retrouvé la même alchimie terrible : haïr quelqu'un qui vous aimait, ou quelqu'un qui ignorait tout de votre sombre passion. Raphael, son fils de treize ans, avait appris à l'aimer, depuis sa plus petite enfance, comme il aurait pu le faire de son père, et mieux encore ; il n'entretenait avec Hans que des rapports heureux, des dons sans aucune autorité, sans le moindre chantage ni la moindre obligation. Et Hans avait tout fait pour qu'il en soit ainsi. Il avait manœuvré pour être aimé d'un être qu'il avait choisi de détester pour ce qu'il incarnait. Lorsque le jeune garçon lui manifestait, dans toute la franchise et la spontanéité de son jeune âge et de sa nature simple et généreuse, l'affection qu'il lui portait, Hans était envahi par des sentiments des plus contrastés, de la répulsion à la jouissance. Mais il était forcé de reconnaître, lorsqu'il se retrouvait seul, qu'il n'éprouvait aucun remords envers l'enfant. Pourquoi en aurait-il eu ? Raphael, jusqu'ici, n'avait qu'à se féliciter de cette amitié rare et de ce qu'elle lui offrait d'exceptionnel dans une vie certes confortable et luxueuse, mais si terne. Fils adoptif de riches marchands berlinois ! Pour Hans, il ne pouvait exister de sort moins enviable. Les von Rüwich étaient complices de cette énorme duperie que jouait cette bourgeoisie triomphante, à laquelle se mêlait une aristocratie dégénérée, tous unis par leur appât du gain et leur dévotion au veau d'or, pour qui la culture était au mieux un signe de richesse et de réussite, un monde où mentir était une loi, les contrevenants se condamnant à la pire des peines imaginables pour ces Tartuffe : le ridicule et la nudité. Quelle serait la fin de l'histoire pour Raphael ? Hans l'ignorait. Celle qu'il visait à travers lui était sa cible principale, celle qui ignorait pour l'heure la haine qu'elle suscitait, jour après jour, dans le cœur et le corps disloqués de son amant. Elle seule, pensait Hans, devait un jour souffrir ; peut-être Raphael en sortirait-il indemne, insouciant. Peut-être. Mais pour Hans, ce n'était qu'une possibilité, pas un objectif. S'il souffrait, ce petit être délicat et préservé apprendrait que la vie était âpre et les êtres décevants, que les rêves avaient été inventés par des dieux cruels pour meurtrir l'âme.

Les heures de Hans étaient presque tout entières consacrées à ces sombres raisonnements dont son esprit, par un curieux et efficace mécanisme de sauvegarde, évitait de reconnaître les contradictions. Dans les multiples variations qu'il avait développées au fil des ans, certains décors jouaient un rôle particulier, et au premier rang de ceux-ci, Venise. Pierre le tenait informé des voyages qu'Alba y entreprenait, de plus en plus fréquents, en compagnie de sa fille Lætitia et toujours en l'absence de Giancarlo, preuve évidente de la désunion de leur couple – ce qui n'était en aucun cas une consolation pour Hans, puisqu'elle jetait Alba dans une multitude de bras. Elle s'y était récemment rendue pour un enterrement, lui avait écrit Pierre : celui d'un ami gondolier, à ce qu'il semblait, un décès qui l'avait fort affectée et avait été l'occasion de remarques sarcastiques de Giancarlo. Elle était restée une dizaine de jours dans son palais vénitien et, à son retour au lac de Garde, le prince avait exigé que la mère et la fille l'accompagnent toutes deux à Milan pour une série de mondanités auxquelles, apparemment, il convenait d'afficher une famille unie et complète. Pierre précisait qu'Alba avait accepté de mauvaise grâce et que le séjour devrait durer plus d'un mois, à ce qu'avait annoncé le prince.

Était-ce l'annonce de ce long voyage qui avait décidé Hans ? La crainte de croiser Alba à Venise n'était pas la raison principale du report constant de ce projet. Il fallait d'abord que Raphael fût assez âgé pour apprécier ce qu'il verrait et pour que cette visite laissât en lui une empreinte qui persisterait. Alba, de surcroît, ne pourrait pas le reconnaître dans ce qu'il était devenu, un vieillard prématuré cloué dans une chaise, aux cheveux ternis. Sans doute était-ce davantage le motif de la dernière visite d'Alba dans sa ville : la mort. Hans ne connaissait pas Giovanni et ne l'avait jamais rencontré, même si Alba lui en avait longuement parlé. Ce n'était donc pas *le* mort qui l'avait décidé, mais *la* mort. Venir sur les lieux où Alba avait été malheureuse, où elle avait pleuré ; il avait eu l'idée terrible qu'il y puiserait de la force, qu'il y raviverait sa rage et sa volonté.

Les von Rüwich n'avaient pas été difficiles à convaincre ; depuis des années, ils laissaient toute latitude à leur providentiel ami Hans pour ce qui touchait à l'éducation artistique de leur fils adoptif. Le voyage avait été plus pénible, en revanche, malgré la gentillesse de Raphael et le dévouement de Johann. Mais enfin, ils étaient arrivés et s'étaient installés dans une suite – les von Rüwich avaient insisté pour prendre en charge tous les frais du voyage et avaient réservé dans le meilleur hôtel, sur la riva degli Schiavoni. Les premiers jours, pour s'offrir une transition, Hans les avait consacrés à la visite des musées et des lieux les plus importants. Il avait découvert un obstacle auquel il n'avait pas songé : son handicap rendait fatigantes les déambulations de ceux qui l'accompagnaient, car il fallait le porter à chaque pont. Mais en raison de l'encombrement de la voiture et de la difficulté des manœuvres pour l'en extraire et l'y remettre, la gondole ou toute autre forme de barque n'était pas plus aisée, et Raphael faisait montre d'une bonne volonté sans faille pour rendre service à celui qu'il appelait parfois son parrain, et toujours par son prénom. À l'exception de quelques-uns, les ponts n'étaient jamais très longs et Raphael agrémentait chaque séance d'un commentaire amusant. Il était émerveillé de ce qu'il découvrait et ne cessait de remercier Hans.

Les toiles du Tintoret, de Titien et de Véronèse l'avaient ébloui. Hans avait accompagné la visite de commentaires éclairants et s'était particulièrement concentré sur les Annonciations.

— As-tu remarqué, Raphael, toi qui portes le prénom d'un des archanges, combien Marie a le plus souvent l'air terrifiée lorsque Gabriel vient la trouver pour lui annoncer ce qui devrait pourtant être une nouvelle magnifique ? Là, son regard est effaré, ici, fuyant ; ses mains cherchent à la protéger, ses jambes voudraient s'enfuir, mais il y a toujours un mur derrière elle pour la retenir. Elle n'a pas le choix, ce n'est pas un cadeau que Dieu lui envoie, mais une damnation.

Les von Rüwich étaient médiocrement croyants mais pratiquants, et Raphael allait tous les dimanches à l'église. Les propos de Hans, pourtant, ne le choquaient pas, il en avait l'habitude. C'était une des excentricités que l'on pardonnait au vieil ami et que l'on mettait sur le compte de ses souffrances et de son intelligence. L'adolescent devait d'ailleurs admettre que la lecture n'était pas fausse ; l'expression de Marie n'était que rarement celle d'une femme comblée.

Ce matin, comme un léger soleil printanier était au rendez-vous, Hans avait proposé de déambuler sans but dans les rues. Mine de rien, il avait dirigé sa petite troupe vers le Cannaregio ; sans aller jusqu'à l'entraîner dans l'impasse où il avait sauvé Alba, il l'amena sur la place du ghetto, qui impressionna fortement Raphael. La place était plus vaste que la plupart de ses consœurs vénitiennes et les immeubles qui la cerclaient, plus hauts. C'était un samedi ; de la synagogue montaient des chants qui ne ressemblaient pas à ceux que Raphael avait coutume d'entendre à la messe, et moins encore aux concerts, mais qui pourtant avaient quelque chose de familier, de ces connaissances que l'on porte en soi à son insu et qui surgissent à l'improviste. Sans pénétrer dans le temple, les visiteurs s'en approchèrent silencieusement pour mieux entendre ; mais le chant prit fin.

— Pourquoi nous as-tu conduits ici ? demanda Raphael alors qu'ils reprenaient leur route.

— Nous sommes arrivés par hasard, tenta Hans.

La réponse de Raphael le stupéfia :

— Je ne t'ai jamais vu faire quelque chose par hasard.

Puis, sans laisser le temps au handicapé de réagir, il poursuivit :

— En tout cas, au risque de te choquer, je crois que c'est la plus belle place que j'aie vue à Venise. Ne me demande pas pourquoi… Je l'ignore.

Ils allaient franchir l'ancienne porte du ghetto, dont Napoléon avait ordonné la destruction. Soudain, une voix profonde et joyeuse les apostropha dans un allemand parfait.

— Et vous avez bien raison, mon jeune ami !

Ils se retournèrent vivement pour découvrir un vieil homme à l'imposante barbe blanche qui marchait vers eux à pas étonnamment vifs pour son âge. Il était vêtu d'un long manteau sombre et élégant mais aucun accessoire religieux ne permettait d'affirmer qu'il était un Juif sortant de l'office.

— Que voulez-vous ? demanda Hans d'un ton méfiant.

— Je voulais féliciter ce jeune homme pour son goût. Je considère en effet que la place du ghetto est une des plus belles, ou du moins des plus touchantes de la Sérénissime… Mais je vous prie d'excuser cette intervention. Permettez-moi de me présenter : Thomas Reguer. Je viens de Francfort et je n'ai pas résisté au plaisir de retrouver des compatriotes… Je ne voudrais pas vous importuner ; j'imagine que le père fait découvrir à son fils les merveilles de l'Italie, que nos compatriotes affectionnent tant !

Hans eut un mouvement d'humeur sur sa chaise.

— Ce n'est pas mon fils, dit-il d'une voix sèche.

— Toutes mes excuses, fit le vieillard en s'inclinant.

— C'est mon parrain, interrompit Raphael, que l'homme amusait et intriguait.

— Alors, ma méprise n'est pas si grande ! s'exclama Reguer avec un sourire radieux. Puis-je vous demander où vous vous rendiez ?

Hans n'avait aucune envie de prolonger la conversation, mais Raphael répondait déjà, tandis que Johann, impassible, attendait dans son dos.

— Nous marchions au hasard.

— Le hasard ! Sans doute est-ce la meilleure manière de découvrir cette ville où rien, justement, n'a jamais été laissé au hasard… Je peux vous révéler mon petit secret sur la manière qui me semble la plus amusante et la plus surprenante pour découvrir Venise : vous choisissez un piéton, « au hasard » comme vous dites, et vous le suivez jusqu'à ce qu'il rentre quelque part. Là, vous en choisissez un autre, jusqu'à ce que vos pas vous ramènent à votre hôtel ; soyez rassurés, cela survient tôt ou tard, et il est impossible de se perdre ici !

— Malheureusement, interrompit Hans froidement, vous conviendrez que, dans mon état, ce jeu n'est guère possible.

— C'est exact, admit Reguer en passant la main dans sa barbe et en dévisageant Hans de ses yeux rieurs. Dans ce cas, me permettriez-vous de vous accompagner quelques pas, voire davantage, et de vous faire profiter de ma connaissance des lieux ? Je souhaitais me rendre à l'Accademia que j'affectionne tout particulièrement ; Titien est un artiste dont je ne me lasse pas et il me semble chaque fois découvrir un détail nouveau dans ses toiles, alors que j'ai dû les voir des centaines de fois.

Hans ne voulait rien tant qu'éconduire le personnage, mais le visage rayonnant de Raphael l'en retint. Certes, il aurait pu faire preuve d'autorité et prendre congé, prétexter la fatigue ; mais ne se serait-il pas retrouvé pour de bon dans le rôle du père, celui qu'il voulait à tout prix éviter ? Après tout, si ce vieil excentrique avait du temps à perdre et voulait jouer au cicérone… De mauvaise grâce, il demanda à Raphael :

— Qu'en dis-tu ?

Embarrassé mais visiblement enthousiaste, le jeune garçon répondit :

— Pourquoi pas ? N'avions-nous pas résolu de marcher à l'aventure ?

Durant le chemin qui les ramenait vers l'Accademia, Thomas Reguer les abreuva d'anecdotes et de détails sur les différents palais qu'ils croisaient et sur leurs habitants, passés ou présents. Il semblait connaître tout le monde et, un moment, Hans, qui se prenait au jeu, brûla de lui demander s'il avait entendu parler des Acotanto. Mais il s'en abstint ; quelque chose dans cet individu le dérangeait et il était inutile, voire dangereux, d'offrir des prétextes de soupçon. Ils étaient passés sur l'autre rive du Grand Canal et ils ne risquaient pas de passer devant le palais d'Alba – dont Hans ne pouvait que deviner la localisation, sa maîtresse ne lui ayant jamais permis de l'y accompagner, pas même jusqu'au seuil.

Ils arrivèrent enfin à la Scuola Grande di Santa Maria della Carità, transformée en musée sur décret de Napoléon, au terme d'une balade qui avait enchanté Raphael et au cours de laquelle Hans avait perdu sa retenue et ses réserves envers cet homme plein de faconde facétieuse et intelligente. Thomas les laissa un instant et alla discuter avec un gardien des lieux ; puis il revint vers eux.

— Voilà, nous pouvons entrer !

Lorsqu'ils se retrouvèrent dans les lieux qui avaient jadis servi d'hôpital, Reguer débuta par une présentation générale, mais il en vint très vite aux toiles. Il commença par leur présenter un à un tous les membres dirigeants de la Scuola, commanditaires de l'œuvre et représentés par le peintre dans la foule de spectateurs, à gauche de la fresque de la présentation de la Vierge au Temple. Puis il se tourna vers celle-ci et ouvrit grands les bras.

— Voilà un sujet magnifique ! Je sais, les Annonciations sont plus nombreuses, et le motif est d'importance…

Raphael décocha un clin d'œil à Hans puis se retourna vers leur guide sans attendre la réaction de l'infirme.

— Mais nous voici quelques années avant cette rencontre, et celle qui n'est encore qu'une gamine, une petite Juive comme tant d'autres, vit un événement à ses yeux infiniment normal… Il faut le regard d'un peintre, des siècles plus tard, et toute la terrible aventure qui attend son fils, pour faire surgir dans cet instant l'intensité des drames qui ne se produiront qu'une trentaine d'années plus tard… Cela dit, Titien ne nous parle pas seulement de la Vierge et de la religion. Il nous décrit son monde, qui est encore le nôtre par bien des aspects… Regardez !

Pointant le doigt, il commença à détailler la fresque. La mendiante porteuse de l'enfant à moitié nu, tandis qu'un fils plus âgé tendait la main vers le patricien ému qui dénouait sa bourse, sur la gauche du tableau, symbolisait la condition de l'artiste obligé de mendier auprès des puissants pour vivre.

— Le geste de l'enfant, c'est celui du peintre ! Ajoutez un pinceau entre ses doigts… Observez encore le jeu des mains : dans cette scène, cinq mains groupées – celles de l'enfant, du patricien, les deux de la mendiante, et une de son bébé –, sur une surface infime, toutes pointées vers la bourse et l'argent, le siècle dans ce qu'il a de plus trivial. La main du riche donne, mais elle est fermée. Et à l'opposé, réparties sur plus de la moitié de l'œuvre, les cinq mains de la grâce, de l'inspiration, de la spiritualité : du doigt tendu, au bas de l'escalier, par l'élégante en rouge dont le regard, contrairement à son doigt, fait le lien avec le premier ensemble de mains, on monte à la Vierge. Une main relève le pan de la robe et l'autre est grande ouverte devant le prêtre, dont les paumes accueillantes referment le mouvement initié par la femme et orientent le regard du spectateur non plus sur le vil métal mais sur l'âme vive par excellence ! Mais qu'aperçoit-on d'abord dans cette fresque étonnante ? La Vierge nimbée d'or ? Ne serait-ce pas plutôt cette horrible vieillarde au premier plan qui nous dit que l'essentiel n'est pas ce que l'on croit ? Voyez les mains de cette femme, synthèses des deux groupes : une ouverte, une fermée. Mais son regard mauvais est tourné vers la gauche, la foule qui se presse, la mendiante et les riches donateurs. Il n'y a pas que cette vieille ; elle est elle-même au centre d'un autre triangle, négatif de celui dont la Vierge est le centre. Cela commence en haut, à droite : cette figure effrayante, cerclée de noir, qui se penche à la porte du temple ; son regard conduit à la marchande dont les yeux sont braqués sur – regardez, à l'extrême gauche ! – cette espèce de spectre dont même le visage est mangé d'ombre. Et que vise son regard assassin ? Le gamin qui mendie et qui représente l'artiste !

Hans ne put contenir un frisson. La Vierge enfant était toute transcendance ; mais elle était isolée, retranchée des humains, cependant que dans la foule, juste au centre de la composition, un garçonnet de son âge jouait avec un chien qu'il excitait d'un anneau de bois. Celui-là, il y avait peu de chances qu'il eût consacré sa vie à la spiritualité ; et même les puissants et riches commanditaires, au-dessus de la porte de gauche, dont la poutre supérieure rognait une partie de leurs jambes, se souciaient de la Vierge comme de leur première obole, préoccupés par la présentation de leur profil le plus avantageux, ou fixaient les spectateurs droit dans les yeux comme pour leur signifier qu'ils avaient mis personnellement plus dans l'affaire que les autres. Tous ces gens que Hans détestait…

La Vierge et le gamin qui mendie ; entre ces deux enfants, l'insoucieux au chien, à côté des notables composant un autre groupe de cinq mains dont la particularité, expliquait Thomas, était de pointer dans toutes les directions sans en privilégier aucune, opportunistes en même temps que vaines par la courbe qu'elles traçaient, de la première – le poing fermé de celui qui scrutait les visiteurs – à la dernière – posée sur l'épaule d'une vieille femme –, base d'un cercle de vanité ou d'une échappée vers la boule plantée à l'extrémité d'un obélisque pyramidal, ouvrage prétentieux et inutile s'il en fut.

Quand il eut achevé son exégèse, Thomas Reguer inclina brièvement la tête, comme pour saluer son public, et Raphael ne put s'empêcher d'applaudir, ce qui fit sursauter Hans plongé dans ses pensées, et éveilla en lui un sentiment désagréable, une jalousie brûlante ; Raphael l'écoutait toujours avec attention, mais jamais il n'avait manifesté une telle joie devant ses explications. À cet instant, il sentit sur lui le regard de Reguer, qui l'observait, paupières plissées et lèvres souriantes.

— Merci beaucoup, *Herr* Reguer, fit-il en s'efforçant de demeurer aimable. Je m'en voudrais de vous voler davantage de votre temps ; c'était passionnant...

— Oh, fit-il avec un geste modeste, il ne s'agit sans doute que d'élucubrations ! Nous sommes toujours occupés à interpréter, n'est-ce pas ? Les toiles, les livres, mais aussi les événements et les actes de nos contemporains... Quoi qu'il en soit, j'ai été ravi de vous rencontrer... « par hasard » ! Grâce à vous, ma matinée fut fort agréable. J'avais peur de m'ennuyer en me levant, ce matin. Comme quoi, mon astuce de visite est payante : je vous ai vus et je vous ai suivis !

— Pas tout à fait, osa Raphael.

Reguer se tourna vers lui, curieux.

— Et pourquoi ?

— Parce que vous ne nous avez pas abandonnés sur le seuil de ce bâtiment...

Lorsqu'ils se retrouvèrent à trois, silencieux et songeurs, Hans réalisa qu'à aucun moment ils ne s'étaient présentés à leur singulier guide. Et le plus étrange, pensa-t-il avec quelque appréhension, était que cela n'avait pas semblé déranger le moins du monde Thomas Reguer.

Cette fois, il prétexta la fatigue et ils rentrèrent à l'hôtel.

Ils restèrent encore à Venise cinq jours et jamais ils ne revirent Thomas Reguer. Raphael avait-il perçu le malaise chez Hans ? Toujours est-il qu'il évita de l'évoquer par la suite et se montra dévoué et attentif à tout ce que son ami lui fit voir et entendre. Ils allèrent à l'opéra et au concert, visitèrent encore quantité d'églises. Quand il était trop las, Hans envoyait

Raphael se promener seul ; il ne lui demanda jamais s'il avait recouru à la technique expliquée par Reguer, ni même ce qu'il avait vu. Quant à lui, reclus dans sa chambre dont il fermait les rideaux, il renouait avec ses quelques jours de grâce vécus ici, et les années de douleur qui en étaient issues.

Depuis plusieurs années, don Carlo avait pris l'habitude d'amener Atanasio avec lui lorsqu'il visitait les écuries voisines où étaient logés une partie de ses chevaux. Il avait commencé à lui donner des explications sur la manière dont il sélectionnait les étalons et les juments, dont il les associait en fonction de traits de caractère qu'il décelait en les observant en prairie, montés ou non, par lui ou un autre cavalier, ou encore dans leurs stalles. Atanasio écoutait attentivement et posait parfois des questions, auxquelles don Carlo répondait laconiquement, pour conclure le plus souvent :

— Je ne te montre pas cela pour que tu deviennes un jour éleveur de chevaux. Cela n'a pas d'importance pour toi, tu m'entends ? C'est d'autre chose qu'il s'agit.

Mais il ne précisait jamais de quoi, et Atanasio n'osait pas demander. Alors, il regardait et restait silencieux. Lorsqu'il fallait assister aux saillies, que don Carlo savourait avec un sourire épanoui – une des rares occasions où Atanasio le voyait sourire –, l'adolescent se retenait de manifester son dégoût, bien que ce spectacle lui soulevât le cœur. En revanche, il aimait se retrouver seul dans les écuries, passer devant ces animaux géants à l'odeur puissante, qui venaient parfois poser leurs naseaux sur son épaule, ou lui en frotter la joue dans un souffle.

Luigi lui avait aussi appris à monter ; don Carlo y tenait sans pour autant, là encore, chercher à ce qu'Atanasio y passât trop de temps. Sans nul doute, les apprentissages essentiels restaient à ses yeux ceux que prodiguait Ludovico et, avec les années, la science d'Atanasio avait crû, tant dans la maîtrise des langues que la connaissance d'un monde que, pourtant, il ne fréquentait pas, un monde avec ses usages, ses mensonges, ses chausse-trappes, ses rares vertus, ses innombrables vices.

Les visites de don Carlo s'espaçaient, car la santé du Milanais déclinait. Il avait d'abord grossi, puis maigri de manière impressionnante, au point que d'une visite à l'autre, Atanasio ne l'avait presque pas reconnu, comme si c'était lui qui, cette fois, s'était travesti. Quand le jeune garçon s'inquiétait de sa santé, don Carlo répondait évasivement et balayait l'inquiétude d'un revers de la main. Ou il lui parlait de ses champignons et de leur curieux mode de reproduction, qui semblait moins répugnant à Atanasio que celui des chevaux, et plus mystérieux. Lorsqu'il revint, ce 13 mars 1840, cela faisait dix mois qu'il n'était plus venu ; il paraissait singulièrement ragaillardi, avait repris quelques kilos et son visage affichait cette expression carnassière et volontaire qui impressionnait tellement les gens qu'il rencontrait ici, à commencer par Joanna qui en était terrorisée et Atanasio qui, s'il avait songé à se poser la question, aurait été incapable de trancher quelle était la part d'affection que l'homme lui portait réellement. Au demeurant, aimait-il autre chose que ses chevaux ? Jamais on ne l'avait entendu parler d'une famille, et jamais personne n'aurait osé le questionner à ce propos.

Il demeura à moitié à l'intérieur de la voiture, le buste penché à l'extérieur, et héla Atanasio.

— Viens ! Je dois te montrer quelque chose…

Aussitôt, le jeune garçon accourut et grimpa au côté de son bienfaiteur qui donna un signal bref au cocher.

Durant le trajet, don Carlo s'enquit, comme à l'accoutumée, des progrès réalisés par Atanasio. Sans doute était-il déjà au courant par les rapports circonstanciés que Ludovico continuait à lui envoyer régulièrement, mais il semblait désireux de l'entendre de la bouche même du garçon. Puis, alors qu'Atanasio était au milieu d'une phrase, il l'interrompit.

— Nous allons chez Domenico. Une jument est sur le point de pouliner. La grise, que je t'ai montrée la dernière fois, que j'ai accouplée avec l'étalon noir. Tu te souviens ?

Atanasio hocha la tête et préféra ne pas trop convoquer ces images.

— Je veux que tu assistes à cela.

Il ne dit rien. Des accouchements d'animaux, il en avait déjà vu à la ferme. C'était sanglant, violent, mais cela ne le répugnait pas comme les accouplements. Il y avait toujours au final le surgissement d'un nouvel être, fragile mais déjà tellement volontaire, happant l'air avec l'autorité du souverain prenant le contrôle d'un territoire conquis.

Au-dehors, le val déroulait ses paysages tendus de vert à cette saison. Les champs étaient autant de dos, enchevêtrés les uns aux autres, des vagues de terre venues s'échouer ici des millénaires auparavant, et que, depuis, l'homme s'acharnait à cultiver. Ludovico lui avait expliqué que rien dans ce pays ne poussait par hasard, et que chaque plante, chaque arbre avait été voulu et planté par l'humain, dans le but de le nourrir, sans doute, mais aussi par souci de beauté. Pas la beauté artificielle des villes, ni même celle des tableaux ; celle d'une nature cultivée à laquelle on offrait le luxe d'affirmer son autonomie, comme un enfant qui pourrait se prétendre sans parents. De telles paroles ne pouvaient que toucher Atanasio.

Le domaine où don Carlo l'emmenait était distant d'une quinzaine de lieues de Pienza. Au loin, sur un monticule, retenu à la plaine par des rubans d'oliviers, se dressait un petit bourg cerné de murailles orgueilleuses et inutiles : Montechiarro. Atanasio ne s'y rendait jamais, Luigi et Joanna nourrissant à l'encontre de ses habitants une hostilité sans motif, sans doute puisée dans des querelles ancestrales, et Ludovico avait balayé ses questions d'un revers de main méprisant :

— Si nous devions nous intéresser à chaque village de cette région, ce serait une longue et fastidieuse litanie des petitesses humaines. Les guerres, les luttes, les assassinats, tout ça pour la jouissance d'un pouvoir microscopique dans la tête d'un nain qui se croit empereur. Ce sont des médiocres, Atanasio, ne perds pas ton temps avec eux. Ils ont lu Jules César et ont retenu qu'il valait mieux être le premier dans son village que le deuxième à Rome. Ils en ont fait leur devise et sont restés dans leur village ; mais ils ont oublié que le village dont parle César n'est autre que Rome. Il n'y a qu'un intérêt à ces reîtres provinciaux :

leurs combats ont contribué à façonner une partie de la beauté de ce pays. Ils ne s'en souciaient pas, cela dit. Mais c'est cela que tu dois retenir : la beauté peut surgir de l'horreur.

Ils furent accueillis par Scipione, le maître des lieux, qui les conduisit aussitôt vers l'écurie où la jument avait été logée dans l'attente de sa délivrance. L'homme se frottait les mains avec nervosité et Atanasio comprit, aux brefs échanges qu'il eut avec don Carlo, que l'enjeu était important, c'était un animal de très grande valeur et son propriétaire nourrissait beaucoup d'espoir sur le futur poulain.

C'était de fait une bête splendide, d'un gris profond, aux grands yeux bleus, au ventre énorme. Elle était immobile, impassible. Don Carlo lui flatta l'encolure sans prononcer un mot, mais son regard scintillait.

— Je ne suis pas certain que ce sera pour aujourd'hui, fit Scipione.

Don Carlo répondit d'un plissement de lèvres puis se tourna vers Atanasio.

— Je dois parler avec Scipione. Reste ici et surveille-la. Si elle commence son travail, appelle-nous immédiatement. Compris ?

Atanasio acquiesça et regarda les deux hommes sortir.

Il s'installa par terre, contre un montant de bois, les fesses dans une paille sèche et propre. Il avait l'habitude de passer son temps ainsi, sans rien faire en apparence. C'était là aussi une technique que lui avait enseignée Ludovico : laisser le temps glisser sur soi, se fondre dans le monde, n'être qu'une pierre, une branche, mais dans sa tête vagabonder, observer, sentir, croiser – les bras, les sensations, les informations. La jument devant lui ne bougeait pas, ou à peine. Atanasio se demanda si elle savait que le moment approchait où elle allait souffrir, si elle appréhendait cette souffrance, ou si, au contraire des humains, elle marchait vers le futur sans autre conscience que celle de l'instant présent. Ludovico lui avait parlé de ces philosophes grecs qui s'étaient demandé si le fleuve en tant que tel existait, ou s'il changeait continuellement puisque pas une goutte ne restait en place et qu'aucune ne revenait ; une jument sur le point de mettre bas se posait-elle ce genre de question ? Atanasio, en regardant l'œil calme de la bête, jugea que non, et qu'elle était sans doute plus sage que les philosophes. À quoi servait l'appréhension face à l'inévitable ? Bien sûr, il fallait être prêt ; Atanasio l'avait appris, il savait que don Carlo attachait une très grande importance à cette faculté. Mais être prêt valait lorsque l'on était confronté à une situation où l'imprévu était la loi. Il n'y avait rien d'imprévisible dans la naissance prochaine du poulain.

Un bruit lui fit lever la tête ; sur le seuil de l'écurie, une silhouette se dessinait. Bientôt, une jeune fille s'avança et vint se camper devant lui, espiègle et souriante. Atanasio ne bougea pas, sur la défensive.

— Salut…

Il répondit d'un bref mouvement de tête.

— Tu es Atanasio, c'est ça ?

— Oui.

— Moi, c'est Lucia. Mon père travaille ici.

— Scipione ?

Elle eut un rire rêche.

— Non ! Scipione, c'est le patron. Mon père est juste un palefrenier. Qu'est-ce que tu fais là ?

— Je surveille la jument.

Lucia se tourna vers la bête et alla lui caresser l'encolure.

— C'est pas pour aujourd'hui, pas vrai, ma belle ?

Le cheval fit aller sa tête de haut en bas avec force.

— Tu vois ? Elle est d'accord avec moi.

— Elle ne te comprend pas.

— Qu'est-ce que tu en sais ? Je passe ma vie avec les chevaux. Pas toi, à ce qui paraît. Plutôt dans les bouquins, non ?

Elle lui refit face et vint s'asseoir à côté de lui, sans façon.

— Comment tu sais ça ? demanda Atanasio, mal à l'aise.

Elle portait une chemise large de garçon dont elle avait déboutonné le haut. Par l'échancrure, on devinait sa poitrine, ronde et ferme. Il détourna la tête et déglutit.

— Tout le monde le sait. On vit dans un petit pays, non ? Toi, tu es du genre solitaire, donc ça ne t'intéresse pas de savoir ce que les autres font…

Elle s'approcha de lui et son épaule vint frôler celle du garçon qui hésita, mais se contenta de se raidir.

— Tu as quel âge ?

— Quinze, répondit-il, la voix nouée.

— Pareil. Ou presque… minauda-t-elle en tournant vers lui ses lèvres souriantes, fines et roses. Les filles du coin te trouvent très mignon, tu le savais ?

Il rougit et elle rit, en profita pour caresser brièvement sa joue d'un doigt, un seul. Elle lui parlait dans le patois du coin mais en faisant un effort, comme si elle le considérait un peu comme un étranger. Lui baissa la tête et secoua ses cheveux pour se donner une contenance.

— Je pense qu'elles ont raison, poursuivit-elle.

Et sans prévenir, elle se pencha et l'embrassa à pleine bouche. Médusé, Atanasio ne réagit pas tout de suite ; il voulut la repousser vivement mais, tandis qu'il sentait la langue de Lucia tournoyer contre la sienne, qu'elle cherchait à débusquer comme un chaton jouant avec un vieux matou, un vertige le prit, son cœur se mit à battre très vite et il ferma les yeux, après avoir passé ses bras soudain redevenus souples autour du cou de la jeune fille.

Ils restèrent ainsi soudés de longues minutes. Les mains de Lucia s'étaient aventurées sous la chemise d'Atanasio qui se laissait déborder par des sensations insoupçonnées, incontrôlables. Il sentait la lutte de son corps contre son esprit, lequel, paniqué, convoquait les images repoussantes des saillies animales ; mais son corps lui répondait que cela n'avait rien à voir, qu'il y avait là des sensations délicieuses dont il avait soif, une soif terrible, d'autant plus forte qu'Atanasio avait toujours feint de l'ignorer, de la réprouver. Lucia était d'une souplesse inouïe ; tandis qu'elle lui caressait le torse de la main droite, elle s'était légèrement écartée et avait saisi de la gauche sa main pour la glisser dans sa propre chemise. Il eut un hoquet en découvrant la douceur de la peau, le grain du mamelon, le galbe… Très doucement, dans un bruit de succion, elle décolla sa bouche et lui murmura :

— Viens…

Sans attendre, elle lui prit la main et l'entraîna.

— Mais la jument… tenta Atanasio désespérément.

— T'inquiète… C'est pas pour aujourd'hui, je le sais…

Elle le précéda sur une échelle de bois qui conduisait au fenil, au-dessus des stalles, et s'enfonça dans la pénombre, tout au fond, là où nul ne pourrait les voir. Elle s'agenouilla et dénoua la ceinture d'Atanasio. En quelques secondes, il était complètement nu, son sexe dressé à deux centimètres du visage rayonnant de Lucia qui, en un tournemain, fut aussi nue que lui. Sa langue vint titiller le gland qui vibra. Elle rit et joua encore avec le membre d'Atanasio qui se laissait faire, éberlué et ravi.

— C'est la première fois ? lui demanda-t-elle.

Il hocha la tête. Elle lui tendit à nouveau la main, s'étendit sur la paille et l'amena contre elle, ventre contre ventre, sexe contre sexe.

— Tout doux, laisse-toi faire…

Elle guida à nouveau la main d'Atanasio vers ses lèvres dont il découvrit l'étrange moiteur. Il eut un mouvement de recul, effrayé, mais elle le ramena.

— Caresse-moi, susurra-t-elle, tandis que de son côté elle saisissait son pénis et entamait un lent va-et-vient.

Elle s'était mise à gémir, tandis que la respiration d'Atanasio s'accélérait aussi, jamais son sexe ne lui avait paru aussi dur, aussi tendu, aussi vivant. Il savait ce qui allait se passer, il s'était déjà réveillé le ventre visqueux et avait découvert comment jouir seul, mais cela n'avait rien à voir, jusque-là ce n'était que pour décharger une tension dans le bas-ventre, tandis qu'avec Lucia, c'était… il ne savait quoi, il n'avait pas les mots, Ludovico ne lui en avait jamais parlé…

— Hé… on dirait que tu ne vas pas résister longtemps…

Elle s'était arrêtée de le caresser et se dandinait du bassin pour accroître les attouchements maladroits d'Atanasio dont les doigts se perdaient dans ces chairs inconnues.

— Attends-moi…

Elle gémissait de plus en plus et Atanasio prenait un sourde délectation à ce plaisir qui montait, c'était une musique comme il n'en avait jamais entendu, effrayante et délicieuse à la fois. Le temps glissait, Lucia voulait en profiter et, à défaut de caresser Atanasio, s'offrait à son regard sans pudeur aucune, belle et désirable, dans un ballet sur place qui ne les emportait pas moins loin, très loin de cette grange. Aux gémissements indistincts se mêlaient des « oui » qu'il ne cherchait pas à comprendre, et dont le rythme s'accélérait. Soudain, les doigts de Lucia s'agrippèrent de nouveau à son membre et, avec frénésie, se mirent à le branler. Lucia se mordait les lèvres pour ne pas crier, ses seins étaient dressés contre la poitrine d'Atanasio, son ventre cabré, les yeux du garçon couraient sur cette étendue de peau superbe, il sentait qu'il allait bientôt venir, là…

Un rugissement terrible retentit derrière eux et Lucia se redressa d'un bond, sans lâcher tout de suite le sexe d'Atanasio qui jouit misérablement, sans rien ressentir d'autre qu'une terreur phénoménale.

— Bande de porcs ! rugissait Scipione tandis qu'il agrippait Atanasio par les épaules et le tirait en arrière sans ménagement.

Il le traîna ainsi, nu et pitoyable, jusqu'à l'échelle, et la terreur d'Atanasio atteignit son paroxysme lorsqu'il y découvrit la tête de don Carlo. Même dans la pénombre, il perçut la fureur dans son regard. Mais l'homme ne dit rien et redescendit, laissant Scipione précipiter le garçon sur les marches. Il tomba presque tandis qu'en haut, il entendait le paysan qui retournait vers Lucia et l'injuriait d'abondance. Les cris de la fille se mêlaient aux injures, brave et véhémente qui affrontait la tempête.

Atanasio, dans sa chute, s'était recroquevillé sur le sol, la main en coque autour de son sexe, tandis que don Carlo restait debout à côté de lui, hiératique. Il entendait le souffle court de sa respiration, mais aussi, tout autour, un tumulte inquiétant, des gens qui s'affairaient. Il s'était passé quelque chose, quelque chose de grave, tandis qu'il était monté avec Lucia, au lieu de rester là où don Carlo lui avait ordonné… Craintivement, il redressa la tête et aperçut d'abord le regard assassin de son maître.

— Regarde ce que tu as fait ! lui siffla-t-il comme une gifle. Redresse-toi !

D'une main de fer, il le força à se relever et à se tenir debout. Des hommes s'étaient massés dans le box de la jument mais Atanasio ne la voyait pas. Il l'entendait seulement, une respiration affolée, terrifiée.

— Elle… balbutia-t-il.

— Elle va mourir, trancha don Carlo. À cause de toi.

Du bout de sa canne, il vint frapper les bourses du garçon qui se recroquevilla sous la douleur.

— À cause de ça !

Les cris en haut s'étaient tus. Il y eut un mouvement dans la paille et une masse blanche déboula devant eux. Lucia avait enfilé en hâte ses vêtements, sans boutonner sa chemise, poitrine à l'air. Sans regarder Atanasio, elle jeta ses habits à ses pieds et voulut s'élancer, mais don Carlo l'agrippa par les cheveux et, malgré son hurlement, la força à revenir sur ses pas et à faire face à son amant.

— Regarde à cause de quoi tu m'as trahi ! reprit-il en fixant Atanasio.

Sans lâcher les cheveux de Lucia qui s'était brusquement immobilisée, comme tétanisée, il écarta la chemise, fit tomber le pantalon jusqu'à ce qu'elle se retrouve presque aussi nue qu'Atanasio. Du bout de la canne, il pointa les seins, le ventre, le nombril, le pubis, s'insinua entre les cuisses que Lucia avait resserrées. Un peu de foutre brillait sur sa peau, que l'embout de bois étendit. Atanasio sentit une nausée terrible l'envahir.

Dans leur dos, le silence s'était fait, un silence de mort. Atanasio apercevait dans un brouillard les visages des palefreniers qui s'étaient redressés, défaits, et qui regardaient la scène avec dégoût et colère.

— Regarde à cause de quoi une jument exceptionnelle est morte, avec un poulain dont j'attendais des merveilles ! Regarde ! Regarde cette putain qui en cinq minutes a ruiné quinze ans d'éducation et de travail !

D'un mouvement, il la fit tomber à genoux devant Atanasio. Lucia, qui serrait les mâchoires sous la douleur, pour ne pas pleurer, poussa un hurlement et les larmes jaillirent. Atanasio s'était mis à trembler de tous ses membres.

— C'est tout ce que tu veux ? poursuivit don Carlo d'une voix tendue, terrifiante.

— Non, fit-il, à peine audible.

— Qu'elle prenne ton sexe dans sa bouche ?

— Non !

Il eut un hoquet et manqua vomir. Don Carlo s'arrêta. Il frappa le sommet du crâne de Lucia.

— Déguerpis, toi…

Elle se redressa, son beau visage déformé par la douleur et les larmes. Un instant, elle fixa Atanasio et bredouilla :

— Je suis désolée…

— Fous le camp ! hurla don Carlo.

Sans demander son reste, elle ramassa ses hardes et courut vers la sortie. Un jeune gars, malgré la tension, laissa échapper un petit rire vulgaire. Don Carlo fit volte-face et dévisagea les palefreniers.

— Alors ? demanda-t-il à l'aîné, qui baissa le front, avant de répondre :

— Rien à faire, don Carlo…

Le poing de l'homme se serra sur la canne qui faillit se briser.

— Laissez-nous, dit-il à l'équipe, qui s'éclipsa aussi prestement que Lucia. Scipione !

L'homme était sur l'échelle et sauta à terre.

— Don Carlo ?

— Va me chercher un fusil.

— Un fusil ?

— Ne discute pas ! Va !

Ils se retrouvèrent à deux, dans un face-à-face terrible, Atanasio nu et tremblant, qui avait refoulé ses larmes et attendait, soumis, le verdict du juge implacable dont sa vie dépendait. Don Carlo ne broncha pas tout le temps que Scipione resta absent, et cela parut une éternité à Atanasio, dont le cerveau semblait incapable de fonctionner, de lui dicter les mots qui auraient pu le sauver, apitoyer le bourreau, de lui inspirer le geste, l'attitude qui aurait, comme par magie, aboli tout ce qui venait de se passer.

Enfin Scipione revint, tenant à bout de bras une arme identique à celle d'Atanasio, celle avec laquelle il avait, sept ans plus tôt, abattu Tempête. Don Carlo la prit sans un regard pour Scipione, vérifia qu'elle était chargée et la pointa sur la poitrine d'Atanasio.

— Tu sais ce que méritent ceux qui trahissent, n'est-ce pas ?

Le jeune garçon était incapable d'articuler le moindre son. Son menton trembla et sa tête se mit à osciller de bas en haut.

— Tu le sais ? insista don Carlo.

Les mots ne sortaient pas.

— Parle !

Atanasio tomba à genoux et le canon de l'arme vint heurter son front.

— Oui… sanglota-t-il.

Il avait fermé les yeux. Il attendait la détonation et ce qui viendrait ensuite, il n'en savait rien, le néant ou ces histoires que lui racontait Joanna, un autre Dieu tout aussi terrifiant qui lui ferait payer pour l'éternité la faute impardonnable qu'il venait de commettre. Mais rien ne se produisait. Contre sa peau, toujours le métal froid, figé. Il n'osait plus bouger, plus regarder, une seule pensée tournait dans sa tête, qu'il tire, que ce soit fini…

Soudain, le vide remplaça le canon et Atanasio faillit tomber en avant. Il ouvrit les yeux et aperçut au-dessus de lui don Carlo qui rendait l'arme à Scipione, lequel semblait terriblement soulagé.

— Tu n'es pas un chien. Et c'est assez de gaspillage que de perdre cette jument. Je te laisse une dernière chance, Atanasio ; mais ne me déçois plus jamais. Compris ?

Il tourna les talons et marcha vers la sortie, après lui avoir lancé :

— Habille-toi et rejoins-moi. Nous rentrons.

— Raphael n'est pas là ?

Eleonora von Rüwich eut une petite moue embarrassée et son mari la devança.

— Non, il est sorti… Du café, comme d'habitude ?

Hans acquiesça. Eleonora fit signe à la servante qui apporta le plateau et entreprit de les servir.

— En fait, dit la maîtresse de maison après avoir toussé, nous voulions vous voir seul à seul.

Hans prit la tasse qu'on lui tendait et releva les sourcils.

— Ah ? Et pour quelle raison ?

— Nous avons quelques inquiétudes au sujet de Raphael, poursuivit Werner.

— Des inquiétudes ? Je ne comprends pas ; Raphael me paraît être un enfant irréprochable et idéal, ou alors je ne le connais pas…

Eleonora leva les mains au ciel.

— Non pas ! Si quelqu'un le connaît, c'est vous ! Vous êtes tellement important pour lui, depuis si longtemps. Bien sûr, poursuivit-elle en pinçant légèrement les lèvres, je suis sa mère et je ressens beaucoup de choses, que seule une mère peut percevoir… Mais sur tout le reste, il vous est sûrement plus limpide qu'il ne l'est à lui-même !

— C'est souvent le cas, pour chacun de nous, philosopha Hans en buvant une gorgée brûlante.

— Sans doute, grommela von Rüwich que ces discussions dérangeaient, en homme qui préférait les chiffres aux mots.

— Dites-moi ce qui vous préoccupe, reprit Hans d'une voix charmante. Si je puis vous aider, soyez sûrs que…

— Nous n'en doutons pas ! C'est d'ailleurs pour cela que…

Elle toussa à nouveau et posa la tasse sur la table.

— Notre fils a seize ans, bientôt dix-sept. C'est un garçon dont on nous vante la beauté, l'élégance, l'intelligence. Il nous revient que plusieurs jeunes filles sont sensibles à ses charmes…

— Seize ans, c'est encore jeune, intervint Hans.

— Bien sûr, et nous ne voulons pas déjà le marier !

Elle eut un petit rire qu'elle étouffa dans un mouchoir de soie blanche orné d'un motif fleuri.

— Mais sans viser au mariage, il nous semblerait normal que Raphael, de son côté, manifeste aussi quelque intérêt pour le sexe opposé.

Hans cacha un sourire derrière sa tasse. Il imaginait les craintes des von Rüwich, qu'ils n'oseraient sans doute pas formuler clairement, et leurs aspirations à un beau mariage, entendu un mariage qui renforcerait leur patrimoine et leur réputation. Hans connaissait la réponse à la question ; il manœuvrait depuis seize ans pour arriver à ce résultat. Mais il était trop tôt pour en parler. Il se contenta de rassurer les parents.

— Je ne crois pas que vous deviez nourrir la moindre inquiétude. Raphael est un garçon tout ce qu'il y a de plus… normal. Il est patient, prudent. L'avez-vous jamais vu s'avancer de manière irréfléchie ?

Les von Rüwich restèrent un instant songeurs puis, dans un bel ensemble, hochèrent la tête négativement : jamais, en effet, Raphael n'avait fait preuve d'impulsivité, ce qui avait toujours paru des plus réconfortants aux yeux de son père.

Hans posa la tasse vide et ouvrit les bras.

— Je vous promets d'essayer de lui en parler. Mais ce sont des sujets que les jeunes gens, surtout à son âge, n'abordent pas volontiers, même avec des intimes. Surtout, dirais-je… Laissez-lui un peu de temps ; il finira par trouver la femme qui correspond à ses attentes. Et puis, avec sa beauté, sa culture et (il inclina la tête) le nom qu'il représente, il peut être difficile, non ? Je crois que, pour l'heure, il préfère passer deux heures à l'opéra ou au concert qu'en tête à tête avec une fille. Si jolie soit-elle, elle ne lui apporte pas – pas encore – les plaisirs de la musique. Et sans vouloir vous offenser, Eleonora, je ne puis totalement lui donner tort ; la générosité de l'art est pure gratuité…

Qu'opposer à cela ? La conversation prenait une tournure philosophique que les deux époux n'auraient pu soutenir, et leurs goûts musicaux ne dépassaient guère les sérénades et les danses élégantes. Ils abdiquèrent donc et jurèrent qu'ils ne s'inquiéteraient plus.

Sans doute avaient-ils trouvé le moyen d'écarter Raphael pour l'après-midi, ne sachant quel tour prendrait la discussion ; Hans n'était pas friand de longs face-à-face avec ces gens qu'il méprisait et, pis encore, qui occupaient la place qui aurait dû être la sienne. Il n'avait pas le droit de leur en vouloir, évidemment, c'étaient des gens généreux et dévoués, sans oublier le fait que l'essentiel de l'éducation de Raphael, c'était bien lui, Hans, qui le lui avait prodigué. Mais il ne fallait pas tenter le diable ; puisque le sujet était clos et que Raphael était absent, Hans prit congé.

Il faisait un froid de canard. Johann l'aida à enfiler un épais manteau de fourrure et l'installa dans la voiture. Il était tôt encore et la duchesse lui avait fait savoir qu'il l'avait négligée ces dernières semaines. Il demanda à Johann de l'y conduire au plus vite.

Durant la route, il ferma le rideau pour ne pas être confronté à ce spectacle déprimant entre tous : les rues de Berlin sous la neige. Il songeait à la discussion qu'il venait d'avoir. La musique… certes, il avait éduqué Raphael dans ce domaine également, mais il avait été surpris par l'attrait spontané que, tout jeune, l'enfant avait éprouvé pour elle. En novembre, ils étaient allés entendre la nouvelle œuvre de Mendelssohn, qui avait été créée à Potsdam fin octobre, puis représentée à Berlin une semaine plus tard, une musique de scène sur Antigone. Hans avait surpris sur les joues du jeune garçon des larmes qui coulaient à l'évocation du sort tragique de cette jeune fille intransigeante, menée au supplice par une fidélité extrême – abusive, pensait Hans – à des principes, ou plutôt à une certaine image qu'elle s'était forgée d'elle-même. La musique de Mendelssohn avait joué pour beaucoup dans l'émotion de Raphael : profonde, ample, et ces chœurs qui plongeaient dans les tripes des auditeurs. Il était impossible de ne pas être emporté par une telle maîtrise et Hans, qui avait besoin de philosopher pour ne pas se laisser dominer par ses sentiments, s'était inquiété de l'influence qu'un tel art pourrait avoir sur un peuple, si un dictateur décidait de l'utiliser pour mener ses sujets au massacre – celui des autres, ou le leur. Mendelssohn sans doute était-il encore trop tendre ; mais il préparait la voie pour des unissons flamboyants derrière lesquels se rangeraient bannières et cohortes.

Toutes ces réflexions oiseuses s'étaient effacées lorsque, à la sortie de l'opéra d'Unter den Linden, Raphael avait cherché les mots pour exprimer son émotion. Il fut peu disert sur la partition, qu'il se contenta de qualifier de « sublime » ; mais c'était Antigone qui l'avait bouleversé. Bien sûr, il connaissait le sujet ; cependant, l'adaptation qu'en proposait cette œuvre la lui avait rendue plus charnelle, plus vivante. Il ne tarissait pas de griefs à l'encontre de Créon, ce roi intransigeant qui, pour conserver son pouvoir, n'hésitait pas à sacrifier sa nièce, la fiancée de son propre fils. Ismène avait davantage ses faveurs, qui jouait la carte de la prudence, de la mesure ; c'était d'instinct la voie qui avait sa préférence.

— Mais il est des circonstances où on ne peut pas être prudent, n'est-ce pas, Hans ?

L'homme l'avait engagé à préciser sa pensée.

— Quand je dis que l'on ne peut pas, je pense qu'on a même l'obligation de ne pas l'être. L'imprudence est parfois la seule réponse à l'injustice…

Il était resté silencieux ensuite, comme effrayé par la portée de telles paroles, à l'opposé de tout ce qu'il croyait, de la petite morale qu'il voyait s'édifier autour de lui alors qu'il cheminait vers l'âge adulte.

Fin décembre de cette même année 1841, Hans avait subi une autre émotion musicale : le phénomène Liszt était enfin arrivé à Berlin. Le premier concert avait été donné devant le roi Frédéric-Guillaume IV, deux jours après Noël. Le jeune compositeur virtuose – il avait à peine trente ans – avait enthousiasmé le souverain, mais cet accueil n'était rien à côté de la fureur qui s'était propagée dans la ville, et qu'Heinrich Heine, le grand poète, avait qualifiée de « Lisztomania ». Liszt, qui ne devait au départ donner que le concert royal, n'en finissait plus de différer son départ et de multiplier les représentations pour lesquelles les places s'arrachaient. Hans avait réussi à en acheter deux et s'y était rendu, plein d'appréhension, avec Raphael.

Dans les rapports réguliers que Pierre lui envoyait, le compositeur avait été mentionné comme un des amants d'Alba. Avec celui-là, il semblait que la princesse faisait une exception à sa règle de détachement et d'éphémère. L'homme, pourtant, lui était notoirement infidèle, ou plutôt multipliait-il les fidélités. Hans n'avait rien entendu de la musique ; durant tout le concert, il avait cherché à imaginer cet homme, si jeune, si renommé, séduit par Alba, de onze ans son aînée. Devait-elle être toujours resplendissante… Se pouvait-il que Liszt fût le père de Lætitia ? Pierre n'avait pas été en mesure de préciser depuis quand les deux amants se connaissaient ; c'était cependant peu probable, il était à peine plus âgé que Raphael lorsque Lætitia avait été conçue. Quoi qu'il en soit, Hans avait subi ce concert comme une torture où on l'aurait obligé d'assister, cloué sur sa chaise, aux ébats des deux amants.

La duchesse l'accueillit avec une joie sonore et ironique.

— Hans ! J'ai cru que vous me pensiez morte !

— Je ne me le serais pas permis sans avoir reçu de votre main le faire-part…

Elle éclata de rire et lui tendit sa main à baiser.

— Venez, allons causer un peu.

Elle le précéda vers le petit salon où elle avait pris l'habitude de le recevoir et où elle exposait les portraits que Giancarlo et d'autres parents lui envoyaient. Elle qui n'avait jamais eu d'enfants s'offrait ainsi à bon compte l'illusion d'une famille nombreuse, particulièrement sage et sans autre histoire que celles qu'il lui plaisait d'inventer en regardant les cadres.

La duchesse avait pris plus de kilos que d'années et, quand elle s'asseyait, Hans avait toujours l'impression que sa gorge allait cogner son menton. Après ces quelques semaines d'absence, il lui parut qu'elle avait encore enflé, ce qui ne l'empêcha pas de s'extasier sur sa bonne mine et sa forme.

— Hans, je suis fatiguée des flagorneries… Quand j'y songe, vous êtes sans doute le seul à être sincère avec moi. Je me souviens toujours de la manière dont vous m'aviez suppliée de vous chanter cet air italien…

Elle n'avait pas que grossi ; son caractère aussi avait changé. Après la mort de son mari, elle s'était essayée à la liberté, avait cherché des amants, si possible plus jeunes qu'elle. Elle en avait trouvé, sans trop de difficulté, mais s'était vite rendu compte que ce qu'ils aimaient chez elle était le souvenir sonnant et trébuchant du défunt. Puisque ces idiots pensaient pouvoir la duper avec leurs douces paroles et leurs caresses, elle les avait laissés s'illusionner, avait pris ce qu'ils pouvaient lui donner et n'avait rien offert en échange, sinon des miettes, parce que le luxe solitaire ne l'amusait pas.

Avec le temps, Hans avait découvert en elle une femme plus intelligente et cultivée que la plupart de ses contemporains, qui n'avait que peu l'occasion d'échanger sur les sujets qui l'intéressaient vraiment. Pour cette raison aussi, Hans était devenu son favori.

Dès son entrée dans la pièce, il nota un nouveau cadre sur le meuble, déjà bien encombré.

— Des nouvelles de votre cousin ? demanda-t-il.

— Ne m'en parlez pas ! Il m'a écrit une très longue lettre, ce qui n'est pas dans ses habitudes.

— Toujours fâché des infidélités de son épouse ?

Elle eut un rire méprisant.

— Il faudrait être fou pour se formaliser encore de ses comportements ! Il en a souffert au début, car le pauvre était, je pense, vraiment amoureux. Je vous l'ai déjà raconté mille fois…

Il eut un mouvement du menton qui signifiait que peu importait, il était toujours heureux de l'entendre raconter.

— Je n'ai jamais compris pourquoi, d'ailleurs.

— À voir les portraits, elle était admirablement belle, fit-il en tournant la tête vers le buffet.

Cette discussion, de fait, ils l'avaient eue des centaines de fois, presque toujours dans les mêmes termes. La duchesse la rabâchait avec une morne délectation, car dans sa commisération pour son cousin se mêlait une dose de triomphe ; jamais elle ne se serait abaissée à un tel désastre matrimonial.

— Oui, bien sûr… Une beauté fatale, comme on dit. Et elle reste belle…

Rester belle… Hans sentit son cœur battre violemment. Alba était peut-être plus magnifique aujourd'hui, si du moins le peintre avait été fidèle. L'année précédente, Giancarlo avait envoyé un portrait récent d'Alba ; ses traits s'étaient durcis, son visage encore affiné et son regard assombri. On aurait cru de ces reines des temps jadis qui poursuivaient leur règne après leur trépas, par tableau interposé.

— On raconte que ce terrible Liszt est un de ses amants ! Vous vous rendez compte ? Il pourrait être son fils !

— Pas tout à fait… Il n'a que onze ans de moins qu'elle.

— Onze ans ! Si j'avais de la sympathie pour elle, je lui conseillerais d'en profiter, car cela ne pourra pas durer…

Hans ressentit le besoin urgent de détourner la conversation.

— Et sa fille ?

— La pauvre petite ! Elle n'y peut rien… Giancarlo m'écrit justement qu'elle est tout entière sous la coupe de sa femme. Il en dresse pourtant le portrait d'une jeune fille charmante, joyeuse, qu'il affectionnerait comme sa véritable fille si sa mère la lui laissait davantage fréquenter. Elle ne lui est pas hostile ; simplement étrangère. Peut-être redoute-t-elle des colères de sa mère – qui en pique de terribles, paraît-il ! Giancarlo ne veut pas la faire souffrir et tempère sa tendresse de crainte que cela ne se retourne contre Lætitia, ou qu'il la voie encore moins. Vous avez aperçu, j'imagine, le portrait que je viens de recevoir…

Elle se leva péniblement et alla le prendre pour le porter dans les mains de Hans. Il toussa et se détourna pour masquer son émotion ; il lui semblait tenir dans ses mains le visage jadis adoré d'Alba, mais avec une douceur et une innocence qui auraient fait d'elle la femme qui aurait su l'aimer. Alba, de surcroît, était de ces mères si fortes qu'elle semblaient disposer du pouvoir d'effacer, dans les traits de leurs enfants, toute ressemblance avec leur père ; tant Raphael que Lætitia portaient les traits d'Alba – mais devant le portrait, Hans devait admettre que la ressemblance était plus nette pour la fille que pour le garçon, sans doute en raison du sexe. C'était une chance, sans doute, pour la réussite de son plan : une trop vive ressemblance aurait alerté, sinon les von Rüwich, du moins Raphael. Mais c'était comme une trahison supplémentaire de la part d'Alba.

— Elle est plus belle encore que sa mère, dit-il d'une voix trop émue.

Mais la duchesse ne perçut rien et s'exclama :

— N'est-ce pas ? Quand je pense que je n'ai pas pu encore la rencontrer, cette enfant ! Il faudrait que je me rende à Garde… Mais comment être sûre qu'elles y seront lorsque j'arriverai ? Je pense que cette garce me déteste, d'instinct, sans me connaître. À peine nous sommes-nous croisées une ou deux fois ! Il suffirait qu'elle apprenne ma venue pour décider de se rendre dans son palais pourri à Venise. Enfin…

Elle se rassit et resta silencieuse un long moment. Hans, perdu dans ses propres pensées, ne broncha pas. Puis, elle se redressa.

— Et comment se porte votre jeune protégé ? Vous savez que vous êtes un cachottier, Hans ! Voilà plus de seize ans que vous fréquentez cette famille, et vous ne m'avez présenté ce beau jeune homme que la semaine dernière, et encore, parce que je vous ai surpris avec lui au concert de Liszt !

— Vous savez combien je fréquente peu le beau monde, et combien je le connais mal. J'étais convaincu qu'il était impossible que vous ne connussiez pas cette famille, et donc leur fils.

— Dites plutôt que vous aviez peur que je le dévoie ! Un si beau garçon… Un genre de beauté fort rare, au demeurant, dans notre ville. Ses origines italiennes, évidemment…

— C'est ce que l'on raconte. Nul ne sait. Mais je puis vous assurer que Raphael ne jure que par l'Italie. Et si ses parents envisagent de lui faire épouser une Berlinoise, je crains qu'ils ne soient déçus…

— Ce serait amusant… fit-elle, rêveuse, sans préciser sa pensée. Mais dites-moi, ces von Rüwich sont riches…

— Extrêmement.

— En plus d'être un Apollon, votre jeune ami est donc aussi un excellent parti ! Soyez gentil, Hans, amenez-le lors d'une de vos prochaines visites. Sa conversation est presque aussi agréable que la vôtre…

— Vous me rendrez jaloux, duchesse ! Et Raphael est un garçon très timide, qui n'aime rien tant que rester chez lui… Mais j'essaierai.

— Du moins, vous m'en parlerez !

— Je vous le promets.

Lorsqu'il rentra enfin chez lui, Hans était éreinté. Ce soir, Raphael lui avait demandé de retourner écouter Liszt. Il plaisait à la duchesse. Tout avançait comme Hans l'avait voulu. Il lui fallait être plus prudent que jamais. Amener Raphael chez la duchesse ? Non. Il ne voulait pas qu'il vît les portraits de sa mère, de sa sœur. S'il devait rencontrer cette dernière – et Hans y comptait bien –, il fallait préserver la surprise. Raphael était un garçon prudent, et sa remarque sur Antigone l'avait confirmé, même si elle ouvrait des perspectives nouvelles sur l'évolution possible de son caractère. Si Hans voulait arriver à ses fins, il fallait que la rencontre avec Lætitia prît Raphael totalement au dépourvu. Comme lui-même avait été ébloui par Alba…

— Hans, je t'en supplie ! Fais en sorte que mes parents arrêtent de me harceler à propos du mariage !

Ils sortaient d'un concert et Raphael, qui avait fait preuve d'une étonnante distraction durant toute la prestation, au demeurant décevante, avait assailli son ami sitôt remonté dans la voiture.

Ce sujet de conversation était devenu une rengaine chez les von Rüwich. Hans devait chaque fois les rassurer, mais cela devenait de plus en plus laborieux, et les effets étaient toujours plus brefs. Les époux avaient tous deux franchi la soixantaine et redoutaient de ne pas voir leur fils marié. Celui-ci y mettait d'autant moins d'enthousiasme que ses parents l'y pressaient. Certes, il avait toujours été obéissant, mais il y avait, ainsi que l'avait découvert Hans, une zone intime, une sorte de donjon intérieur qu'il ne laissait pas pénétrer. Il s'évertuait à convaincre ses parents, qu'il aimait sincèrement et à qui il ne voulait rien moins que déplaire, qu'il se marierait, qu'il aimait les filles, mais que pour l'heure il voulait demeurer libre, avoir la possibilité de voyager pour entendre un opéra, étudier, se cultiver… Ses parents ne comprenaient pas en quoi le fait de se marier contrarierait ces projets, d'autant que Raphael avait commencé à seconder son père dans ses affaires, avec compétence et application. Si les affaires ne l'empêchaient pas de vaquer à ses loisirs, pourquoi une femme l'aurait-elle fait ? Raphael n'avait pas de réponse à cette objection, sinon son obstination et cet argument : aucune fille, parmi celles qu'il avait rencontrées, ne lui plaisait assez pour envisager autre chose qu'une danse lors d'un bal.

Plus beau que jamais, au seuil de la vingtaine, Raphael savait qu'il était un des jeunes hommes les plus en vue de la société berlinoise. Toutes les familles pourvues d'une fille à marier se démenaient pour l'inviter à leurs soirées. Dans les villages, les maquignons venaient voir les vaches exposées par les éleveurs ; dans les villes comme Berlin, on se rendait au bal. Raphael refusait rarement une invitation, mais personne ne l'avait jamais vu danser plus d'une valse avec la même partenaire. Aucune ne pouvait se vanter d'avoir recueilli une confidence du garçon, dont la conversation était pourtant brillante et cultivée.

— Tu sais bien, toi, pourquoi aucune de ces… de ces dindes ne me plaît, poursuivit-il d'une voix basse, le front posé contre la vitre glacée.

Hans posa la main sur son bras.

— Je parlerai à tes parents, une fois encore.

Raphael lui sourit.

— Merci…

— Tu sais d'ailleurs combien je partage ton avis. Il ne sert à rien de se précipiter. La vie est longue… Et tu es trop jeune pour être déçu.

Raphael rit.

— Je ne sais pas ce que les femmes t'ont fait, mon pauvre Hans, pour te rendre à ce point misogyne !

Hans serra la mâchoire et respira profondément avant de répondre, les mains crispées sur ses cuisses insensibles.

— Que veux-tu qu'elles me fassent dans mon état ?

— Tu n'as pas toujours été comme ça, non ?

Hans était resté, depuis le début, très discret sur les origines de son handicap, et personne, ni les von Rüwich ni la duchesse, ne se serait permis d'insister.

— Assez longtemps pour que je n'en garde aucun souvenir… fit-il avec une petite moue que Raphael pouvait prendre pour de l'ironie.

Après avoir déposé Raphael chez lui, Hans rentra au plus vite et demanda à Johann de le conduire dans le salon, devant un bon feu. Le domestique vieillissait, mais mettait un point d'honneur à servir Hans comme au premier jour ; il faudrait pourtant songer à le remplacer, pensait parfois Hans. Et c'était une source supplémentaire d'inquiétude, la marque que le temps filait et qu'il allait devoir agir.

Pourtant, les dernières nouvelles reportaient à Dieu savait quand la poursuite de son programme. Lors de sa dernière visite chez la duchesse, il avait trouvé son amie dans un état d'affolement qu'il ne lui avait jamais vu. Il n'avait pas été surpris : Pierre l'avait déjà averti du drame survenu à Garde. Giancarlo Malcessati avait été victime d'une attaque cérébrale, en janvier 1844. Il était demeuré durant de longs jours entre la vie et la mort, et Alba avait cru opportun d'appeler le prêtre – ce que la duchesse n'avait pas manqué de stigmatiser et de mettre au discrédit de cette femme qu'elle détestait de plus en plus ; mais Giancarlo avait repris conscience.

— Dans quel état ! s'était écriée la duchesse, qui serrait dans la main la lettre qu'elle venait de recevoir. Il est…

Elle avait jeté un coup d'œil gêné vers Hans, qui fit mine de ne pas être au courant et de ne rien voir.

— Il est hélas frappé du même mal que vous, mon pauvre Hans ! Lui qui a toujours été si actif ! Se retrouver cloué sur une chaise, alors qu'il n'aime rien tant que les chevaux ! Il me disait qu'il montait moins que par le passé, parce que sa santé n'était pas brillante, mais quand même…

À nouveau, elle avait regardé le fauteuil auquel Hans était condamné et avait rosi.

— Je ne dois pas vous expliquer… Mais enfin, c'est différent. Pour vous, cela fait si longtemps, n'est-ce pas ? Je vous ai toujours connu dans ce triste état… Alors que mon cousin, si…

Elle n'avait pas poursuivi, sa bonne éducation tâchant désespérément de reprendre le contrôle de ses émotions, et Hans avait fourni un gros effort pour ne pas réagir avec violence.

Cette garce de duchesse avait raison… Giancarlo avait joui de la vie, il avait bougé, voyagé. Deux ans auparavant, Pierre lui avait même rapporté qu'il était parti une semaine à Rome, accompagné d'une ravissante jeune femme dont on murmurait qu'il s'agissait d'une maîtresse. Pierre n'avait pu l'accompagner mais, d'après ses informateurs, il estimait qu'elle n'avait pas vingt ans et Giancarlo l'avait couvée jalousement, à peine si les rares personnes qui les avaient approchés avaient pu entendre le son de sa voix ou entrevoir son visage. Cela faisait presque vingt ans que Hans, en revanche, était rivé à cette chaise, à cette ville, sur la croix de sa vengeance qui tardait à venir et que cet incident de santé allait reporter encore, et peut-être faire avorter. L'unique et piètre consolation qu'il pouvait retirer de cette annonce, c'était que Giancarlo et lui partageaient désormais davantage qu'une femme infidèle. Cela ne suffirait pas, toutefois, à le lui rendre sympathique, ni à en faire un allié.

Il avait tourné et retourné le problème dans tous les sens, et il était désormais convaincu qu'il n'y avait qu'une manière de réaliser son plan : Lætitia devait venir à Berlin et y rencontrer Raphael. Il ne fallait pas compter sur Alba pour accepter une invitation de sa cousine par alliance, alors qu'elle les refusait depuis toujours. Hans comprenait les raisons secrètes de ce refus : sans doute avait-elle décidé de bannir de sa vie tout ce qui pouvait lui rappeler Wolfgang, y compris son pays d'origine. Alba était une femme superstitieuse, il le savait ; c'étaient de ces raisonnements absurdes qui pouvaient prendre le contrôle de telles natures et les pousser à des décisions incompréhensibles pour le commun des mortels, mais dont elles refusaient farouchement de démordre. Seul Giancarlo pouvait être convaincu par sa cousine d'envoyer Lætitia à Berlin, même si la possibilité en restait mince ; en effet, la mère ne lâchait jamais la fille et les rapports entre cette dernière et son père ne s'étaient pas améliorés. Avec cet accident, combien de temps faudrait-il attendre pour que Giancarlo recouvrît assez d'esprit pour être sensible à ce genre de demande ?

La situation n'évolua guère durant les quatre années qui suivirent, mettant Hans au supplice. Les demandes de plus en plus pressantes des parents de Raphael, par chance, suscitaient l'effet inverse et rendaient leur fils de plus en plus rétif à toutes les demoiselles qu'on lui présentait. Peu lui importaient certaines rumeurs infamantes qui commençaient à circuler, auxquelles Raphael réagissait en général par l'indifférence et l'ironie. À l'une ou l'autre reprise, toutefois, on avait rapporté à Hans – qui continuait à entretenir un réseau d'informateurs pour remplacer les jambes qu'il n'avait plus et se tenir au courant des agissements de son protégé quand il n'était pas avec lui – que Raphael s'était emporté contre des jeunes gens qui l'avaient trop ouvertement pris à partie et avaient mis en question sa virilité. Il s'était même battu contre l'un d'eux, apportant ainsi des preuves percutantes de cette virilité.

En Italie, l'état de santé de Giancarlo ne s'améliorait guère, et les rapports de Pierre n'étaient pas optimistes. Les médecins qui se succédaient au chevet du malade ne lui donnaient que quelques mois, au début. Des mois qui devinrent des années, cependant, et amenèrent les praticiens à reléguer leur science derrière la constitution singulièrement exceptionnelle du prince. Hans, qui savait la nature du mal qui le rongeait depuis si longtemps, n'en était pas moins ébahi. Il avait fini par conclure logiquement que, dès le début, Alba lui avait menti, ou du moins avait-elle triché. Si elle avait bien glissé du poison dans l'alimentation de son mari, elle n'avait jamais respecté les doses prescrites par son amant. Un phénomène curieux avait dû se produire, entre empoisonnement et mithridatisation, lequel, ajouté à la constitution sans doute remarquable du prince, expliquait cette longévité – et ces souffrances, car sur ce point, Hans avait vu juste dès le début, et Pierre le confirmait : Giancarlo n'avait cessé de souffrir, plus ou moins violemment, depuis presque vingt-cinq ans.

Dans ce tableau sombre, il y avait pourtant eu une lueur d'espoir, et qui lui était venue de la source la plus inattendue. La duchesse lui en avait fait part avant même Pierre : l'accident cérébral du prince avait eu un effet imprévu, à savoir le changement d'attitude de Lætitia. Que s'était-il passé dans l'âme de cette ravissante jeune fille ? Dans l'impossibilité où il était de la questionner, Hans avait dû se limiter à des hypothèses : rien n'est plus émouvant que la vue d'un malade ou d'un handicapé, laquelle suscite chez les proches en bonne santé une sourde culpabilité. Alba avait-elle commenté cet accident avec une ironie de mauvais aloi ? C'était probable. Lætitia en tout cas avait réagi en se rapprochant de son père et avait, sinon rompu avec sa mère, du moins pris ses distances. Elle avait déclaré qu'elle voulait désormais rester à Garde pour lui tenir compagnie et lui venir en aide ; quand sa mère avait rétorqué – Pierre avait écrit que cette discussion épique avait eu lieu devant Giancarlo, dont il était difficile de trancher s'il avait tout compris, mais qui avait affiché tout au long un très fin sourire, mouillé d'un peu de bave – qu'il y avait des domestiques pour cela et qu'elle n'entendait pas s'enterrer dans ce château sinistre, sa fille lui avait rétorqué qu'elle était évidemment libre de poursuivre sa vie et de recevoir ses amis – c'était le mot qu'elle avait utilisé – à Venise ou ailleurs, mais que pour sa part elle en avait désormais assez de ces vagabondages et qu'elle entendait ne plus bouger d'ici.

Hans avait été abasourdi par la nouvelle, et plus encore par le fait qu'Alba, après un moment de stupeur – ou de fureur –, avait pris le parti de s'accommoder de cette décision et était repartie à Venise, ne revenant à Garde que de loin en loin. Comment était-il possible qu'une louve aussi jalouse et protectrice acceptât si brusquement de se séparer de sa fille, qui plus est pour la laisser au côté d'un homme qu'elle abhorrait ? Il avait longtemps réfléchi à cette question et, compte tenu de ce qu'il connaissait d'Alba, en était arrivé à la conclusion, partagée par la duchesse, que la mère devait commencer à voir dans sa fille une rivale. Lætitia avait seize ans lorsque l'accident survint ; chaque mois passé la rendrait plus belle, plus désirable, et marquerait plus cruellement la différence d'âge avec Alba, si splendide fût-elle restée.

Par ailleurs, il était évident que ni Giancarlo ni Alba n'étaient pressés de marier Lætitia. Celle-ci était devenue la plume de Giancarlo qui avait repris sa correspondance avec sa cousine grâce à cette aide. La duchesse s'extasiait sur l'écriture ravissante de la jeune fille. Le prince semblait prendre comme une consolation inespérée la tendresse de cette fille qu'une femme hostile avait tenue écartée si longtemps ; s'il ne pouvait plus dire du mal d'Alba désormais – il refusait de mettre Lætitia dans une posture inconfortable qui aurait pu la conduire à renoncer à son nouveau rôle, lequel devait par ailleurs ne pas être des plus drôles pour une jeune fille de son âge, recluse dans un château sombre au milieu d'un lac du Nord –, il compensait en chantant les louanges de celle qu'il appelait « sa petite infirmière », dont il vantait les mérites et la grâce. Souvent, il insistait pour que Lætitia ajoutât une incise telle que : « J'ai dû forcer Lætitia à écrire ces phrases sur ses qualités, car elle s'y refusait en rougissant. Ce ne sont pourtant que des vérités, et je finirai par louer le ciel de m'avoir ainsi frappé, sans quoi je ne les aurais jamais découvertes. »

Quand il s'efforçait de considérer la situation calmement, Hans devait conclure qu'elle n'était pas si mauvaise, et même que tous les éléments se mettaient mieux que jamais en place pour lui permettre de réaliser la rencontre des deux jeunes gens. Du frère et de la sœur. Et déclencher la terreur d'Alba, lui faire comprendre qu'au-delà des années et de la tombe, la prophétie murmurée à l'oreille de l'amante nue se réalisait. Un dernier travail de préparation devait être mené, qui permettrait, au moment opportun, d'obtenir la venue de Lætitia.

La duchesse était de cette philosophie selon laquelle les meilleurs mariages – entendu : ceux qui occasionnent le moins de gêne pour les époux – étaient arrangés, puisque selon ses termes ils mettaient en présence des personnalités par défaut arrangeantes. Son malheureux cousin était la preuve de sa théorie, et quand Hans lui faisait valoir que son cousin avait lui aussi effectué un mariage arrangé, du moins à ce qu'il en savait, elle rétorquait qu'il n'en était rien : Giancarlo avait seul recherché une femme et avait été séduit d'abord par l'extrême beauté d'Alba, lors d'une rencontre fortuite à Venise. Cela ne coïncidait pas vraiment avec ce qu'Alba avait confié à Hans, mais il n'avait pas les moyens de démêler le vrai du faux, et cela n'avait somme toute plus aucune importance. Ainsi donc, la duchesse, qui s'était petit à petit laissé convaincre que ce Raphael représentait un parti d'exception, avait commencé à songer à sa petite-cousine. Elle aurait, du coup, aimé glisser une allusion à cet excellent garçon dans chacune de ses lettres et n'y avait renoncé que lorsque Hans eut réussi à la convaincre de sa théorie fondée sur la surprise. Il était en revanche tout à fait d'accord avec elle sur le principe qu'une rencontre entre Raphael et Lætitia pourrait déboucher sur la formation d'un couple admirable, dont elle serait l'artisan – à condition, maintenait-il avec fermeté, de jouer l'absolue discrétion.

— Vous êtes diabolique, Hans ! Réussir un mariage arrangé sur la base d'un coup de foudre amoureux ! Ce serait du génie…

Il avait d'abord fallu de longs mois après l'accident survenu à Giancarlo Malcessati pour que cette idée germât, et autant pour que la duchesse en arrivât à ce statut de comploteuse qui l'enchantait. Hans ne pouvait pas être sûr qu'elle n'eût jamais parlé de lui ou de Raphael à son cousin, mais il était à peu près certain qu'elle n'avait jamais mentionné les opportunités matrimoniales qui s'ébauchaient dans son esprit désœuvré. Elle avait fêté ses soixante-dix ans dans une intimité plutôt exubérante, à laquelle Hans ne s'était pas associé, et trouvait le temps long, les gens de plus en plus ennuyeux et vieux. La perspective de cette rencontre était devenue sa préoccupation principale et Hans devait à présent additionner à son impatience celle de sa complice – ou qui du moins se croyait telle, ignorant tout des intentions de son comparse. Elle le pressait de trouver l'occasion avec les parents de Raphael ; mais malgré quelques perches lancées, Hans ne voyait toujours pas l'opportunité se dessiner de convaincre Giancarlo et Lætitia.

— Vous prenez des risques insensés, mon ami ! s'énervait parfois la duchesse. Mon cousin peut mourir d'un jour à l'autre, et la petite peut tomber sous le charme d'un hobereau de province, ou se trouver casée par sa mère, dont il faut toujours redouter un retour et une folie !

Cinq années furent encore nécessaires, après l'attaque dont avait été victime Giancarlo, pour que toutes les conditions fussent rencontrées. Auparavant, malgré plusieurs tentatives, quelque chose avait toujours fait obstacle : le père de Raphael s'était cassé la jambe, Giancarlo avait été mal plusieurs longues semaines, durant lesquelles Lætitia s'était occupée de lui et avait tenu la cousine informée – moins fidèlement et fréquemment que Pierre ne l'avait fait pour Hans, mais il n'était pas possible à ce dernier de partager ses informations avec la duchesse –, celle-ci avait été souffrante et avait pris les eaux pendant l'hiver 1847… Chaque report épuisait Hans et réduisait son énergie, mais accroissait sa volonté. Son projet avait tourné à l'obsession ; les moments partagés avec Raphael étaient moins fréquents, le jeune homme s'étant résolument investi dans les affaires paternelles, mais il fallait absolument garder le contact, vérifier que Raphael ne rencontrât personne qui aurait pu lui plaire. Il y avait eu une ou deux aventures éphémères, qui avaient bercé les parents de faux espoirs et tourmenté Hans ; mais il en reçut la confirmation de la qualité de son travail, de la profondeur des sentiments qu'il avait patiemment semés dans l'âme de Raphael. Sans que Hans dût s'en mêler, par un commentaire ou tout autre acte, le jeune homme avait rapidement rompu, riant auprès de son ami de son acharnement à contrarier ses parents.

Enfin, au printemps 1849, toutes les planètes qui gravitaient dans le système solaire de la vengeance de Hans parurent s'aligner correctement. Les von Rüwich n'en pouvaient plus d'attendre : leur fils avait fêté ses vingt-quatre ans et si ses brèves aventures les avaient d'abord rassurés, leur insuccès avait rapidement accru leurs inquiétudes. Raphael, de son côté, supportait de plus en plus difficilement leurs remarques et leur insistance, et il lui était arrivé de s'emporter contre eux, alors qu'il n'avait jamais, de sa vie, haussé le ton. De l'autre côté des Alpes, la situation s'améliora sensiblement à la même époque : Pierre avait écrit à Hans pour lui dire que la santé de Giancarlo connaissait une embellie inespérée. Au début mars, il était retourné en Toscane voir ses chevaux – sujet qu'il n'avait pas abandonné cependant, même s'il avait considérablement réduit les élevages avec lesquels il travaillait, car les déplacements lui étaient devenus difficiles – et il se sentit assez bien pour écrire seul une lettre à sa cousine, laquelle comprit pourquoi il avait fait cet effort : il y évoquait en effet ses préoccupations à l'égard de Lætitia, cette fille charmante qu'il avait découverte si tard, comme il le déplorait. Il voulait absolument lui éviter un mariage aussi désastreux que le sien. Il avait pu mesurer la délicatesse de son âme et de sa sensibilité. Elle était, écrivait-il, de ces oiseaux des îles que l'on voudrait protéger ; mais pouvait-on le faire sans les mettre en cage ? Ce serait tôt ou tard la solution à laquelle arriverait sa folle de mère, pour autant que celle-ci condescendît un jour à revenir sur terre – ce qui ne pourrait manquer d'advenir, car le temps ferait son office sur elle comme sur toutes les autres, et ses capacités de séduction finiraient par n'être plus que des manières ridicules. Sa cousine n'aurait-elle pas quelque idée, une suggestion ? Il implorait son aide, ce serait pour lui une occasion à la fois de se racheter auprès de cette enfant qu'il avait, par la force des choses, négligée, et de prendre une revanche sur cette femme qui l'avait tant trompé. En clôture de lettre, il glissait une allusion aux absences de plus en plus prolongées d'Alba ; celle-ci l'avait informé qu'elle irait passer plusieurs semaines à Venise, à partir du 10 mai. Il s'en réjouissait, tant la présence d'Alba dans le château créait des tensions, et d'abord entre Lætitia et elle, dont les rapports s'étaient continuellement dégradés depuis son accident.

Le seul à convaincre était Raphael. L'idée de Hans était simple : proposer aux parents von Rüwich d'organiser un somptueux bal où l'on convierait tous les jeunes gens de Berlin. Tout ce beau monde serait convaincu que ce serait enfin l'occasion pour un parti de mettre le grappin sur Raphael, quand bien même, officiellement, il ne s'agirait que de célébrer son anniversaire, avec d'ailleurs six mois de retard ou d'avance. Officieusement, rien n'interdirait à Eleonora de répandre toutes les rumeurs qu'elle voulait. Raphael avait trouvé l'idée d'une telle invitation saugrenue et dispendieuse. Ignorant que c'était Hans qui l'avait soufflée à l'oreille de ses parents, il se plaignit auprès de lui. Il avait compris quelles étaient leurs intentions et il entendait leur dire qu'ils en seraient pour leurs frais, car il n'avait toujours aucune intention d'épouser qui que ce soit dans le vivier misérable où on espérait qu'il puisât sa femme. Mais Hans sut lui faire entendre qu'il ne devait pas camper sur une position qui finirait par l'enfermer, lui ; quels risques prenait-il ? Si, de fait, aucune fille ne l'attirait, ce n'en serait pas moins une belle fête, à laquelle Hans suggérait d'ailleurs de convier un quatuor à cordes pour interpréter des pièces de Schubert, que Raphael affectionnait. Pour ce qui était du mariage, si rien ne changeait lors de cette soirée, les parents devraient s'incliner et comprendre que la belle devait se trouver dans un autre pays, voire sur un autre continent, soit n'être pas encore née, ou du moins être nubile.

La date fut fixée au 10 juin. Hans concocta avec Raphael le programme de la journée : on débuterait à midi par un déjeuner pour une petite centaine de convives, à la suite duquel les gens revêtiraient leurs déguisements et assisteraient au concert dans le magnifique parc des von Rüwich. Le soir, le bal masqué réunirait un public plus vaste encore. Les parents ne discutèrent rien, dès qu'ils crurent que la participation de Raphael à cette préparation était un gage de réussite. De son côté, la duchesse écrivit à son cousin pour lui parler de ce bal, qui s'annonçait comme un des plus beaux jamais organisés à Berlin, en l'honneur du meilleur parti qui se pût rêver. Ne serait-ce pas une bonne idée d'y faire venir Lætitia ? Bien entendu, il ne fallait pas lui présenter les choses de cette manière ; juste faire valoir l'injustice dans laquelle se trouvait sa vieille cousine, qui ne l'avait jamais vue qu'en portrait, et qui voyait la tombe arriver sans avoir eu la chance de l'embrasser. Lætitia, qui écrivait le courrier de son père mais ne lisait pas sans son autorisation celui qu'il recevait, se vit donc conviée à faire le voyage pour Berlin. Giancarlo ajouta à l'excuse de la cousine le souhait qu'il avait de lui porter un cadeau pour son anniversaire, un objet particulièrement précieux qu'il préférait ne pas confier à des inconnus. Sans doute la jeune fille commençait-elle à s'ennuyer un peu dans sa retraite ; elle avait eu vingt et un ans, et même un caractère d'une trempe exceptionnelle avait, à cet âge, envie de s'amuser, ainsi que théorisa la duchesse. Un courrier bref l'informa que Lætitia arriverait à Berlin autour du 9 juin ; à son regret, Giancarlo ne pourrait l'accompagner, son état ne lui permettait plus d'entreprendre de tels voyages. Peut-être en profiterait-il pour retourner – une dernière fois, s'inquiétait-il – en Toscane voir ses chevaux, les seuls êtres, ou peu s'en fallait, qui ne l'avaient jamais déçu. Il concluait fort heureusement que sa chère cousine était des rares élus.

Le mois de juin approcha, et toutes les journées étaient désormais occupées par les préparatifs. Au nom de son amitié pour la famille, Hans s'était proposé pour y participer au plus près, au vif soulagement de Werner von Rüwich qui voulait bien tout financer mais trouvait ce remue-ménage assommant. Raphael se prêta également au jeu, et Hans dut redoubler d'efforts pour maintenir à l'écart la duchesse, qui risquait de vendre la mèche ou de commettre une maladresse. Raphael choisit le quatuor à cordes qui serait invité à interpréter les œuvres de Schubert qu'il avait sélectionnées, parmi lesquelles sa préférée : *La Jeune Fille et la Mort*. À l'annonce de ce choix, sa mère avait poussé un cri horrifié :

— Mais enfin, Raphael, un tel titre pour cette soirée, cela va nous porter malchance !

Elle avait aussitôt rougi en réalisant que sa remarque pouvait dévoiler ses intentions véritables ; mais Raphael, qui d'ailleurs n'était pas dupe, balaya son objection avec autorité. C'était à prendre ou à laisser. Elle ne put que s'incliner.

Dans le secret de son cœur, Hans pensait que Raphael n'aurait pu mieux choisir.

Le vieux Johann l'avait porté dans sa chambre et aidé comme de coutume à le coucher. L'opération avait été un supplice pour Hans, d'abord parce que Johann peinait de plus en plus à la tâche. Il était évident qu'il ne pouvait plus assumer ses fonctions, et lorsqu'il eut fini, il demanda, d'une voix essoufflée :

— *Herr Graf* voudra bien m'excuser si je me permets de lui redire combien je souhaiterais pouvoir me retirer de son service. Non que je ne lui sois pas attaché, mais justement, pour cette raison : je me rends compte que je ne m'acquitte plus de mes tâches de la manière…

Hans eut un mouvement de la main.

— Ne dites rien, Johann. Vous avez été parfait et vous l'êtes toujours. Vous n'avez aucun grief à vous faire. Mais je comprends. C'est moi qui vous prie de m'excuser de vous avoir retenu si longtemps ; il me fallait sans doute que cette fête soit passée. Maintenant…

Il laissa sa tête retomber pesamment sur les oreillers.

— Maintenant, tout est lancé… poursuivit-il dans un murmure, sans se soucier de l'air perplexe qui s'affichait sur le visage de Johann. Pourrez-vous rester le temps de trouver quelqu'un qui soit à la hauteur pour vous remplacer ? Je vous promets de ne pas faire le difficile ; si vous estimez que la personne convient, je vous ferai a priori confiance.

Johann avait remercié avec effusion, puis s'était éclipsé, comprenant que son maître était épuisé et souhaitait se retrouver seul.

Mais la souffrance de Hans n'était que très partiellement causée par la vieillesse de Johann. C'était fait… Tout s'était déroulé comme il l'avait prévu, et il en éprouvait une impression terrible, un tourbillon de sentiments contraires. Toutes ces années d'attente, de préparation, de douleurs… Des larmes de joie et de détresse jaillirent et inondèrent son visage, tandis que son corps mutilé était secoué par des sanglots inextinguibles.

L'orchestration avait été une réussite absolue, et la duchesse parfaite. Hans avait demandé de pouvoir l'inscrire parmi les invités au déjeuner, ce que les von Rüwich ne lui avaient pas marchandé, ne serait-ce que parce qu'ils étaient fiers d'accueillir une duchesse, même s'ils ne l'avaient jamais fréquentée. Une lointaine cousine se joindrait à elle, avait glissé Hans, sans préciser ni son âge ni son origine. Et il avait ensuite demandé à établir le plan de table, prétextant que, même s'il ne le fréquentait pas, il avait appris à connaître le petit et le grand monde de Berlin par tous les ragots qui se colportaient.

La duchesse avait interprété le grand rôle de sa vie. Sa voiture – son carrosse – était arrivée bonne dernière, au moment où tous les invités se répandaient dans le parc, heureusement noyé de soleil, après avoir salué Raphael et ses parents sur le perron. Hans, qui circulait discrètement entre les groupes, poussé par Johann, pouvait surprendre des bribes de conversations qui l'amusaient beaucoup. Les jeunes filles, qui s'étaient toutes faites aussi belles que possible, rivalisaient d'audace pour approcher Raphael et le saluer ; le jeune homme avait un mot aimable pour chacune, un sourire, mais rien de plus. Et une fois le compliment lâché, la conversation ne suivant pas, la candidate était obligée de se replier pour laisser place à la suivante. Dans le giron de sa famille, chacune tentait d'évaluer ses chances et ses proches l'encourageaient tout en dénigrant les autres demoiselles. Hans songea que les tailleurs de la ville avaient dû faire fortune grâce à lui ; c'était une débauche de dentelles, de soieries et de couleurs.

Les privilégiées invitées au repas considéraient qu'elles avaient un avantage déterminant sur les malheureuses qui n'avaient été conviées que pour le bal ; elles pourraient approcher de plus près Raphael et, surtout, se montrer à lui à visage découvert – bien que, pour certaines, ce fût un handicap, voire une cause de discrédit immédiat. Midi trente allait sonner, l'heure de passer à table approchait. Toutes les concurrentes avaient eu l'occasion de se jauger et de saluer Raphael. Ce fut à cet instant que la voiture de la duchesse déboula dans le parc, tirée par deux magnifiques chevaux russes. Toutes les conversations se tarirent et les regards se tournèrent vers cette arrivante de dernière minute. Les von Rüwich s'avancèrent tous trois pour accueillir les retardataires et Hans fit signe à Johann de s'approcher, mais pas trop.

La porte s'ouvrit et la duchesse parut. Hans entendit les soupirs de soulagement chez les jeunes filles. Il sourit, même si sa main s'était mise à serrer nerveusement l'accoudoir de sa chaise. S'il gardait une oreille pour les murmures avoisinants et une attention pour la porte de la voiture, son regard s'était concentré sur l'expression de Raphael. La duchesse mit pied à terre et, volubile, entreprit de féliciter ses hôtes pour la magnificence de leur jardin. Comment se pouvait-il qu'elle ne l'ait jamais encore visité ? Dans son sillage, apparut un pied fin, puis une jambe délicate ; enfin, Lætitia se dévoila tout entière. Même Hans eut le souffle coupé et sentit sa gorge se nouer ; de son côté, Raphael avait pâli et demeurait figé.

Dès que les yeux de Lætitia eurent quitté le sol où elle guidait ses pas et se furent levés, lentement, pour survoler la foule et atterrir, avec une franche candeur, sur les von Rüwich, tous les invités eurent ce sentiment, encore confus, que les règles étaient faussées, que leurs meilleurs atouts étaient ruinés, qu'à peine avait-elle débuté, la partie était perdue pour eux. Alors que la duchesse présentait à ses hôtes sa petite-cousine, les familles, pères, mères et filles, surent avec certitude ce qui ne fut alors pour Raphael qu'un sourd embrasement, que les premières mesures éclatantes d'une symphonie inconnue.

Toutes ces Berlinoises faisaient l'expérience de la différence à laquelle, dans cette impitoyable confrontation, s'ajoutait celle de l'infériorité. La haine, sourde entre elles, ne disparut pas pour autant, et s'accrut même. Elles s'entre-regardèrent furtivement, ces oies trop blanches, trop grasses, trop ternes, sans grâce ni finesse ; et les défauts que, d'un coup d'œil expert, elles décelaient chez leurs consœurs ne les assuraient plus de leurs chances ni de leurs qualités.

Cette étrangère était tout ce qu'elles n'étaient pas. Qu'elle eût ou non des imperfections physiques n'importait pas ; elle renvoyait à la même insignifiance tous leurs attraits. Si bien que ce furent les plus belles qui se sentirent les plus ridiculisées. Elles étaient le vide face au plein, le chaos devant le cosmos. Et ce regard, ce philtre magique, celui qui opérait la transmutation et faisait apparaître le terrible fossé, ce dieu n'était autre que Raphael.

Ou plutôt, devrait songer Hans la nuit venue, alors qu'il peinerait à trouver le sommeil, ce dieu n'était autre que lui. Lui qui, depuis plus de vingt ans, avait instillé chez le jeune homme un poison subtil dont les effets s'étaient révélés à cet instant, un poison qui l'avait à jamais rendu insensible aux beautés septentrionales et asservi, comme le philtre l'avait fait pour Tristan et Yseult, à cette beauté pour laquelle son cœur avait été patiemment façonné. Il était comme l'écrin jusque-là vide et inutile, qui trouvait sa justification et sa raison d'être en accueillant le joyau unique auquel il était destiné.

Lætitia était-elle vraiment plus belle que toutes les filles présentes ? Sans doute pas. Hans, une fois l'émotion apaisée, sinon passée, s'était approché pour la dévisager. Son visage était oblong, fin, sa peau brune. Dans ses cheveux noirs, longs et ondulés, elle avait mis des rubans clairs qui donnaient à ses yeux sombres l'éclat du soleil méditerranéen. Son nez était petit, rigoureusement droit. Elle paraissait grande, mais cela tenait beaucoup à sa minceur et à la longueur inhabituelle de ses jambes. Sa poitrine avait peu d'ampleur et ses épaules nues, que dévoilait sa robe, n'avaient pas la belle robustesse des épaules du Nord ; mais elles étaient d'une couleur qui semblait les rendre savoureuses. Aussi Lætitia n'était-elle pas plus belle qu'une jeune Berlinoise mais l'était toutefois, parce que tout autrement. Pour Hans, et pour lui seul, elle était aussi porteuse d'une splendeur cruelle : celle du regret de ce qui n'avait pu être et du temps inexorablement passé.

Hans avait prétexté son caractère peu sociable pour se placer à une table éloignée, bien que Raphael l'eût voulu à sa droite. Il avait en revanche veillé à ce que Lætitia et la duchesse fussent à côté des von Rüwich, et la jeune fille en face de Raphael. De sa place, il pouvait les observer tous deux à loisir, tout en échangeant quelques banalités convenues avec ses voisins – peu de gens d'ailleurs lui adressèrent la parole, personne ne sachant qui il était ni quel lien privilégié il entretenait avec leurs hôtes. L'émotion de Raphael ne s'épuisait pas, au contraire ; Hans était passé assez près pour entendre qu'il avait entamé une conversation en italien, sans même chercher à savoir si la jeune fille parlait allemand, et ce choix devait aviver chez les voisines une rage qu'il leur était pourtant interdit de manifester, pour conserver une chance, même minime, de séduire Raphael, ou simplement pour éviter de sombrer dans le ridicule.

Le paralytique pouvait imaginer assez bien le tumulte qui agitait son jeune protégé ; mais qu'éprouvait Lætitia ? Il n'avait aucune clé pour le deviner. De sa place, il lui semblait bien qu'elle écoutait Raphael en souriant, un sourire délicieux, et qu'elle lui répondait avec un plaisir grandissant, preuve qu'elle goûtait sa conversation. La duchesse savourait ce qu'elle considérait déjà comme un triomphe, tandis que les parents de Raphael, effrayés par cette foule inaccoutumée et inquiets que tout se passât bien, devaient être les seuls à n'avoir encore rien remarqué.

À la fin du repas, chacun se retira pour revêtir son déguisement. Des chambres en suffisance avaient été mises à la disposition des convives. Hans s'était contenté d'un loup vénitien que Johann lui accrocha. De son côté, Raphael enfilait le magnifique costume qu'ils avaient choisi ensemble, un costume très sobre de mascarade vénitienne : une longue cape noire sans décorations et, sur le visage, un loup blanc et argent, rehaussé de plumes noires et dorées. Un masque similaire, mais sans les plumes, recouvrait l'arrière de la tête. Raphael s'était amusé de recourir à ce vieux stratagème de carnaval, devinant les rumeurs qui attiseraient les cœurs des jeunes filles et l'esprit de leurs mères ; ainsi, deux fois plus de donzelles penseraient être regardées, et autant se croiraient élues qui auraient été fixées par ses pupilles comme par ses orbites vides.

Hans s'invita dans sa chambre au moment où il l'enfilait et nota l'air désespéré du jeune homme.

— Qu'y a-t-il ? Un souci ?

Raphael rougit et bredouilla :

— Non, tout va bien… Je me disais juste qu'avec cette chaleur…

Hans sourit intérieurement et évita toute question sur Lætitia. À l'évidence, Raphael s'inquiétait à présent d'un costume trop parfait qui l'empêcherait d'être reconnu par celle qu'il peinerait également à retrouver. La duchesse et Hans étaient les seuls à connaître le déguisement que revêtirait Lætitia, celui d'une imposante princesse moyenâgeuse ; et la duchesse ignorait tout du masque de Raphael.

Dehors, les invités gagnaient cérémonieusement l'endroit du concert. Toutes les candidates avaient compris que la langue pourrait être l'élément qui permettrait à l'intrigante de retrouver Raphael, et à celui-ci de la distinguer dans la foule ; et même si les deux premiers concernés, chacun de son côté, s'étaient résolus à ne pas utiliser un artifice aussi facile, cette conviction avait étendu sur la fête un silence surprenant. On aurait dit les adeptes d'un culte au lourd rituel, cheminant tête basse vers le lieu du sacrifice.

Quand Raphael se décida à sortir, personne ne fit attention à lui. Il voulait retrouver Lætitia mais avait résolu de laisser le sort continuer à œuvrer, comme il l'avait fait en amenant cette jeune femme ici. Il rejoignit le public du concert ; toutes les chaises étaient occupées et une partie des invités s'était massée à l'arrière, ou sur les côtés. Raphael se glissa derrière tout le monde et attendit que le quatuor se mît à jouer. Le premier violon décocha un petit coup d'œil à ses partenaires et, à l'unisson, la première longue note s'éleva, suivie par les quatre suivantes, descendantes et martiales, plus fortes encore que l'ouverture de la *Cinquième Symphonie* de Beethoven.

Le monde s'était figé, du moins pour Raphael et Lætitia. Sans le savoir, ils se trouvaient à moins de cinq mètres l'un de l'autre ; tous deux avaient fermé les yeux pour se laisser emporter par la musique. À chaque reprise du premier thème, Raphael sentait son échine parcourue d'un frisson irrépressible. Au second thème, Lætitia, insensiblement, se mit à balancer très légèrement son buste, comme prise par une vague très douce et qui l'entraînait pourtant, inexorable, vers un destin imprévu.

Tapi dans l'ombre, derrière tout le monde, cloué sur sa chaise, Hans avait gardé les yeux grands ouverts et observait l'accomplissement de son rêve, de son cauchemar, de ce qui l'avait tenu en vie toutes ces années, malgré les heures de désespoir absolu, de déchirement. Et il ne savait s'il était heureux ou désespéré. Un instant, alors que le deuxième mouvement débutait, adaptation que Schubert avait faite de ce *lied* déchirant où la jeune fille supplie la mort de la laisser encore, de ne pas la prendre, il eut la tentation absurde de tout arrêter, de tout dévoiler. Mais il était trop tard, la jeune fille ne pouvait convaincre la mort, le coup était parti plus de vingt ans auparavant et rien ne pouvait plus l'arrêter, sous peine de réduire à néant toutes ces années, toute cette vie. Les poings de Hans se crispèrent et ses dents grincèrent lorsqu'il aperçut le Janus vénitien et la lourde princesse médiévale qui, après sans doute s'être reconnus par le sortilège de cette musique, se rapprochaient l'un de l'autre, à se toucher. Et quand le concert fut fini, qu'ils écoutèrent ainsi, épaule contre épaule, leurs mains se frôlant, ils s'éclipsèrent dans les allées sombres du parc et ne parurent plus de la soirée.

Le lendemain, Hans se rendit en fin de matinée chez les von Rüwich. On s'affairait à achever le rangement. Il ne resterait bientôt plus la moindre trace de la soirée, sinon dans les discussions qui allaient courir la ville durant des semaines, et où se mêleraient l'incroyable et la frustration, l'émerveillement des contes de fées et la colère des sœurs de Cendrillon face à la chance miraculeuse de cette fille surgie du néant. Les parents de Raphael reçurent leur ami sans masquer leur fatigue ; Hans comprit qu'ils n'étaient encore au courant de rien et qu'ils considéraient que cette extravagante dépense s'était soldée par un fiasco. Ils n'avaient pas vu leur fils de toute la soirée et se demandaient s'il ne s'était pas purement et simplement éclipsé. Hans les rassura ; non seulement Raphael avait été présent tout du long, mais qui plus est, il leur réservait peut-être une surprise. Personne ne l'avait encore vu ce matin, il dormait toujours et on ne savait pas à quelle heure il était allé se coucher.

Il descendit enfin et salua la compagnie avec bonne humeur. Ses parents le pressèrent de questions, mais il se déroba : il avait une visite à rendre. Il adressa un sourire éclatant à Hans, comme s'il était évident pour lui que son vieil ami avait compris.

— Je suis content que tu sois là, Hans ; aurais-tu la gentillesse de m'accompagner ?

Les dix jours suivants furent parmi les plus éprouvants qu'eût jamais vécus Hans. Après avoir accompagné Raphael pour sa première visite chez la duchesse, où les deux jeunes gens s'étaient revus dans la simplicité du quotidien et s'étaient confirmé leur amour, devant une vieille femme émue aux larmes, Hans avait été convié chaque jour et avait dû endurer les badinages et les longs silences entre les jeunes gens, que la duchesse et lui essayaient de combler par quelques banalités ; il avait aussi fallu subir la joie et le soulagement des von Rüwich, qui eurent du mal à croire que le miracle s'était enfin produit. Ils exultèrent et se traitèrent de sots de n'avoir pas compris plus tôt que Raphael, évidemment, n'aurait pu tomber amoureux que d'une Italienne.

Hans avait été le seul à vivre ces moments dans l'attente d'un événement qu'aucun des autres n'aurait pu prévoir, un événement que lui seul, une fois encore, avait provoqué.

Il avait hésité une dernière fois, le lendemain, après avoir assisté à la visite de Raphael chez la duchesse. N'aurait-il pu en rester là ? Il avait été proche de Lætitia, presque aussi proche qu'il l'avait été de sa mère jadis ; il avait dû recourir à tous les stratagèmes pour masquer son trouble, tant la beauté de la jeune fille l'avait ému et lui avait rappelé celle de sa mère, mais avec une douceur qui était à son âme la promesse, ou plutôt le regret du bonheur qu'il n'avait pu goûter. Il aurait voulu l'assaillir de questions, savoir ce que sa mère lui avait raconté, comprendre d'où lui venait cette douceur, cette sérénité, quand sa mère n'aurait jamais été qu'une louve sur le qui-vive, prête à tout pour sauver sa peau. Mais il avait dû, encore et toujours, se cantonner dans le rôle de l'ami infirme, du témoin impuissant. Et pour ce qui était de Raphael, qui affichait le visage extatique de l'amoureux miraculé, il avait balancé entre la tendresse et la fureur. Pourquoi ces jouvenceaux bénéficieraient-ils de la chance qui avait été refusée à leurs parents ? De quel droit seraient-ils heureux, sans avoir eu jamais à se battre ?

Si Hans ne faisait rien, Alba ne saurait peut-être jamais qui était ce Raphael qui avait séduit sa fille. Elle prendrait cela pour une coïncidence, certes troublante, mais dont on pouvait s'arranger. Cependant, elle s'informerait. Apprendrait que Raphael avait été adopté. Elle vérifierait les dates. Elle douterait. Quoi que fît Hans, son plan se réaliserait ; il n'était plus possible, décidément, de faire marche arrière.

Il avait donc écrit à Alba. Une lettre qu'il avait écrite et récrite des milliers de fois, depuis tant d'années. La lettre dans laquelle il lui annonçait que la sinistre prophétie s'accomplissait, et que le fils qu'elle avait refusé avait séduit sa fille, et veillerait à venger son père, l'homme qu'Alba avait tenté d'assassiner. Finalement, il s'en était tenu à un message des plus courts : « La prophétie se réalise à Berlin. Raphael vengera son père, l'homme que tu as voulu assassiner. On n'échappe jamais à ses fautes. » Au moment de cacheter la lettre, il eut une dernière hésitation : et s'il avouait tout aux deux amoureux ? S'il leur donnait tous les éléments nécessaires pour prendre une décision et, ensuite, vivre leur vie, libres et responsables ? Mais il se souvint du fossé, il se revit plonger et mourir, il se remémora les mois de souffrances et la vie misérable dont il avait dû se contenter faute du bonheur rêvé avec Alba. Oui, les jeunes gens allaient payer pour des fautes qu'ils n'avaient pas commises ; mais n'était-ce pas le propre de l'humanité que de transmettre à la génération suivante non seulement les biens, mais aussi les dettes et les fautes ? Et ces dernières plus sûrement encore.

Il savait que la lettre parviendrait rapidement aux mains d'Alba. Il se demandait comment elle réagirait, mais ne doutait pas que ce serait violent. Il était prêt à tout, même à la confrontation.

— *Herr Graf*, vous avez reçu un message…

Johann s'avança dans la pièce sombre. Hans s'était assoupi devant la fenêtre ; il devait être presque midi, mais cela faisait des semaines qu'il dormait mal et était épuisé, comme si toute son énergie l'avait quitté. Il fit un effort, prit la lettre que lui tendait Johann et le remercia.

— Vous n'avez toujours pas trouvé un remplaçant, Johann ?

Le vieux domestique secoua la tête négativement et repartit aussitôt. Hans le soupçonnait de ne pas chercher ; l'état de son maître l'inquiétait et il ne voulait pas l'abandonner à présent. Il lui en était secrètement reconnaissant, car il n'aurait pas supporté de devoir, en plus, affronter au quotidien un tel changement dans ses habitudes.

Il déchira l'enveloppe. C'était un message des von Rüwich et la nouvelle qu'il attendait depuis si longtemps : Raphael était rentré. Aucune autre indication. Soudain fébrile, Hans rappela Johann et lui demanda de le conduire sans délai.

L'idylle avait duré une dizaine de jours, jusqu'à ce que, arrivant chez la duchesse pour la rencontre désormais habituelle entre les deux jeunes gens chaperonnés par la vieille femme et le handicapé, il était tombé sur cette première dans un état d'excitation et d'affolement extrême : à l'aube, la princesse Malcessati, mère de Lætitia, avait surgi dans la maison, réveillant tout le monde, tirant sa fille du lit et exigeant, sans la moindre explication, qu'elle la suivît sur-le-champ. Telle une furie au milieu de gens encore à moitié assoupis, Alba n'avait rien voulu entendre, ni le plaidoyer de la duchesse qui tentait de la raisonner, ni les larmes et les cris de sa fille. On aurait cru, avait expliqué la duchesse à Hans, qu'Alba fuyait un monstre, une catastrophe imminente qui les aurait détruites, elle et sa fille, si elles étaient demeurées un instant de plus dans cette ville.

Hans s'était évidemment gardé de lui donner la moindre explication, mais il avait ressenti à cette annonce une profonde et sombre jubilation. La proximité d'Alba avait ravivé sa haine. Oui, les deux jeunes amoureux allaient souffrir ; quelle importance ! Hans avait touché Alba au cœur. Elle savait désormais que, mort ou vif, son amant, le père de son enfant, l'avait retrouvée et frappée dans sa chair la plus intime, et qu'une prophétie vengeresse s'était mise en branle, aussi inéluctable que l'était une tragédie antique. Ce qui allait advenir dépendrait désormais de l'acharnement que Raphael mettrait à récupérer Lætitia, des réactions de celle-ci et de l'attitude d'Alba. Hans ne doutait pas de la détermination de cette dernière ; il se faisait fort d'entretenir celle de Raphael. La seule inconnue résidait dans les choix que poserait Lætitia ;

la soumission ou la révolte. Sur cela, Hans n'avait aucun pouvoir.

Raphael avait réagi avec violence. Lorsqu'il avait appris la nouvelle, il était parti comme un fou et avait erré dans la ville. On ne l'avait retrouvé que le lendemain, fiévreux et désespéré. Il était resté alité plusieurs jours, veillé par des parents affolés qui voyaient leur grande joie tourner au cauchemar. La duchesse avait écrit à son cousin et s'était même fendue d'un mot à Alba. Les deux lettres étaient demeurées sans réponse. Chez les von Rüwich, on avait choisi de croire que, somme toute, il était préférable que ce drame se fût produit aussi vite, avant même un mariage, car à l'évidence cette famille n'était pas fréquentable, malgré son titre. Puisque Raphael aimait les Italiennes, on lui en trouverait une autre.

Lorsque ce dernier avait repris conscience, il avait retrouvé intacte sa douleur, mais avait aussi compris combien cet homme et cette femme qui se voulaient ses parents lui étaient des étrangers. Le seul à qui il avait pu se confier était Hans, qui lui avait promis son aide pour récupérer Lætitia, tout en lui suggérant de feindre d'y renoncer. Il fallait collecter des informations, avait plaidé Hans, et laisser passer un peu de temps, ce qui pousserait peut-être Alba à baisser sa garde. Raphael lui avait fait confiance, plus que jamais ; Hans n'était-il pas celui qui lui avait révélé son amour pour l'Italie ? N'était-il pas celui qui avait éduqué son cœur et son âme ?

Il avait donc attendu quelques semaines et s'était comporté de manière que tout le monde dans son entourage le crût guéri de cette passion funeste. En octobre, il avait annoncé son désir de partir pour quelques vacances dans le sud de la France, chez des connaissances liées aux affaires. Ses parents avaient applaudi.

Cela faisait plus d'un mois qu'il était parti. Il avait tenu Hans au courant, mais ce dernier pouvait encore compter sur Pierre pour s'informer plus directement. Hans avait toujours disposé de renseignements précis sur les mouvements d'Alba et de sa fille, mais il n'avait pu en faire directement profiter Raphael – il ne l'aurait d'ailleurs pas souhaité. Ses sentiments envers ce jeune homme, envers son fils, étaient pour le moins ambigus, et les récents événements avaient accru ce malaise. Il n'avait jamais agi pour le bonheur de Raphael ; celui-ci était et ne devait être que l'instrument de sa vengeance. Mais il éprouvait aussi pour lui une sympathie qu'il refusait d'appeler de l'amour, et il lui arrivait, à son insu, de penser que son rôle était de rendre Raphael heureux. Mais le retour d'Alba dans sa vie, qu'elle fût passée si près de lui avait remis les choses et les sentiments à leur place – à cette place que la haine de Hans leur avait assignée à l'origine. L'union entre Raphael et Lætitia ne pouvait pas être heureuse parce qu'elle était frappée du sceau du crime et de l'inceste ; elle ne le pouvait pas non plus car elle avait été orchestrée pour frapper leur mère.

Hans savait donc par Pierre qu'Alba et Lætitia étaient rentrées à Garde et que la jeune fille y avait été séquestrée purement et simplement. Le vieux Giancarlo n'y avait rien pu opposer ; son état s'était brusquement altéré, une nouvelle attaque l'avait presque réduit à l'état végétatif et Pierre ne pouvait pas même assurer à Hans qu'il avait été conscient de ce qui était arrivé à Berlin. Lætitia passait ses journées murée dans sa chambre, désespérée, pleurant et refusant de manger. Chaque fois que les deux femmes se voyaient, c'étaient des cris, la fille sommant l'aînée de s'expliquer et de céder à l'amour qu'elle éprouvait pour ce garçon, cette dernière opposant un silence et un refus catégoriques.

Lorsque Hans avait fait ses adieux à Raphael parti pour la France – laquelle ne devait être qu'une étape pour gagner le nord de l'Italie et aller récupérer Lætitia –, il s'était empressé d'envoyer une nouvelle lettre anonyme à Alba, lui signifiant que le jeune homme s'était mis en route et que la vengeance s'accomplirait. Lorsque Raphael était arrivé à Garde, il avait trouvé le château vidé de ses occupants et pris en charge par un homme de main à qui Alba avait confié la mission de dresser l'inventaire puis de tout vendre.

Hans avait été surpris d'apprendre qu'Alba était partie avec Giancarlo. Pourquoi subitement s'encombrer d'un mourant grabataire alors qu'elle avait construit sa vie à côté de lui ? Pierre lui avait appris que c'était le prince en personne qui, dans un moment de lucidité où la parole lui avait été rendue, avait exigé qu'on lui expliquât la situation. La discussion avait eu lieu en aparté et il n'était pas possible de savoir ce qu'Alba lui avait révélé ; mais ce qui était sûr, c'était que le prince avait exigé de les accompagner à Venise.

Raphael avait écrit à Hans pour lui exprimer son désespoir et son impuissance. L'homme de main d'Alba, un certain Aristide Morgan, lui avait conseillé d'attendre quelques jours avant de se lancer à la poursuite de sa bien-aimée qui avait dû suivre sa mère à Venise. Mais Raphael n'avait pu résister longtemps et s'était mis en route.

Hans n'avait pas dû avertir Alba ; celle-ci, sur ses terres, avait mis en place son propre réseau de surveillance et avait été alertée aussitôt de l'arrivée de Raphael, puis de son départ. C'était Pierre, à nouveau, qui avait donné à Hans les détails de l'épisode suivant : le prince n'avait pas survécu longtemps à cet ultime voyage. Quelques jours après son arrivée à Venise, il était mort. Alba et Lætitia l'avaient porté en terre dans le cimetière des Santi Apostoli, à côté des parents d'Alba. Était-ce à la demande de Giancarlo, était-ce le fruit d'un remords chez Alba, ou encore une idée de la jeune fille ? Pierre n'en savait rien.

L'annonce de ce décès avait suscité chez Hans un rire nerveux qui s'était résolu dans une forme de sanglot hystérique. N'avait-il pas jadis expliqué à Raphael que lorsque la tragédie se mettait en marche, rien ne l'arrêtait et nul n'échappait à son destin ? Giancarlo aurait été le premier, mais il avait si peu compté dans le duel qui opposait les deux anciens amants…

Cette mort avait eu un effet plus négatif pour Hans ; Alba n'avait jamais aimé Pierre. Après la disparition de Giancarlo, elle le congédia sèchement. Le fidèle informateur avait écrit à Hans pour lui apprendre qu'au terme de toutes ces années il était las et voulait rentrer chez lui, en Suisse. Hans n'avait pas pu s'y opposer, et avait ainsi perdu le fil du récit – raison pour laquelle il attendait depuis avec anxiété le retour de Raphael.

La maison des von Rüwich semblait marquée par un deuil terrible. Les domestiques glissaient, tête basse, et les vases, d'ordinaire débordant de fleurs, étaient vides. Dans le grand salon, les parents étaient assis côte à côte devant leur fils, dont Hans ne découvrit que le dos en entrant dans la pièce. Il fut frappé par le silence qui y pesait ; le retour de Raphael n'était pas heureux et il n'apportait pas de bonnes nouvelles. Lorsqu'il entendit le bruit des roues, le jeune homme bondit sur ses pieds et Hans masqua difficilement sa stupeur devant la métamorphose de son visage.

Raphael avait maigri et ses joues s'étaient creusées, grises, couvertes d'une barbe mal entretenue. Ses yeux étaient rouges, ses lèvres sèches et abîmées. On aurait cru un de ces malheureux dont le bateau avait été retenu dans les glaces des pôles, seul survivant d'un équipage qui, pour résister à la faim, n'avait eu d'autre ressource que de s'entre-dévorer. Ses parents n'affichaient pas meilleure mine ; leur fils n'avait pas renoncé à son fol amour.

Lorsque Raphael était arrivé à Venise, le prince était mort et enterré, ce dont il ne s'était évidemment pas soucié. Sans plus prendre de précaution, Raphael s'était rendu au palais d'Alba et en avait fait le siège, exigeant de voir Lætitia. Il avait été éconduit une première fois par un domestique poli mais intraitable ; lors de la deuxième visite, l'accueil avait été plus rude et il s'était retrouvé en fort mauvais état après qu'un vigoureux gaillard lui eut expliqué à sa manière qu'il avait intérêt à ne plus jamais s'approcher du palais.

Il avait alors eu une chance, la première depuis le mois de juin : alors qu'il errait dans les rues voisines, incapable de se résoudre à renoncer autant que de trouver le moyen de forcer la porte d'Alba, il avait rencontré ce vieil excentrique qui leur avait servi de guide quelques années auparavant, lors de ce voyage avec Hans. Dans le tumulte des sentiments qui l'accablaient, Raphael avait à peine eu le temps de s'interroger sur ce hasard inouï, encore lui, qui le remettait dans les circonstances singulières de leur première rencontre. Il n'y avait surtout trouvé qu'une confirmation de son amour pour Lætitia, lui aussi né sous le signe du hasard et, pour cette raison, digne d'être défendu contre toutes les forces ennemies. Thomas Reguer l'avait ramené à son hôtel, avait appelé un médecin pour soigner ses blessures et lui avait promis de se renseigner ; il connaissait beaucoup de monde à Venise et se faisait fort de l'aider.

Le vieil Allemand n'avait pu toutefois opérer de miracle. Il avait appris à Raphael que, quelque temps après leur arrivée à Venise, Alba et Lætitia avaient rencontré, chez une danseuse extravagante, un hobereau toscan, un certain Bonifacio Della Rocca, âgé d'une quarantaine d'années et originaire d'un bourg nommé Montechiarro, dans le val d'Orcia, lequel avait, dès le lendemain ou le surlendemain, épousé Lætitia, le 13 octobre. La nouvelle avait meurtri Raphael, et plus encore ce détail : d'après ce que Reguer savait, Lætitia avait consenti à cette union.

Le vieil homme avait tenté de le réconforter. Il se souvenait lui aussi de leur première rencontre et de leur conversation ; existait-il vraiment des événements imprévisibles, ou n'étaient-ils que le fruit de notre inattention ? Bien sûr, il y avait tant de choses à surveiller, on ne pouvait tout prévoir, ni tout voir même. Que l'on fût pris par surprise ne devait pas, toutefois, nous dispenser d'essayer de démêler l'écheveau de circonstances qui avaient conduit à cet « imprévu » – afin, si possible, de le retourner à notre avantage…

Mais Raphael l'avait à peine écouté. Désespéré, épuisé par l'émotion et meurtri dans sa chair, il était rentré à Berlin.

Les jours qui suivirent son retour, il ne quitta pas sa chambre. Hans vint quotidiennement, mais Raphael refusa toute visite. Ses parents supplièrent Hans de les aider, une fois encore, comme il l'avait toujours fait. Jamais ils n'avaient songé à le blâmer, alors qu'il avait été l'instigateur de ce bal et celui qui avait tellement contribué à rendre leur fils amoureux de l'Italie ; tout aurait pu si bien finir, si l'on n'était pas tombé sur des folles… Hans promit de les aider mais poursuivait un tout autre but : si Raphael renonçait à présent, cela ne signifierait ni plus ni moins que la victoire d'Alba. L'annonce de ce mariage avait été un coup dur pour Hans aussi ; il reconnaissait l'intelligence et la force de cette femme, prête à tout, encore et toujours, pour se protéger et se sauver. Mais comment se faisait-il que Lætitia eût accepté, qu'elle ne se fût pas rebellée ? De qui était-elle la fille pour n'avoir pas hérité de sa mère ce caractère intransigeant et déterminé ? Ou Alba, trop consciente de ce qu'un tel esprit lui causerait comme souci, avait-elle réussi à la dompter, dès le plus jeune âge ? Peut-être aussi lui avait-elle dévoilé le secret du lien qui l'unissait à Raphael, et Lætitia avait été effrayée par le terrible interdit qui pesait sur l'inceste. Mais Alba pouvait-elle vraiment avouer sans être obligée de dévoiler d'autres secrets plus terribles ?

Peu importait : il fallait à tout prix que Raphael retrouvât la volonté de se battre. Qu'il partît en Toscane, dans ce qui ne pouvait être qu'un bourg misérable, rechercher celle qui avait été élue pour lui. Et qu'à travers lui, Hans apportât à Alba la preuve que sa prophétie était juste.

LIVRE 3

DOMINIK & HANS
1849-1853

Atanasio arriva à Berlin quelques jours avant le retour de Raphael. Il s'était rendu chez Me Constant et avait reçu les derniers documents, puisqu'il avait confirmé son accord pour la mission que don Carlo, désormais Giancarlo Malcessati, son père, lui avait confiée.

Il avait lu attentivement tous les documents transmis par le défunt et avait pris son temps avant de partir. Il s'était procuré de faux papiers qui le feraient passer pour un citoyen allemand, du nom de Dominik Müller, originaire de Berlin. Les leçons de Ludovico et un don naturel lui permettaient de passer pour un authentique germanophone. Il avait également trouvé une officine interlope qui lui avait fabriqué la potion dont son cher don Carlo lui avait transmis la composition ; l'ignoble sourire du trafiquant qui avait accepté de la lui fournir lui confirma combien l'élixir était fatal, et la somme exigée disait assez, en chiffres, l'horreur qui se tramait.

Il ne savait pas où le mènerait cette mission, ni combien de temps elle durerait. Il jugea préférable de ne jamais rien laisser derrière lui et d'emporter tout ce dont il aurait besoin pour la mener à bien. Dans ses maigres bagages, il empaqueta soigneusement les portraits, qu'il retournerait voir si d'aventure sa motivation venait à flancher, et posa à leur côté la fiole de poison, protégée par plusieurs couches de tissu et de papier. Dans une enveloppe, il joignit la lettre de don Carlo – il avait du mal à l'appeler autrement – et celle qu'il devrait lire à Wolfgang au moment de son agonie, toujours scellée.

À Berlin, il choisit un logement à mi-distance de Hans et Raphael, dans un quartier populaire où il pourrait se fondre. Dans les documents transmis par le notaire, se trouvait également un rapport établi par une sorte de détective berlinois, mandaté par don Carlo, et qui établissait certaines données importantes, à commencer par les adresses où vivaient le père et le fils, ainsi que leurs habitudes. Cela avait permis à Atanasio de ne pas perdre de temps et, surtout, de ne pas se laisser désarçonner par la découverte d'une ville. C'était toujours pour lui une épreuve, la seule à laquelle don Carlo l'avait mal préparé ; en 1842, il l'avait emmené à Rome, mais avait voulu qu'Atanasio, si doué pour le travestissement, passât le séjour déguisé en jeune fille. Ce qu'il avait vu de Rome l'avait épouvanté, mais peut-être plus encore le rôle qu'il avait dû jouer et la pesanteur des regards posés sur lui, sur eux, sur ce couple étrange.

Le détective engagé par don Carlo était à son service ; grâce à lui, Atanasio avait réussi à savoir ce qui s'était passé après la mort de son protecteur, y compris le mariage de Lætitia avec ce comte toscan. Raphael était en route pour Berlin ; Atanasio l'y attendrait et verrait ce qu'il convenait de faire, dans l'ombre. Les jeunes gens n'étaient pas les premiers sur sa liste ; il fallait d'abord éliminer cette horrible femme, cause de tous ces malheurs. Mais comme l'avait demandé don Carlo, cette mort devait être précédée par une peur ; or, pour l'instant, Alba n'avait plus peur. Il était donc impératif que Raphael retournât chercher Lætitia et s'enfuît avec elle, pour raviver la crainte chez la mère et mettre en place les conditions pour le second acte : Raphael et Lætitia devaient être réunis, amoureux, ils devaient goûter au bonheur pour connaître la douleur de le perdre. Les tuer chacun de son côté, alors qu'ils seraient l'un et l'autre accablés par le désespoir de leurs amours contrariées, serait presque leur rendre service, les libérer. C'était du moins ainsi qu'Atanasio, avec le peu de science qu'il avait des passions, envisageait la situation.

Il commença par observer Hans et découvrit un paralytique qui ressemblait fort peu au portrait que lui avait transmis don Carlo, celui d'un jeune homme séduisant, plein de fougue et de vie, dont le caractère trempé se lisait sur les traits ; Hans avait cinquante ans et paraissait presque un vieillard, grossi, à la tignasse terne. Les romans que Ludovico lui avait fait lire lui avaient appris que les sentiments humains, et particulièrement ceux qui touchaient à l'amour, n'étaient que rarement rationnels – il convenait donc, concluait le précepteur, de s'en méfier comme de la peste. De toute manière, la tâche d'Atanasio ne consistait pas à vérifier si ce que don Carlo lui avait écrit était vrai ; il ne pouvait en être autrement.

Il nota aussi le vieux domestique, visiblement épuisé, et songea que ce serait une porte d'entrée intéressante pour s'approcher de sa dernière victime. Mais il se garda de tout contact ; l'heure n'était pas venue.

Il s'intéressa davantage aux parents von Rüwich. Il apprit que leur fortune était véritablement colossale, et largement supérieure à leur train de vie, pourtant luxueux. Si Raphael disposait de cet argent…

Ce furent quelques-unes des multiples informations que l'exécuteur testamentaire de Malcessati amassa durant ses premiers jours à Berlin. Le zèle qu'il mit dans sa tâche lui permit de refouler la peur suscitée par la ville et ses habitants ; il l'habita comme il l'avait fait jadis pour sa campagne, la beauté du paysage en moins sans porter plus de considération aux êtres qu'aux animaux et aux maisons qu'aux arbres.

Il observa de loin le retour de Raphael et, comme Hans de son côté, comprit que le jeune homme risquait de renoncer. Et ceux que le sort, ou plutôt la vengeance de Giancarlo, opposait en une lutte à mort se retrouvèrent alliés, sur ce point du moins.

Quelques semaines plus tard, alors que l'hiver lançait un dernier assaut sur Berlin, les parents von Rüwich, qui étaient sortis à la campagne pour honorer une invitation, eurent un terrible accident sur le chemin du retour : leur voiture glissa sur un pont, brisa la rambarde et fut engloutie dans les eaux glacées d'une rivière. Les occupants, cocher et passagers, moururent en très peu de temps.

Raphael fut terriblement affecté par ce drame qui, ajouté au mariage de Lætitia, le laissa au désespoir. Que pouvait-il encore attendre de la vie si le sort s'acharnait contre lui ? Le seul chez qui il put trouver un peu de réconfort fut Hans qui s'efforça de le soutenir et de le consoler au mieux, sans lui dire qu'il fallait peut-être considérer cette horrible nouvelle comme une opportunité inespérée. À quoi bon cette fortune, puisqu'il était définitivement séparé de celle sans laquelle, désormais, tout était vain ?

Hans l'écouta avec patience, réfrénant parfois son exaspération devant ce discours si peu viril. Raphael était l'enfant de son temps, mais plus encore celui que Hans avait façonné ; il l'avait fait grandir dans un monde éthéré, dominé par le beau. Lui avait dû se battre et se battait encore, il savait que le monde n'était pas beau mais peuplé de gens vils, dominés par leur égoïsme, aveuglés par la poursuite de leurs intérêts. Il avait, une fois dans sa vie, cru dans la puissance de l'amour ; et si Raphael n'était ce qu'il était, l'instrument de sa vengeance, il l'aurait dessillé brutalement, pour lui éviter les désillusions qui l'attendaient. Mais il savait que l'idée ferait son chemin, petit à petit. Il y travailla par touches subtiles, sans jamais forcer le trait ; à chaque mention de Lætitia, le regard de Raphael s'embuait et son visage se fermait.

Les choses auraient pu durer encore longtemps si un nouvel événement n'était survenu. Un matin, Raphael força la porte de Hans, rouge et essoufflé. Johann, qui n'avait toujours pas eu le cœur de chercher un remplaçant, l'avait laissé entrer, ou plutôt n'avait pu l'en empêcher, et le jeune homme avait surgi dans la chambre où Hans reposait dans son lit.

— Hans ! Regarde ce que j'ai reçu ce matin !

Il lui tendit une lettre couverte d'une écriture sèche et raide.

Monsieur,

J'imagine qu'il faut vous féliciter d'avoir en un temps si rapide, et des années avant l'échéance fixée par Dieu, hérité d'une aussi imposante fortune, dont vous êtes désormais le seul maître.

Sachez toutefois que la justice pourrait s'intéresser à certaines informations qui sont à ma disposition et qui tendent à prouver que la mort de vos très chers parents n'était pas accidentelle. Plus encore, que vous en êtes l'instigateur – ce qui sera d'autant plus aisé à croire pour les juges que vous en êtes l'unique bénéficiaire.

Je suis un ami de la justice et ne puis souffrir qu'un tel crime demeure impuni, ni qu'un assassin jouisse de telles chances qui sont interdites aux plus honnêtes d'entre nous. Seule la charité me poussera peut-être à vous proposer un moyen de vous racheter et d'éviter le bourreau que vous méritez cependant.

Je vous laisse méditer quelques jours et vous recontacterai bientôt.

Hans parut aussi abasourdi que Raphael ; qui pouvait bien avoir écrit pareille missive et porter de telles accusations ? Un instant, Hans dévisagea Raphael et une terrible pensée le traversa : s'il était son fils, pourquoi n'aurait-il pu lui aussi envisager des solutions aussi extrêmes pour parvenir à ses fins ? Raphael nota le trouble de son ami et se figea.

— Hans… Ne me dis pas que tu crois ce torchon ?

L'infirme se ressaisit et serra la main du jeune homme.

— Évidemment que non, Raphael ; que vas-tu imaginer là ? Je ne peux rien concevoir de plus ignoble que cette accusation et ce chantage…

Dans son malheur, Raphael parut soulagé.

— Mais que dois-je faire ? reprit-il, les mains nouées.

Puis, se redressant :

— Qu'il essaie seulement de me dénoncer ; je prouverai sans mal que je suis innocent !

— Du calme, Raphael, temporisa Hans. Va m'attendre dans le salon et laisse-moi le temps de m'habiller. Il faut absolument que nous parlions sereinement de ceci et que nous prenions la meilleure décision.

Pendant que Johann l'aidait à se laver et à s'habiller, Hans analysa la situation. Il devait bien y avoir quelques dizaines de malandrins dans cette ville à qui la situation de Raphael inspirait les idées les plus extravagantes et les convoitises les plus folles, sans oublier l'une ou l'autre prétendante jalouse, trop heureuse de se venger petitement en semant le trouble chez celui qui l'avait méprisée. Dans ce dernier cas, il y avait toutes les chances que la menace ne serait jamais mise à exécution et qu'on en resterait là. Cela ne semblait pourtant pas être l'option la plus probable. De toute manière, ce n'était pas ce qui intéressait le plus Hans ; cette péripétie était une opportunité.

Il rejoignit Raphael, qui faisait les cent pas dans le salon.

— Je t'avais dit de rester calme, lui fit-il avec un sourire rassurant.

— Comment veux-tu ?

— En m'écoutant. Il faut toujours s'efforcer de retourner l'adversité à son avantage, Raphael. N'est-ce pas ce que ce vieux fou de Reguer t'a donné comme morale lors de votre dernière entrevue ?

Le jeune homme le dévisagea, incrédule.

— Que veux-tu dire ?

— Que cette lettre et ce chantage sont peut-être une chance.

— Une chance ?

— Du moins un avertissement.

— C'est le cas !

— Pas cet avertissement-là.

Raphael se prit la tête entre les mains et marcha vers son ami.

— Hans, par pitié, ne joue pas avec moi ! Dis-moi ce que tu as imaginé…

— Aimes-tu toujours Lætitia ?

— Mais… De quoi parles-tu ?

— De cette jeune fille que tu as poursuivie jusqu'à Venise.

— Elle est mariée !

— L'aimes-tu toujours ?

Des larmes apparurent dans les yeux de Raphael.

— Si je l'aime… Je ne pense qu'à elle, jour et nuit !

— Alors, mon ami, dis-toi que cette lettre te dicte une conduite que tu aurais dû mettre en œuvre depuis longtemps.

— Je ne comprends rien à ce que tu racontes !

— Assieds-toi. Sers-nous un verre de porto, ou de ce que tu voudras, et écoute-moi sans plus m'interrompre.

Raphael obtempéra et prit place à côté de Hans.

— Rien ne te retient ici, Raphael. Les activités de ton père ne t'intéressent plus et tu es désormais assez riche pour vivre sans travailler. Lætitia est en Toscane. Il y a fort à parier qu'elle n'est pas heureuse de ce mariage, qui a dû lui être imposé par sa mère. Si elle y a consenti, n'as-tu jamais songé que c'était juste pour mettre un terme à la course folle que celle-ci lui imposait ?

— Si, mille fois…

— Et tu n'as tiré aucune conclusion de ce constat ?

— Juste après, je me disais qu'elle était heureuse avec cet homme et qu'elle m'avait oublié…

— Imbécile… Une jeune fille aussi jolie et aussi amoureuse – je peux en témoigner, j'ai assisté à presque tous vos rendez-vous chez la duchesse – ne peut pas renoncer aussi vite et se satisfaire d'un mari qui a le double de son âge. Sans parler du fait qu'elle a dû le suivre et s'enterrer dans un trou perdu au fond d'une campagne sinistre !

Raphael eut un sourire désolé.

— C'est vrai…

— Par ailleurs, ne perds pas de vue que des accusations fausses peuvent facilement paraître plausibles à un juge. Il est très difficile de prouver que quelque chose n'a pas eu lieu, quand des indices aussi terribles que le mobile t'accuseraient. Tu ne pourras pas nier avoir hérité…

— Cela serait arrivé de toute manière !

— Mais dans combien d'années ?

Raphael baissa la tête, à nouveau accablé.

— Donc, tu n'as qu'une chose à faire : vends tous tes biens, choisis une destination lointaine, New York par exemple, et transfères-y ton argent. Si tu veux, je me chargerai de ces opérations. Il faudra agir avec la plus grande discrétion et donner le change à ce maître chanteur. De ton côté, tu pars en Toscane et tu t'arranges pour récupérer Lætitia.

— Mais elle est mariée, Hans !

L'infirme rit et tapota la cuisse du jeune homme.

— Raphael, tu es décidément un enfant ! Et alors ? Si elle t'aime, elle te suivra. Et elle t'aime, j'en suis sûr.

— Mais son mari ?

— Que veux-tu qu'il fasse ? Qu'il poursuive jusqu'en Amérique une femme qui l'aura trompé et trahi ? Il n'y a que dans les romans que les cocus ourdissent de telles vengeances !

Ce disant, le poing de Hans se serra un instant sur l'accoudoir, mais Raphael ne le vit pas.

— Dans la vie, un homme à qui cela arrive songe d'abord qu'elle n'était pas digne de lui. Et puis, il a un domaine à gérer, j'imagine, et l'on n'abandonne pas ses terres pour courir l'aventure au-delà des océans, rechercher une femme qui ne vous aime plus. Il en trouvera une autre, ou replongera avec soulagement dans le célibat, maudissant cette brève parenthèse du mariage dans une vie solitaire et heureuse de l'être !

Hans se surprenait de la ferveur joyeuse qu'il mettait à énoncer son plan. Il tenait enfin l'argument qui déciderait Raphael et qui relancerait la machinerie de sa vengeance… Il imaginait déjà la lettre qu'il écrirait à Alba et le cri de fureur qu'elle lâcherait en la lisant.

— L'Amérique est une terre nouvelle. Chaque jour, des dizaines, des centaines d'Européens partent y tenter leur chance. Tout y est possible, vierge, disponible ! Lætitia et toi aurez un formidable avantage sur tous ces aventuriers, et même deux : vous serez riches et amoureux. Un amour renforcé par les épreuves que vous aurez traversées et les décisions douloureuses que vous aurez prises pour vous retrouver unis…

Raphael le regardait à présent, les yeux écarquillés, brillants, la bouche entrouverte. Hans soupira et se tut ; il avait réussi. Pourtant, le jeune homme eut une dernière hésitation :

— Mais toi, Hans ?

— Quoi, moi ? fit-il, surpris, ne voyant pas de quoi Raphael parlait.

— Que vas-tu devenir ?

Il éclata de rire.

— Quelle importance ! J'irai me divertir chez la duchesse aussi longtemps qu'elle vivra et je lirai tes lettres avec plaisir – car je compte que tu me tiennes scrupuleusement au courant. Je ne suis qu'un vieil infirme, Raphael ; tu ne vas pas mettre notre amitié dans la balance, ce serait grotesque ! Dois-je me suicider pour rompre le dernier lien qui te retiendrait ici ?

Raphael poussa un cri horrifié.

— Tu es fou !

— Alors, fais ce que je te dis et ne te soucie pas de moi. Qui sait, lorsque vous serez installés à New York, je prendrai peut-être la mer pour vous rejoindre.

— Vrai ? s'écria Raphael en lui serrant le bras. Tu viendrais ?

Hans ressentit une brûlure dans la poitrine et écarta la main de Raphael.

— Nous verrons… s'efforça-t-il de répondre en souriant. En attendant, il faut que tu partes…

Alba laissa retomber sa main et la lettre vola sur le sol. Par la fenêtre, les éclats du Grand Canal jouaient sur les fenêtres et semblaient se moquer d'elle. Le regard embué, elle songea qu'elle avait passé cinquante ans et que sa vie était un échec complet.

Elle se redressa et ramassa la lettre, qu'elle posa à côté d'une première, sur la table. Celle-ci était arrivée de Toscane, une semaine plus tôt, et elle était signée Bonifacio Della Rocca. Elle lui apprenait à la fois la naissance de son petit-fils, Domenico, et le départ de sa fille avec un jeune Allemand prénommé Raphael, qui avait surgi un matin. Maudit soit ce minable comte toscan, fulminait Alba depuis qu'elle avait reçu sa missive, qui n'avait pas été capable de rejeter ce démon et de conserver sa femme, de la protéger ! Et le pire était le délai invraisemblable qu'il avait mis pour l'en informer… Lætitia était assurément à New York depuis longtemps.

Elle revoyait ce Della Rocca, son air sérieux, posé, lorsque Asmodée Edern le lui avait présenté… Asmodée qui avait pourtant été toujours un conseiller si avisé, le seul ami fidèle durant ces années de tourmente. Où était-il aujourd'hui ? Il avait disparu et personne n'avait pu lui donner de ses nouvelles. Elle ne l'avait plus revu depuis le mariage de Lætitia et n'avait reçu aucune lettre. Était-il mort ? Dans le naufrage de sa vie, l'hypothèse devait être prise en considération. Le comte Della Rocca ne donnait guère de détails, et quelle importance ? Alba ne savait pas ce que Lætitia lui avait ou non dévoilé sur son histoire, et ce que Lætitia savait était trois fois rien. Jamais elle n'avait donné d'explication à sa fille ; l'aurait-elle dû ? Le tabou de l'inceste était de nature à faire reculer les plus téméraires ; mais un aveu en aurait entraîné un autre. Jusqu'où aurait-elle dû aller dans la confidence ? Elle ne s'y était jamais résolue, et maintenant il était trop tard. Au bas de sa lettre, Bonifacio lui proposait de rendre visite à Domenico quand elle le souhaiterait ; il lui disait espérer cette visite, et vouloir en profiter pour discuter avec elle. Elle n'avait aucune envie de voir ce gamin, et moins encore de se retrouver en tête à tête avec un nobliau provincial, qui concluait en disant « compenser sa tristesse par le sentiment que Lætitia était désormais heureuse ». Et elle ne devinait que trop bien le sujet de conversation que ce hobereau compassé souhaitait avoir avec elle : pourquoi s'était-elle opposée aussi farouchement à cette union ? Qu'il ne compte pas sur elle pour l'éclairer…

La réception de ce message l'avait anéantie ; que pouvait-elle espérer encore ? Della Rocca ignorait où étaient partis les amants. Elle ne pouvait pas reprocher à sa fille d'avoir abandonné son enfant ; mais Lætitia, écrivait le comte, ne s'était résignée à ce choix déchirant que pour tenter, tant que faire se pouvait, de se faire pardonner. Della Rocca avait poussé la cruauté jusqu'à reproduire un extrait de la lettre d'adieu que Lætitia lui avait écrite avant de fuir : « Je n'ai pas la force de vous retirer encore l'affection de notre fils. Peut-être comprendrez-vous combien ce sacrifice m'est douloureux ; comprenez, du moins, qu'il murmure que je vous ai aimé autant qu'il m'était possible d'aimer un autre que Raphael. » Ils étaient partis, et le comte n'avait rien fait pour les retenir…

Comment de telles natures étaient-elles possibles ? Un homme de son âge et de son expérience pouvait-il se comporter de manière aussi stupide, aussi ridicule ? Aussi sentimentale ? Elle le revoyait, son visage grave, trop sérieux ; dans sa terreur de voir Raphael surgir, elle l'avait pris pour un sauveur, alors qu'il ne devait s'agir que d'un pauvre fou, un vieux célibataire ignorant tout des femmes, de la vie… Giancarlo savait qu'elle l'avait trompé, mais jamais il ne l'aurait laissée partir. Jamais. Jusqu'au bout, il lui avait imposé sa domination et Alba n'avait été heureuse que dans les marges qu'il lui avait accordées. Avait-elle, toutefois, jamais tenté de fuir ? Aurait-elle, comme sa fille, bravé tous les interdits pour s'échapper avec un homme qu'elle aurait aimé plus que tout ? Pour cela, il aurait fallu qu'elle connût la force d'un tel amour… Des êtres comme ce Della Rocca et sa fille lui étaient des étrangers.

La seconde lettre, si elle lui apportait la réponse à la question du lieu, venait de la plonger dans un désespoir plus grand encore. Elle provenait de Berlin et était signée d'un nom inconnu, et même indéchiffrable.

Madame,

Je me suis enfin résolu à vous écrire, au nom de l'honneur et des vertus dans lesquelles mes parents ont eu la chance de m'élever. Je suis conscient que les nouvelles que je vous apporte risquent de vous anéantir ; ne pas vous les transmettre serait cependant une faute morale impardonnable.

Je suis un ami de Raphael von Rüwich. Ou plutôt devrais-je dire : j'étais. Car ce que j'ai appris de sa bouche m'interdit désormais de lui accorder ce titre. Il y a peu, je l'ai retrouvé chez lui et l'ai surpris déjà ivre, ce qui n'était pas dans ses habitudes. Il semblait très énervé, fébrile, virulent ; à plusieurs reprises, j'avais déjà pu assister à certaines de ses colères, qui peuvent être très violentes, mais cette fois, il s'agissait d'autre chose, de pire et de plus profond.

Il m'a avoué être amoureux d'une fille à la beauté exceptionnelle – mais cela, vous le savez. Ce que vous ignorez, c'est ce qu'il m'a appris ensuite, et qui explique hélas la lâcheté et l'ignominie de son acte.

*Raphael est le fils illégitime que vous avez eu avec Wolfgang von G***. Cela, je crois que vous le savez aussi, ou du moins que vous vous en doutiez, puisque Raphael m'a expliqué comment vous vous étiez évertuée à empêcher son mariage avec votre fille Lætitia. Mais il y a quelque chose que vous ignorez et qui transforme ce qui pourrait n'être qu'une histoire d'amour en drame.*

*Wolfgang von G***, contrairement à ce que vous pensez peut-être, a survécu à sa chute. Il a retrouvé la trace de son fils, adopté par de riches Berlinois, et jusqu'à son trépas, survenu il y a cinq ans, il a façonné son âme pour en faire un monstre. Sur son lit de mort, il a exigé de lui, solennellement, qu'il le venge. Une vengeance effroyable, puisque pour vous atteindre, elle s'acharnera sur votre fille, dont* *la beauté et l'innocence, d'après ce que j'ai pu en juger, auraient dû l'épargner.*

Raphael est un être dur, violent et déterminé. Il s'est juré de retrouver votre fille et de l'enlever, coûte que coûte. Il escompte que la pauvre, naïve et séduite, le suivra de son plein gré. Pour venger son père d'un crime dont il vous accuse, et sur lequel je n'oserai me prononcer puisque la seule information que j'en ai reçue provient de la bouche même de celui avec qui j'ai souhaité rompre aujourd'hui, il est prêt à tout. Pour organiser sa fuite à l'étranger, il n'a déjà pas reculé devant le meurtre : celui de ses parents adoptifs, qui lui ont légué une fortune énorme.

Il compte entraîner votre fille en Amérique, à New York, où, soumise à cet homme dont elle dépendra totalement, dans un pays étranger, elle sera réduite au pire sort qui soit. En l'avilissant, en l'offrant à la multitude des pires hommes, Raphael exercera la plus monstrueuse des vengeances.

Je vous confesse mon immense remords : je n'ai pas eu le courage d'arrêter Raphael ce soir-là. Je vous l'ai dit : à sa force s'ajoutait l'ivresse, et je ne suis pas de taille à me battre. J'ai mis ensuite quelque temps à trouver votre trace. Raphael, depuis, a disparu. J'imagine qu'il a déjà réalisé la moitié de son forfait, qui consistait à reprendre votre fille. Sont-ils déjà à New York ? Je l'ignore. Si ce n'est le cas, cela ne saurait tarder.

Pouvez-vous encore la sauver ? Je l'espère de toute mon âme. Je n'aurai pas l'outrecuidance de dicter votre conduite. Mon état – vous m'excuserez de demeurer secret, mais je ne puis me compromettre davantage – m'interdit de faire plus, mais je vous enjoins de vous rendre au plus vite à New York, d'y retrouver votre fille et de la sauver des griffes de ce monstre. Cette fois, ayant connu l'horreur qu'il lui réserve, je ne doute pas qu'elle vous accueillera en sauveur et vous sera éternellement reconnaissante et redevable.

Que devait-elle faire ? Elle ne pouvait hésiter. Elle n'avait pas eu tort quand elle avait compris que Wolfgang était derrière cette machination, mais elle n'avait pas imaginé que le dessein était aussi monstrueux. Devait-elle louer le ciel de l'intervention de cet inconnu ? Le ciel ne l'avait jamais aidée. Devait-elle le croire, alors qu'il ne donnait ni son nom ni son adresse ? Qui était-il ? Elle avait comparé l'écriture avec celle des lettres précédentes, qui l'avaient alertée et avaient ravivé la menace proférée par Wolfgang. Ce n'était pas la même main. Wolfgang était-il l'auteur des premières ? L'interlocuteur anonyme le disait mort cinq ans auparavant. S'il avait menti sur une première mort, il pouvait l'avoir fait pour une seconde. Ou n'être qu'une seule et même personne. Quelle importance ? Elle n'était pas de taille à lutter contre lui directement, mais la lettre du comte Della Rocca confirmait le pire. Rien d'autre ne comptait : la vengeance ourdie par ce fou de Wolfgang se poursuivait et s'acharnait sur une innocente.

Elle se prit la tête entre les mains et étouffa un sanglot. N'était-ce déjà pas assez terrible que de permettre à un frère et une sœur de s'aimer charnellement ? N'était-ce pas une souffrance suffisante pour une mère, si fautive fût-elle envers un amant ? Et quelle faute avait-elle commise quand elle n'avait cherché qu'à se défendre d'un homme devenu assassin ? Elle ne pouvait hésiter. Ses relations avec Lætitia n'avaient pas toujours été simples, surtout depuis l'accident de Giancarlo ; mais elle avait toujours cherché à ce qu'elle fût heureuse, à ce que se réalisât pour elle la promesse inaccomplie de son propre père, Girolamo Acotanto. Raphael était bien le fils de Wolfgang, le monstre que ce dernier avait désigné pour sa vengeance, et qu'il avait dressé à cette fin, des années durant. Le tort d'Alba avait été de laisser Lætitia grandir dans la naïveté, tout comme son père l'avait voulu pour elle. Mais Alba n'avait jamais été naïve. Une fermeté de l'âme, une détermination qui avaient manqué et manquaient encore à sa fille.

Elle allait partir pour New York, quitter Venise où plus rien ne la retenait, pas même le souvenir de ses parents, profané par ce désir absurde et incompréhensible de Giancarlo, soucieux de se faire enterrer à leurs côtés, dans cette ville qu'il avait toujours détestée.

Giancarlo ne lui avait laissé que ses os, ou presque ; l'ouverture du testament avait révélé que l'essentiel de sa fortune avait disparu, sans qu'il soit possible de savoir où et comment. Dans le tumulte des événements survenus alors, Alba n'avait pas eu le temps de s'en formaliser outre mesure ; de plus, le capital laissé par son père et géré par Edern avait fructifié et la mettait à l'abri. Ses besoins étaient réduits, surtout depuis le mariage de Lætitia. Elle n'aspirait plus qu'à finir ses jours sereinement, dans le palais familial à Venise. Elle s'était retranchée du monde et attendait… Quoi ? La venue de la tempête, comprenait-elle à présent.

Elle se renseigna et décida de prendre un billet sur le *SS Artic*, de la Collins Line, un énorme transatlantique à vapeur qui effectuait depuis peu la traversée jusqu'à New York, en offrant à ses passagers des cabines confortables. On l'avertit qu'à cette saison automnale la mer pouvait être mauvaise ; elle haussa les épaules et répondit qu'elle avait le pied marin.

Elle avait reçu la seconde lettre le 13 octobre. Le 10 novembre, elle embarquait à Liverpool.

En d'autres temps et d'autres circonstances, elle aurait pu s'émerveiller du bâtiment sur lequel elle montait. Le *SS Artic* était un des plus grands bateaux jamais construits. Inauguré quelques mois auparavant, il était long de quatre-vingt-sept mètres et pesait près de trois mille tonnes. La Collins était aussi la première compagnie à offrir des conditions de traversée luxueuses à ses passagers : ceux de la première classe disposaient d'une cabine privée et un restaurant, tenu par un grand chef français, proposait tous les jours des menus de qualité. Alba ne voulait pas de luxe et n'avait aucune envie de partager ses repas, fussent-ils délicieux ; mais elle désirait être seule et ne devoir parler à personne, ce qui aurait été impossible même en deuxième classe, où les cabines étaient semi-privées, sans parler de la troisième où les candidats à l'immigration américaine s'entassaient misérablement.

Dès qu'elle fut à bord, elle s'enferma dans sa cabine et demanda au steward de lui porter ses repas.

Le garçon qui l'avait prise en charge était un charmant jeune homme, aux manières discrètes et à l'italien châtié. Il lui promit d'être à son entier service durant les dix jours que durait la traversée, d'autant plus que le bâtiment n'emportait qu'une grosse soixantaine de passagers sur les deux cent quatre-vingts possibles. Elle le remercia d'un mouvement de la tête et le congédia.

La mer était houleuse au départ, et se gâta encore par la suite. Alba toucha à peine à son premier repas, et le steward, prénommé John, insista pour qu'elle bût au moins son verre d'eau, afin de lutter contre le mal de mer.

Malgré son confort, la cabine était un lieu confiné où la houle se ressentait douloureusement. John lui prodigua quelques conseils pour améliorer la situation, qu'elle écouta à peine. Puis elle se coucha. Le sommeil ne vint pas. Elle ressassait toutes ces années qui avaient filé depuis son mariage, et où les plus terribles avaient peut-être été celles suivant la naissance de Raphael, même si elle avait repris un peu de liberté par rapport à Giancarlo. Oui, il y avait cu des amants, des heures frivoles, un parfum de liberté ; elle avait dévoré les petits bonheurs que la vie lui abandonnait comme des reliefs aux chiens. Mais qu'était-ce à côté de ses rêves d'enfant et des promesses de son père ? Elle avait cru qu'elle pourrait être heureuse avec sa fille et elle avait tout fait pour que celle-ci ne connût pas le même sort qu'elle. Elle avait voulu l'initier à la musique, aux arts, à Venise. Lui offrir tout l'amour qu'elle aurait dû partager entre ses deux enfants, sans éprouver cependant le moindre remords par rapport à Raphael. Elle n'en ressentait pas davantage vis-à-vis de Wolfgang ou même de Giancarlo, qui avait eu pourtant l'élégance de lui pardonner et même de reconnaître cette fille dont il devait savoir qu'elle n'était pas la sienne. L'élégance ? Non. Ce n'était qu'une manière d'asseoir son pouvoir sur elle.

Lætitia était une ravissante fillette, gaie, insouciante. Alba voulait qu'il en fût ainsi et que cela durât. C'était le contrepoint qui la sauvait de son existence dissolue et absurde. Elle lui souhaitait de rencontrer un artiste, un homme jeune, beau et amoureux qui consacrerait sa vie, comme sa mère l'aurait fait avant lui, à la rendre heureuse.

C'était du moins ce qu'Alba s'imaginait quand elle se retrouvait seule, ce qui, durant cette période, n'avait pas été fréquent. Quand elles étaient à Venise, la vérité avait été qu'Alba s'occupait peu de sa fille et la confiait à des professeurs et des nurses. Parfois, Asmodée venait jouer avec elle aux échecs, mais la fillette avait peu d'amis. Sa mère glissait d'une fête, d'un amant à l'autre. Elle avait offert les rênes de sa vie à sa sensualité et à son corps.

À Garde, sous le regard perçant de Giancarlo, la vie était tout autre. Lourde, pénible. Alba s'efforçait de maintenir Lætitia à l'écart de son père. Les heures étaient longues à mourir. La fillette, puis la jeune fille, ne comprenait pas pourquoi sa mère se montrait sous des jours si différents. Elle ne comprit pas non plus comment cette forme d'indifférence se mua en sourde hostilité lorsqu'elle atteignit quatorze ans et que sa beauté éclata au grand jour.

La houle s'était accrue. Accrochée aux rebords de sa couchette, Alba se sentait vraiment mal. Quelle heure était-il ? Le hublot ne laissait filtrer aucune lumière, sinon les éclats blancs que la mer déchaînée projetait jusque-là. Quelle folie ! Espérait-elle vraiment retrouver Lætitia à New York ? La lettre de l'inconnu ne laissait guère de place au doute : s'il disait vrai, Alba serait contrainte de fouiller les maisons closes d'une ville inconnue. Sans doute trouverait-elle un détective, quelqu'un pour l'aider… Hélas elle ne parlait pas anglais, ignorait tout de ce monde que l'on disait nouveau mais où les vices les plus anciens semblaient déjà profondément établis. Ses pensées allaient et venaient comme les vagues, violentes et contraires. Elle avait eu tort. Elle ne pouvait agir autrement. Elle échouerait. Elle sauverait Lætitia. Tuerait Raphael s'il le fallait, comme elle avait cru tuer Wolfgang.

Soudain, elle se sentit vraiment mal. Elle voulut se lever, pour vomir, pour se rincer la figure, peu importait, bouger ou mourir… Une vague plus forte la fit tomber lourdement et son épaule vint heurter la porte de la cabine. Presque aussitôt, on frappa. Étendue par terre, à demi consciente, elle entendit la voix de John qui s'inquiétait. Ne recevant pas de réponse, il fit jouer la clenche ; Alba n'avait pas verrouillé et le steward put entrer.

Il se précipita à la rescousse et, la portant aussi aisément qu'une enfant, la déposa dans son lit. Il alla ensuite humecter un linge et revint le lui appliquer sur le front.

— Vous avez de la chance que je passais à cet instant… J'ai entendu un bruit sourd. Avez-vous perdu connaissance ?

— Non… Juste le roulis… Je me sentais mal…

Elle eut un haut-le-cœur. Il courut chercher une bassine et l'aida à vomir le peu qu'elle avait avalé.

— Pour éviter le mal de mer, il vaut mieux avoir l'estomac rempli que vide, expliqua-t-il d'une voix très douce, tandis qu'il approchait un verre de ses lèvres. Buvez, cela vous fera du bien.

— Qu'est-ce que c'est ? demanda-t-elle d'une voix faible. Je n'ai pas…

— Ce n'est que de l'eau.

Il lui souleva la tête et l'aida à avaler une longue gorgée. Elle se laissa retomber, le souffle court. Il se remit à éponger son front avec la serviette humide.

— Merci… murmura-t-elle, les yeux clos.

— Ne me remerciez pas. Je ne fais que mon devoir. Et je sais combien cela peut être douloureux pour les passagers qui ne sont pas habitués. Si cela peut vous consoler, vous n'êtes pas la seule…

La voix du steward était incroyablement mélodieuse et douce. Elle se sentit mieux.

— Parlez-moi…

— De quoi voulez-vous que je vous parle ?

— Peu importe… De vous. De ce que vous voulez…

— De moi ? Il n'y a pas grand-chose à dire ! Je suis né à Liverpool et j'ai toujours eu la mer devant les yeux et dans le cœur…

Tandis que John racontait sa vie, Alba se laissa emporter dans un tourbillon et sombra dans un sommeil agité.

Lorsqu'elle rouvrit les yeux, les lueurs de la veilleuse dansaient sur les murs de la cabine. John était parti et Alba ne pouvait deviner combien de temps elle avait dormi. Une pâle lumière traversait le hublot. Il lui semblait aller un peu mieux. La mer s'était calmée. Elle eut envie de se lever, de gagner le pont pour prendre l'air. Mais dès qu'elle eut posé le pied sur le sol, tout vacilla autour d'elle et elle retomba sur son lit. En grelottant, elle se glissa sous son drap et se recroquevilla.

John revint un peu plus tard. Il portait un plateau avec le petit déjeuner.

— J'ai prévenu le capitaine qui m'a dit que je pouvais me consacrer exclusivement à vous ! Tenez, voici de quoi vous rétablir ; la mer s'est calmée et cela devrait continuer à s'améliorer.

Il l'aperçut alors, repliée sous son drap. Il déposa le plateau sur la table et se précipita à son chevet.

— Que se passe-t-il ? Vous n'allez pas mieux ? Mais vous claquez des dents ! Je vais appeler le médecin du bord…

Elle posa la main sur son bras.

— Non, ne le dérangez pas. Ça va passer…

— Laissez-moi au moins aller chercher un remède à la pharmacie, dit-il de sa voix envoûtante. Il y a des extraits de plantes qui sont très efficaces sur certaines personnes. Vous voulez bien ?

Il lui adressa un merveilleux sourire. En fermant les paupières, elle acquiesça.

Il ne fut pas long. Il lui tendit un verre contenant un liquide brunâtre.

— Cela a le goût du réglisse, dit-il comme à une enfant récalcitrante. Prenez…

Comme la veille, il l'aida à boire. Elle vida le verre.

— Bien… Voulez-vous essayer de manger ? Ou bien préférez-vous que je poursuive l'histoire de ma vie ? À votre place, je choisirais le repas ; mais vous décidez !

Elle eut envie de rire, pour la première fois depuis si longtemps, mais dut réprimer un hoquet et la nausée qui l'accompagnait.

— Je pense… que je vais choisir l'histoire…

Sa tête tournait et le sang battait à ses tempes. Les paroles de John ne furent qu'une musique, parfois lointaine, parfois proche, avec laquelle jouaient les marées de son malaise.

Elle dormit un peu, se réveilla, se rendormit. À chaque réveil, John était là. Elle l'aperçut une fois, assoupi sur une chaise, beau comme un ange dans l'abandon du sommeil. Elle s'efforça de détailler ses traits, mais son regard était trouble. Elle eut l'impression que le roulis avait repris, pourtant rien ne bougeait dans la cabine.

Au milieu de la nuit, elle s'éveilla à nouveau. La pièce cette fois était vide. John ne pouvait rester tout le temps. Elle ressentit cependant une panique terrible ; ses tempes lui faisaient horriblement mal et c'était comme si la tempête était entrée dans ses entrailles et y ravageait tout. À son chevet, un verre avec le même liquide brunâtre. Elle l'avala d'un trait et se pelotonna dans son lit en priant pour que le breuvage fît rapidement son effet. Elle sombra dans un sommeil abyssal.

Durant les jours qui suivirent, son état empira. John, pourtant, faisait tout ce qu'il était en son pouvoir pour lui rendre l'épreuve moins terrible. Il insistait pour appeler le médecin, mais elle refusait toujours, comme elle refusait les repas, sinon parfois un morceau de pain beurré. Après trois jours, il passa outre à son interdiction et revint avec le docteur.

Celui-ci l'ausculta attentivement. Alba n'avait plus la force de s'y opposer et elle se laissa manipuler par le praticien aidé par le steward.

— Je pense que vous devriez essayer d'aller vous étendre un peu sur le pont, dit enfin le docteur. Je ne vois pas ce qui peut être la cause de votre état, sinon le mal de mer… John, pourriez-vous porter la princesse ?

— Certainement, si elle y consent.

Alba eut à peine la force d'opiner.

Quelques minutes plus tard, elle était couchée sur une chaise longue, couverte d'un plaid épais, face à l'océan infini. Elle n'avait jamais vu un tel spectacle… Depuis le départ, elle était restée confinée dans sa cabine. Elle fut submergée par l'émotion que suscitaient cette splendeur sauvage, vert sombre et bleu nuit, cette danse incessante des vagues et de l'écume, le vent dans ses cheveux, en caresse sur son visage. John s'était assis à côté d'elle et l'observait attentivement, guettant les marques de l'amélioration promise par le médecin. Elle n'avait pas vu la grimace négative que l'homme de science avait adressée au steward au moment de quitter la cabine, pas plus qu'elle n'avait entendu les quelques sombres paroles qu'ils avaient échangées. John s'efforçait d'être enjoué et lui donnait des explications sur les différents éléments de l'équipement du bateau. Il était très fier de naviguer à bord d'une telle merveille, capable de traverser l'océan en dix jours alors que la plupart des autres navires mettaient le double, sinon le quadruple, dans des conditions de confort épouvantables. Le pont était désert, car la température était particulièrement fraîche et il y avait une lecture de poésie organisée dans le grand salon. Si la princesse le souhaitait, il pourrait l'y conduire ; elle hocha la tête négativement, elle voulait simplement rester là, et le froid lui faisait du bien.

— Le docteur vous a prescrit une nouvelle potion. Maintenant qu'il vous a auscultée, ce sera certainement plus adapté.

Il lui tendit un verre et elle le but. Elle fit une grimace ; c'était amer. Il lui essuya les lèvres en riant.

— Vous savez ce qu'on dit aux enfants : plus le remède est mauvais, plus il est efficace !

Elle tâcha de lui sourire et posa sa main sur la sienne.

— Vous êtes une bénédiction, John… Sans vous, je ne crois pas que j'y arriverais…

— Vous êtes trop gentille ! Bien sûr que vous y arriverez ; l'*Artic* arrive toujours à destination !

Elle rouvrit les yeux dans sa cabine, couchée dans son lit. Elle chercha à se redresser, mais John survint, qui la calma.

— Que s'est-il passé ?

— Rien, dit-il calmement. Vous vous êtes endormie sur le pont. J'ai fini par vous ramener ici. Vous dormiez très profondément. J'ai apporté un léger repas ; le médecin a insisté pour que vous mangiez. Vous ne pouvez pas continuer ainsi.

Il l'aida à s'asseoir et lui tendit une cuillère de bouillon chaud. Elle se sentait molle et vide. Elle fit un effort pour plaire à John et avala cinq gorgées de bouillon.

— Quel jour sommes-nous ? demanda-t-elle péniblement, tant sa gorge lui semblait nouée et tout entière accaparée par le liquide réconfortant qu'elle venait d'avaler.

— Mardi. Nous devons arriver dans quatre jours.

— Quatre jours ! soupira-t-elle, désespérée. Cela ne passera jamais…

— Mais si, vous verrez ! Quand vous serez à New York, vous rirez de cette épreuve… Et avec ce bouillon, je suis certain que vous allez déjà vous sentir mieux. Avec un peu de chance, vous danserez au bal qu'organise le capitaine la veille de l'arrivée !

Elle voulut marquer son scepticisme par rapport à ce projet, mais un violent hoquet la prit et John eut juste le temps de s'écarter ; en un jet violent, elle vomissait le bouillon.

Son état s'aggrava. Elle passa par de brèves périodes de conscience, suivies de longs gouffres sombres et agités où des cauchemars se mêlaient à des visions qui devaient être des instants vécus dans sa cabine : le médecin penché à son chevet, son front dégarni perlé d'un peu de sueur, ses yeux plissés, sa moue contrariée, son hochement dubitatif du chef ; John qui pressait sur son front une serviette humide, qui lui tendait un verre de médicament, qui lui parlait sans qu'elle distinguât ses paroles. Elle avait perdu toute notion du temps, c'était comme si elle avait toujours vogué sur ce bateau, comme si elle était condamnée à y séjourner à jamais.

— Princesse…

Quelque chose lui piquait les joues. Ses paupières semblaient collées et elle dut faire un effort terrible pour les ouvrir. Devant elle, tout proche, John lui tapotait le visage pour la réveiller. Elle voulut parler mais aucun son ne sortit de sa bouche. Elle était plus faible qu'elle ne l'avait jamais été, son corps la trahissait et ses pensées roulaient, incohérentes, contradictoires. Où était-elle ? Les images aussi se brouillaient, le visage de John était tantôt proche, tantôt lointain.

— Princesse ! Vous devez faire un effort… Buvez…

Il lui tendit un verre et la força à boire. Elle eut l'impression qu'on lui versait du feu dans la gorge et poussa un cri, se mit assise. John la retint et la rasséréna.

— Cela va vous aider à vous ressaisir…

C'était comme si le tumulte s'était interrompu en un instant, par magie. Les images reprirent leur netteté, de même que les sons ; ne restait qu'une immense faiblesse dont elle eut le sentiment qu'elle ne pourrait jamais triompher.

— Quel jour…

— Nous arrivons demain.

— Demain… lâcha-t-elle dans un sanglot. Demain !

— Restez calme, Alba.

La voix de John avait changé. Comment l'avait-il appelée ? Le tournis la reprit.

— Tenez, vous devez aussi reprendre votre potion…

D'une main ferme, il porta à ses lèvres un autre verre. Elle eut un mouvement pour refuser, mais n'eut pas la force de s'y opposer. Un liquide amer et froid coula à son tour et elle fit une grimace.

— Le médecin est très inquiet, vous savez… Il ne comprend pas de quel mal vous souffrez, mais il est certain désormais que cela n'a rien à voir avec le mal de mer. Il est impatient de vous débarquer à New York, même si nous aurons des soucis avec les contrôles sanitaires. Il n'est pas sûr que les autorités américaines vous laissent pénétrer sur leur territoire.

Que racontait-il ? Il lui semblait que ses pensées recommençaient à divaguer.

— Alba…

Une claque sur la joue la fit sursauter.

— Restez avec moi quelques instants encore.

Son visage était à deux doigts du sien. Elle eut peur soudain ; toute la douceur du steward avait disparu pour laisser la place à un masque glacial.

— Qui… qui êtes-vous ? Où est John ?

— Je suis John, Alba…

— Mais…

— Ne parlez pas. Vous vous épuisez. Écoutez-moi. Ce sera simple. Bientôt, vous perdrez conscience. Votre mari m'a chargé de vous dire que tous les crimes se payent, un jour ou l'autre. Le poison que vous lui avez administré en dose insuffisante, parce que vous avez manqué de courage, ne vous laissera aucune chance. Vous serez morte dans une heure. Mais rassurez-vous, vous ne souffrirez pas. À tout prendre, vous avez de la chance ; vos enfants, eux, connaîtront bientôt l'enfer…

Tout son corps se raidit, voulut se dégager, mais elle n'avait aucune force et la poigne de John la plaqua contre le matelas.

— Qui êtes-vous ? souffla-t-elle encore.

— Qu'importe…

Puis, se souvenant des leçons de Ludovico, il lui glissa à l'oreille :

— Je ne suis pas ce que je suis…

Le capitaine de l'*Artic* et le médecin furent contrariés par ce décès, la veille de leur arrivée, qui occasionna quelques paperasses et risquait de nuire à leur réputation – laquelle était excellente et entendait le rester. Mais ils félicitèrent le steward pour son dévouement et l'on organisa le rapatriement du corps, c'était le moins que l'on pût faire pour une passagère de première classe.

John mit fin à son contrat, trop affecté par cet incident, et Atanasio gagna New York.

Il n'avait jamais quitté le domaine toscan, sinon pour cet effroyable voyage à Rome. Il s'était retrouvé dans un tumulte de gens, de voitures, de chevaux, une cohue où tout lui avait été insupportable, à commencer par la chaleur, alors qu'il l'adorait à la campagne. Don Carlo l'avait emmené partout, dans les ruelles comme sur le Corso, dans les musées, les églises, les cathédrales, les ruines romaines, les bars, les restaurants, les hôtels. Tout le temps, il lui glissait à l'oreille : « Regarde ! Demande-toi ce que tu ferais si tu te retrouvais seul dans cette foule, obligé de retrouver ton chemin. Ou pis, condamné à sauver ta peau… » Et le deuxième jour, Atanasio s'était bel et bien retrouvé seul, alors qu'ils s'étaient arrêtés à une terrasse pour boire un café. Il avait d'abord attendu ; mais après quinze minutes, il avait compris que don Carlo le mettait à l'épreuve. Il s'était efforcé au calme et avait repris la route ; il avait observé attentivement tout ce qui s'offrait à sa vue durant leur déambulation et croyait retrouver facilement le chemin de leur hôtel. Mais alors qu'il s'engageait dans une rue plus étroite, des individus avaient surgi dans son dos et s'étaient mis à le siffler. Il s'était souvenu de son accoutrement et avait accéléré le pas. Toutefois, ayant perdu ses repères, il s'était retrouvé dans une impasse, toujours poursuivi par les garçons que son attitude excitait. Ils avaient fait cercle autour de lui et commencé à se moquer, à le harceler. Atanasio avait fermé les yeux, s'était concentré ; avant que les Romains eussent compris ce qui se passait, deux d'entre eux gisaient sur le sol, les mains collées à leur bas-ventre douloureux, un autre crachait une dent et le dernier prenait la fuite sans demander son reste, tandis qu'Atanasio, ajustant sa robe, reprenait sa route.

Ici, à New York, il n'était plus question de se laisser surprendre. À Berlin, Atanasio n'avait pas cherché à se familiariser avec l'espace urbain, mais le peu qu'il en avait vu suffisait à comprendre combien New York était différente ; c'était une ville naissante, exubérante, où les bâtiments en bois, vestiges des premiers colons, disparaissaient petit à petit pour laisser la place à des maisons et des immeubles en pierre et en brique, alignés le long d'avenues et de rues perpendiculaires. L'agitation romaine était peu de chose à côté du tumulte new-yorkais ; des voitures, des chevaux, des passants se bousculaient, circulaient en tous sens. Toutes les langues du monde s'étaient donné rendez-vous ici et les costumes les plus variés se croisaient. Il se demanda comment Alba espérait retrouver sa fille dans une telle ruche, surtout dans les quartiers les plus sordides où les filles se vendaient pour quelques dollars ; la précipitation de la princesse était une marque de succès pour Atanasio. Elle avait eu peur, avait agi dans la panique, elle qui pensait avoir triomphé de l'ennemi invisible qui avait ramené à la surface le fils rejeté et le fantôme de l'amant assassiné. Don Carlo aurait été content de lui. Il revoyait le visage effaré, troublé par le poison et les drogues qu'il lui avait administrés dès le premier jour en mer, en variant les dosages selon l'effet désiré, ses pupilles écarquillées lorsque son ange gardien avait tombé le masque et que le démon lui avait susurré l'horrible vérité. Dans les quelques instants de lucidité que lui avait procurés la dernière drogue, elle avait vu la justice s'abattre sur elle ; puis elle avait été dévorée par les douleurs du venin ultime et de la terreur. Cela n'avait pas duré longtemps, du moins pour Atanasio. Il avait alors été traversé par un souvenir désagréable, celui du moment où il avait joui sous la main de la fille, dans l'écurie, et où un hurlement de fureur lui avait appris qu'ils étaient découverts.

Pour retrouver Raphael et Lætitia, Atanasio disposait d'autres moyens qu'Alba, à commencer par l'argent. Mais il lui fallut quand même quelques jours pour se repérer. La documentation qu'il avait pu glaner sur la ville et les détails donnés par les membres de l'équipage furent une bonne base, mais insuffisante. Rien ne ressemblait moins à une ville que le plan qu'on en avait dressé ; c'était chercher l'âme dans un squelette. Atanasio s'efforça au calme et agit avec prudence, étape par étape. Il avait appris qu'il existait des détectives, lesquels, contre de l'argent, vous aidaient à trouver les informations qui vous manquaient. Il avait de l'argent ; il s'installa dans le premier hôtel venu, près du port, puis chercha un tel détective. Il en rencontra plusieurs, prit le temps de choisir celui qui lui semblait le plus fiable, auquel il confia les éléments dont il disposait et qu'il souhaitait partager avec un inconnu.

Durant les quelques jours qui furent nécessaires à cette première enquête, il explora les environs, en s'éloignant chaque jour un peu plus de son hôtel. Rien de ce qu'il voyait ne lui plaisait, mais il réussit à maîtriser ses peurs et à se familiariser enfin avec la faune urbaine. Don Carlo avait toujours insisté sur l'importance de s'adapter, et il avait loué cette qualité chez son pupille ; il était temps de l'appliquer et d'en profiter.

Quelques jours plus tard, un message du détective l'invitait à passer dans son bureau.

— L'avantage avec les gens riches, lui expliqua le gros homme qu'il avait engagé, c'est qu'ils sont comme des escargots. Ils laissent une trace derrière eux. Celle du pognon qu'ils dépensent.

Atanasio n'avait aucune envie de philosopher avec le détective.

— Où sont-ils ? demanda-t-il sèchement.

L'homme lui tendit quelques feuillets ; s'y trouvaient l'adresse de Raphael et Lætitia, décrite comme une élégante maison victorienne entourée d'un jardin, la liste de leurs activités récentes – réceptions dans la bonne société new-yorkaise, concerts et spectacles – et les noms de leurs amis les plus proches. Ils vivaient sous le nom de von Rüwich et se présentaient comme mari et femme, mais aucun document officiel n'attestait ce mariage.

— Ils ne sont pas là depuis longtemps, précisa l'homme, mais ils se sont vite intégrés. D'après ce que j'ai entendu, la beauté de la fille y a beaucoup aidé. Je suis allé vérifier ; un fameux morceau, en effet.

Il lui fit un clin d'œil grivois et Atanasio comprit que le détective devait penser qu'il était un amant jaloux et éconduit. Il ne perdit pas son temps à éclairer l'individu et le congédia.

Il déménagea pour un hôtel à hauteur de la Cinquantième Rue, près des quartiers chics où le jeune couple devait s'être installé. La fortune dont avait hérité Raphael était colossale et s'y était ajouté le produit de la vente de tous ses biens berlinois. C'était parfait ; cette fuite constituerait un aveu, au cas où il se retrouverait devant un tribunal pour le meurtre de ses parents. Mais Atanasio n'avait aucune envie de déléguer à la justice la besogne dont l'avait chargé don Carlo.

Dans l'attente du bateau qui devait le ramener en Europe, il tourna autour de la maison et observa les jeunes amoureux de loin. Ils vivaient l'existence la plus insouciante et la plus heureuse qui fût, et qui parut à Atanasio le comble de la décadence et du vice. Toute leur journée était organisée autour des loisirs et des plaisirs qu'ils y goûteraient. Ils étaient tous deux aussi beaux que sur les portraits. Raphael veillait à toujours être d'une parfaite élégance, tandis que Lætitia réussissait à magnifier sa beauté en la parant des vêtements les plus simples, en apparence – bien qu'elle les achetât dans des boutiques où Atanasio avait pu constater des prix exorbitants. Mais surtout, les deux amants ne se quittaient jamais d'un pas. Dès qu'ils en avaient l'occasion, leurs mains se frôlaient, s'unissaient, leurs lèvres se cherchaient, ils s'embrassaient passionnément. Atanasio ne prit pas le risque de pénétrer dans leur maison, ce qu'il aurait pourtant pu entreprendre, sous un quelconque déguisement, silencieux comme une ombre, ainsi qu'il l'avait appris pour chasser ; mais l'idée du couple enlacé dans un lit lui donnait la nausée. Si son imagination s'arrêtait sur le corps de Lætitia, la nausée se mêlait d'un autre sentiment, plus doux et douloureux, vite insupportable.

Il fut heureux de monter à bord. Pour ce qui concernait ses proies new-yorkaises, il pouvait les laisser quelque temps tranquilles, s'ancrer dans un bonheur dont la perte ne serait que plus terrible. Il avait demandé au détective de l'avertir aussitôt à Berlin au cas où les von Rüwich quitteraient la ville, avec évidemment pour mission de les suivre et de le tenir informé.

Atanasio avait décidé de se rapprocher de Hans. Il pouvait bien entendu attendre de régler le sort de Raphael et Lætitia en Amérique, puis de revenir conclure à Berlin ; mais il lui semblait plus beau, plus intéressant d'obliger, d'une manière ou d'une autre, l'infirme à prendre la mer et à rejoindre le Nouveau Monde. Pourquoi et comment, il n'en savait encore rien. Don Carlo lui avait assez souvent expliqué sa théorie des champignons ; il fallait de la patience et de la curiosité, être ouvert à tous les incidents, tous les détails, même ceux qui semblaient les plus insignifiants et qui, parfois, avaient les plus extrêmes conséquences.

Il vécut le retour en passager et s'ennuya. La compagnie des autres voyageurs de première classe le révulsait. Il prit ses repas en solitaire et passa le plus clair de son temps sur le pont, malgré le froid et les conditions épouvantables qui ne l'affectaient pas. Devant lui, mêlés indistinctement, les flots agités et le ciel mouvementé, l'écume des vagues et le moutonnement des nuages. Et par-dessus cela, qui venait et revenait, le visage de Lætitia.

Hans, comme il s'y attendait, n'avait pas bougé.

— Le jeune homme dont je vous ai parlé est dans l'antichambre, Monsieur…

Cela faisait plus de six mois que Hans avait fait à Johann la promesse de lui donner son congé s'il trouvait quelqu'un pour le remplacer. Mais vu les événements, le vieux domestique n'avait eu ni le temps ni l'envie de s'en inquiéter. Pourtant, la fatigue s'était accentuée et, depuis peu, s'était même considérablement accrue. La semaine précédente, alors qu'il effectuait une course, il s'était senti mal dans la rue et se serait effondré si un jeune homme vigoureux n'était venu à son aide. Johann était une âme croyante et il considéra que la Providence le prenait en pitié – mais plus encore son maître, qui aurait été en bien mauvaise situation si Johann lui avait fait défaut sans avoir pu pourvoir à son remplacement. Bien sûr, il savait qu'à son arrivée à Berlin Hans n'avait eu personne pour s'occuper de lui ; mais vingt-cinq années s'étaient écoulées et si Kapper était encore jeune, comparé à Johann, il lui fallait absolument quelqu'un pour l'aider au quotidien.

Celui qui l'avait secouru se présenta : il se prénommait Dominik et travaillait dans une brasserie du centre, mais n'était pas heureux de ce poste. Johann accepta qu'il le raccompagnât et le questionna à tout propos, pour confirmer son intuition. Discrètement, il chercha à voir si Dominik accepterait la place et, surtout, s'il convenait. Au bout d'une demi-heure, il était convaincu de tenir le candidat idéal. Et, soulagé, il en avait informé Hans.

— Faites-le entrer, Johann.

Hans replia la dernière lettre que Raphael lui avait envoyée. Sur son bureau, une ébauche de réponse ; il la prit, y jeta un rapide coup d'œil avant de la rouler en boule et de la jeter. C'était décidé, il n'informerait pas les fugitifs du décès d'Alba Malcessati.

La porte se rouvrit et Johann revint, suivi par un jeune homme mince, aux cheveux sombres mi-longs et au port à la fois discret et déterminé. Tandis que le vieux domestique s'effaçait, son remplaçant s'avança de quelques pas et s'immobilisa. Un rien martial, songea Hans avec un sourire, mais belle allure. Un beau garçon, d'une beauté un peu rude, sauvage et sombre, qui devait plaire aux filles. Des muscles fins mais puissants, que l'on devinait sous les habits simples, propres et bien coupés.

— Comment t'appelles-tu ?

— Dominik. Dominik Müller.

— Allemand ?

— De Berlin, Monsieur. Je n'ai jamais quitté la ville.

— Instruction ?

— Suffisante. Je sais lire, écrire, calculer. Je peux faire la lecture, si Monsieur le souhaite. On dit que j'ai un certain talent pour cela.

— On ?

Dominik rosit.

— Des amies…

Hans éclata de rire.

— Et à part l'allemand ?

— L'anglais, Monsieur.

— L'italien ?

— Hélas non ; mais j'apprends vite.

— Je ne pense pas que ce sera nécessaire, reprit Hans en s'assombrissant.

Ce ne le serait plus, en tout cas. Alba morte, Raphael et Lætitia partis en Amérique, pourquoi envisager de retourner en Italie ? Cette idée tracassait Hans depuis qu'il avait reçu l'annonce de ce décès intrigant et frustrant.

— Bon. J'avais promis à Johann de lui faire confiance et j'ai l'impression que j'ai eu raison, une dernière fois. Il te donnera toutes les consignes. La règle principale : la discrétion et la confidentialité. Rien de ce que je te dirai ne doit être répété. À personne. Même pas à… tes amies. Pour ce qui concerne cet aspect, au demeurant, pas question de les amener ici.

Dominik s'inclina et Hans les congédia.

Il revint à ses papiers. La lettre de Raphael était rassurante ; les amoureux étaient arrivés à New York et y menaient une vie paisible. Était-ce, comme dans les contes, la fin de l'histoire ? La marâtre était morte, plus rien ne s'opposait au bonheur de ce couple. Demi-frère et demi-sœur, mais quelle importance puisque, à en croire ce que Lætitia avait confié à Raphael, l'accouchement du fils de Della Rocca avait été difficile et avait compromis sa fertilité, de manière définitive selon le médecin qui l'avait soignée ? De toute manière, l'histoire était pleine de ces incestes qui n'engendraient pas que des monstres.

Ces considérations étaient vaines et n'avaient d'autre fonction que de permettre à Hans de se détourner des idées sombres qui l'assaillaient. À commencer par celles liées à la mort d'Alba. Comment avait-elle su qu'ils étaient partis à New York ? Ce n'était pas lui qui l'avait mise au courant. Qu'elle eût été avertie de leurs retrouvailles et de leur fuite, rien de plus normal ; le comte Della Rocca devait l'en avoir informée. Dans ses plans, Hans s'était satisfait de l'idée d'une mère se rongeant les sangs dans son palais, de longues années durant, avec la certitude que son amant, par-delà la tombe, avait triomphé d'elle. Pour s'en assurer et s'en délecter, depuis que Pierre lui avait fait défaut – mais Pierre n'avait jamais été en mesure de surveiller Alba de près –, il avait recruté des espions. Mais quand on joue aux échecs, il faut accepter que l'adversaire déplace ses pièces sans demander notre avis.

Alba était restée cette femme déterminée, qui ne renonçait pas. Elle avait dû s'informer ; Hans n'en faisait-il pas autant depuis si longtemps ? Pourquoi serait-il le seul à recourir à des enquêteurs et à des espions ? Il était donc logique qu'Alba eût fini par découvrir l'endroit où résidaient les fugitifs, d'autant que Raphael n'avait pas choisi la discrétion et s'était installé avec Lætitia, comme mari et femme, sous son propre nom, malgré le conseil donné par Hans de changer d'identité. C'était une erreur, sans doute, mais le jeune homme n'était pas prêt à plonger dans la clandestinité ; il venait seulement de se découvrir victime d'un chantage et ne pensait qu'à se sauver et retrouver son amour.

Mais surtout, Alba était morte… La nouvelle avait stupéfié Hans et l'avait laissé accablé. Il avait cherché à se ressaisir, à se moquer de lui : n'était-ce pas ce qu'il avait cherché toutes ces années durant ? La vengeance ! Elle était venue, cette heure à laquelle sa vie avait tenu, autour de laquelle toutes ses pensées, tous ses gestes s'étaient organisés. Regrettait-il de n'avoir pas été l'artisan de cette mort ? Non. Elle le laissait comme veuf de sa haine, de sa rage. Avait-il espéré nourrir ses dernières années du dépit d'une femme défaite, solitaire dans son palais, ressassant ses échecs et redoutant le coup fatal venu d'outre-tombe la punir de ses fautes ? Sans doute oui, quelque chose de cette sorte… Un dessein qui aurait reculé de quelques années l'impression de vacuité absolue dans laquelle il se retrouvait.

Quand il avait appris le départ d'Alba pour Liverpool et, de là, pour New York, il n'avait pas réagi assez vite à la demande de son espion, lequel n'avait pu embarquer sur le même bateau qu'elle, mais sur le suivant. L'homme en avait été quitte pour recueillir à son arrivée à New York l'annonce du décès et avait fait le voyage de retour sur le même bateau que le cercueil. Lui-même avait failli la suivre ; mais à quoi bon ? Raphael ne lui avait pas encore écrit, il ignorait à quelle adresse il pouvait le joindre et l'avertir du danger qui faisait route. Il s'était retrouvé contraint à attendre, impuissant, et avait ruminé de longs jours. Cela lui avait du moins permis d'envisager toutes les éventualités.

Car il y avait une autre explication au départ d'Alba : le maître chanteur qui avait accusé Raphael du meurtre de ses parents.

De qui pouvait-il s'agir ? Le premier nom qui était venu à son esprit : Giancarlo. Mais Giancarlo était mort, et Hans était bien placé pour savoir qu'un mort ne peut rien. Seuls les vivants pouvaient feindre ce rôle. Si Giancarlo avait voulu se venger d'Alba, il n'aurait pas attendu ; il aurait pu aussi bien éliminer le bâtard, ou le confier à des paysans miséreux. Il aurait répudié Alba ou l'aurait traitée de telle manière qu'elle se serait sauvée, ou en serait morte. Au contraire, il avait veillé à ce que Raphael soit adopté par une famille riche, avait toléré une femme infidèle jusqu'à la fin de sa vie et accepté un second enfant dont il n'était pas le père. Pierre avait été formel durant toutes ces années ; c'était désormais l'indifférence qui réglait l'attitude de Giancarlo à l'égard de son épouse. Il l'avait trompée aussi longtemps que ces fredaines l'avaient distrait. Quelques années avant sa mort, il aurait été vu à Rome en compagnie d'une très jeune fille et Hans en avait conclu que le bougre en était réduit à payer des prostituées.

Décidément non, Giancarlo ne pouvait pas être derrière ces machinations.

La meilleure manière de comprendre le monde n'était-elle pas de s'observer ? Hans songea qu'il n'était peut-être pas le seul amant trahi, désireux de se venger. Ce qu'Alba lui avait fait, elle pouvait l'avoir répété avec un autre. Différemment peut-être, sans chercher à l'assassiner – avait-elle d'ailleurs eu véritablement le dessein de le tuer, lors de cette balade équestre ? Pourquoi le père naturel de Lætitia n'aurait-il pas forgé un projet similaire à celui de Hans ? Ou un autre amant ? À en croire Pierre, la liste des suspects était longue…

Mais le pire scénario n'était pas encore celui-là. Au plus profond de sa nuit, les yeux grands ouverts, Hans avait envisagé la dernière hypothèse, la plus terrible : que Raphael ne fût pas celui qu'il croyait, le garçon doux et cultivé. Qu'à l'insu de ses proches, croisement effroyable de cette violence que Hans reconnaissait en lui-même et de cette farouche volonté de sa mère, le jeune homme se fût joué de tous, depuis des années. Qu'il eût conçu ce plan pour se venger d'une mère qui l'avait abandonné et que, pour ce faire, il n'eût pas reculé devant le meurtre de ces braves gens qui l'avaient accueilli comme un fils, puis celui d'une femme désespérée, partie sans hésiter sauver sa fille des mains d'un monstre.

Cette effroyable hypothèse, Hans passa des heures à tenter de la réfuter. Mais elle gisait toujours, derrière ses pensées les plus anodines, tel un cancer assoupi. Et la visite qu'il avait reçue, deux jours après l'annonce de la mort d'Alba, avait ravivé ses plus folles inquiétudes.

Le rôle qu'il jouait depuis son arrivée à Berlin l'avait habitué à tout contrôler. Après que Raphael l'eut mis au courant des accusations proférées par le maître chanteur, Hans avait mandaté un enquêteur privé et lui avait demandé de vérifier, le plus discrètement possible, l'accusation de meurtre à l'encontre des von Rüwich. L'homme était venu présenter les résultats de ses investigations. Il avait pu mettre la main sur l'épave du véhicule et l'avait soigneusement inspectée. Il était formel : sabotage. Du beau travail, avait-il précisé, que la police n'avait pas vu, sans doute parce qu'elle n'avait pas envisagé la possibilité du meurtre. Il avait demandé à son client s'il souhaitait qu'on en informât les autorités ; Hans lui avait tendu une liasse de billets et l'en avait dissuadé. Il se chargerait de le faire en temps opportun.

Que ce fût Raphael ou un autre, cette information prouvait du moins la détermination de celui qui s'était engagé dans une partie que Hans avait eu l'innocence de croire solitaire. Maintenant qu'Alba était morte, le jeu était fini pour son ancien amant ; mais un autre débutait, où il lui fallait devenir soit le justicier à l'encontre de son propre fils, soit son sauveur contre un ennemi invisible. Ce n'était pas prévu, ce n'était pas inscrit dans le dessein de l'amant vengeur…

Alors, quand il avait enfin eu entre les mains l'adresse de Raphael, il avait jeté le brouillon de lettre dans lequel il l'avertissait de l'arrivée prochaine d'Alba. Dans la réponse qu'il envoya quelques jours plus tard, il se contenta d'aborder les détails des dernières ventes et du transfert des fonds en Amérique, et se réjouit de savoir les deux amoureux heureux et enfin sereins.

Atanasio avait rapidement été accepté par Wolfgang, ou plutôt Dominik par Hans. Le jeune homme avait conservé son logement dans les quartiers populaires, même s'il logeait désormais dans l'hôtel privé de son nouveau « maître » – mais qui commandait véritablement à l'autre ? se répétait-il avec ironie lorsqu'un ordre de Hans l'irritait. Il n'avait pas renoncé à cette retraite où il recevait les courriers en provenance de New York, transmis par le détective chargé de surveiller le couple et payé pour envoyer un rapport hebdomadaire. Toutes ces nouvelles avaient évidemment un retard d'au moins quinze jours, mais Atanasio n'avait pas besoin d'une surveillance plus rapprochée aussi longtemps que les tourtereaux se croyaient à l'abri et menaient l'existence banale des gens riches et heureux.

Il avait été curieux de découvrir Hans de plus près. L'infirmité de ce dernier laissait à son domestique tout loisir pour fouiller dans ses tiroirs et parcourir ses documents. Mais Hans était à l'évidence un homme prudent et Atanasio n'apprit pas grand-chose de plus que ce que don Carlo lui avait révélé dans sa lettre d'adieu.

Du moins cette place lui permettait-elle aussi de lire les courriers envoyés par Raphael et de contrôler la pertinence des informations envoyées par son espion. Ces longues lettres, remplies de détails superflus, étaient une épreuve pour lui ; il haïssait l'arrogante banalité dont elles étaient l'expression suffisante et prétentieuse. Plus encore, il ne supportait pas les descriptions enflammées de cette jeune femme dont Raphael, tel un troubadour médiéval, chantait la beauté et les louanges à longueur de pages. Il imaginait que Hans était heureux, lui aussi, ravi de voir son fils comblé : argent, amour, position. Car la vie new-yorkaise lui réussissait ; les von Rüwich s'étaient parfaitement adaptés à la jeune société américaine pour qui le passé était une faiblesse. Ce qui transparaissait entre les lignes, c'était un monde où le seul critère de réussite était l'argent et la capacité d'apprécier – au moins en apparence – les spectacles qui se multipliaient.

Raphael et Lætitia étaient arrivés au paradis et étaient décidés à y rester jusqu'à ce que la mort les séparât. Les quelques mentions à propos du vaste continent qui s'étendait vers l'Ouest, encore infesté de sauvages et de terres inexplorées, manifestaient assez que Raphael n'avait pas l'âme d'un pionnier et qu'il laissait à d'autres fous le soin de civiliser ce pays immense.

Atanasio les laissa s'enraciner dans leurs certitudes et l'aisance durant quelques mois. Avec Hans, il entretenait des relations assez distantes, même si, de semaine en semaine, l'infirme semblait l'apprécier toujours davantage.

Enfin, il estima que la situation était mûre pour évoluer. Il se rendit dans son repaire et écrivit une nouvelle lettre adressée à Raphael, qu'il scella dans une première enveloppe. Il la glissa ensuite dans une seconde destinée au détective, accompagnée d'un mot lui demandant d'aller déposer le pli joint dans la boîte aux lettres indiquée, sans se faire remarquer. Il fallait que Raphael sentît la présence de celui qui le poursuivait et surgissait pour menacer son bonheur. Atanasio posta le tout et attendit de connaître les résultats de cette manœuvre, même s'il ne doutait pas de son succès.

Alors que Hans recevait toutes les semaines un courrier en provenance de New York, cette correspondance s'interrompit. Les premiers jours, Hans ne marqua pas d'inquiétude. Puis, Atanasio nota une nervosité grandissante. Après une autre semaine, il osa s'inquiéter : quelque chose dérangeait-il Monsieur ? Pouvait-il l'aider en quoi que ce soit ? Hans hésita mais répondit que ce n'était rien.

Atanasio savait que son stratagème avait réussi : Raphael et Lætitia avaient quitté précipitamment New York, sans prévenir personne ni même prendre le temps de vendre la magnifique demeure dans laquelle ils s'étaient installés. Ils n'avaient évidemment pas laissé d'adresse derrière eux ; une enquête auprès des gens qu'ils avaient coutume de fréquenter confirma que personne n'avait reçu de leurs nouvelles, ce qui ne manqua pas de choquer cette bonne société, habituée à des mœurs plus civilisées. On supposa qu'ils avaient été attirés par l'aventure de l'Ouest, voire de l'or, et on les effaça des souvenirs et des conversations ; New York s'édifiait avec ceux qui restaient et avaient compris, ou du moins décidé, que la véritable capitale de ce pays en construction était là, et nulle part ailleurs.

Après trois semaines, aucune lettre n'était encore arrivée et Hans ne masquait plus son inquiétude.

— Monsieur est-il certain que je ne puis rien faire pour lui ?

— J'attends du courrier, Dominik. Tu ne peux pas l'écrire à la place de son auteur.

— Un Américain ?

Hans le dévisagea en fronçant les sourcils.

— Comment le sais-tu ?

— Monsieur reçoit chaque semaine une enveloppe en provenance de New York. Or, cela fait plus de vingt jours…

Hans hocha la tête.

— Exact. Ce sont de jeunes amis qui sont partis tenter l'aventure… Comme tu le sais, j'ai peu d'amis dans cette ville. Je tiens beaucoup à ces jeunes gens et ce silence, c'est vrai, m'inquiète.

— Les communications transatlantiques sont souvent capricieuses, dit-on.

— Sans doute.

Atanasio, lui, n'était pas anxieux. Il se délectait, au contraire, en imaginant les amoureux sur les routes, en quête d'un nouvel asile. À ce stade, sans doute trouveraient-ils quelque chose de semblable à ce qu'ils avaient connu à New York ; mais ce serait comme quitter Berlin pour s'installer dans la campagne bavaroise, ou Rome pour Pienza. Si Atanasio détestait toujours autant les villes, il avait compris que ceux qui étaient nés citadins ne supportaient pas l'exil champêtre, et que les élus des grandes cités souffraient toujours de devenir provinciaux. Dès qu'ils l'avaient pu, libérés par la mort du pontife, les cardinaux avaient abandonné Pienza pour rentrer à Rome. Toutes les leçons livresques et théoriques de Ludovico avaient trouvé, en quelques mois, leur confirmation dans l'expérience qu'Atanasio développait de la vie urbaine et sociale ; l'éducation que don Carlo lui avait offerte était la meilleure possible. Mais il convenait de passer des livres à la vie, et le temps s'était accéléré.

Il fallut attendre encore huit jours avant qu'une enveloppe arrivât enfin. Atanasio s'amusait de voir l'angoisse de Hans croître, sous l'effet d'une double infirmité : celle qui le clouait sur sa chaise, et celle de l'ignorance. Il porta sans délai le courrier et Hans l'accueillit avec un cri de soulagement.

— J'espère que Monsieur sera rassuré, lui dit-il en lui tendant le plateau sur lequel il avait posé l'enveloppe.

— Merci Dominik ! Laisse-moi, je te prie…

Il quitta le bureau après s'être incliné ; il aurait tout loisir de prendre connaissance de cette missive plus tard et se réjouissait d'en deviner le contenu aux réactions de son destinataire.

Il ne revit pas Hans avant le repas, qu'il lui servit comme à l'accoutumée. L'infirme était grave et songeur.

— Monsieur a-t-il reçu de bonnes nouvelles ? questionna Dominik innocemment.

Hans ne répondit pas, sinon d'un vague mouvement de la main.

Pendant la sieste du maître, Atanasio se glissa dans le bureau. La lettre était toujours posée sur la tablette de bois ; il s'assit dans le grand fauteuil en cuir, posa les pieds sur le meuble et, comme dans son salon, entreprit de la lire, avec un large sourire.

Très cher Hans,

Je te prie d'excuser ce trop long silence, mais les événements vécus ces dernières semaines m'ont empêché de t'écrire, et je ne voulais pas le faire tant que je ne pourrais pas te donner des nouvelles rassurantes.

C'est désormais possible et je peux t'avouer que je n'espérais pas pouvoir y aboutir si vite. Mais il est vrai, ainsi que tu me l'avais dit, que l'argent est un puissant adjuvant, et je ne te remercierai jamais assez des sages conseils que tu m'as prodigués.

J'aurais dû d'ailleurs t'écouter et accepter de perdre mon identité pour me cacher sous une autre. Qu'est-ce qu'un nom, dans le fond ? Lætitia et moi nous appelons désormais Maria et Carl Berliner. J'ai dû approcher des individus peu recommandables pour me procurer cette nouvelle identité, mais dans ce pays, tout est possible et incroyablement facile – du moins, encore, pour ceux qui en ont les moyens.

Avant de t'en dire davantage sur notre nouvelle localisation, je dois t'expliquer pourquoi nous avons dû quitter New York précipitamment. Tu seras le seul à le savoir ; je n'ai pas dit la vérité à Lætitia, mais je lui ai fait croire que sa mère avait retrouvé notre trace et qu'il nous fallait rompre définitivement le fil maudit qui nous reliait à elle. Je suis morfondu de devoir lui mentir, mais je n'ai pas le cœur de l'inquiéter plus encore en lui révélant qu'un inconnu me poursuit et semble déterminé à ruiner mon bonheur, pour des raisons que je ne parviens pas à imaginer.

J'ai donc reçu un courrier anonyme, tombé dans notre boîte aux lettres new-yorkaise et que, par chance, j'ai découvert avant Lætitia. Je l'ai détruit aussitôt mais tu en devineras le contenu : la même main m'avertissait qu'elle n'ignorait rien de notre fuite et de notre nouvelle adresse. Elle précisait que tous mes actes, depuis la réception de son premier courrier, étaient autant de preuves de ma culpabilité : la vente précipitée de mes biens – qui fait de toi mon complice, précise l'infâme –, l'enlèvement de Lætitia malgré son mariage et la naissance de son fils, le départ pour New York, tout cela confirmera aux yeux des juges la réalité de mon crime. Le maître chanteur promettait de me dénoncer à la justice américaine, laquelle ne serait pas moins impitoyable que l'allemande, ou de trouver le moyen de me ramener à Berlin, pieds et mains liés, pour que j'y sois jugé et condamné.

Puis-je t'avouer qu'en lisant ces lignes, j'ai ressenti le plus vif désespoir ? J'ai pensé un moment abandonner, rentrer et affronter mes juges. Je suis innocent ! Mais la grâce de Lætitia, sa joie insouciante, le bonheur si éclatant qu'elle exhale depuis que nous nous sommes retrouvés, les mille plaisirs qu'elle m'offre jour après jour, heure après heure, m'en ont dissuadé et m'ont résolu à agir sans tarder, avec détermination.

Nous nous sommes installés en Pennsylvanie. La civilisation s'y est solidement implantée et nous vivons dans une magnifique demeure, que l'on appelle ici Mansion et que la bonne société locale a déjà associée à notre nouveau nom : c'est désormais la Berliner Mansion. Je n'ai pas le cœur aujourd'hui de t'en donner une description précise ; sache juste qu'elle est vaste, claire, au milieu d'un parc immense, à l'échelle de ce pays, sans doute même plus confortable que notre demeure new-yorkaise, à cette différence que la vie y est moins intéressante. Finis les concerts et les spectacles qui faisaient la joie de Lætitia. J'ai commandé un Steinway qui est arrivé hier et elle se console en jouant des heures durant, pour notre plus grand plaisir. Quand je dis qu'elle se console, c'est d'ailleurs une faute : elle n'a marqué aucun chagrin, juste l'inquiétude de deviner l'ombre de sa mère. Avant de partir, elle m'avait demandé si je ne croyais pas qu'il serait préférable de l'affronter et de lui faire voir combien nous nous aimions et combien nous étions heureux. La candeur innocente de cette proposition m'a un moment désarçonné par son évidence ; mais je ne pouvais évidemment y souscrire, puisque ce n'est pas de sa mère qu'il s'agit. J'ai donc argumenté et elle s'est rangée immédiatement à mon avis. Depuis que je l'ai retrouvée en Toscane, elle se fie totalement à moi ; j'en suis à la fois ravi et angoissé, car rien peut-être n'est plus lourd à porter que la responsabilité du bonheur d'autrui.

Je m'inquiète aussi pour toi, Hans. Que cet inconnu t'ait mentionné dans sa lettre me laisse craindre qu'il s'en prendra à toi. Qu'il construise une nouvelle fable qui ferait de toi le complice d'un crime que je n'ai pas commis, et le seul à devoir en rendre compte, puisque tu restes à Berlin. Mais peut-être est-ce une exagération de mon esprit inquiet ; tu as toujours été si avisé que je ne doute pas que tu prendras les mesures que tu jugeras nécessaires. Je te prie juste de ne pas tarder à m'écrire pour me rassurer, en te suppliant une fois encore de ne pas me faire grief de ce trop long silence.

Tu m'as offert d'être l'homme le plus heureux qui soit, Hans. Sois-en à jamais remercié. Je sais, je te l'ai déjà écrit cent fois ; vois dans cette répétition une preuve supplémentaire de la dette irremboursable que j'ai contractée envers toi.

Lætitia ne manque jamais de me demander de tes nouvelles et de t'adresser ses baisers les plus affectueux. Elle aussi sait, en partie du moins, tout ce que nous te devons ; et cette partie suffit à faire d'elle ton autre débitrice éternelle.

Je t'embrasse, mon seul, mon unique ami, et me mets dès cet instant à attendre ta réponse avec impatience,

Ton Raphael, car il faut bien qu'une personne au moins, en plus de Lætitia, se souvienne de ce prénom.

Atanasio avait ri à plusieurs reprises durant sa lecture. Rien ne lui semblait plus ridicule que ces niaiseries. Ce Raphael était un sot, élevé comme un fils de roi promis aux profits du règne sans aucune de ses obligations.

Il disposait à présent de l'adresse des fugitifs. Cette fois, il était décidé à frapper plus vite, et plus fort. Don Carlo lui avait laissé le choix des armes pour la mise à mort des deux jeunes gens. Même si, au départ, il s'y refusait, l'idée de voir Raphael pendu par la justice américaine, que l'on disait assez expéditive, l'avait petit à petit séduit. Un procès prenait un peu de temps ; cela provoquerait sans doute le départ de Hans, à moins que ce dernier, effrayé par la lecture de la lettre, ne décidât de partir sans délai. Atanasio se tenait prêt à toute éventualité.

Il passa une partie de la nuit à écrire différentes lettres, qu'il expédia dès le lendemain à son enquêteur new-yorkais.

Hans ne décida pas de partir sur-le-champ pour l'Amérique, mais il se renseigna sur les différentes compagnies. Son choix, au cas où il s'y résoudrait, se porta sur la même compagnie qu'Alba : la Collins était la seule à offrir des conditions de confort adaptées à son handicap. Ce serait déjà assez éprouvant, même avec l'assistance de Dominik.

Il reçut une série de lettres en provenance de la Berliner Mansion, toutes rassurantes. La vie insouciante avait repris et le bonheur serein du jeune couple s'était rétabli. La société locale était agréable, bien que Raphael la jugeât plus guindée et rigoriste qu'à New York. Il leur fallait ici assister à la messe dominicale et les manifestations publiques de tendresse dont ils étaient friands avaient dû être bannies. Ils se consolaient en sortant moins. Raphael ne tarissait pas de louanges sur l'excellence du caractère de sa femme, son intelligence, sa culture. Il s'émerveillait aussi de l'absolue connivence entre eux, et Raphael remerciait sans fin Hans qui, sans le savoir, l'avait préparé et cultivé, comme un champ patiemment labouré et fertilisé.

De lettre en lettre, on put cependant deviner quelques tensions naissantes avec certains membres de la communauté. La beauté de Lætitia devait susciter des convoitises, et le bonheur de Raphael des jalousies que l'aveuglement narcissique des amants ne pouvait qu'exacerber à la longue. Les rapports qu'Atanasio recevait tout aussi régulièrement le confirmaient : la suffisance de Carl Berliner lui valait d'ores et déjà de solides inimitiés. Atanasio avait veillé à les entretenir et à les faire croître, en particulier celle qui lui semblait la plus prometteuse, avec le juge local.

Raphael le mentionnait parfois dans ses lettres, pour le railler. Hans lui avait répondu de ménager un homme qui occupait une telle fonction. Raphael l'avait rassuré : il n'oubliait pas la menace à laquelle il avait échappé.

Atanasio ne se faisait cependant pas trop d'illusions sur la volonté qu'un juge provincial, au cœur de la Pennsylvanie, manifesterait pour poursuivre une enquête sur des faits survenus en Allemagne. Tout au plus les informations partielles qu'il lui fit parvenir discrètement, par l'entremise de son détective, avaient-elles pour objet d'alimenter la suspicion et l'hostilité de ce juge – que son contact lui décrivait comme un individu borné, pétri de principes religieux, très susceptible sur les marques de déférence et le petit pouvoir que lui conférait son titre dans son coin de terre. Il avait ainsi appris avec satisfaction que le juge avait savouré l'information selon laquelle les nouveaux arrivants, dont le bonheur menaçait l'équilibre de la communauté, avaient un secret à cacher, sans doute peu avouable. Pour ce faire, il avait suffi à son homme de se retrouver incidemment au bar en même temps que le juge – ce n'était pas compliqué, car il était un habitué des lieux –, d'amener la conversation sur le jeune couple et, profitant de l'ivresse du magistrat, de glisser l'accusation sans avoir à l'étayer grandement… Le mycélium semé en Pennsylvanie ne pouvait que faire éclore une amanite vénéneuse.

Atanasio avait toutefois oublié un élément déterminant dans cette genèse végétale : le hasard et l'imprévisible. Il fut cette fois encore le premier averti de l'évolution des événements, mais découvrit aussi l'impuissance qui, associée à un savoir incomplet, n'en est que plus insupportable.

Le courrier qu'il avait reçu de son informateur était rédigé sans fioritures et se contentait d'énoncer les faits tels qu'ils avaient été recueillis le plus fidèlement possible.

Tout s'était d'abord déroulé comme l'espérait Atanasio. L'hostilité du juge à l'égard de Raphael avait trouvé dans la rumeur judicieusement transmise un aliment de choix. L'homme de loi s'était d'abord contenté de quelques allusions perfides lancées en public, qui avaient suscité des réactions agressives de la part de sa cible. Chaque fois, on avait vu sa jeune épouse tenter de le calmer ; mais au fil des jours, l'irascibilité du nouveau venu grandit, ternissant son image d'homme avenant et agréable. Même Lætitia paraissait affectée par cette transformation, et on avait surpris le couple échangeant en aparté des propos courroucés. L'homme de main d'Atanasio avait jugé qu'il était temps de mettre en application l'étape suivante d'un plan pour lequel la somme offerte – et payée – suffisait à faire taire tout scrupule éventuel. Au terme d'une soirée publique où Raphael avait bu plus que de raison, le juge, également ivre et préalablement excité par un complice, l'avait à nouveau pris à partie, demandant devant l'assistance médusée si l'honorable Carl Berliner aurait un jour l'honnêteté de faire connaître à ses amis sa véritable identité et la nature incestueuse de ses rapports avec Lætitia. Les deux hommes en étaient venus aux mains et avaient dû être séparés. Choquée par ce comportement et plus encore effarée par l'horrible accusation, Lætitia avait refusé de raccompagner son mari chez eux et était allée dormir chez une amie. Penaud et honteux, Raphael était rentré seul.

Atanasio s'amusa de ce détail : la première dispute entre les amants, en même temps que le dévoilement de l'ignominie de leurs relations. Cela donnait un piment fort agréable à son plan.

Dans la nuit, le juge avait été assassiné par un homme dont la silhouette ressemblait étrangement à celle de Raphael. La veuve, pourtant myope, jura l'avoir reconnu. Il n'en fallut pas plus pour qu'une troupe armée vînt l'arrêter, trop heureuse qu'il ne se fût pas enfui. On prit d'ailleurs le fait qu'il feignît de dormir au moment où le shérif tambourinait à la porte de la Mansion comme l'aveu à la fois de son crime et de son arrogance. Aucun alibi pour sa défense, pas même sa tendre épouse – dont le témoignage aurait été refusé de toute manière ; l'affaire était mal emmanchée.

Le rapport poursuivait et décrivait le désespoir de la jeune femme. Elle n'avait pas cru un instant en la culpabilité de son amant et paraissait avoir surmonté l'horreur de l'accusation d'inceste. Elle s'était en tout cas démenée pour lui trouver un avocat, ce qui n'avait pas été simple. Un nouveau juge avait été dépêché ; nul n'aurait supporté que l'on traînât pour faire justice. Exactement ce qu'avait prévu Atanasio. Pour la centième fois, il savoura les images qu'il s'était construites dès que l'idée lui en était venue : les exécutions américaines étaient à la fois sommaires et spectaculaires. Il avait trouvé des gravures représentant des gibets, ces impressionnantes constructions de bois qui permettaient à la foule de ne rien rater. Le condamné auquel le prêtre présentait la croix, puis que le bourreau coiffait d'un sac grossier, sous lequel on devait suffoquer ; l'épaisse corde au nœud horrible passée autour du cou ; le silence ; l'ordre donné, la manette actionnée par l'auxiliaire de la justice ; le corps qui basculait dans le vide, le cri de la foule, le craquement des vertèbres quand le condamné avait de la chance ; dans le cas contraire, les soubresauts et les contractions, tout au long d'une lente et épouvantable asphyxie ; et pour finir le balancement du cadavre, sous les yeux horrifiés de la veuve.

Mais il y avait eu un grain de sable dans cette belle machinerie, un accroc, un imprévu qui s'appelait Lætitia.

Le rapport s'achevait sur quelques lignes dont la sécheresse s'expliquait en partie par l'ignorance relative de l'informateur par rapport à des événements dont il n'avait été qu'un spectateur, et non plus un instigateur. Le procès s'était déroulé comme prévu : expéditif et sans pitié. Raphael, alias Carl Berliner, quel que fût son nom, était coupable du meurtre commis sur l'honorable juge et, pour cela, méritait d'être « pendu haut et court », selon l'expression consacrée, et sans délai. Dès le lendemain, on édifia le gibet. Mais l'épouse du meurtrier ne se résolvait ni à la culpabilité ni à la condamnation.

Courageuse et déterminée, chargée d'une importante somme d'argent, elle contacta des aventuriers – il n'en manquait jamais dans ce pays – et les convainquit de libérer le prisonnier par la force, la veille de son exécution. L'opération avait été préparée de manière magistrale par la jeune femme, et sans que personne se doutât de rien. Quand tout le monde la croyait recluse dans sa demeure, priant et pleurant, elle rejoignit la petite troupe recrutée à prix d'or et l'accompagna dans une attaque qui fut une réussite éclatante – on déplora anecdotiquement la mort d'un garde innocent, mais dont c'était le métier de prendre ce genre de risque. La bande avait accompagné les Berliner puis avait été dissoute. Les fugitifs avaient disparu sans laisser de trace. L'informateur supposait qu'ils avaient pris les routes de l'Ouest, où la justice de l'Est policé ne pourrait les rattraper et où, comme tant d'autres, ils pourraient se refaire une honnêteté, à défaut d'une respectabilité, car comment être respectable dans des terres privées de civilisation ?

Atanasio bondit sur ses pieds et jura. Quelle peste ! De quel droit s'était-elle permis de contrecarrer un plan si parfait ? Il ragea durant de longues minutes puis se contraignit au calme. Aucune décision valable ne pouvait être prise sous le coup de la colère et rien ne nuisait tant à la réflexion que les émotions. Iago se laissait-il jamais désarçonner par les surprises ? Même quand Emilia, sa propre épouse, l'accusait aux yeux de tous, il gardait son sang-froid et la frappait, sans hésiter.

Le calme revint. Tout bien pesé, cette péripétie ne manquait pas de sel et lui rappelait qu'il avait eu raison de décider, d'abord, de ne déléguer à personne le soin d'appliquer la sentence prévue par don Carlo. La témérité de Lætitia les précipitait tous deux dans des dangers auxquels leur délicate éducation ne les avait pas préparés. Les tourments qu'ils allaient affronter étaient infinis, à commencer par la précarité, les conditions climatiques extrêmes, les animaux et les humains hostiles, l'épuisement, la faim, la soif… Chacun de ces maux était une consolation pour Atanasio. Il se berça longtemps de cette liste macabre, avant de se redresser et de sourire. À la peur, s'ajoutait la perte : c'en était fini de la belle vie insouciante, du luxe, des plaisirs civilisés. Raphael et Lætitia s'étaient engagés sur une pente vertigineuse sans autre issue que la mort.

Un seul point chagrinait encore Atanasio : il ne pouvait rien faire tant que Hans ne serait pas averti de la situation. Alors, il déciderait très probablement de se précipiter à la rescousse de ses amis ; Atanasio avait trouvé la documentation récoltée par l'infirme sur les transports maritimes pour l'Amérique. Cette lettre pouvait mettre des mois pour arriver ; Raphael attendrait-il, comme il l'avait fait après avoir quitté New York, d'être à l'abri pour écrire ? Trouverait-il même le moyen d'envoyer sa lettre ? Autre chose pourrait déterminer Hans à partir : un silence trop long. Combien de temps lui faudrait-il avant de s'alarmer ? Plus ou moins longtemps que pour l'épisode précédent ?

Cela faisait un mois que Hans n'avait plus reçu la moindre nouvelle de Raphael. Comme il ignorait ce qu'il se passait en Pennsylvanie, il s'était interdit d'envoyer une nouvelle lettre ; dans quelles mains pouvait-elle tomber si les deux jeunes gens avaient dû fuir à nouveau ? Mais la première expérience rendait celle-ci plus éprouvante, car elle réduisait les hypothèses. Le maître chanteur, d'une manière ou d'une autre, avait retrouvé leur trace et les avait à nouveau menacés. Jusqu'où irait ce monstre ?

Restait la possibilité que Raphael fût ce monstre. Hans n'avait pas encore trouvé l'argument définitif pour l'écarter.

Il n'avait guère de loisir pour distraire son angoisse ; la duchesse avait été très affectée par la mort de son cousin et par les événements récents. Si le projet matrimonial l'avait distraite et avait ravivé son énergie, son échec l'avait accablée. Hans avait continué à lui rendre visite, parce qu'elle restait malgré tout une source d'informations, mais aussi parce qu'au fil du temps, et à son insu, une forme d'affection s'était développée envers cette vieille excentrique. Il se morigénait : il devenait décidément sentimental. Mais avec la mort des von Rüwich et le départ de Raphael, Hans s'était retrouvé misérablement solitaire. Et la mort d'Alba avait entamé un processus inexorable, au terme duquel, il le savait, apparaîtrait l'inanité de ses choix passés. À cinquante-trois ans, il se sentait un vieillard.

La duchesse avait demandé qu'il la tînt informée mais Hans avait dû se résigner : elle ne l'écoutait pas, ou si peu. De jour en jour, il devait répéter ce qu'il avait rapporté la veille. Elle confondait les dates, les lieux et bientôt les personnes. Vint le moment où elle l'appela du prénom de son défunt mari ; à dater de là, Hans espaça ses visites. S'il se déplaçait encore, c'était pour retrouver, quelques longues minutes, un fantôme avachi dans un fauteuil, confié à la garde d'une brave fille un peu simple d'esprit.

Dominik aurait pu être un confident, mais Hans ne le connaissait pas suffisamment. Il s'était habitué à Johann au fil de ces années, mais ne lui avait jamais rien confié ; et son remplaçant, s'il était au moins aussi efficace et dévoué, voire davantage, avait dans son comportement quelque chose de guindé qui maintenait une distance. Sans doute était-ce dû à son jeune âge ; avec le temps, le contact s'assouplirait, mais Hans n'était pas sûr que ce temps leur serait accordé.

C'était insupportable, cette attente, ce silence. Hans avait perdu du poids, ne dormait plus sinon par petites périodes. Où était-il, l'amant furieux et déterminé à se venger ? Tout était consommé, et il était le plus malheureux des hommes, réduit à l'impotence ultime du corps, de l'action et du cœur. Seul son esprit errait, et c'était une souffrance de plus. Une souffrance de trop.

Il n'en pouvait plus. Il agita la clochette et, quelques instants plus tard, Dominik frappait à la porte.

— Monsieur ?

— Prépare nos valises, nous partons !

Alors qu'il prononçait ces mots, Hans ressentit, pour la première fois depuis des semaines, une vague de bien-être.

— Bien, Monsieur. Et où partons-nous ? Pour combien de temps ?

— En Pennsylvanie.

Le domestique parut surpris.

— En Pennsylvanie ? Où cela se trouve-t-il, Monsieur ?

— En Amérique, Dominik ! Tiens, contacte cette compagnie (il lui tendit un document) et réserve deux cabines en première classe. Nous devons d'abord nous rendre à Liverpool.

Dominik prit le document, y jeta un œil et se raidit.

— Ce sera fait.

Il avait donc fallu quatre semaines à l'infirme pour se décider. À défaut d'une lettre de Raphael, il n'avait de fait pas d'autre solution que de se rendre d'abord à la Berliner Mansion, dans l'espoir d'y retrouver les jeunes gens ou du moins d'y glaner les informations manquantes. Atanasio rageait de ne pouvoir l'éclairer ; ce détour serait une perte de temps. Il avait mis à profit cette longue attente pour se renseigner sur les moyens de transport américains. Si, comme il le pensait, Raphael et Lætitia se dirigeaient vers la Californie, il était inutile de les suivre ; dans son état, Hans serait incapable d'entreprendre la traversée du continent par route terrestre. Le réseau ferroviaire était incomplet : il était illusoire de chercher à aller plus loin que Pittsburgh, soit à peine un sixième de la route. Il fallait ensuite se rabattre sur des diligences et subir la chaleur torride du désert et les attaques d'Indiens.

La seule option réaliste était déjà diablement difficile : descendre en bateau à vapeur jusqu'au Panama, où il fallait franchir les cinquante miles de l'isthme, en train et en mule, à travers des territoires très relativement hospitaliers où l'on risquait de rencontrer des brigands, des singes chapardeurs et des maladies tropicales. Il fallait ensuite reprendre un bateau, sur un océan autrement chahuté, et remonter jusqu'à San Francisco, horizon de tous les émigrants atteints par la fièvre de l'or que l'on était censé trouver à foison dans ce nouvel eldorado. Cette partie du trajet à elle seule durait entre deux et trois mois, mais ce n'était rien comparé à la dernière option : les neuf mois que prenait le bateau de New York à San Francisco, en passant par le cap Horn et ses tempêtes épouvantables.

Mais Atanasio n'avait pas le choix. Qui sait, d'ailleurs, peut-être trouveraient-ils en Pennsylvanie des informations qui leur éviteraient cette effroyable odyssée ? C'était peu crédible ; le détective avait poursuivi ses recherches mais s'était avoué impuissant. De toute manière, ce qu'il ne pouvait maîtriser, Atanasio avait appris à l'accepter et à chercher le moyen d'en profiter.

Il réserva leurs places à bord d'un bâtiment de la Collins, le *SS Baltic*, dont le départ était prévu dans une semaine, de Liverpool. Même si le déguisement de John réduisait les risques que quelqu'un le reconnût à bord, il préférait ne pas remonter sur l'*Artic*. Pour le reste, il leur faudrait improviser à leur arrivée à

New York ; il était trop tard pour effectuer la moindre réservation. Mais il ne souhaitait pas inquiéter Hans ni le faire revenir sur sa décision.

Dans ses valises, il déposa les portraits et la fiole. Il avait défait la doublure de sa veste ; il y glissa la double enveloppe et recousit l'étoffe.

Deux jours plus tard, on chargeait la voiture qui allait les conduire jusqu'au port anglais. Hans s'était occupé de donner son congé au personnel qui travaillait pour lui : une cuisinière dont il ignorait le prénom et des servantes qu'il n'avait jamais regardées. Il ne maintenait qu'un homme pour surveiller la maison, l'entretenir et, surtout, faire suivre le courrier qui arriverait d'Amérique, d'abord à la poste centrale de New York. Une fois sur place, ils aviseraient en fonction des événements.

Par acquit de conscience, il demanda à Dominik de le conduire chez la duchesse pour lui faire ses adieux, mais elle ne lui accorda pas même un regard. Il voulut aussi saluer Johann, mais Dominik lui apprit que le vieil homme était retourné dans son village d'enfance, à l'autre bout du pays. Plus rien, décidément, ne le retenait dans cette ville qu'il n'avait jamais aimée ; il la quittait sans avoir cherché à la connaître, sinon les trajets qui le conduisaient chez l'un ou l'autre de ses amis, ou au spectacle.

La première étape fut plutôt agréable et silencieuse. Ils firent halte dans des auberges confortables et Hans insista pour que Dominik partageât sa table. Leur conversation ne fut cependant pas très nourrie, le plus jeune visiblement embarrassé par cette intimité, l'aîné incapable de trouver un sujet de conversation anodin.

L'installation à bord du *Baltic* fut plus compliquée ; même luxueux, le navire n'était pas prévu pour accueillir des personnes dans l'état de Hans. Sa chaise passait difficilement dans les couloirs et la manœuvrer dans sa cabine était ardu. Atanasio fit valoir que le plus simple serait de le porter, avec l'aide d'un steward musclé, chaque fois qu'il faudrait se déplacer, pour les repas dans le grand restaurant ou pour profiter du soleil printanier sur le pont. Heureusement, la traversée fut calme et Hans en profita pour se reposer autant que possible. Si son angoisse n'avait pas disparu, la décision qu'il avait prise le soulageait et il retrouva le sommeil et l'appétit. Il évita toutefois de se lier avec les autres passagers ; pour les repas, il se réfugiait en bout de table avec Dominik et, sur le pont, répondait si froidement aux tentatives de contact qu'on le laissa bientôt tranquille.

La veille de l'arrivée, alors qu'il jouait distraitement avec l'épais rebord qui, tout au long de la table, empêchait assiettes et couverts de valser par terre en cas de remous, Dominik osa l'interroger.

— Monsieur me dira-t-il pourquoi nous devons entreprendre ce voyage singulier ?

Hans poussa un profond soupir et dévisagea longuement le jeune homme avant de répondre.

— Je veux bien essayer… Mais pourrais-tu d'abord me promettre quelque chose, Dominik ?

— Quoi donc, Monsieur ?

— D'être moins… protocolaire.

— Protocolaire, Monsieur ?

— Arrête de dire « Monsieur » tout le temps.

— Mais…

— Je sais que tu travailles pour moi. Je ne te demande pas de me tutoyer et de me taper sur le ventre. Mais nous allons vivre ensemble dans des conditions qui seront sans doute… difficiles. Nous ne sommes plus dans un salon berlinois. Il ne s'agit plus de savoir chez qui nous irons prendre le thé.

— Bien…

Il s'interrompit avant de dire « Monsieur » et se rattrapa :

— Comme vous voulez. Et donc, ce voyage ?

Hans eut un petit rire.

— Tu t'adaptes à une vitesse étonnante !

Dominik se contenta de sourire et attendit que Hans se décidât à lui répondre.

— C'est difficile à expliquer… Une longue, très longue histoire. Je t'ai parlé de ces amis. Tu sais que je reçois de leurs nouvelles toutes les semaines, ou peu s'en faut. Ils ont déjà eu des… ennuis. Ils ont dû quitter New York, pour se retrouver en Pennsylvanie. Et depuis un mois, le silence… J'ai peur pour eux.

— Mais sans vouloir être indiscret, que peut-il leur être arrivé ?

— Je l'ignore. Je pense que quelqu'un leur veut du mal.

— Et vous pensez pouvoir les aider ?

— Tu veux dire : dans mon état ?

Hans eut un rire amer qui finit en toux, tandis que Dominik opinait sans ambages.

— Je l'ignore, Dominik. Nous verrons. Ce qui est sûr, c'est que je ne supportais plus de rester à Berlin, sans savoir.

Ils en restèrent là. Mais une fois dans sa couchette, Hans se félicita d'avoir amené le jeune homme à quitter sa réserve. La métamorphose avait été significative et positive. Peut-être, avec le temps, parviendrait-il à se confier, ne serait-ce qu'un peu, à cet inconnu. Johann avait eu le nez fin.

Hans avait demandé à Dominik s'ils pouvaient se mettre en route dès leur arrivée. Dominik, qui prétendit s'être renseigné auprès de l'équipage, lui fit valoir qu'il leur faudrait rester au moins deux ou trois jours à New York. Hans refusa d'en accorder plus de deux et Dominik promit de faire le maximum. En attendant, proposa-t-il, Hans pourrait aller au concert, à l'opéra ; le capitaine pouvait leur obtenir des places. Mais Hans refusa catégoriquement ; il resterait à l'hôtel et ne voulait pas visiter. Il n'était pas en vacances. Il désirait seulement que Dominik passât à la poste centrale pour vérifier qu'aucun courrier n'était arrivé – bien qu'il eût été étonnant qu'une lettre fît la route plus vite qu'eux.

Atanasio, quant à lui, désirait surtout passer voir son détective. En prévision des futurs événements, il souhaitait également prendre ses dispositions pour la suite du voyage.

Le détective fut surpris de voir débarquer son client. Il n'avait malheureusement rien de neuf à lui apprendre : Raphael et Lætitia avaient été happés par l'Ouest sauvage. Il confirma l'analyse de l'Italien : s'ils n'avaient pas été tués – et les possibilités en la matière étaient nombreuses et variées –, ils finiraient par échouer sur la côte, vraisemblablement à San Francisco, comme tous ces aventuriers fous attirés par l'or.

— Je ne veux pas me mêler de ce qui ne me regarde pas, lui dit l'homme en concluant la rencontre, mais sauf votre respect, j'ai du mal à comprendre pourquoi vous tenez tellement à les retrouver, ces deux-là. J'ai eu l'occasion de les observer ; ce sont des…

Il chercha ses mots.

— Des papillons, des oiseaux fragiles, si vous préférez. En dehors de leur cage, ils ne survivent pas deux heures. La nature sauvage, la liberté, tout ça… ce n'est pas pour eux. Surtout la jeune femme.

— Elle a quand même été capable d'organiser l'évasion de son mari, rétorqua Atanasio froidement, sans répondre à la question du détective.

Il passa à la poste, où se confirma qu'aucun courrier n'avait été reçu pour Hans Kapper, collecta ensuite toutes les informations qui lui manquaient encore pour le voyage qui pourrait les mener à San Francisco. Avant de réserver, il résolut de parler à Hans, qu'il rejoignit dans la suite d'un hôtel luxueux où il avait d'autorité décidé de les installer à leur arrivée.

— Quand partons-nous ? lui demanda Hans dès qu'il eut franchi le seuil.

— Nous pouvons partir demain matin, mais j'aimerais vous parler franchement.

Hans acquiesça et lui fit signe de s'asseoir dans le divan, en face de lui.

— Si j'ai bien compris, nous allons en Pennsylvanie à la recherche de vos amis, car c'est la dernière adresse dont vous disposez. Or, vos amis ont déjà dû quitter New York, exact ?

— C'est ce que je t'ai dit, en effet.

— Comme tous les immigrés dans ce pays, ils suivent la route de l'Ouest, quelles que soient les raisons qui les poussent. S'ils ont dû quitter la Pennsylvanie, où pensez-vous qu'ils aient pu se rendre ?

— Si je le savais, Dominik, je ne perdrais pas mon temps à me rendre là-bas, répondit-il avec un peu d'humeur.

— J'essaie simplement de vous soulager, Monsieur… Et de gagner du temps. Voyager dans ce pays est une épreuve, même pour quelqu'un de…

— Normal ?

— De jeune et en pleine forme, disons.

Hans lâcha un sourire.

— Dis-moi franchement ce que tu mijotes, Dominik.

Alors, il lui exposa son hypothèse californienne et lui dressa le tableau des modes de transport, tous plus éprouvants les uns que les autres. Hans parut effondré ; il n'avait pas envisagé la situation sous cet angle. Lui qui avait toujours tout anticipé, tout prévu, devait reconnaître que cette fois son imagination n'avait pas été plus loin que la Pennsylvanie. Ce que Dominik lui expliquait était terrifiant et son courage l'abandonna. Il poussa un terrible soupir, presque un sanglot. Dominik se pencha vers lui.

— Je ne voulais pas vous décourager…

— Je sais, Dominik, murmura-t-il. Je sais… Sers-moi un cognac, ou n'importe quoi de fort.

Le jeune homme se releva et trouva ce que Hans désirait.

— Prends-en un pour toi.

— Je n'aime pas l'alcool…

— Tu es vraiment un drôle…

Mais il n'insista pas et vida son verre d'une traite.

— Que proposes-tu ?

— Le plus rapide aurait été la traversée de Panama ; mais d'après les renseignements que j'ai pris, dans votre état, ce sera extrêmement pénible, voire impossible.

— Alors, c'est le bateau et le tour complet… Neuf mois !

— Mais il y a une autre solution…

Il y avait songé la nuit précédente et s'en voulait de ne pas y avoir pensé plus tôt.

— Je t'écoute.

— Si nous faisons chou blanc en Pennsylvanie, nous vous trouvons un logement confortable, quelqu'un pour prendre soin de vous, et je pars pour la Californie à la recherche de vos amis. Je vous tiendrai régulièrement au courant. La traversée terrestre est dangereuse, mais je suis jeune et je n'ai pas peur. Je sais aussi me servir d'une arme.

Hans l'observa longuement, les paupières plissées.

— Je te remercie pour cette proposition, répondit-il enfin, d'une voix basse et lente. C'est très généreux… Mais je ne peux pas accepter. D'abord parce que cette traversée terrestre est beaucoup trop dangereuse, d'après ce que tu viens de me dire. Mais surtout parce que j'ai besoin d'y aller personnellement… Ne me demande pas pourquoi, ce serait trop long, trop difficile à expliquer. En revanche, réserve déjà tout ce qu'il est possible de réserver pour le voyage vers San Francisco. Tant pis, ou plutôt tant mieux si nous ne l'utilisons pas…

Dominik s'inclina et ne discuta pas la décision de Hans. Il s'était déjà fort avancé.

Il y avait une autre solution à laquelle il avait songé et qu'il n'avait évidemment pas présentée à Hans : le planter là et filer seul sur les traces des amoureux. Cette option avait un défaut majeur : le dénoncer aux yeux de Hans comme celui qui manœuvrait les fils. De plus, il aurait fallu séquestrer l'infirme, et la tâche n'était pas évidente. Bien sûr, on pouvait trouver des hommes de main, mais cela pouvait durer des semaines, voire davantage, et il n'était pas prudent de se fier à des hors-la-loi pour si longtemps, sans être en mesure de les contrôler. Atanasio pourrait toujours recourir à ce plan plus tard, si la situation l'exigeait ; pour l'heure, il suivrait Hans en Pennsylvanie.

Il avait plu durant les derniers miles et Hans s'était recroquevillé sur son siège. Il ne voulait pas montrer à son compagnon de route combien cette première expérience des chemins américains lui était déjà une épreuve ; Dominik lui avait expliqué que les voies, ici, étaient confortables comparées à ce qui les attendait s'ils devaient se rendre à San Francisco. En face de lui, le jeune homme somnolait, indifférent aux cahots.

La voiture s'arrêta devant un portail ouvrant sur un vaste parc. Le cocher frappa au carreau. Dominik ouvrit les yeux.

— Je crois que nous sommes arrivés, dit Hans.

Ils avancèrent dans une allée bordée d'arbres splendides, puissants et paisibles à la fois. Dans le lointain, à plusieurs centaines de mètres, se profilait une bâtisse dont les contours se précisèrent lentement. C'était une de ces demeures coloniales, imposantes mais sans ostentation. Un portique en pierre blanche encadrait l'entrée, et un escalier en métal, joliment ouvragé, conduisait les ombres des feuilles vers une galerie couverte qui faisait le tour de la maison. Un toit en bois, soutenu par de fines colonnes en fer forgé et une balustrade du même style que l'escalier, protégeait du soleil. La partie centrale de la façade était une avancée ellipsoïdale, couverte jusqu'au second niveau par la galerie, au-dessus de laquelle un dernier étage exposait des fenêtres hautes et étroites.

La voiture s'arrêta devant le perron et Dominik descendit le premier. La pluie s'était arrêtée. Avec l'aide du cocher, il décrocha la chaise roulante que l'on avait attachée à l'arrière, avec les bagages, essuya le siège et les bras puis, à deux, ils y installèrent Hans.

La Berliner Mansion était silencieuse et déserte. L'émotion qui avait accueilli Hans était plus forte encore que ce qu'il avait redouté ; s'il avait refusé de rien voir à New York, il avait ici, sous les yeux, la demeure où son fils avait espéré être heureux avec la femme qu'il aimait. Il eut envie de se gifler. Qu'aurait-il pensé de lui, vingt ans plus tôt, s'il avait su que tous ces plans, toute cette volonté auraient pour conclusion des idées aussi sentimentales et ridicules ! Son fils… C'était nouveau et pour tout dire bien extravagant de sa part de l'appeler ainsi, alors qu'il s'était servi de lui pour en faire l'instrument de sa vengeance contre une femme. Une femme qu'un inconnu avait assassinée, ou du moins poussée à la mort.

— Vous voulez entrer ? lui demanda Dominik, l'interrompant dans ses pensées.

— Nous n'avons pas la clé…

Le jeune homme eut un léger haussement d'épaules et s'avança vers la porte. Il vérifia qu'elle était verrouillée puis entreprit de faire le tour du bâtiment. Le cocher était retourné s'asseoir à son poste, indifférent à la scène. Quelques minutes plus tard, les battants s'ouvraient et Dominik apparaissait avec un petit sourire satisfait. Hans ne fit aucun commentaire et se laissa conduire à l'intérieur.

Le hall d'entrée était énorme, dominé, au milieu, par un escalier de bois monumental qui montait vers le premier étage. À gauche, une double porte ouvrait sur un salon ; la pièce était sombre, à cause des volets fermés. Un piano en chêne clair attendait les doigts d'une pianiste disparue. Devant une fenêtre, un fauteuil au dossier haut et arrondi, pour mieux protéger celui qui s'y réfugiait, émut Hans sans qu'il pût dire pourquoi. Ils firent lentement le tour de la pièce, silencieux.

— Conduis-moi en haut, demanda Hans lorsqu'ils furent de retour devant l'escalier.

Dominik alla chercher le cocher et ils portèrent Hans et la chaise au premier étage. Un couloir partait des deux côtés de la maison. Du menton, Hans désigna la droite. Ils s'avancèrent entre des portes closes. Seule celle du fond était ouverte.

Un lit antique à baldaquin occupait un bon tiers de la pièce. Des meubles en chêne ouvragés, des rideaux à fleurs. Sur le mur, face au lit, le portrait d'une très belle femme, aux longs cheveux sombres et aux yeux gris dont un semblait pleurer et l'autre rire.

— Lætitia, murmura Hans, bouleversé.

Dans son dos, Dominik toussa.

— Pardon ?

— Elle s'appelle Lætitia, précisa-t-il d'une voix nouée.

Dominik resta silencieux ; si Hans s'était tourné vers lui à cet instant, il aurait surpris une émotion douloureuse et contradictoire dans les yeux du jeune homme. Mais il ne détacha pas son regard du portrait. Raphael ne lui en avait pas parlé ; quand l'avait-il fait peindre ?

Il s'arracha à sa contemplation.

— Il y a peut-être des documents qui pourraient nous donner une indication…

Avait-il vraiment espéré trouver les deux amants, assis côte à côte, bondissant à sa vue et courant l'embrasser ? C'était impensable. Le pire était en route, Hans le savait depuis le début, et il en était le premier responsable.

Ils quittèrent la chambre et Dominik ouvrit les autres portes. La plupart des pièces étaient vides, mais une d'entre elles, dans l'aile de gauche, abritait un bureau. Une suspension en verre foncé pendait au-dessus d'un austère secrétaire en bois sombre. Sur un mur, une lithographie ancienne représentait Berlin et une autre, un paysage italien. Dominik avait eu son regard attiré dès qu'il était entré dans la pièce et ses mains s'étaient crispées sur les poignées de la chaise. Un mot avait jailli, qu'il avait retenu de justesse au bord de ses lèvres : Pienza. Hans n'avait rien perçu.

— Regarde sur le bureau, dans les tiroirs, demanda-t-il sans conviction.

Dominik obtempéra, tandis que Hans faisait rouler sa chaise jusqu'aux cadres. Il observa attentivement le paysage toscan : il ignorait quel était ce village mais il songea que ce devait être là que Lætitia avait vécu durant son éphémère mariage avec ce comte dont le nom lui échappait. Il tendit la main pour décrocher le tableau ; dans son dos, Dominik s'était interrompu pour le regarder. Hans retourna le cadre ; une fine écriture féminine y avait écrit un texte, comme un poème. Il le lut à voix basse :

Sul cammino della vita mia
ho lasciato qua
un fanciullo, un ragazzo, un uomo
che di me saprà niente

né le risa a me proibite
né le lacrime da me rifiutate
Qua
in Toscana, dolce val d'Orcia,
ho lasciato parte di me
e la mia vita va camminando
spinta dalla forza dell'amore nostro.

A te, R., per sempre,
Lætitia[1].

La voix de Hans s'était voilée au cours de sa lecture. Un long silence suivit.

— Mon Dieu, fit-il enfin.

Il se tourna vers Dominik qui n'avait pas bougé et qui le fixait avec stupéfaction.

— Je… je ne comprends pas l'italien, bredouilla-t-il.

— C'est vrai…

Il reprit le texte et tâcha de le traduire à la volée du mieux qu'il put.

— Qui est ce « R » ? demanda Dominik quand il eut fini.

— Raphael…

— Votre ami, j'imagine.

Hans acquiesça.

— Mais… je ne comprends pas ce qu'elle raconte.

1. Sur le chemin de ma vie / j'ai laissé là / un enfant, un jeune homme, un homme / qui de moi ne saura rien / ni les rires à moi interdits / ni les larmes à moi refusées / Là / en Toscane, doux val d'Orcia, / j'ai laissé une part de moi / et ma vie s'en va, cheminant, / poussée par la force de notre amour.
À toi, R., pour toujours,
Lætitia.

— C'est une histoire compliquée… Disons que… Lætitia a été mariée à un comte toscan. Elle était amoureuse de Raphael, et réciproquement, mais… Ce n'était pas possible. Elle a eu un enfant de cet homme. Et puis Raphael l'a retrouvée, et elle a tout abandonné pour le suivre…

— Elle a abandonné son mari et son fils pour suivre un amant au bout du monde ?

Dominik paraissait abasourdi.

— Oui…

— Mais c'est… terrible !

— Terrible ?

— Pour cet homme, pour cet enfant…

Hans le dévisagea avec surprise.

— Tu n'as pas connu tes parents, c'est ça ?

L'expression de Dominik se durcit un bref instant.

— Oui, lâcha-t-il avant de replonger vers les tiroirs.

— Je comprends.

Le jeune homme résista à la tentation de lui demander ce qu'il comprenait, tandis que Hans songea qu'il n'avait jamais vraiment pris en considération cet aspect des choses.

— Quand l'amour est plus fort que tout… poursuivit-il.

— Plus fort que tout ? répliqua Dominik. Et l'amour de son fils ? Et les liens sacrés du mariage ?

— Parfois, on ne choisit pas.

Dominik haussa les épaules.

— On choisit toujours.

— Tu es jeune encore…

Mais il ne poursuivit pas. Dominik avait raison aussi, et il n'avait pas envie de s'engager dans une discussion où il pourrait être conduit à en dire plus qu'il n'aurait voulu. Il raccrocha le cadre au mur et saisit la lithographie. Il ne fut pas surpris d'y trouver un autre texte, qu'il reconnut aussitôt : un poème de Schiller que Raphael affectionnait depuis longtemps, sans deviner les échos qu'il prendrait dans sa vie.

Nicht forschen will ich, wer du bist – Ich will
Nur dich von dir, nichts frag' ich nach dem andern.
Dass deine Seele wie dein Ursprung rein,
Hat mir dein erster Blick verbürget und beschworen,
Und wärst du selbst die Niedrigste geboren,
Du müsstest dennoch meine Liebe sein,
Die Freiheit hab' ich und die Wahl verloren[1].

Il évita d'en faire la lecture à haute voix et replaça le cadre avant que Dominik remarquât l'inscription.

— Alors, tu trouves quelque chose ?

— Rien, fit-il d'une voix sombre. Des papiers sans intérêt. Et des lettres. Les vôtres, je pense…

Il lui tendit une liasse de feuillets que Hans reconnut aussitôt : c'était bien sa partie de la correspondance échangée avec Raphael.

— Prends-les. Si tu as tout vérifié ici, fais un tour rapide de la maison. Je n'aimerais pas que l'on nous surprenne… Et je pense que nous ne trouverons rien.

Deux heures plus tard, ils se retrouvèrent dans une auberge, devant une énorme pièce de viande grillée à laquelle Hans ne toucha presque pas, tandis que Dominik dévorait avec une rage carnassière.

1. Je ne veux point rechercher qui tu es / De toi seule, je te veux avoir, le reste m'est indifférent. / Que ton âme est pure comme ta naissance, / Ton regard me l'a garanti et juré. / Et même quand tu serais de la plus humble origine, / Tu serais mon aimée / J'ai perdu la liberté de mon choix.

— Et maintenant, que voulez-vous faire ? demanda-t-il entre deux bouchées.

— Je pense… Je pense que nous n'avons guère le choix.

— Vous ne voulez vraiment pas me laisser y aller seul ?

— Non. Je dois être là.

Dominik haussa les épaules.

— Alors, vous devriez manger et prendre des forces. Vous en aurez besoin.

Ils n'apprirent rien de plus en Pennsylvanie et n'osèrent pas poser de questions trop précises, de crainte de s'attirer des ennuis. Le retour vers New York fut morne et taiseux. Hans songeait avec angoisse à la route qui l'attendait, ces mois de mer pour une destination improbable où peut-être Raphael et Lætitia n'arriveraient jamais. Tout ceci était une folie ; il ferait mieux de rentrer mourir à Berlin. Mais cela aussi était impossible ; une force supérieure, irraisonnable sans doute, l'obligeait à entreprendre ce périple, à tout faire pour retrouver Raphael. Son fils… Chaque fois qu'il prononçait ce mot intérieurement, un sanglot sourd montait du fond de sa poitrine et échouait sur ses lèvres.

En face de lui, Atanasio était lui aussi replié sur ses pensées. Le portrait de Lætitia avait ravivé le trouble qu'il avait ressenti déjà en apercevant la jeune femme à New York. Alors, il l'avait toujours aperçue de loin, mouvante, qui jamais ne l'avait regardé, lui ; cette fois, elle était immobile, offerte à sa vue, et ses yeux gris s'étaient posés sur lui. Était-ce un effet du talent du peintre ? Atanasio ne pouvait dire d'où lui venait cette sensation que Lætitia l'avait enfin dévisagé. Était-elle belle ? La question suscitait une profonde irritation chez le jeune homme. Les femmes ne pouvaient attirer que des ennuis. Sa propre expérience le confirmait, et que dire de l'histoire de don Carlo ? Une seule peut-être, sa mère, avait été différente ; mais elle était morte. Assassinée. Tout comme son père. Don Carlo, son père… Depuis qu'il en avait eu la révélation, il évitait de trop penser à tout ce dont la vie l'avait privé. Il serait temps d'y songer lorsque tout serait consommé, lorsque l'âme de don Carlo pourrait enfin reposer en paix, vengée de tous ceux qui les avaient fait souffrir, son fils et lui. Un coup d'œil devant lui lui rappelait que cette mission finirait avec cet homme, cet infirme ridicule qui s'était mis en tête de sauver ceux qui, hier encore, étaient sinon ses ennemis, du moins les instruments de sa propre vengeance. Comment réagirait-il, au moment de mourir, en apprenant que lui-même avait, depuis le début, été manipulé par plus puissant que lui, qui le poursuivait par-delà la mort ?

D'un mouvement de la main, il s'assura que la lettre était toujours dans la doublure de sa veste.

Ils récupérèrent la suite dans l'hôtel new-yorkais et Dominik se rendit immédiatement à la poste. Mais il n'y avait toujours aucun courrier. Le prochain bateau pour San Francisco partait dans une semaine. Ce qui n'était encore qu'une hypothèse quelques jours auparavant devenait une réalité, et il fallait s'assurer que le voyage pût se faire dans des conditions de confort suffisantes et adaptées à l'infirmité de Hans. Les bateaux qui faisaient cette liaison n'étaient pas aussi luxueux que ceux de la Collins. Atanasio négocia pour qu'on installât une cabine près des quartiers des officiers de bord, où Hans pourrait être à l'abri de la faune particulière que transportaient habituellement ces navires : des aventuriers plus ou moins désespérés, plus ou moins dangereux, qui parfois fuyaient la justice de leur pays.

Si on y mettait le prix, tout était possible, ou presque ; on promit d'arranger une cabine pour les voyageurs, qui pourraient partager la table du capitaine ; mais ce ne serait pas faisable sur le prochain bâtiment à prendre la mer et leur départ en serait retardé d'une semaine. Hans se laissa convaincre qu'il était préférable d'attendre, malgré son impatience. Dominik fit valoir que cela leur laissait une chance supplémentaire de recevoir une lettre ; ensuite, ils seraient coupés du monde pour de longs mois.

On organisa également le transfert du courrier, qui partirait de New York pour San Francisco.

— Tu te rends compte, Dominik ? Le temps qu'il faudra pour qu'une lettre que Raphael m'enverrait du milieu de ce continent sauvage me parvienne ? Elle traversera l'Amérique, l'océan, puis l'océan à nouveau et toute l'Amérique… C'est absurde !

Mais que faire d'autre ?

Ils embarquèrent enfin. Le navire était vétuste comparé à celui qui les avait conduits à New York. Des mâts chargés de voile devaient servir à pallier les faiblesses des moteurs. La plupart des passagers se massaient sur le pont ; c'était une foule sale et bariolée venue du monde entier dont s'élevaient des altercations dans toutes les langues, une majorité d'hommes jeunes et prêts à tout, parce que n'ayant plus rien à perdre sans doute. Atanasio les contempla avec une moue dédaigneuse, Hans avec une forme de pitié mêlée d'envie : pour eux, tout était encore possible.

Le capitaine, un rouquin grand et sec au visage couvert par une impressionnante barbe, les accueillit avec les honneurs dus sinon à leur rang, du moins à l'argent qu'ils avaient investi pour améliorer leur quotidien.

— Donald O'Hare, pour vous servir ! dit-il en inclinant légèrement son long cou vers Hans. J'espère que la cabine vous conviendra ; nous avons fait au mieux, mais vous devez savoir que ces bateaux ne sont pas luxueux… Toutefois, je peux vous assurer que vous arriverez à destination, et je l'espère en moins de dix mois !

— Dix mois ? s'exclama Hans. Mais je croyais…

— Je préfère être prudent, interrompit O'Hare. Il est possible que nous n'en mettions que sept, voire un peu moins.

La cabine était effectivement sommaire mais plutôt vaste. En revanche, les deux hommes devraient y cohabiter. Deux couchettes étaient prévues, l'une plus large pour Hans, dans le fond, en dessous du hublot, la seconde plutôt étroite, à côté de l'entrée, pour Dominik. Quatre mètres les séparaient, meublés par une banquette, une table et deux chaises fixées au sol pour éviter qu'elles ne bougent. Les affaires des passagers furent rangées dans des coffres, sous les matelas et dans une penderie étroite. Le capitaine avait également aménagé un petit espace sur le pont, à l'abri des regards et des curieux, où ses hôtes pourraient prendre l'air. Il leur montra le mess des officiers où se tiendraient les repas et leur présenta son chef, un Mexicain énorme aux cheveux luisants, dont il vanta les qualités mais déplora l'absence totale de conversation, avant d'éclater de rire, un rire sonore et marin. Hans songea non sans effroi qu'il allait devoir passer des mois dans la proximité de ces individus et se félicita d'avoir emporté des livres, même s'il les avait déjà tous lus. La poésie en particulier serait un dérivatif bienvenu.

Un sifflement strident retentit et l'imposante carcasse de bois trembla. Imperceptiblement, le navire s'écarta du bord et entama son odyssée.

À l'usage, O'Hare se révéla bien plus agréable que ce que Hans avait redouté. Tandis que le navire descendait le long de l'Amérique du Sud, il divertit son hôte avec une myriade d'anecdotes, qu'il prétendait toutes authentiques et puisées dans ses nombreuses expéditions, terrestres aussi bien que maritimes. Les autres officiers n'avaient pas le même bagout mais ponctuaient ces récits des leurs qui, à défaut de panache, paraissaient peut-être plus véridiques. Atanasio, durant les repas, restait silencieux, et Hans nota que le capitaine ne s'adressait jamais à lui. Il mit cette attitude sur le sens aigu de la hiérarchie que manifestait l'Irlandais avec son équipage ; Hans et lui étaient au sommet, et leurs subordonnés étaient là pour leur obéir et les servir, pas pour échanger des idées ou même simplement des histoires. Sans doute O'Hare aurait-il pu accorder à Atanasio un statut similaire à celui de ses officiers, puisque, à l'instar de ceux-ci, il partageait sa table ; mais Atanasio appartenait à un corps différent, il n'était pas de son équipage, et il n'avait dès lors rien à lui dire.

Du reste, Atanasio ne manifesta aucune contrariété à ce traitement. Depuis le départ, il s'était replié sur lui-même et passait de longues heures à sommeiller ou à regarder l'horizon. Il observait aussi de haut la foule des passagers et s'amusait à suivre les disputes fréquentes, qui dégénéraient souvent en violentes bagarres, suscitant la réaction progressive des marins, d'abord de l'eau projetée par les puissantes pompes qui servaient d'ordinaire au nettoyage du pont, puis une intervention physique, toujours plus hasardeuse, même si le capitaine n'hésitait pas à jeter dans une sorte de cachot épouvantable, en fond de cale, ceux qui résistaient et menaçaient la paix du navire.

— Je suis le seul maître à bord, expliqua-t-il à Hans après avoir prononcé la première condamnation de ce type à l'encontre d'un Anglais râblé qui avait failli tuer un de ses hommes en lui écrasant une cruche sur la tête. Mais je me demande ce que Dieu a voulu faire en peuplant la terre de tels individus… La plupart seront morts dans moins de deux ans ; l'or les attire comme un feu les insectes. Il n'y a pas d'or. En tout cas, pas assez pour faire de tous ces malheureux des Crésus. Allez essayer de le leur expliquer ! Ils vous écharperont en pensant que vous voulez garder le magot pour vous seul. La Californie est un leurre, Mr Kapper… Je ne suis d'ailleurs pas loin de croire que toutes les terres sont menteuses, sauf peut-être l'Irlande. Mais c'est sans doute parce que je n'y ai jamais mis les pieds ; je suis né sur le bateau qui conduisait mes parents vers ce satané pays.

Ni O'Hare ni ses officiers ne pouvaient cependant consacrer beaucoup de temps à leurs hôtes privilégiés, les seuls au demeurant à ne leur causer aucun souci.

Les machines requéraient une attention constante et les pannes étaient fréquentes, durant lesquelles on hissait les voiles pour confier au vent le rôle de la vapeur déficiente. Et Hans eut plus de temps qu'il ne l'aurait souhaité pour ressasser ses idées sombres, parmi lesquelles l'idée que Raphael fût un meurtrier résistait, envers et contre tout.

Les semaines s'ajoutèrent aux semaines. Le temps se gâtait à mesure qu'ils avançaient vers le sud et l'hiver austral, et surtout le légendaire cap Horn qui se profila d'abord dans les conversations. Sur le sujet, chacun à table avait ses récits, tous plus terrifiants les uns que les autres, même si O'Hare concluait rituellement en disant qu'il n'avait lui-même jamais rencontré de difficultés particulières, et qu'il promettait à ses passagers une promenade de santé.

— Je vous conseille toutefois, dit-il à Hans la veille prévue de leur arrivée au cap redouté, de rester enfermés dans votre cabine, votre domestique et vous. Et même de vous lier dans votre lit, surtout compte tenu de votre état, sans vouloir vous offenser. Ça risque de rouler… Le temps n'est pas au beau fixe, ce qui au cap Horn promet déjà des conditions assez mauvaises. M'est avis que certains de mes orpailleurs passeront par-dessus bord et s'en iront chercher des perles. Au moins seront-ils ensevelis dans les flots… Je vous donnerai aussi un flacon de rhum. Essayez de dormir, c'est ce qui peut vous arriver de mieux… Et si vous avez mal au crâne en vous réveillant, c'est que vous serez toujours vivants !

Son rire titanesque retentit dans la cabine, repris par son équipage ; mais il ne récolta qu'une moue méprisante de la part d'Atanasio, et un sourire forcé sur le visage de Hans.

Ce fut pis encore que ce qu'avait redouté ce dernier. Habilement ficelé sur sa couchette par un jeune marin rieur, il avait refusé le rhum, tandis que son compagnon de cabine, malgré ses préventions contre l'alcool, prenait une généreuse rasade du flacon offert par O'Hare et s'endormait presque aussitôt. Durant des heures, il avait été secoué en tous sens, tandis que les mugissements de la tempête se mêlaient aux craquements sinistres du navire. À chaque instant, Hans était convaincu que tout allait se disloquer autour de lui et qu'il se retrouverait plongé dans les enfers glacés d'une mer sans fond. Comment Dominik parvenait-il à dormir dans cette tourmente ? Aucune pensée ne parvenait à distraire Hans ; il s'efforça de retracer toute son histoire, depuis sa rencontre avec Alba jusqu'à ce jour, mais sa mémoire trébuchait sans cesse, chamboulée par les remous, tout se mêlait, les visages, les faits, les lieux, tant et si bien qu'il crut n'avoir jamais rien vécu et avoir toujours été enfermé dans cette épouvante, y être condamné jusqu'à la fin des temps.

Il finit pourtant par sombrer dans un sommeil à peine moins effrayant que la veille. Lorsqu'il rouvrit les yeux, il n'avait pas mal au crâne mais ne douta pas d'être vivant. Le soleil rentrait par le hublot et le bateau ne tanguait pas. Le bourdonnement des turbines et des roues lui confirma qu'ils avaient franchi le cap et que la lente remontée vers le nord avait débuté.

Atanasio ferma la porte de la cabine, poussa le verrou et sortit les portraits de leur cachette. Depuis leur départ, il avait mis en place une sorte de rituel ; ce périple en mer était une épreuve et, pour ne jamais oublier l'unique raison qui l'avait conduit ici, au chevet de celui qui devait être sa dernière victime, il déballait une fois par semaine les cadres et les regardait attentivement, l'un après l'autre. Il commençait toujours par sa mère, et l'émotion qui le saisissait ne faiblissait pas. C'était elle, la première qui devait être vengée.

L'observation d'Alba lui procurait un plaisir sombre, une agréable transition. Il la revoyait, dans cette autre cabine, affolée, rongée par le poison, poussant son dernier cri… Bientôt, espérait-il, ce serait le tour de Hans, alias Wolfgang. Bientôt ? Non, pas avant des semaines, des mois. Mais Atanasio avait été éduqué à la patience. Et lorsque ce moment tant attendu surviendrait, il n'en serait que plus intense ; cet homme n'avait pas hésité à assassiner un mari innocent, deux s'il l'avait pu, deux hommes intègres trompés par leur femme…

Le portrait de l'Allemand ne retenait pas son attention plus de quelques secondes ; n'avait-il pas l'original sous les yeux à chaque instant, et n'était-ce pas assez pénible ?

Alors venaient les deux jeunes gens, les deux amoureux, les deux fugitifs qu'il était en train de traquer au bout du monde, sur cet ignoble rafiot conduit par un Irlandais imbu de lui-même et méprisant. Il haïssait Raphael. Dans son cadre, le jeune homme souriait et semblait se railler de lui. Ils avaient le même âge mais tout les distinguait. Il avait échappé à la corde et le fantasme de son corps balançant ne suffisait plus à Atanasio ; il imaginait désormais les différentes manières dont il le tuerait lorsqu'il le retrouverait, pour autant qu'il eût échappé aux périls de la route vers la Californie. Il le fallait, don Carlo ne voulait pas que des Indiens se chargeassent de la mission confiée au seul fils qu'il eût aimé. Il en irait de même pour *elle*…

C'était ici que le rituel se compliquait. Avant de recouvrir le portrait de Raphael par celui de Lætitia, Atanasio fermait les yeux et prenait une profonde inspiration ; il fallait éviter l'émotion qui le saisissait chaque fois qu'il croisait le visage doux et angélique de la jeune fille, une émotion renforcée par le souvenir du portrait éblouissant découvert dans la Berliner Mansion. Parfois, il y arrivait ; alors la journée était bonne, quel que fût l'état de la mer. Mais le plus souvent, il était pris au dépourvu, malgré toute sa préparation, comme s'il ne l'avait pas vue auparavant, comme si un éclat lui était demeuré inconnu, plus vif, plus sensible que tous les autres.

Il ouvrit lentement les paupières et soupira douloureusement. Cette fois encore, il avait échoué. Il lui fallait alors s'arracher à sa contemplation, ranger précipitamment les portraits et se contraindre au souvenir cuisant du jour où don Carlo avait pointé sur lui le canon du fusil.

Il sortit rejoindre Hans, installé sur une chaise longue, emmitouflé dans des couches de laine pour se protéger du vent glacial. Le soleil intense réchauffait à peine les visages, mais la mer était calme. Depuis que le cap Horn avait été franchi, les conditions de navigation étaient au beau fixe. Les moteurs fonctionnaient sans souci majeur, la houle était faible et les disputes à bord avaient laissé place à une torpeur accrue par la combinaison contradictoire du froid et du soleil.

— Ah, Dominik… fit l'Allemand lorsque le jeune homme déboucha sur le pont. Viens t'asseoir. Veux-tu faire une partie de cartes ou d'échecs ?

Au moins ces jeux lui permettaient-ils de ne pas parler et de ne pas devoir écouter Hans ressasser ses questionnements. Aux échecs, ils étaient de niveau comparable, ce qui rendait les confrontations stimulantes ; chaque fois qu'Atanasio réussissait à mettre son adversaire mat, il ressentait un frisson délicieux et s'imaginait le jour où, le poison avalé, Hans serait contraint de l'écouter lire la lettre de Giancarlo Malcessati et sa voix d'outre-tombe.

Il sortit le damier et les pions, et la partie débuta.

Hans se montra distrait et perdit rapidement, ce qui contraria Atanasio qui aurait préféré triompher plus difficilement.

— Je ne suis pas en forme aujourd'hui, constata Hans en réprimant un bâillement. Je crois que je vais faire une sieste.

Atanasio s'installa plus confortablement et regarda Hans s'endormir. Il songea que don Carlo, s'il avait été présent, aurait pu accepter un changement de programme : pourquoi fallait-il garder cet infirme impotent pour la fin ? Atanasio aurait dû l'éliminer à New York et partir, par la route la plus rapide, à la recherche de Raphael et Lætitia. Il aurait déjà gagné San Francisco. Mais il ne l'avait pas fait, et d'abord parce qu'il était impensable de ne pas obéir à don Carlo. Cet homme qui s'était battu toute sa vie contre une traîtresse et contre le poison n'avait sans doute pas posé un acte qui n'eût sa raison. Atanasio devait se fier à lui, comme il l'avait toujours fait. Quant à cette femme… Il secoua la tête. Ne plus y penser, chasser son image.

Le lendemain, ils firent étape à Valparaiso. Le bateau mouillait dans la baie, une baie magnifique, ample et colorée. La ville s'étageait sur les pentes des collines qui semblaient couler dans la mer. Le capitaine agrémenta le repas de récits de chasse à la baleine, une spécialité régionale. Il conseilla à Hans de profiter de l'escale pour aller visiter Valparaiso dont il vanta les beautés. Un officier mentionna celles des filles du port, particulièrement accueillantes.

— En ce qui me concerne, cela n'a plus guère d'intérêt, à moins qu'elles ne sachent me faire la conversation en allemand sur mes auteurs préférés. Mais peut-être Dominik…

Le jeune homme avait redressé la tête et lui lança un regard furieux. Interloqué, Hans n'acheva pas sa phrase. Dominik se rasséréna et finit par répondre avec un sourire peu engageant à ce qui n'avait pas eu le temps d'être une question.

— J'irai peut-être me dégourdir les jambes, mais rien de plus.

Des officiers rirent bruyamment à ce qu'ils pensaient être une plaisanterie.

Atanasio descendit à terre après le repas et, pendant deux heures, arpenta les rues de la ville sans rien regarder. Il marchait à pas rapides, comme assoiffé de mouvements, de fatigue physique. Il gravit des pentes raides, traversa des foules, arpenta des ruelles désertes. Dans un café du port, il vida trois verres d'un alcool fort dont il ne demanda pas le nom. Une fille l'accosta en espagnol et il la repoussa sèchement, récoltant une bordée d'injures qui firent s'esclaffer les autres clients et provoquèrent son départ. La nuit tombait lorsqu'il revint à bord, épuisé. Hans était à table avec le capitaine, qui n'avait pas quitté le navire pour surveiller les opérations de ravitaillement. Il les entendit philosopher sur la vie, la jeunesse, les femmes ; il haïssait ce genre d'hommes et n'avait aucune envie de les voir. Il se rendit directement dans la cabine et se coucha.

Le capitaine O'Harc avait profité de l'escale pour commander un repas spécial en tête à tête avec son passager privilégié. Le chef était allé à terre acheter personnellement du poisson, des légumes frais et du vin chilien, que Hans avait trouvé délicieux, comme tout le repas. Après ces longues semaines, une sorte d'amitié distante s'était établie entre les deux hommes. O'Hare était plus cultivé qu'on ne l'aurait cru au premier abord, et la présence de Hans se révélait pour lui un agréable contrepoint, car ses officiers n'étaient guère portés sur les sujets qui ne relevaient pas de leur vie quotidienne : les affaires du bateau pendant la route et les bordels aux escales.

Ils en étaient aux liqueurs lorsqu'un mousse vint lui glisser un mot à l'oreille.

— On me dit que votre valet est rentré et qu'il paraissait passablement ivre. Il est allé se coucher directement. Espérons pour lui que, contrairement à ce qu'il affirmait tout à l'heure, il soit allé se dégourdir autre chose que les jambes !

— Cela m'étonnerait, rit Hans, que l'annonce de l'ivresse surprit malgré tout, Dominik ne buvant que très occasionnellement. Il est sur ces questions d'une discrétion totale… Peut-être est-ce par égard pour ma condition ?

— Permettez-moi d'en douter. Ce garçon ne me semble pas du genre à avoir de tels égards.

— Vous ne l'aimez pas, n'est-ce pas ?

O'Hare se recula sur son dossier et tira longuement sur le cigare qu'il venait d'allumer.

— Un capitaine n'est pas là pour aimer ou ne pas aimer, proféra-t-il, sentencieux. Il faut en revanche juger son homme rapidement ; la paix à bord en dépend. Vous savez maintenant le terrible huis clos que représente une telle traversée, avec une faune pour le moins hétéroclite ! Je n'aime personne, ou j'aime tout le monde, peu importe ; mais je renifle vite ceux qui n'ont d'autre règle que leur intérêt et qui, pour le défendre, sont prêts sinon à tout, du moins à beaucoup.

— Je n'ai pourtant eu qu'à me féliciter de Dominik.

— Je serais ravi de me tromper, mais ce serait la première fois.

La discussion avait pris un tour qui troubla Hans.

— Sur quoi fondez-vous votre jugement ?

— Une attitude corporelle générale. La manière dont il vous regarde parfois pendant les repas. Si vous posez la question à mes officiers, tous vous diront qu'ils n'ont rien remarqué ; il faut une longue pratique pour déceler ce genre de regards...

— Quel genre ?

O'Hare tira une nouvelle fois sur son cigare et rejeta longuement la fumée.

— Assassin, lâcha-t-il froidement.

Hans sursauta.

— D'autres indices ? demanda-t-il.

— Alors que nous étions à la hauteur du Brésil, je l'ai surpris qui assistait à une bataille entre des passagers, de solides Italiens prêts à s'entre-tuer pour je ne sais quelle futilité. J'avais déjà remarqué que votre Dominik affectionnait ce genre de spectacle ; contemporain de Jules César, il n'aurait pas raté un combat de gladiateurs... Les hommes s'injuriaient d'abondance dans un patois qui m'est inconnu. Je le regrette, car cela paraissait croustillant. Votre homme, lui, n'en perdait pas une miette. À un moment, après une nouvelle bordée d'injures, il a éclaté de rire. Et bien qu'au-dessus des coquins et séparé d'eux par une passerelle et un grillage, les deux ennemis ont fait front contre l'intrus et ont retourné contre lui leurs invectives. À quoi Dominik leur a répondu avec une verdeur et une hargne qui m'ont laissé une impression très désagréable... Je peux vous dire que s'il avait eu, à cet instant, l'occasion de les tuer, il l'aurait fait. Un de mes hommes, originaire de Gênes, m'a expliqué ensuite que les Italiens l'avaient traité de bâtard, le tout agrémenté de quelques adjectifs bien sentis. Et que Dominik leur avait répondu, dans le même dialecte, de ces injures que j'ai préféré ne pas retenir, doublées de menaces.

O'Hare remplit les verres et se tut. Il jeta un œil vers Hans, dont il nota la pâleur.

— Je m'en veux, reprit-il, de gâcher votre soirée. N'écoutez pas mes histoires... Avec le temps et le nombre, je suis devenu un peu misanthrope. J'imagine que votre homme avait de bonnes références.

— C'est que... bredouilla Hans.

Il hésita. Ce que le capitaine venait de lui apprendre le stupéfiait. Il battit précipitamment en retraite.

— Absolument, dit-il. D'excellentes références... Cette scène doit avoir été dictée par l'ennui, ou la tension créée par des semaines d'inactivité à bord. Dominik n'est pas marin...

— Sur ce point, nous sommes d'accord ! s'écria O'Hare avant d'éclater de son rire gigantesque. Mais laissons là ce triste sujet. Vous ai-je raconté mon premier arrêt dans cette ville de Valparaiso ?

Hans laissa le capitaine plonger dans ses souvenirs mais ne l'écouta pour ainsi dire pas, juste ce qu'il fallait pour donner le change. De toute manière, O'Hare avait bu bien plus que de coutume, profitant lui aussi de l'escale, et il pérorait sans trop vérifier l'attention que lui portait son auditeur, qui médita sur ce qu'il venait de découvrir. Était-il aveugle et sourd ! Au fil des années, lui si vif et aguerri s'était amolli. Des références, Dominik n'en avait aucune, sinon la fatigue de Johann et l'empressement du vieil homme à prendre enfin sa retraite. Dominik avait prétendu, lors de son engagement, être un Berlinois de naissance et ne pas entendre un mot d'italien ; or il apparaissait que non seulement il le parlait, mais qu'il maîtrisait de surcroît un patois toscan. Son allemand était pur et châtié ; Hans ne s'était jamais étonné qu'un enfant du peuple, un bâtard comme il en avait depuis longtemps eu l'intuition – confirmée depuis –, parlât si bien. Il lui avait même reproché d'être trop guindé…

Pourquoi Dominik lui avait-il caché qu'il parlait italien ?

O'Hare s'était tu et ranimait son cigare. Hans s'ébroua et prétendit qu'il était fatigué. Puisque Dominik était déjà couché, le capitaine commanda à un mousse de le ramener dans sa cabine et de l'aider à se coucher.

Dominik dormait profondément lorsqu'ils entrèrent, et il ne se réveilla pas malgré le bruit. Hans l'observa : ses traits, la couleur de ses cheveux, le teint de sa peau… Sourd et aveugle. Quel piètre stratège il faisait ! Étaient-ce ces années vécues dans la tension unique de sa vengeance qui expliquaient cette faiblesse ? Et que devait-il faire à présent ?

Le mousse se débrouilla comme il le put. Il fallait que Dominik fût ivre pour qu'il ne se réveillât pas… Lorsque Hans se retrouva seul dans l'obscurité, étendu sur le dos et les yeux grands ouverts malgré la fatigue, il s'efforça de mettre de l'ordre dans ses idées et, plus encore, dans ses émotions. Le capitaine était-il une source fiable ? Il racontait tellement d'histoires, dont certaines ne pouvaient être que des inventions. Quand bien même, il pouvait y avoir mille raisons pour lesquelles Dominik eût voulu cacher sa connaissance de la langue italienne. Mille ? Disons quelques-unes. Le plus simple ne serait-il pas de lui poser la question dès le lendemain ? Mais s'il était impliqué dans le complot qui s'acharnait contre Raphael et Lætitia ?

Les heures passèrent en vaines conjectures. Chaque fois que Hans envisageait une hypothèse, un flot d'arguments venait la contredire et en proposer une nouvelle, réfutée à son tour. Il demanderait au capitaine d'arrêter l'homme et de le questionner ; il l'empoisonnerait… Chaque issue extrême lui donnait la nausée. Avait-il pourtant hésité jadis ? Serait-il de ces criminels endurcis que le remords amollit à l'approche de la mort ? Il était vieux, cela était vrai. Et fatigué. Sans doute pouvait-on rétorquer qu'il n'avait pas cinquante-cinq ans, mais il se sentait l'âme d'un vieillard, et que dire du corps ? Les images du passé, qu'il avait si longtemps réussi à tenir à distance, revenaient l'épouvanter durant ses nuits, et parfois ses jours, en particulier le visage horrifié de sa mère quand elle avait compris ce que son fils avait commis, puis les yeux fixes et ternes de son cadavre, et la rage du fils devant cette fuite… Du remords ? Peut-être. Pas pour l'usage du poison fait dans sa jeunesse. Pour son obsession qui, à présent qu'elle était abolie par la mort d'Alba, menaçait de broyer des innocents. Un innocent qui était son fils. Un innocent ? Oui. Le mystère autour de Dominik soudain apparu en était pour lui comme la preuve. Mais n'était-ce pas d'abord celle de son besoin de croire en cette innocence ?

Il y avait bien un mystère que Hans voulait percer. Tant qu'il serait à bord, il ne risquait rien ; une fois à San Francisco, il pourrait encore aviser. Si Dominik avait voulu le tuer, il l'aurait fait depuis longtemps. Il y avait autre chose. Mais quoi ?

Le lendemain, le bateau reprenait la mer. Hans, qui ne s'était endormi qu'à l'aube, déclina l'invitation à dîner et resta dans la cabine. Dominik, attentif, veilla à ce qu'il eût à manger et à boire, et s'inquiéta. Hans, qui malgré les heures passées à tourner le problème dans sa tête, ne savait toujours que penser, en fut touché. Les jours et les semaines qui suivirent se déroulèrent de la même manière : Dominik était toujours égal d'humeur, dévoué, efficace. Le capitaine ne fit plus aucune allusion à leur discussion et Hans envisageait le plus souvent que tout cela n'était que pure imagination, que le capitaine avait mal entendu, ou inventé. Rien dans l'attitude du jeune homme ne vint conforter le jugement du capitaine et les craintes suscitées par celui-ci chez Hans, lequel s'efforça de concentrer ses idées sur ce qu'il conviendrait de faire en arrivant à San Francisco et sur ce que les fugitifs pouvaient être en train de vivre. Sur ce chapitre, les anecdotes et les histoires du mess fournissaient de quoi redouter le pire et confirmaient l'adage du capitaine selon lequel la terre ferme était l'empire de toutes les forfaitures.

Chance ou bonne volonté du capitaine : on approcha de San Francisco après sept mois de traversée. O'Hare était particulièrement satisfait : on n'avait déploré que six morts parmi les passagers, dont deux emportés par une lame durant le passage du cap Horn, trois de maladie et un qui s'était suicidé pour des raisons inconnues.

La veille de l'arrivée, Hans profita que Dominik se fût absenté un instant pour glisser à l'oreille du capitaine qu'il souhaitait le voir seul à seul avant de débarquer. O'Hare ne répondit rien et se contenta de caresser sa barbe. Quand Dominik revint, au moment où tous les convives se levaient pour prendre congé, il déroula sa longue silhouette et, d'une voix forte, déclara qu'il était d'usage que, le dernier soir, le capitaine dînât en tête à tête avec son hôte le plus prestigieux.

— Je vous saurais gré, Mr Kapper, de ne pas déroger à cette coutume, conclut-il.

— Avec plaisir…

La nervosité gagnait le bateau. Après ces mois d'attente, de tension et d'inconfort, la cohorte de prospecteurs s'impatientait, comme si chaque heure d'attente supplémentaire devenait subitement insupportable. L'équipage avait fort à faire pour maintenir le calme, tout en procédant aux multiples opérations que nécessiterait l'accostage.

S'il veillait à tout, cette fièvre ne semblait pas perturber O'Hare qui reçut Hans avec cérémonie et flegme. Il avait dégoté une bouteille de champagne français et obtenu de son chef qu'il se surpassât une dernière fois, avec ce qu'il lui restait comme provisions.

— Vous allez assister demain à une scène qui risque d'être épique… Certains bateaux sont abandonnés au milieu de la baie par les passagers et l'équipage ! Des petits malins les ont récupérés pour en faire des hôtels ou des bordels. Maudit or… Enfin, depuis le temps que je vous en rebats les oreilles, vous savez ce que j'en pense. J'ignore toujours ce que vous comptez faire à San Francisco, mais je crois avoir compris que ce n'est pas pour cette folie-là.

— De fait, pas celle-là.

— À chacun la sienne ! dit le capitaine en faisant tinter son verre contre celui de son invité.

Un mousse avait été réquisitionné pour faire le service. O'Hare entama le repas en racontant l'évolution de San Francisco, qui n'était qu'une minuscule bourgade quelques années auparavant et qui, sous la fièvre de l'or, grandissait d'année en année, anarchique, horrible et magnifique à la fois.

— Il y a quelques années, on ne comptait pas cinq cents habitants ici… Lors de mon dernier voyage, on en était à près de dix fois plus. Qu'en sera-t-il aujourd'hui ? Qu'en restera-t-il dans dix ou vingt ans, une fois les filons épuisés ? Je l'ignore. Tout le monde l'ignore. Il y a dans le pays des dizaines de villes qui ont surgi de terre en quelques nuits et qui ont été désertées plus vite encore. Il suffit parfois d'une rumeur d'or… Sans parler des tricheurs, menteurs et autres arnaqueurs. Tant de gens veulent croire… À Dieu, à l'or, à la chance. Je n'aurai fait que cela dans ma vie : transporter des pauvres malheureux qui rêvaient d'une seconde chance, d'un nouveau départ, d'une résurrection personnelle. Qui ont tout quitté pour trouver un paradis… Mais si vous ne dénichez pas le paradis à l'endroit où vous êtes, pourquoi le trouveriez-vous ailleurs ?

— Curieuse maxime pour un homme dont le lieu est mouvant…

— Vous vous trompez, Mr Kapper. Mon bateau vogue, mais il reste mon bateau. La terre tourne, le navire flotte sur les mers, mais le capitaine O'Hare ne bouge pas, ou si peu. Mais dites-moi : je me trompe ou vous vouliez me demander quelque chose ?

Hans y songeait depuis plusieurs jours ; si ses doutes sur Dominik ne s'étaient pas confirmés et s'il s'était résolu à ne rien tenter contre lui, à voir ce qu'il adviendrait, il avait décidé de rester vigilant et de prendre certaines précautions.

— J'aimerais vous demander de me prêter un de vos mousses dès l'arrivée.

O'Hare souleva un sourcil.

— Pour faire quoi ?

— Je lui confierai une lettre qu'il devra porter à la poste centrale, où on lui remettra du courrier, si du moins il en est arrivé à mon nom, et glisser un billet de dix dollars à l'employé pour qu'il réponde à la personne qui viendrait après chercher le même courrier qu'il n'y en avait pas. Ensuite, il devra me rapporter ces lettres dans la plus grande discrétion. Personne, à part vous et moi, ne doit être au courant. C'est tout. Bien entendu, je le paierai.

— Pas de doute qu'il appréciera une juste rétribution… Si je comprends bien, mes propos de Valparaiso vous ont quand même alarmé. Je ne sais pas si je dois en être désolé ou ravi ; la suite du trajet m'a amené à douter de mon jugement. L'animal s'est montré d'une docilité parfaite. Trop parfaite, peut-être. Mais c'est ma nature d'être méfiant. Vous ne devriez pas souffrir de mettre en place quelques mesures de simple prudence, comme celle que vous envisagez.

Il posa avec force son couvert sur la table.

— Considérez que si ces lettres sont arrivées à San Francisco, elles sont entre vos mains. Je m'en chargerai personnellement, ce qui garantira que personne ne quittera le bord, pas même votre Dominik, tant que je ne serai pas de retour. Et nous pouvons espérer que j'aurai plus de poids face à un employé récalcitrant, comme il en existe malheureusement dans ce genre d'endroits, surtout pour obtenir de lui l'assurance qu'il jouera le jeu lorsque votre Dominik viendra chercher le même courrier.

— Je ne voudrais pas vous occasionner de gêne, rétorqua Hans, embarrassé.

— Aucune gêne. Il faut bien que, de temps en temps, j'aille vérifier que la terre est toujours ce que l'on en dit : ferme, terne et vicieuse ! N'en parlons plus, c'est une affaire réglée.

On en revint au repas et aux anecdotes, et la soirée fut excellente. Hans, après ces mois d'immobilité, mêlés d'angoisse et d'abattement, se sentit étrangement en forme. Il s'était reposé, au moins, avait repris des forces. La nourriture du Mexicain lui avait donné quelques kilos supplémentaires, mais surtout, à l'instant de retrouver cette terre ferme qu'abhorrait le capitaine, les doutes se dissipaient pour laisser la place à la volonté d'agir. Agir, cela n'avait qu'une signification : retrouver Raphael et Lætitia, faire toute la lumière sur les événements et leurs mystères, enfin mettre un terme à cette histoire qui avait conduit sa vie trop longtemps. N'était-il pas trop vieux pour ce nouveau départ qu'avait évoqué l'Irlandais ? Il y avait dans le troupeau d'émigrants tassé sur le pont quelques ancêtres vigoureux. À défaut de vigueur, Hans retrouvait sa volonté.

Au moment de se quitter, O'Hare lui posa une dernière question.

— J'évite toujours d'être trop curieux, surtout à l'égard de mes hôtes. Mais me permettez-vous de vous demander : qu'êtes-vous venu chercher à San Francisco ?

— Un fils, répondit Hans sans hésiter.

O'Hare le dévisagea en caressant sa barbe, et un fin sourire se dessina.

— Ah… J'imagine que si je me mettais en quête, je finirais bien par m'en trouver un moi aussi, à San Francisco ou ailleurs. Mais ce ne doit pas être le même genre de fils. Et certainement pas la même espèce de père… Dois-je vous souhaiter d'y réussir ? C'est assurément plus noble que l'or, mais cela peut se révéler aussi décevant…

Le lendemain, au milieu de l'après-midi, le bateau du capitaine O'Hare pénétrait dans la baie de San Francisco et mouillait au large. Aussitôt, une nuée de petits bateaux se ruèrent vers lui pour charger les occupants et les conduire à terre. Dans la matinée, Hans avait perçu des clameurs et, de manière générale, une rumeur fiévreuse qu'il avait mise sur le compte de l'arrivée prochaine et de l'impatience soudain ravivée chez les passagers. Mais Dominik lui avait expliqué que l'ancre avait été jetée pendant la nuit et que l'on aurait pu, sans cela, arriver plus tôt. Le capitaine en avait donné l'ordre car il souhaitait pouvoir se rendre à terre avant l'accostage, pour régler des formalités, et il ne voulait pas devoir le faire dans la cohue prévisible de l'arrivée. Il avait donc pris une chaloupe et trois hommes, et était parti avant le lever du jour.

La chaloupe et ses passagers étaient revenus au milieu de la matinée et l'ancre avait été levée. Peu après, un officier vint chercher Hans.

— Le capitaine souhaite vous faire ses adieux dans sa cabine et m'a demandé de vous y conduire.

Hans brûlait d'impatience de connaître le résultat de la course, et une forte émotion s'empara de lui lorsque O'Hare lui tendit trois enveloppes à son nom.

— Se rendre au bureau de poste de San Francisco est une aventure épique ! J'en avais entendu parler lors de mes séjours précédents, et il est à la hauteur de sa légende… Cela fait à peine cinq ans qu'il est ouvert… Par chance, j'y étais très tôt et l'employé a été très compréhensif. Une fois qu'il m'a eu remis ces lettres, il m'a juré ne les avoir jamais vues. Votre petit cadeau a très certainement contribué à cette providentielle amnésie.

La main de Hans tremblait.

— Vous devriez les lire ici, si vous me permettez ce conseil. Personne ne vous dérangera.

Il s'écarta et s'assit à son bureau pour laisser à Hans un peu d'intimité. Il avait raison ; Hans déchira fébrilement les enveloppes et en extirpa les feuillets. C'était bien l'écriture de Raphael.

La première lettre remontait à plus d'un an et avait été envoyée d'un endroit non précisé, quelques jours après la spectaculaire évasion. L'écriture de Raphael y était singulièrement nerveuse ; il l'avait écrite dans l'urgence et l'inquiétude, mais aussi avec une exaltation qui transparaissait clairement.

Très cher Hans,

Tu ne peux imaginer les événements que nous venons de vivre, Lætitia et moi. Je savais ce pays incomparable, théâtre d'une nouvelle épopée où des héros modernes affrontaient les nouveaux monstres et accomplissaient des exploits inouïs ; mais quand l'expérience rencontre le savoir…

En m'attelant à l'écriture de cette lettre, je mesure combien ces événements sont incroyables, au sens fort du terme. Je cherche les phrases et je me dis : ce n'est pas possible, tu n'as pas vécu cela ! Et pourtant... Je n'ai que peu de temps, tu m'excuseras si mon récit est décousu et mal charpenté. Je ne fais pas un roman et il y a encore tant de détails dont le sens m'échappe, et surtout l'explication.

Notre vie en Pennsylvanie se déroulait paisiblement. La propriété que j'y avais achetée était magnifique, je te l'ai décrite. Mais il y avait aussi ce conflit sourd avec un des notables, juge de surcroît. Je t'ai conté cela. Ce que tu ignores, et que j'ai fini par comprendre, c'est que notre persécuteur n'a pas renoncé et a retrouvé notre trace. Il a fait savoir à ce juge que Carl et Maria Berliner n'étaient peut-être pas ceux qu'ils prétendaient être. Rien de plus, juste la graine d'un redoutable soupçon. Ajoutée à cela, la dénonciation du lien qui pouvait exister entre Lætitia et moi... J'y reviendrai.

Ce juge ne m'aimait pas, et peut-être trouvait-il, comme d'autres dans cette province à la mentalité combien plus étriquée qu'à New York, que notre bonheur était une insulte. Car nous étions heureux, et je peux t'en assurer dès à présent, nous le sommes encore, plus peut-être malgré les périls et les épreuves ! Il commença à me chercher noise lorsque nous nous rencontrions. J'ai essayé de ne pas répondre à ses provocations, qui suscitaient chez Lætitia une inquiétude bien compréhensible. Je ne pensais qu'à elle, à sa sécurité, à son bonheur... Mais j'ai failli.

Un soir, alors qu'une réception était organisée, le ton est monté. Sans doute avions-nous l'un et l'autre bu un peu trop. La dispute a dégénéré et, j'ai honte de l'écrire, nous en sommes presque venus aux mains. À la face de tous, et d'abord à la nôtre, il a émis l'hypothèse que Lætitia et moi fussions frère et sœur...

De tous les événements qui ont découlé de cet incident, cette bagarre est le seul dont je porte la faute et que je ne me pardonnerai jamais. Lætitia était effondrée et me regardait comme si je lui étais un inconnu. Que les hommes sont idiots quand ils se prennent pour des coqs ! Et que les femmes sont admirables de ne pas les abandonner alors, de continuer à les aimer malgré tout... Mais plus que mon comportement, ce que ce juge venait de révéler l'avait frappée au cœur, et plongée dans l'effroi que tu peux imaginer.

Elle a refusé de me raccompagner chez nous et est allée dormir chez une amie. J'étais trop saoul et trop honteux pour tenter quoi que ce soit ; je suis rentré à la maison, misérable, et me suis effondré dans notre lit. J'ai mal dormi, tu l'imagines... Comment allait-elle réagir à cette révélation ? Car, au-delà de l'injure, dans la solitude de notre chambre, je devais admettre que cette explication était plausible et justifiait à elle seule l'attitude de la mère de Lætitia... Quels terribles secrets abritent les familles ! Pour autant, cela modifiait-il quoi que ce soit à l'amour qui nous liait ? Depuis la naissance de son fils en Toscane, Lætitia savait qu'elle ne pourrait plus enfanter ; et ce qui avait terni notre joie apparaissait désormais comme un signe du destin bénissant notre union... Mais Lætitia partagerait-elle cette vision ou, terrifiée par le poids du tabou majeur, me rejetterait-elle ?

Mais l'inceste n'était pas ce qui me menaçait le plus...

À l'aube, on venait m'arrêter pour le meurtre du juge, lequel avait été abattu durant la nuit par un inconnu. Sa veuve affirmait avec force et désespoir que cet inconnu n'en était pas un : c'était moi.

Dois-je te préciser, mon ami, que je ne suis évidemment pas coupable de ce meurtre ? Celui qui nous harcèle doit avoir des motifs bien terribles pour recourir à de tels actes... Pourquoi ne cherche-t-il pas à me tuer, tout simplement ? C'est une des nombreuses questions qui me hantent et dont la réponse m'échappe encore – je ne sais si je la trouverai jamais.

La pauvre Lætitia était désespérée, comme tu peux l'imaginer. Je ne savais pas comment elle avait choisi de réagir à la révélation de notre lien fraternel ; pour ne pas te laisser dans l'inconnu trop longtemps, je te dirai tout de suite qu'elle était arrivée, par ses chemins, à la même conclusion que moi. Plus que moi, d'ailleurs, elle voyait dans son infertilité le signe que notre amour était juste, nécessaire, inévitable. Et l'accusation qui se porta contre moi, et qu'elle découvrit le lendemain d'une nuit où elle ne dormit pas davantage que moi, acheva de la convaincre. Elle ne pouvait cependant témoigner de mon innocence, puisque nous n'avions pas dormi ensemble, mais elle en était convaincue. Son désespoir ne l'a pas empêchée d'être admirable, et j'ai découvert une personne que je ne soupçonnais pas. Elle a organisé ma défense ; puis, quand elle a compris que cette défense ne servirait à rien et que mon cas était entendu, que l'on me destinait à la potence, elle a résolu de préparer mon évasion.

Peut-être as-tu finalement eu vent de tout ceci par une autre voie. Je ne sais quand cette lettre te parviendra et tu auras dû t'inquiéter une fois encore. Quoi qu'il en soit, laisse-moi te dire combien ma femme est un être exceptionnel, et combien je suis comblé de bénéficier de son amour. Comblé et indigne ! Pour me sauver, elle n'a pas hésité à recruter des brigands, des mercenaires qui ont pris d'assaut ma prison. Et nous avons fui dans la nuit, avec à nos trousses le shérif et ses hommes, lesquels n'ont jamais réussi à nous rattraper.

Nous sommes à présent hors d'atteinte, déjà loin de la Pennsylvanie. Aurais-je jamais imaginé, dans ma vie bien rangée à Berlin, que je me retrouverais un jour sur les pistes de cet Ouest sauvage dont nous parlaient parfois les journaux, avec effroi et fascination ? Nous avons payé les hommes, car ils n'agissaient pour nul autre motif que l'argent. Lætitia en a emporté un peu, mais il me faut accepter l'idée que nous sommes pauvres désormais. Pauvres mais vivants, libres et ensemble. Amoureux, plus que jamais. Avec cette condamnation à mort, il me faut renoncer sans doute à jamais à ma fortune, comme il nous faudra aussi renoncer à notre nom. Nous nous sommes joints à une caravane de pionniers qui fait route vers la Californie. L'or, paraît-il, s'y trouve en abondance ; ce n'est pas ce que nous irons chercher là-bas, car nous avons notre or : l'amour qui nous lie.

Ni prospecteur ni fermier ; je veux offrir à ma femme une vie qui ressemblera autant que possible à celle dont nous aurions dû jouir, dont elle aurait dû profiter si je ne m'étais pas entêté à la retrouver. On dit que San Francisco sera le New York de l'Ouest ; j'ai résolu d'y arriver et de nous y installer. J'ignore encore ce que nous pourrons faire là-bas, quel métier je pourrai exercer, dans quelles conditions nous pourrons y vivre. Il faudra déjà traverser ce pays, ses déserts, ses embûches... Les récits de nos compagnons de route feraient frémir les plus braves ; Lætitia en sourit. Quoi qu'il advienne, nous vivrons et nous mourrons ensemble. Mon unique espoir est que le fou qui nous tourmente ne sera pas aussi fou que nous et renoncera à nous poursuivre jusque-là...

Nous faisons étape dans une bourgade perdue au milieu du désert. Une rue bordée de bâtiments en bois. On m'assure que la poste fonctionne et que ma lettre arrivera jusqu'à Berlin. Puisse cela être vrai. À ton tour, écris-moi pour me rassurer et me confirmer que tu auras reçu cette lettre. Il doit y avoir une poste centrale à San Francisco ; adresses-y ton courrier, je le trouverai à mon arrivée, si nous arrivons un jour.

L'idée que tu penses à nous est, après l'amour de Lætitia, mon plus grand réconfort, et je rêve du jour où je pourrai à nouveau t'embrasser...

La deuxième lettre remontait à quatre mois et avait été écrite à San Francisco. Quelle ironie, songea Hans avec émotion : partie de Californie, elle avait fait le tour du monde pour revenir à son point de départ, comme la troisième. L'écriture y était plus ferme, plus posée, et sans en avoir encore rien lu, son existence à elle seule était rassurante.

Très cher Hans,

Je ne croyais plus que nous serions un jour face à l'océan, et vivants ! Cette traversée m'a fait comprendre combien les épopées antiques ont dû, à leur source, être des aventures de chair et de sang, d'espoir et de désespoir, et qu'avant de voir leurs exploits et leurs souffrances transcrits par les poètes, leurs héros ont été des hommes et des femmes accablés par les dieux ou le sort. Rien de ce que tu pourras imaginer de plus fou ne nous aura été épargné, sinon la mort – mais nous l'avons vue de près et elle s'est nourrie de tant de nos compagnons de route... Moi-même serais dans l'incapacité, aujourd'hui, de te livrer le récit de ces mois au cours desquels nous avons affronté le froid, la chaleur, les bandits, les Indiens, les animaux sauvages, la faim, la soif... Un jour peut-être ?

À peine étions-nous arrivés à San Francisco que ce qui restait de notre caravane s'est dispersé. En quelques instants, les liens si forts que l'adversité avait noués se sont défaits, et nous n'étions plus que des étrangers, voire des adversaires pour ceux qui n'avaient jamais perdu de vue le but de leur quête : l'or.

Durant ces semaines éprouvantes, jamais notre amour n'a faibli. Au contraire ; il est désormais plus solide que l'airain. Nous avons aussi beaucoup parlé : de ce que nous voulions faire lorsque nous arriverions en Californie, et de ce qui nous était arrivé depuis notre rencontre.

Maintenant que le rêve doit devenir réalité, nous nous efforçons de reconstruire notre vie parmi les hommes, dans une ville où la civilisation montre, par mille signes, sa volonté de s'affirmer et de se développer. Nous n'y sommes que depuis quelques jours, mais déjà San Francisco me paraît une terre d'exception, bâtie pour permettre à des gens comme nous de renaître et d'être heureux. Mon premier geste a été de me précipiter à la poste, dans l'espoir d'y trouver une lettre de toi. Ce fut aussi ma première déception, mais peut-être n'as-tu pas reçu la précédente. Je vais donc succinctement te résumer les péripéties que nous avons vécues depuis notre arrivée en Pennsylvanie, jusqu'à ce jour.

Hans parcourut rapidement le récit qu'il venait de lire, plus détaillé, dans la première lettre.

Lætitia rêve d'ouvrir un restaurant italien. Tu imagines ! Tes amis taverniers... Ce serait pour elle une manière de s'assurer qu'elle n'a pas rêvé sa vie passée, et pour nous une façon de partager notre bonheur. Mais nous n'avons pas cent dollars et il nous faudra d'abord trouver l'argent nécessaire, en acceptant d'autres travaux moins amusants. Cela ne m'effraie pas, et Lætitia entend s'y atteler également, quoique je préférerais la préserver. Le courage et la force dont elle a fait preuve depuis mon arrestation m'interdisent cependant de la contraindre à quoi que ce soit, et moins encore de la contrarier dans ses projets.

Pour tromper notre peur et notre fatigue durant la traversée, elle me racontait souvent des anecdotes de son enfance. La vie qu'elle a menée n'a pas toujours été facile ; si le silence régnait entre ses parents, les tensions qui les déchiraient n'en étaient pas moins évidentes. Elle dit ne les avoir jamais vus heureux ensemble. Faut-il que nos rêves se nourrissent des contraires, sans quoi comment Lætitia aurait-elle jamais pu m'aimer comme elle m'aime et accepter mon amour ? Après avoir été presque exclusivement sous la maîtrise de sa mère, elle s'était rapprochée de son père après que celui-ci a été victime d'un accident cérébral qui l'a rendu infirme, comme toi. Elle m'a reparlé, hier, d'un ami, un des rares que sa mère ait fréquentés lorsqu'elles se rendaient toutes deux dans son palais vénitien, un étrange personnage au nom plus curieux encore : Asmodée. La première fois que Lætitia l'a prononcé, je me suis écrié : « Mais c'est le nom d'un démon ! » Elle a ri et m'a répondu qu'il faut alors reconnaître que certains démons sont des anges. Cet Asmodée était le seul capable de faire sourire sa mère, et il avait une tendresse particulière pour la petite fille contrainte à cette existence amère.

Si je te raconte tout cela, c'est d'abord pour éprouver la joie d'être ici, sain et sauf ! Mais aussi parce que l'anecdote que rapportait Lætitia hier soir a pour nous une résonance toute particulière : lors de leur dernière rencontre, qui remonte déjà à quelques années, Asmodée avait pris Lætitia à part pour lui parler, comme il le faisait souvent, au détour d'une partie d'échecs ou de dames. En substance, il lui avait dit cette fois qu'il y a, au plus profond de chacun, une part de nous qui ne vieillit jamais. Pas une part d'enfance, car un enfant a déjà vieilli un peu et vieillira encore ; une véri-

table part d'éternité, que le temps ne peut altérer. Ce peut être la permanence d'un rêve qui nous sert d'horizon et nous pousse à toujours nous dépasser, à être toujours meilleurs ; ce peut être aussi la fixation sur une folie, un cauchemar qui nous gâtera le reste de notre existence. Entre ces deux extrêmes, concluait Asmodée, la majorité des gens oublient tout simplement cette part d'éternité et se laissent engloutir par le temps, vivent et meurent sans plus savoir pourquoi...

Tu m'auras compris : Lætitia et moi sommes de la première espèce. Notre horizon est l'amour que nous nous portons, envers et contre tout. Quant au malheureux qui nous a poussés ici, puisse sa folie s'apaiser et ses yeux s'ouvrir.

O'Hare fit mine de se plonger dans des papiers et de ne pas entendre le sanglot que Hans réprima à la lecture de cette dernière page.

Il fallait poursuivre ; s'il avait pris ces précautions, peut-être inutiles, par rapport à Dominik, Hans ne pouvait garder ce courrier. Tôt ou tard, son valet, dont il dépendait pour tous ses gestes, le trouverait. Il devait donc tout lire, retenir autant qu'il le pourrait, et puis tout détruire.

La dernière lettre avait juste eu le temps de faire l'aller-retour.

Très cher Hans,

Ton silence m'inquiète ; te serait-il arrivé quelque chose ? Du moins me dis-je que, dans ce cas, Johann, recevant ma lettre, aurait eu à cœur de m'avertir. Je dois me raisonner et croire que cette absence de réponse ne prouve que les carences du service postal de ce pays qui, d'une certaine manière, doit passer en quelques années de la préhistoire à la modernité.

Notre vie à San Francisco prend forme. Dans le bouillonnement de cette cité, les opportunités sont infinies et ce qui semblerait impossible dans la vieille Europe est ici le quotidien de ces gens venus du monde entier. Sache d'abord que nous nous appelons désormais Doriana et Girolamo Acotanto. Ce sont les noms des grands-parents de Lætitia. Elle est morte en donnant naissance à Alba ; il s'est ruiné en cherchant à rendre sa fille heureuse. Lætitia n'a connu ni l'un ni l'autre, sinon par les récits de sa mère – qui lui en a peu parlé au demeurant. Elle a souvent visité leurs tombes à Venise, mais ce choix est, tu le devines, porté par une force vitale et non funeste. En renaissant ici, sur cette terre vierge, nous offrons à ces aïeux la seule possibilité qui soit, dans l'existence humaine, de vivre la vie et de réaliser les rêves qui leur ont été interdits.

Lætitia est remarquable : elle a pardonné à sa mère tout le mal qu'elle nous a fait. Maintenant que nous connaissons la raison qui l'a poussée, son comportement s'explique en effet. Et Lætitia songe souvent à cet enfant et ce mari qu'elle a abandonnés en Toscane pour me suivre. Elle ne regrette rien, mais elle pense à eux avec une infinie tendresse, et je ne peux à mon tour que les aimer, lui surtout, ce comte inconnu, qui a aimé Lætitia avec un tel abandon et une telle générosité – est-il possible qu'un homme se comporte ainsi ? J'essaie parfois de me mettre à sa place et, chaque fois, je dois conclure que je ne pourrais laisser ainsi filer la femme que j'aime...

Aurais-je jamais la grandeur morale de cette femme exceptionnelle qui a tant sacrifié pour moi ? Je ne peux avoir de désir plus ardent...

Tous deux, nous rêvons qu'un jour, dans l'auberge que nous ouvrirons tôt ou tard, la porte s'ouvrira sur les amis perdus : la mère de Lætitia, le comte Della Rocca et son fils, et toi bien sûr...

Si mon aimée revoit sa mère, elle lui demandera quel parent nous avons en commun : elle, ou notre père ? Reçois cette confidence que je lui ai épargnée : l'idée que cette femme fût ma mère m'est encore difficilement supportable, et je mesure en écrivant cela combien je reste éloigné du modèle que m'offre Lætitia. Et puis, si tel était le cas, comment expliquer que ma mère n'ait pas cherché, me retrouvant, à me parler ?

Il me reste une nouvelle à t'apprendre, et tu es la première personne à qui j'en parle, même si j'ignore quand tu la liras.

Après avoir donné naissance à son fils, Domenico, Lætitia avait appris de la bouche du docteur qu'elle ne pourrait jamais plus avoir d'enfant. Lorsque nous avons compris pour quelle raison majeure Alba s'était opposée à notre amour, nous avons pris cette annonce pour un signe, une forme particulière de bénédiction ; nous pouvions nous aimer. Mais rien ne se passe jamais comme nous l'avons imaginé ; Lætitia m'a appris, les larmes aux yeux, qu'elle est enceinte. Nous n'avons pas peur ; si la vie a retrouvé sa place dans son ventre, elle ne peut qu'être belle, saine et vigoureuse. Toi qui as été le premier témoin de notre amour, accepteras-tu d'être le parrain de cet enfant ? Il ne pourrait en avoir de meilleur.

Quant à notre sort, il s'améliore considérablement : nous avons été engagés, tous deux, par une riche famille d'immigrés allemands. Ma connaissance des affaires est appréciée et les enfants adorent Lætitia, qui ravit également la maîtresse de maison, convaincue que la culture italienne est la plus pure qui soit et qui ne peut passer deux jours sans écouter de la musique. Lætitia est si heureuse, quant à elle, de retrouver un piano ! Tu sais comme elle joue divinement...

Je te laisse ici notre nouvelle adresse, où je n'aurai de cesse d'attendre ta lettre. Quoi qu'il advienne, je continuerai à t'écrire et à te raconter la réalisation de nos rêves. J'ai lu que les gens heureux n'avaient pas d'histoire... je te prouverai le contraire.

Hans replia lentement les feuillets. Il était bouleversé, au-delà de tout ce qu'il avait pu imaginer durant ces mois d'incertitude. Le capitaine s'était relevé pour aller observer le pont, derrière la fenêtre de sa cabine. Il toussa.

— Les opérations de débarquement ont débuté… Dans moins d'une heure, le bateau sera vide !

Il se retourna vers Hans qui, d'une main tremblante, lui tendit les enveloppes.

— Pourriez-vous… ?

— Elles seront brûlées avant que vous ayez quitté mon bord.

Il se dirigea vers une armoire, ouvrit un tiroir et y glissa les lettres. Quand sa main ressortit, elle tenait un pistolet.

— J'imagine que vous n'êtes pas armé. Ceci pourrait vous être utile… Les défis que les gens de ce pays doivent affronter ont suscité des inventions plus ou moins heureuses : celle-ci en est une qui ne manque pas d'efficacité. Précise et plutôt silencieuse.

Il tendit l'arme à Hans qui la fit tourner entre ses doigts.

— Elle se glisse facilement à l'intérieur d'une veste, et son maniement est des plus simples… Vous direz à votre domestique que c'est un cadeau de ma part, car le sol que vous allez fouler ne manque ni d'ennemis ni d'embûches. Pour ce qui est de votre installation, je suis passé devant un nouvel hôtel qui s'est ouvert sur le port et qui m'a paru des plus confortables, pour ceux du moins qui se résignent à vivre à terre : le New Dawn. On ne pouvait trouver meilleur nom, n'est-ce pas ?

Il avait remonté à pas lents Pacific Street jusqu'aux nouveaux quartiers de Pacific Heights, au sommet de la ville, des collines sableuses sur lesquelles commençaient à s'ériger de très belles demeures, certaines en bois, d'autres en brique et en pierre, toutes vastes, bordées de jardins et jouissant d'une vue incomparable sur la ville, les quais et la baie. La maison devant laquelle il s'était arrêté n'était pas la plus grande ni la plus originale, mais elle avait été construite parmi les premières et son jardin avait déjà pu s'étoffer, ce qui donnait à l'ensemble un air de cocon confortable qui ne faisait qu'accroître le malaise d'Atanasio.

Il s'assit sur une pierre que le soleil de juin avait chauffée et ferma les yeux un long moment. Son cœur battait fort, trop rapide. Il chercha à le calmer et approfondit sa respiration tandis qu'il s'efforçait de balayer les pensées qui l'assaillaient.

En vain. Cela faisait presque quatre ans qu'il parcourait littéralement le monde pour accomplir la mission que lui avait confiée don Carlo. Quatre ans qu'il avait accepté ce que tout fils se devait d'accepter : venger ses parents et punir ceux, tous ceux qui, d'une manière ou d'une autre, avaient contribué à leurs souffrances et à leur mort. Ceux qui étaient responsables du malheur d'un orphelin, privé depuis toujours de l'affection de ses parents, obligé de vivre dans un mensonge. Avait-il imaginé, en sortant de l'étude de Me Constant à Genève, qu'il lui faudrait tout ce temps ? Mais ce n'était pas le temps le plus important. Peut-être d'ailleurs don Carlo avait-il cru qu'il lui en faudrait beaucoup plus. Ce qui comptait, ce qui avait compté, c'était ce qu'il avait fait et, plus encore, ce qu'il avait appris, les gens qu'il avait rencontrés, côtoyés, pour arriver à ce matin de juin 1853, dans un quartier élégant de San Francisco, devant la maison où Raphael et Lætitia avaient trouvé refuge. Le sort en avait voulu ainsi : Atanasio aurait la chance et le devoir de les éliminer personnellement, puisque ni les Indiens, ni les bandits, ni la faim, ni la soif, ni les animaux sauvages n'avaient voulu le décharger de cette mission sacrée.

Pas de précipitation. Don Carlo lui avait demandé, avant de tuer les cibles désignées, de les livrer à la peur. Raphael et Lætitia se croyaient désormais à l'abri. Il faudrait d'abord leur dessiller les yeux…

Atanasio ne parvenait pas à ordonner ses pensées. Les sept mois d'immobilité sur ce maudit bateau, dans la promiscuité constante avec cet homme qu'il avait appris à détester plus que tout, avaient été un calvaire. Il haïssait Hans de toutes ses forces, et il lui faudrait faire un prodigieux effort pour ne pas le tuer tout de suite, avant Raphael et Lætitia. Des raisons avaient pourtant pu justifier cette précipitation ; Hans se méfiait de lui. Il fallait donc se résoudre à agir, ce qu'il avait fait dès son arrivée à San Francisco ; mais comment retrouver le couple de fugitifs, sans même savoir s'ils étaient bien arrivés ici ?

Ils s'étaient installés à l'hôtel indiqué par le capitaine O'Hare : une vaste suite où chacun disposait de sa chambre dotée d'une salle de bains magnifique, séparées par un énorme salon. Un luxe qui n'avait pas ému Atanasio, mais qui semblait avoir réconforté Hans, suscitant le mépris de son domestique. Le premier geste de l'Allemand avait été d'envoyer ce dernier à la poste. Le jeune homme avait commencé par ranger ses affaires et avait glissé sous le lit, inaccessible à un infirme comme Hans, le paquet contenant les cadres et la fiole de poison. Les lettres étaient toujours dans la doublure de son manteau, qu'il garda sur lui, malgré le soleil estival – le vent marin toutefois en justifiait pleinement le port. Il avait fermé la porte de sa chambre à clé et était descendu en ville, guidé par le concierge de l'hôtel.

Le bureau de poste était un vaste bâtiment de planches d'un seul étage, devant lequel s'étiraient des files interminables. On expliqua à Atanasio qu'une de celles-ci étaient destinées au courrier hispanophone et on lui indiqua celle de la poste restante. Aucune distribution du courrier n'était organisée dans les innombrables concessions qui poussaient dans les environs directs de San Francisco ; quand ils descendaient en ville vendre leur or, les prospecteurs faisaient la queue pour recevoir des nouvelles de ceux qu'ils pouvaient avoir laissés dans un lointain pays et, s'ils en avaient les moyens, pour poster une lettre. Chacun de ces fous trouverait sans doute bien extravagant qu'une missive partie de l'Ouest américain fût arrivée à Berlin, revenue à New York et réexpédiée à San Francisco… C'était pourtant bien la seule justification valable pour avoir suivi Hans jusqu'ici ; il n'y avait que par lui qu'Atanasio pourrait retrouver rapidement la trace des amoureux.

Il patienta donc pendant plus d'une heure, entouré de gens qui lui donnaient la nausée, dans un maelström de sabirs incompréhensibles et d'odeurs pestilentielles. C'était un hallucinant patchwork d'humanité, de vêtements, reflet d'une ville qui avait crû en quelques années, avait subi des incendies, des tragédies, des exploits héroïques ; un monde qui s'était créé entièrement, à partir de trois fois rien, et qui s'était consolidé sur des fondements de boue, de déchets et d'eau.

Il arriva enfin devant un très jeune employé souriant, aux longs favoris roux.

— Que puis-je faire pour vous ?

— Y a-t-il du courrier de New York ou de Berlin au nom de Hans Kapper ?

— Berlin ! Mon père en venait. Enfin, si je peux croire ma mère !

Le visage rigide d'Atanasio ne l'empêcha pas d'éclater de rire à sa blague.

— Je crois bien que j'ai vu ça. Attendez…

Il se tourna vers le fond du vaste local où d'autres employés allaient et venaient, rangeaient, triaient ou répondaient à d'autres clients, installés derrière d'autres guichets.

— Adam ! Du courrier au nom de Kapper, Hans Kapper… Où tu l'as mis ?

Atanasio se raidit. Du courrier était arrivé… Il avait eu raison de suivre Hans, finalement. Il se contrôla cependant et resta impassible.

L'homme que le guichetier avait interpellé se retourna vivement et se fâcha.

— Qu'est-ce que tu racontes, Peter ? Y a pas de courrier à ce nom !

Peter ne se laissa pas démonter et, sans cesser de sourire, rétorqua.

— Je t'assure que si, je l'ai vu en faisant le tri.

Adam s'approcha à vive allure, le visage déformé par la colère, tout en jetant un regard agressif vers le client.

— Je te dis que tu te trompes, crétin. C'est compris ? Je sais mieux que toi ce qu'il y a comme courrier…

Il se pencha vers lui pour glisser un mot à son oreille ; le pauvre Peter pâlit et se retourna vers Atanasio.

— Désolé, sir, j'ai dû me tromper… Du courrier, on en reçoit pas mal ici, et les noms et moi, on n'a pas toujours été amis… Revenez un prochain jour, peut-être bien que votre lettre sera arrivée.

Adam était resté à côté de lui et lorgnait vers Atanasio avec un air mauvais. Le jeune homme hésita puis se fendit d'un sourire glacial.

— Pas de souci. Je comprends… À bientôt.

Il s'éloigna, songeur. Il était certain qu'Adam avait menti. Du courrier était arrivé pour Hans, mais quelqu'un d'autre était déjà venu le chercher… Qui, et pourquoi ? Personne d'autre, sinon Hans et lui, n'était au courant. Raphael ne pouvait pas deviner que le courrier reviendrait ici. Atanasio sentit la colère le gagner ; Hans se méfiait de lui. Avant même de débarquer, il avait envoyé quelqu'un pour prendre le courrier, parce qu'il ne voulait pas que son brave

Dominik fût au courant. Il avait dû agir avec la complicité de cet imbécile radoteur de capitaine ; ce dernier n'avait-il pas multiplié les apartés avec son passager avant de débarquer ? Et n'était-il pas descendu à terre avant tout le monde ?

Il songea à rentrer sur-le-champ à l'hôtel et à se débarrasser de Hans. À l'obliger à lui donner les lettres qui, sans doute, contenaient l'adresse de ses cibles. Que pouvait-il lui opposer, ce vieillard infirme ? Mais c'était impossible ; Atanasio devait obéir à don Carlo et celui-ci avait imposé un ordre précis.

Il fallait garder son sang-froid. L'issue était proche et même si la situation se compliquait, elle était encore sous son contrôle.

Il remonta vers l'hôtel et échafauda sa stratégie, qui était prête avant d'arriver.

L'après-midi même, tandis que Hans faisait la sieste, il sortit avec les portraits de Raphael et Lætitia et se mit en quête d'un artiste qui pourrait lui en faire rapidement des copies au crayon, en quantité suffisante. Il trouva un vieil Hongrois déçu par l'or qui vivotait pas loin des quais en proposant aux immigrants de les croquer pour envoyer un souvenir à leur famille restée au pays. Ravi de l'aubaine – les arrivants avaient rarement l'envie de montrer aux leurs dans quel état la fièvre de l'or les avait mis –, le Hongrois promit que ce serait fait pour le lendemain. Atanasio refusa cependant de lui laisser les originaux et exigea qu'il fît une première copie des deux, à partir de laquelle il établirait les autres. Il lui paya la moitié de la somme convenue et repartit, une heure plus tard, les portraits sous son bras, bien emballés, non sans s'être assuré que le travail était fidèle et de qualité.

Lorsqu'il revint, Hans était attablé au bureau, en train d'écrire des lettres. Lorsque Dominik était revenu bredouille de la poste, il avait manifesté une profonde tristesse dont le jeune homme n'avait pas été dupe, même si un bref instant il s'était demandé si l'employé de la poste ne s'était pas trompé. À qui écrivait-il ? Il jeta un œil discret en passant derrière Hans et comprit que c'était une lettre adressée à la personne chargée de gérer ses affaires à Berlin.

L'infirme posa la plume et fit craquer ses jointures.

— Je pense que nous allons devoir rester longtemps ici, dit-il, songeur. Tant que je n'aurai pas reçu la preuve que mes amis sont morts ou vivants, je ne pourrai pas rentrer. Et même… Ce voyage m'a épuisé. Je me demande si je ne vais pas finir mes jours dans cette ville.

Il se tourna vers Dominik.

— Je n'ai pas encore décidé. De toute manière, je comprendrais que tu ne souhaites pas rester.

— Nous en parlerons si cela devient nécessaire, répondit froidement le jeune homme. Je tiens à vous aider au moins jusqu'à ce que nous ayons retrouvé vos amis.

— Bien, fit Hans en souriant.

— Souhaitez-vous que j'aille poster votre courrier ?

— Nous irons ensemble. J'aimerais visiter cette ville. Même si mes jambes ne peuvent plus me porter, j'ai besoin de bouger après ces mois en mer. Et nous irons aussi dans une banque. Renseigne-toi et tâche de voir laquelle sera la plus adaptée à mes besoins. J'imagine que, vu le nombre d'immigrés qui débarquent dans cette ville, nous trouverons facilement.

— Cette poste n'est pas vraiment un endroit agréable. Il y a une cohue…

— Tant mieux ! Je te l'ai dit, j'ai envie de me changer les idées et de retrouver un peu d'animation. D'ailleurs, trouve-nous aussi des places pour des spectacles. De la musique, si possible.

En fin d'après-midi, avant le repas, Hans demanda à Dominik de le conduire dans le salon où un bar avait été installé. Un public distingué et cosmopolite y occupait les profonds fauteuils en cuir foncé, fumait et buvait, discutait, lisait les journaux. Hans n'avait pas envie de lier conversation avec qui que ce soit mais c'était la même envie de renouer avec la civilisation. Les journaux lui parleraient d'un monde qu'il avait quitté trop longtemps et qui sans doute lui semblerait inconnu. Dominik obtempéra sans discuter puis demanda l'autorisation de remonter dans sa chambre, ce que Hans lui accorda sans marquer la moindre surprise.

Atanasio se demandait si Hans avait conservé les lettres. C'était peu probable, mais l'homme était sentimental et une telle erreur était possible. Contrairement à son valet, le maître n'avait pas fermé la porte de sa chambre à clé et Atanasio entreprit de fouiller tous les tiroirs, tous les recoins possibles et accessibles à l'infirme, ce qui limitait singulièrement les possibilités. Il ne trouva rien. Soit les lettres étaient détruites, soit Hans les portait sur lui, comme Atanasio le faisait pour celles de don Carlo. Comme il aidait l'homme à se déshabiller et à s'habiller, comme de surcroît il s'occupait de l'entretien de ses vêtements, il finirait par les trouver dans cette hypothèse. Mais la plus probable était la destruction ; à partir du moment où Hans se méfiait de lui, compte tenu de leur proximité, il ne prendrait pas le risque que Dominik les retrouvât – dévoilant du même coup et les informations et la méfiance de Hans à son propos. Seules la mémoire et la bonne foi du jeune postier avaient alerté Atanasio ; il était évident que l'autre, Adam, avait été soudoyé pour répondre qu'aucune lettre adressée à Hans Kapper n'existait ni n'avait jamais existé.

Mais Atanasio ne s'en formalisa pas ; lire les lettres lui aurait certes offert des renseignements précieux, mais ce n'était pas ce manque qui l'empêcherait de retrouver ses proies.

Le lendemain matin à l'aube, il se glissa dehors. Il avait repéré la veille des bandes de gosses dépenaillés qui traînaient dans les rues, abandonnés, désœuvrés et sans doute prêts à beaucoup pour un peu d'argent. Il passa d'abord chez le Hongrois qui avait établi une dizaine de copies de chaque portrait et en promettait le double pour la soirée.

De retour dans la rue, il héla un gamin qui avait l'air de mener une petite troupe et l'appâta avec une pièce. Avant le soir, il avait mis en place un petit réseau d'informateurs qui lui parut plus efficace qu'un bureau de détectives professionnels, étant donné les caractéristiques de cette ville neuve, mouvante et grouillante. Il lui fallait des yeux partout, il ne pouvait indiquer aucune piste privilégiée et le temps était compté. Pendant qu'il cherchait à localiser Raphael et Lætitia, Hans, qui savait sans doute où ils se trouvaient, préparait le coup suivant. Atanasio distribua les portraits et établit avec les gamins les plus âgés un quadrillage de la ville ; tous les matins, à l'aube, il retrouverait celui qu'il avait désigné comme chef dans un parc à proximité de l'hôtel, pour recevoir le rapport et payer la journée écoulée. Pour éviter que les gamins songent que ne rien trouver leur permettrait de se constituer une rente, il promit une prime alléchante en cas de réussite, dont le montant diminuerait toutefois de jour en jour, et il établit clairement que s'ils n'avaient pas réussi d'ici la fin de la semaine, il se passerait de leurs services.

Replonger dans l'action lui avait fait du bien et la confrontation possible avec Hans, tout infirme qu'il fût, le stimulait. Mais il évitait de penser à ce qu'il ferait lorsqu'il aurait retrouvé Raphael et surtout Lætitia…

Il conduisit Hans à la banque où il dut attendre à l'extérieur du bureau que son maître eût achevé son rendez-vous avec un employé visiblement ravi de pouvoir accueillir ce nouveau client. Puis ils se rendirent à la poste et Atanasio laissa l'infirme déposer son courrier en mains propres au préposé. Par chance, l'employé auquel ils eurent affaire n'était ni Peter ni Adam, et Atanasio n'aperçut ni l'un ni l'autre à l'horizon. Aucun courrier nouveau n'était arrivé à l'attention de Mr Kapper, qui ne parut pas s'en formaliser. Avec un généreux pourboire à la clé, il demanda que tout éventuel courrier lui soit désormais livré au New Dawn et Atanasio devina qu'il y avait donné instruction pour qu'on le lui remît en mains propres ; de même, il devait avoir donné cette consigne à son homme de Berlin.

Lorsqu'ils revinrent à l'hôtel, Hans avait l'air épuisé. Il demanda à Dominik de le conduire dans sa chambre et de l'aider à se coucher pour une sieste ; puis il lui donna congé, mais Atanasio prétendit être lui aussi fatigué et il demeura dans la suite. Il ne voulait pas laisser Hans seul, tant que faire se pouvait. S'il avait pu comploter avec le capitaine, il pouvait se trouver d'autres alliés ici, dans l'hôtel.

Sa petite troupe d'espions ne le déçut pas ; trois jours après la distribution des portraits, son contact, un gamin déluré qui prétendait se nommer Johnny mais dont un fond d'accent trahissait une origine italienne, l'attendait avec un sourire triomphal. En lui tendant la main sans que l'on pût se méprendre sur le sens intéressé de son geste, il lui lança :

— On les a trouvés, tes amoureux ! T'as envie de lui piquer sa femme, c'est ça ?

Atanasio lui frappa le sommet du crâne.

— Je ne te paie pas pour poser des questions stupides. Où ?

Johnny se frotta le crâne en ricanant.

— D'abord, l'argent. Pour hier et pour la prime.

— Il faut que je sois sûr que c'est la bonne adresse.

— Alors, tu me suis…

Et sans attendre, le gamin sortit et se mit en route.

C'était ainsi qu'il était arrivé dans ce quartier chic, au sommet de la ville. En contrebas, un enchevêtrement de toits et de bâtiments où le bois avait presque disparu au profit de la pierre et des briques, la baie et ses bateaux par dizaines. Johnny lui avait désigné la maison et avait à nouveau tendu la main.

— Je n'ai encore vu personne, et Atanasio avait repoussé le bras du gamin.

Ils s'étaient assis. La ville s'était réveillée, le soleil avait commencé à chauffer. Après une vingtaine de minutes d'attente, Atanasio perçut de l'animation dans la maison. La porte principale s'était ouverte et un domestique noir était sorti. Un peu plus tard, sur le côté, une autre porte avait libéré la silhouette d'un homme jeune, vêtu d'un costume sombre. Johnny lui avait frappé dans les côtes et Atanasio avait senti son souffle s'accélérer : Raphael avait gagné le trottoir et, sans un regard pour ses guetteurs, avait pris la direction du centre.

— Qu'est-ce que je te disais ? avait déclaré Johnny, très fier. Tu peux me donner une pièce en plus pour l'attente, et une autre pour la méfiance.

Sans relever l'arrogance, Atanasio lui avait glissé une liasse de billets, que le gamin avait soupesée les yeux exorbités ; c'était beaucoup plus que ce qui avait été convenu. Il avait sifflé, impressionné.

— Ben… si t'as encore besoin de nous, tu sais où me trouver…

Et, devant le visage fermé et tendu d'Atanasio, il s'était enfui avant que ce curieux bonhomme ne changeât d'avis.

Le temps avait passé. Cela devait faire deux heures qu'il attendait là. Par chance, personne ne prêtait attention à lui. Il s'était mis dans un angle où on ne pouvait l'apercevoir de la maison, mais qui lui permettait d'en surveiller les accès. Il n'avait pas rêvé, c'était bien Raphael qui était sorti de cette maison de maître. Qu'y faisait-il ? Depuis qu'il l'avait découvert, Atanasio essayait d'imaginer ce qui avait pu se passer pour les jeunes gens. Il était improbable qu'ils eussent emporté avec eux leur fortune ; ils avaient fui et étaient devenus des hors-la-loi. Avait-il trouvé du travail auprès d'une famille riche, en trichant sur son identité ? C'était l'hypothèse la plus probable ; il était un fils de commerçant et ses compétences devaient lui ouvrir des portes dans cette ville naissante. Atanasio cracha par terre. Des individus de cette sorte pensaient-ils pouvoir toujours s'en sortir, être au-dessus des autres et des lois ? Pas des lois humaines ; Atanasio savait que Raphael était innocent des crimes dont on l'accusait. Lui seul, bras d'une justice supérieure, avait orchestré l'accident des von Rüwich et commandité le meurtre de ce juge imbécile et orgueilleux. Dès le lendemain, il déposerait un courrier dans la boîte aux lettres de la luxueuse demeure, par lequel il informerait les propriétaires du fait qu'ils hébergeaient chez eux un dangereux criminel et un imposteur. Un couple incestueux. Que se passerait-il alors ? Atanasio verrait. Il serait là, à deux pas. De toute manière, il ne traînerait plus.

Il aurait dû retourner sur-le-champ à l'hôtel et écrire la lettre, revenir la déposer avant la fin de la matinée. Mais il ne bougeait pas. Il attendait… Quoi ? Le retour de Raphael ? Aurait-il un doute ? Il l'avait suffisamment côtoyé, à Berlin et à New York, et le jeune homme n'avait pas beaucoup changé. Toujours aussi beau, sans doute, délicat, même si la traversée du continent l'avait raffermi et musclé. Non, il n'attendait pas Raphael. Il voulait voir Lætitia. S'assurer qu'ils étaient bien ensemble, qu'elle était toujours vivante. Ou tout simplement la voir. Trop souvent, durant ces mois de voyage immobile, il avait sorti le portrait de la jeune femme et l'avait confronté au souvenir de celui qu'il avait aperçu dans la Berliner Mansion.

Raphael revint vers midi. Il portait un élégant chapeau de paille blanc et sifflotait un air joyeux. Atanasio serra les poings mais ne bougea pas. Avant de rentrer dans la propriété, Raphael jeta un œil distrait sur lui puis poussa la grille sans plus lui prêter la moindre attention. La porte s'ouvrit avant qu'il y parvînt et une femme marcha vivement à sa rencontre. Atanasio, tendu, s'était approché. Elle était vêtue d'une robe à larges voiles blancs, fleurie de bleu, et resplendissait de beauté et de joie. Elle fit un léger bond en avant et Raphael la cueillit dans ses bras, la fit tourner et l'embrassa. Les amoureux s'immobilisèrent et se regardèrent en souriant, avant de rapprocher leurs lèvres pour un long baiser. Lorsqu'ils se séparèrent, la main de Raphael se posa sur le ventre de Lætitia, rebondi sous l'ample robe, et c'est alors qu'Atanasio comprit. Il se figea, comme vidé de son sang, pris par une terrible nausée.

Les tempes lui battaient encore lorsqu'il regagna le New Dawn. Avant de monter rejoindre Hans, il commanda au bar un bourbon qu'il vida d'une traite, puis un second. Il avait dû lutter contre l'envie meurtrière qui l'avait saisi en découvrant que Lætitia était enceinte. Il se haïssait d'y être surtout parvenu à cause de cette faiblesse subite qui lui avait donné envie de vomir et fait flageoler les jambes. Un instant, il avait revu le canon du fusil que don Carlo pointait sur lui, et derrière la fille nue dont son sperme maculait encore le ventre et les seins.

Demain, ils seraient morts tous les deux. Comment, Atanasio l'ignorait encore ; mais il avait la nuit pour trouver. Ensuite, il reviendrait à l'hôtel, purifié, serein et fier. Dans la suite, il servirait un verre d'eau à Hans, rempli de poison ; et le dernier acte se dénouerait.

Il faillit prendre un troisième verre mais se ressaisit. Il avait besoin de garder les idées claires.

Que ferait-il ensuite ? En bon domestique, il pleurerait son maître terrassé par la maladie. Et puis… Rester dans cette ville où tout était possible aux gens entreprenants ? Non. Il devrait d'abord retourner chez le notaire genevois. Il serait riche. Mais cela ne l'intéressait guère. Il n'avait rien aimé de cette vie, celle que menaient les gens comme Hans, Raphael et Lætitia. Retourner en Toscane ?

Il respira profondément et s'accorda quelques instants de répit, yeux clos, enfoncé dans l'épais fauteuil du salon. Puis, il se redressa d'un bond et marcha vers l'escalier.

Il avait entendu Dominik se lever et quitter silencieusement la suite. Hans n'avait presque pas dormi. Depuis leur arrivée à San Francisco, il sentait son cœur battre trop vite, tout le temps, et il devait se forcer pour manger, pour donner le change, pour ne pas susciter de soupçons chez Dominik.

Qui était-il ? Pour qui agissait-il ? La question restait sans réponse et Hans préférait ne pas y penser. Il devait agir, vite. De manière décisive et définitive.

La lecture des trois lettres de Raphael l'avait bouleversé. L'inanité de sa vengeance lui était apparue dans toute son ampleur, lorsqu'il avait lu ces phrases si simples et qui pourtant démontraient un tel courage, une telle intelligence : Lætitia avait pardonné à sa mère tout le mal qu'elle leur avait causé. Mais Alba était morte, sans doute à cause de Hans, et les jeunes gens n'en avaient pas été avertis. Hans ignorait ce qu'il s'était exactement passé sur ce bateau, mais rien ne serait arrivé s'il n'avait pas, durant plus de vingt ans, nourri ce projet dément.

Cette discussion, il l'avait reprise des milliers de fois durant la traversée, avant même de lire la lettre de Raphael. Il s'était chaque fois rappelé qu'Alba avait cherché à le tuer, qu'elle le croyait mort et qu'elle n'en avait jamais exprimé le moindre remords. Mais que savait-il de ses pensées intimes ? Pierre n'avait jamais rien pu lui apprendre de celles-ci ; Alba avait emporté ses secrets dans la tombe. Les quelques jours durant lesquels il avait pu côtoyer Lætitia dans les salons de la duchesse, où il avait posé des questions en apparence anodines, ne lui avaient rien appris non plus.

De tous les échafaudages imaginaires et illusoires sur lesquels il avait construit sa vie, qui lui apparaissait à présent si lamentable, ne restait qu'une certitude : de cette folie était née un bonheur. L'amour de Raphael et Lætitia, qu'il avait conçu comme une arme pour punir l'amante déloyale, s'était affranchi de lui. Contre toutes les lois du sort et de la nature, contre tous les tabous, le frère et la sœur s'aimaient et allaient avoir un enfant. Pourquoi les avait-il poursuivis jusqu'ici ? Allait-il gâcher leur bonheur en surgissant dans leur vie ? Bien sûr, ils seraient si heureux de le retrouver ; mais après… Il devrait vivre avec le mensonge ignoble de son amitié autant que sa sinistre vérité, indicible, sous peine de tout ruiner…

Et c'était sans parler du danger qui pesait toujours sur eux, et qui provenait sans doute de ce Dominik, aussi allemand que lui était italien.

Non, il n'y avait qu'une solution. Depuis son arrivée au New Dawn, il s'y était résolu. Il avait effectué les démarches nécessaires aussi rapidement que possible : ouvrir un compte au nom de Doriana et Girolamo Acotanto, résidant à Pacific Heights, San Francisco. Ensuite, il avait écrit à son chargé d'affaires à Berlin en lui donnant pour consigne, comme il l'avait fait naguère pour Raphael, de vendre tous ses biens et de transférer l'argent sur ce compte. Lorsque ce serait fait, une enveloppe devrait partir pour l'Amérique, contenant une lettre d'adieu, celle d'un homme usé par la maladie qui se réjouissait d'avoir appris que ses seuls amis avaient réchappé à toutes les épreuves qu'un mauvais sort avait placées sur leur route, et qui, en mourant, ne pouvait être plus heureux et soulagé que de leur léguer sa fortune, si utile dans ce pays vierge où tout semblait possible à ceux qui faisaient preuve d'audace, de courage et de détermination. Il les assurait enfin que toute menace sur leur bonheur était définitivement écartée.

Dominik était donc parti. Il restait à Hans à espérer que tout se déroulerait comme il l'avait préparé. La ruse dont il avait fait preuve si longtemps devait servir une dernière fois ; après, il lui resterait à vérifier que les opérations commandées à Berlin s'étaient déroulées correctement et il pourrait organiser sa sortie définitive. Il avait conservé assez d'argent pour cette fin. Ce serait sans regret. Seul, cloué dans son lit, il ne pouvait pas faire grand-chose, et le revolver offert par O'Hare, qu'il glissait toutes les nuits sous son oreiller et tous les matins dans sa veste, ne suffirait pas à percer l'énigme ; mais la veille, alors qu'il prenait un verre en bas, il avait demandé au majordome de venir le lendemain, dès qu'il verrait sortir Dominik. Il lui avait glissé un billet dans la main et l'homme, qui s'appelait Louis, avait promis qu'il serait là. C'était un Français venu en Amérique pour y réussir, aux yeux rieurs et au front intelligent. Hans espérait ne pas s'être trompé en le choisissant…

On frappa à la porte et Hans cria d'entrer. Louis jeta un coup d'œil à la ronde comme pour vérifier que ses yeux ne l'avaient pas trahi et que Dominik était bien sorti. Puis il referma et s'approcha du lit.

— Me voici, Monsieur. J'ai demandé à mon collègue de retenir votre domestique sous un quelconque prétexte au cas où il reviendrait avant que je sois redescendu.

Hans n'y avait pas pensé, mais c'était une excellente décision. Décidément, il n'était peut-être pas si rusé qu'il l'avait cru…

— Que dois-je faire ? Dites-moi, je suis à votre service.

— Aidez-moi à me lever…

Avec aisance, Louis fit asseoir Hans sur le bord de son lit puis avança la voiture pour lui permettre de s'y installer.

— Vous avez la clé ?

Louis fit tinter son trousseau.

— Nous avons des passe-partout pour toutes les serrures. C'est indispensable… Bien entendu, nous ne les utilisons jamais à mauvais escient.

— Bien entendu, répondit Hans qui, discrètement, glissa un autre billet dans la main de Louis. J'ai des raisons de croire que mon domestique me cache des choses. Or, mon état me met plus encore qu'un autre à la merci d'un homme de confiance qui ne la mériterait pas. Il est par ailleurs très possible que je me trompe, et c'est mon souhait, car Dominik est efficace et je me suis habitué à lui ; j'espère donc, avec votre aide, lever ces soupçons et pouvoir raviver ma confiance.

Louis avait écouté sans broncher, comme si tout ceci était d'une évidence triviale.

— Je vois, se contenta-t-il de dire lorsqu'il fut sûr que Hans n'avait rien à ajouter.

Il se plaça derrière le fauteuil roulant et le poussa jusqu'à la porte de la chambre de Dominik, qu'il ouvrit ensuite. Le lit était défait et les rideaux fermés. Louis les tira et une lumière vive inonda la pièce. Hans s'était avancé sur le seuil.

— Si vous êtes d'accord, je commencerai par regarder les endroits qui ne vous sont pas accessibles, sauf votre respect.

Hans acquiesça. Aussitôt, Louis s'accroupit et tira le long tiroir qui occupait le dessous du lit. Dominik y avait entassé des vêtements et quelques livres. Dans le fond, sous des chemises, Louis trouva un paquet bien emballé qu'il sortit à la lumière et se mit à palper.

— On dirait des livres… ou plutôt des cadres. Pensez-vous que… ?

Le cœur de Hans avait bondi.

— Donnez… dit-il, soudain fébrile.

Louis se redressa et déposa le paquet entre ses mains.

— Continuez à regarder, murmura-t-il, tandis qu'il manœuvrait la chaise pour quitter la chambre et retourner dans la sienne.

Louis avait raison : ce devait être des cadres. Dominik emportait sans doute avec lui des souvenirs de proches, peut-être d'une fiancée perdue. Le passé, les amitiés et les amours de Dominik étaient des sujets que les deux hommes n'abordaient jamais. Il hésita. Mais pouvait-il avoir des scrupules maintenant, quand la vie de Raphael, son fils, était en jeu, et peut-être la sienne ? Et si tout n'était que fantasme et invention, tant mieux ; il se fierait désormais entièrement à Dominik et lui laisserait une belle somme pour démarrer une nouvelle vie.

D'une main tremblante, il entreprit de défaire les liens qui tenaient le paquet ficelé. Il dégagea le tissu et rattrapa de justesse une fiole, avant qu'elle ne chût sur le sol. Sa main tremblait et son pouls s'accéléra lorsqu'il prit entre ses doigts le flacon et le scruta. Aucune mention, mais il connaissait ce genre d'objet ; il le déboucha prudemment et le porta à hauteur de son nez pour le renifler avec plus de précaution encore. Il pâlit, remit le bouchon et posa la fiole sur la table de nuit. Il revint au paquet et extirpa les portraits l'un après l'autre, sans encore oser les regarder. Il laissa tomber à terre l'emballage, ferma les yeux une seconde, respira profondément puis, un à un, retourna les cadres.

Le premier qu'il découvrit fut le sien, puis celui d'Alba. Qu'éprouva-t-il alors ? Il n'aurait pu le dire. Il était au-delà de l'effroi, de la stupeur. Ce fut ensuite le tour d'une femme inconnue, mais il n'eut pas le temps de s'interroger sur son identité ; il aperçut derrière le visage de Raphael et celui de Lætitia. Il ne put retenir un cri sourd, une plainte mêlée de sanglots.

— Monsieur ?

Il bondit et se retourna. Louis était sur le seuil de sa chambre.

— Je n'ai rien trouvé d'autre, Monsieur.

Il lorgna vers les cadres qui gisaient sur les genoux de Hans.

— Est-ce que…

Hans se ressaisit autant qu'il le put.

— Merci, Louis. Ça ira, j'ai ce qu'il me faut…

— Voulez-vous que je fasse venir le shérif ?

Hans secoua vivement la tête pour refuser la proposition. Que vaudraient les éléments découverts aux yeux de la justice américaine ?

— Ou que je l'attende avec vous ?

Cette offre-là était plus tentante. Mais Hans ne voulait pas mêler un inconnu à la résolution de ce mystère. Avec Louis, les choses n'iraient pas aussi loin qu'elles devraient aller, et peu importait désormais dans quel sens. Il s'efforça de sourire.

— Non, ce ne sera pas nécessaire. Ceci (il tapota sur les cadres) n'est rien. Sa famille, laissée en Europe. Vous pouvez les remballer soigneusement et les remettre où vous les avez trouvés, en espérant que Dominik ne se doutera pas que nous sommes allés fouiller dans ses affaires. Je suis assez honteux…

— Si cela a pu vous soulager, vous n'avez aucune raison d'être honteux.

— Je l'ai soupçonné, alors que je pouvais lui faire confiance.

— La confiance n'empêche pas le contrôle, lâcha le Français d'un ton sentencieux, quoique entaché d'un brin d'ironie.

Il prit les cadres, la toile, la ficelle et refit un paquet identique à celui qu'il avait trouvé, sans remarquer la fiole que Hans avait gardée sur sa table de nuit, volontairement. Sans plus bouger de sa chambre, il regarda Louis qui retournait chez Dominik, glissait l'objet sous le lit, repoussait le tiroir, les rideaux, vérifiait que tout était à sa place, puis refermait la porte à clé.

— Tenez, dit Hans en lui tendant un autre billet. Grâce à vous, je suis soulagé !

Louis s'inclina, sourit et saisit la gratification avec la même discrétion de prestidigitateur.

— Si vous avez encore besoin de moi, n'hésitez pas, fit-il avec un dernier sourire, avant de disparaître, souple et silencieux.

Au moment où la porte se refermait, Hans faillit l'appeler, lui demander d'aller reprendre les cadres ; n'avait-il pas rêvé ? Ne s'était-il pas trompé ? Mais non ; Dominik transportait avec lui les portraits de tous les acteurs de ce drame et une seule personne pouvait avoir été l'instigatrice de cette machination, à côté de laquelle la misérable vengeance que Hans avait ourdie ressemblait à un lamentable jeu d'enfant. Avant sa mort, ce démon avait dû engager un tueur à gages pour éliminer, un par un, ceux qu'il estimait coupables de trahison, voire de tentative de meurtre ; la présence du poison prouvait que Giancarlo avait découvert les tentatives d'Alba et Wolfgang. Pourquoi avait-il attendu si longtemps, et même après sa mort, pour se venger ? C'était ce que Hans ne comprenait pas. Il aurait pu empoisonner Alba mille fois, éliminer Raphael à sa naissance, se débarrasser de la même manière de ce second enfant, enfin le faire assassiner, lui, de la plus simple des manières, à Berlin, une fois qu'il l'avait eu découvert.

Il lui revint alors les théories fumeuses du prince sur la reproduction des champignons… Aurait-il cherché à appliquer à sa vengeance la méthode du mycélium ? Lancer des billes et les laisser rouler, se cogner, repartir dans des directions imprévues ? Giancarlo avait dû savoir très vite que Wolfgang n'était pas mort, qu'il était allé à Berlin pour se trouver près de la duchesse et, s'en faisant une amie, obtenir des informations sur son cousin et sa femme. Contrairement à lui, Giancarlo n'aimait pas tant la résolution de la vengeance que sa construction. Celle-ci ne procurait qu'un long et savoureux frisson, une excitation continue comme dans l'étreinte la montée vers la jouissance ; on se vengeait comme on aimait, on caressait son projet comme la peau de sa maîtresse, on sophistiquait son plan comme on découvrait de nouvelles sources de plaisir. Mais après la jouissance, une fois vengé, on ne se retrouvait pas, essoufflé, au côté d'un être aimé et nu, mais debout, solitaire et vêtu de deuil, devant un cadavre. Le deuil que l'on portait était celui-là même de sa vengeance, de ce qui avait aidé à vivre.

Giancarlo était un être infiniment plus vicieux que lui. Plus malin, plus pervers. Il avait choisi de mourir avant ce sombre orgasme, repu sans doute d'avoir découvert combien cette machinerie fonctionnait à merveille, dans laquelle celui qui se croyait bien caché derrière l'identité de Hans n'avait été qu'un rouage, qu'un pion, manipulé de loin alors qu'il se pensait démiurge.

Hans ne bougeait pas, anéanti par ce qu'il venait de découvrir. Que devait-il faire à présent ? Un sursaut d'horreur le secoua : si Giancarlo n'avait pas voulu voir mourir Raphael et Lætitia, il n'en avait pas moins prononcé leur condamnation et envoyé le bourreau. Il était infiniment plus cruel que lui ; Hans n'avait voulu châtier qu'une femme coupable. Mais qui était Dominik sinon un exécuteur ? Giancarlo avait dû le payer royalement ; mais ce devait être le genre d'individu à n'obéir qu'à l'appel de l'argent. Malcessati n'était plus là pour enchérir et Hans pourrait avoir le dernier mot, la dernière offre. Sinon…

Il eut soudain peur de voir Dominik surgir dans la chambre et fit rouler sa chaise jusqu'à son lit. Sous l'oreiller, il chercha l'arme, la prit d'une main tremblante et vérifia qu'elle était chargée. Puis il prit la fiole de ce qui ne pouvait être que du poison, la posa entre ses jambes. Il sortit de sa chambre, la ferma et se positionna à côté de la porte d'entrée pour accueillir Dominik lorsqu'il rentrerait.

Atanasio ouvrit la porte et aperçut celle de la chambre de Hans encore close. Il devait dormir ; qu'avait-il d'autre à faire, cet infirme ridicule qui s'était mis en tête de courir à la rescousse de son fils, sans savoir qu'il amenait dans son sillage celui-là même qui le tuerait ? Le bourbon l'avait détendu, il était déterminé ; le dernier acte se jouerait dans les prochaines heures, enfin.

Il referma derrière lui sans faire de bruit ni regarder sur le côté, puis se dirigea vers sa chambre dont il sortit la clé de sa poche. Mais alors qu'il la glissait dans la serrure, il entendit un bruit de roues et se retourna vivement ; Hans venait de s'avancer devant la porte d'entrée et pointait un pistolet dans sa direction.

— Alors, Dominik, tu vas aller contempler les portraits de tes prochaines victimes ?

S'il avait brièvement pâli en découvrant le piège, il se ressaisit et ricana.

— Que comptez-vous faire, *Herr* Kapper ? Ou plutôt, Wolfgang…

— Et toi, quel est ton nom ?

— Aucune importance.

Hans fit bouger son arme.

— C'est moi qui décide de ce qui est important ou non. C'est Malcessati qui t'a payé, n'est-ce pas ?

Malcessati… C'était bien le nom qu'Atanasio avait découvert chez le notaire, le véritable patronyme de don Carlo.

— Si vous voulez l'appeler comme ça, soit. C'est lui, effectivement.

— Combien ?

Atanasio éclata de rire.

— Une fortune !

Le jeune homme fit un pas en avant et Hans redressa l'arme en criant.

— Plus un pas, ou je tire !

Atanasio s'immobilisa, leva une main, puis se recula.

— Je t'en donnerai une autre si tu renonces.

Il fit une mauvaise grimace.

— Impossible.

— Combien ? Qu'appelles-tu une fortune ?

Atanasio se tut un instant puis, d'une voix sourde, en détachant toutes les syllabes :

— Ce n'est pas seulement *une* fortune ; c'est *sa* fortune. Je suis son héritier, à condition d'accomplir sa vengeance.

— Son héritier ?

— Je suis son fils, déclara Atanasio en redressant le buste. Au contraire de ces deux ignobles bâtards…

Un instant médusé, Hans ne put contrôler le rire nerveux qui jaillit, provoquant une grimace meurtrière chez Atanasio.

— Un bâtard ! C'est toi le bâtard, idiot ! Ah mon Dieu…

Il cessa de rire et hocha la tête, comme désolé de ce qu'il venait d'entendre.

— L'humanité se perdra à cause de ses lois stupides et de son mépris pour les bâtards…

— De quoi parlez-vous ? rétorqua Atanasio d'une voix aiguë, acérée.

— De ce que je sais…

— Je le sais aussi. Vous avez tué votre père parce que *vous* étiez un maudit bâtard.

Hans fronça les sourcils et serra le poing sur la crosse.

— Qui t'a raconté cette histoire ?

— Vous niez ?

Hans hésita. Un instant, le visage de sa mère ressurgit devant ses yeux, elle qui l'avait trahi, la première, elle qui l'avait laissé blessé, convaincu que la fidélité était un leurre, comme l'amour, jusqu'à ce qu'il rencontre Alba…

— Pourquoi ne m'as-tu pas tué plus tôt ? Et pourquoi vouloir tuer des enfants qui ne sont coupables de rien ?

— Je constate avec plaisir que vous ne niez pas vos crimes…

— Réponds ! Tu ne m'as pas tué parce que tu avais besoin de moi pour les retrouver ?

Il brandit l'arme.

— En partie, mais je les aurais retrouvés sans vous, et plus vite. Ce voyage en bateau a été un enfer…

— Pourquoi ?

— Parce que vous devez mourir le dernier. Après avoir vu mourir votre fils chéri, que vous vous êtes décidé à sauver en entreprenant ce périple. Après avoir été privé du plaisir de tuer vous-même votre maîtresse, celle-là qui a préféré vous tuer plutôt que de vous suivre. Comme votre mère a préféré se tuer plutôt que de vivre au côté d'un monstre…

— Tais-toi ! hurla Hans.

Mais Atanasio s'était mis à ricaner et n'entendait pas s'arrêter.

— Après avoir vu mourir aussi…

Il s'interrompit un instant et son sourire disparut pour laisser place au dégoût.

— … cette garce qui n'a pas hésité à abandonner un mari et un enfant, et à faire un enfant avec son frère…

Hans pâlit.

— Tu les as retrouvés ? Tu les as…

— Je les ai vus ce matin, oui. Vous saviez, n'est-ce pas ? Vous avez reçu des lettres que vous m'avez cachées, parce que vous vous méfiiez de moi ?

— Les as-tu tués ?

— Pas encore. Bientôt. Demain, ou peut-être même ce soir, à présent que vous êtes au courant et que vous entendez vous mêler de ce qui ne vous regarde pas… Et puis, ce sera votre tour. Vous aurez droit à la lecture d'un dernier message que mon père a tenu à vous adresser… Mais dites-moi, comment vous êtes-vous méfié de moi ?

— Cela ne fait-il pas partie de la théorie de ton père ? L'imprévisibilité du mycélium… Ton altercation sur le bateau, en italien ; le capitaine en a été le témoin et il a trouvé cela suspect…

— Ah… fit Atanasio. Ce brave capitaine… Et c'est lui qui est allé chercher vos lettres, lui aussi qui vous a offert cette arme ?

Hans opina.

— Et que comptez-vous faire à présent ? relança Atanasio en se raidissant.

— J'espérais pouvoir t'acheter. Il me reste l'espoir de te raisonner.

— Me raisonner ?

— Te faire comprendre combien tout ceci est absurde. J'ai essayé la vengeance ; elle te détruira, comme elle m'a détruit.

Atanasio ricana.

— Vous parlez comme un curé. Pour un assassin, c'est culotté…

— Je parle comme un père qui veut sauver son fils et lui permettre d'être heureux. Raphael et Lætitia sont entièrement innocents de ce qui est arrivé. Je ne sais pas comment ni avec qui ton père t'a eu ; mais cette histoire n'a rien à voir avec…

— Tout est lié. Et moi, je suis lié doublement à ma parole. Parce que vous n'avez pas seulement tué votre père et voulu assassiner le mien ; vous êtes aussi responsable de la mort de ma mère.

Sur le coup, le canon de l'arme se baissa vers le sol.

— Quoi ? Mais tu délires ! Je ne connais pas ta mère ! Alba m'avait dit que son mari était incapable d'avoir des enfants !

Atanasio avait vu le mouvement de l'arme et s'était à nouveau avancé d'un pas.

— Recule ! cria Hans, qui avait remis l'arme en position.

— Si ce n'est pas vous, alors c'est elle. Mais quelqu'un est venu dans la propriété où vivait ma mère, se faisant passer pour un envoyé de mon père, et lui a remis un prétendu remède qui s'est révélé être un terrible poison…

Hans toucha la fiole entre ses jambes.

— Comme celui que tu envisageais de me faire boire ?

— Comme celui que vous avez donné à mon père et qui a fini par le tuer, après des années de souffrances atroces.

Une sueur glacée recouvrit le front de Hans.

— Il n'y a aucun espoir, murmura-t-il.

— Si : celui de vous voir bientôt morts, tous les trois.

Atanasio fit à nouveau un pas en avant, mais cette fois Hans ne cria plus ; il pointa l'arme et appuya sur la détente. Il y eut une explosion sourde, le bruit d'un corps qui s'effondrait. Hans avait fermé les yeux un bref instant ; il les rouvrit dans un cri quand il sentit une main s'abattre sur ses jambes. Il vit alors le visage de Dominik glisser vers ses genoux et s'effondrer sur le sol, les yeux écarquillés, le front percé d'un trou rouge d'où le sang coulait. Un silence terrible s'étendit sur la pièce. Seul le cœur de Hans y battait la chamade. Il laissa tomber l'arme lorsqu'il fut sûr que le jeune homme était mort. Il attendit un long instant, se demandant avec inquiétude si on avait entendu le coup de feu, prêt à voir la porte s'ouvrir avec fracas. Si c'était Louis, il pourrait peut-être… Mais rien ne se passa.

Alors, d'une main tremblante, en se penchant difficilement vers le corps, il posa la main sur la poitrine pour vérifier que le cœur ne battait plus. Il sentit, dans la doublure de la veste, une épaisseur anormale. La lettre… songea-t-il. Celle dont le tueur venait de parler, celle que son père avait prévu de faire lire à Hans au moment de sa mort. Fébrile, il s'inclina plus encore, au risque de tomber sur le cadavre, et déchira le tissu. Il sortit l'enveloppe et l'ouvrit.

Si les événements ont suivi le cours que je leur avais consigné, il me faut saluer ici deux personnes : Atanasio, fidèle exécuteur de mes dernières volontés, et Wolfgang, fidèle jusqu'à la mort aux mensonges qui ont tissé sa vie. Mais que sont les mensonges et les vérités ? Rien. Il n'y a que des histoires que les gens acceptent ou refusent de croire. Les mycéliums croissent et nul ne les voit étendre leurs réseaux, jusqu'à ce que surgissent leurs fruits. Ces histoires que j'ai semées sont des spores dont je ne peux qu'imaginer les développements ; si même Dieu, pour autant qu'il existe, a créé un monde sans chercher à tout contrôler ni tout prévoir, pourquoi et comment un homme le pourrait-il ? Dans les sélections attentives et soigneuses que j'ai opérées pour générer les plus beaux chevaux qui soient, j'ai presque toujours été surpris par ces tours que l'imprévu joue aux prévisions les plus savantes. Parfois pour mon bonheur, parfois pour mon malheur.

Si donc tout se déroule comme prévu, j'ai un peu de temps avant que le poison opère. J'en reparlerai plus loin. Permettez-moi, Wolfgang, Atanasio, de revenir sur ma jeunesse.

Je n'ai pas toujours détesté Venise ; et j'ai même longtemps cru que je ne voulais rien plus qu'y vivre, au côté de la femme que j'aimais par-dessus tout. Cette femme se prénommait Doriana, elle avait deux ans de plus que moi et j'en étais éperdument amoureux. J'utilise, pour décrire cela, les mots les plus convenus, les plus courants, pour ne pas livrer trop du secret le plus intime de mon âme, pour ne pas me dévoiler de façon trop impudique devant vos yeux, même si, à l'heure où vous me lirez, je serai mort. Doriana m'aimait, je peux le dire, ou du moins aurait pu m'aimer si elle n'avait été ce qu'elle était, c'est-à-dire fidèle, incorruptible et mariée, non par choix, à un noble désargenté de seize ans son aîné : Girolamo Acotanto.

J'ai rencontré Doriana le jour de ses noces ; nos regards se sont croisés et nos cœurs se sont reconnus pour ce qu'ils étaient : inséparables et en même temps inconciliables. J'ai tout tenté pour la séduire et l'arracher à un mariage qui ne l'agréait pas, mais qui avait été décidé par des parents auxquels elle refusait de désobéir et qu'elle ne voulait pas décevoir. Je la rencontrai en cachette ; malgré ses réticences, elle ne me refusa pas ces tête-à-tête, du moins jusqu'à ce qu'elle tombât enceinte. Elle me répétait que son mari, si elle ne l'aimait pas, était un homme bon et droit, qui, lui, l'adorait passionnément. Je rétorquais qu'un vieillard ne pouvait que vénérer l'offrande inespérée et honteuse d'une jeunesse aussi éblouissante, et que c'était une injure à l'amour et à la nature que de l'avoir contrainte à cette union.

Quand elle sut qu'elle attendait un enfant, elle m'intima l'ordre de ne plus chercher à la voir ni à lui parler. Cet enfant ne pouvait être le mien ; jamais elle n'avait cédé à mes attentes. Si je l'aimais autant que je le disais, je devais la laisser. Elle ne doutait pas que j'en viendrais bientôt à la raison, que je l'oublierais, que je rencontrerais une autre femme qui saurait m'offrir au grand jour ce qu'elle ne pouvait m'accorder dans l'horreur du mensonge et de la tromperie. Avais-je le choix ? Elle m'avait pris au piège de mon amour.

Mais je restai à Venise, rôdant autour du palais, m'informant de sa santé, de sa vie. Peu après sa délivrance, elle tomba malade. Son mari, qui déjà était dans le besoin et avait menti sur sa fortune, appela un médecin, mais des moins compétents et des moins chers. Lorsque je sus qu'elle était souffrante, je rompis ma promesse et vins frapper à la porte du palais, pour m'enquérir d'elle et offrir d'appeler un médecin renommé que je connaissais, et dont j'aurais payé les honoraires avec joie, plutôt que de savoir Doriana aux mains d'un incompétent. Le mari me fit chasser comme un malpropre et refusa même de m'entendre.

Doriana mourut, et l'enfant vécut. Dans son agonie, jamais Doriana ne trouva la force d'exiger de me parler, de me faire ses adieux. J'ai toujours préféré imaginer qu'elle y a pensé et qu'elle est partie avec, dans son cœur, l'image de nos sourires plutôt que les grimaces de ce vieil égoïste qui n'a dû comprendre que devant son cadavre ce qu'il venait de perdre et ne récupérerait jamais.

Je crus devenir fou et mourir à mon tour. J'assistai du fond de l'église des Santi Apostoli à l'enterrement de celle qui aurait dû être mon épouse et qui aurait été, j'en étais convaincu, toujours bien vivante, heureuse, serrant contre son sein blanc notre enfant. Et elle n'était plus qu'un cadavre misérable, dont je n'avais pu embrasser le front une ultime fois – et c'eût été aussi mon premier baiser sur ce visage adoré –, appelé à pourrir dans la terre humide de Venise.

À la sortie de la messe, dont je m'échappai comme un voleur, je fus happé par un vieil homme à la barbe imposante. J'étais comme ivre et sans doute fut-il inquiété par mon aspect. Il est des êtres dont la vie semble vouée à sauver leurs semblables en détresse ; bénéficier de leur aide ne fait pas de vous un saint pour autant, et je suis de ceux qui, par leur ingratitude, ont dû en décourager plus d'un. Pourtant, celui-là était d'un genre particulier et ce qu'il a semé en moi ce jour-là, même si je l'ai aussitôt oublié, et pendant des années, a ressurgi, pour des raisons que je vous expliquerai plus tard.

J'ai donc reconstitué récemment cette rencontre que je pensais à jamais enfouie. Ma surprise fut grande de voir combien tous les détails m'en revenaient avec une facilité déconcertante ; et si j'ai pu inventer beaucoup d'histoires dans ma vie – et pour vous deux particulièrement – pour aboutir à mes fins, croyez-moi si je vous dis que celle-ci est de la plus pure authenticité.

Il ne m'a pas donné son nom, même si je sais aujourd'hui comment il s'appelait – mais quelle importance ? Il m'a pris d'autorité par le bras.

— Jeune homme, je devine en vous un drame qui ne trouve pas ses mots... Ce sont les pires. Venez.

En toute autre occasion, j'aurais rejeté la main de ce fou et me serais enfui. Mais je l'ai suivi, incapable de résister. Nous avons marché dans les rues sans que je cherche à savoir où nous allions, ni même où nous nous trouvions. Je compris enfin où il m'emmenait ; aux confins du Cannaregio, du côté de la Misericor-

dia, jusqu'à l'une des dernières églises de la cité, la Madonna dell'Orto. Nous sortions des Santi Apostoli ; voulait-il me faire prier, moi qui ne croyais déjà presque plus et conservais mon peu de foi d'alors pour invectiver un Dieu qui pouvait se montrer si absurdement cruel ? Non : il voulait me faire admirer des toiles du Tintoret. Le jour où j'enterrais mon amour, un inconnu avait décidé de m'imposer le spectacle de tableaux ! Je me rebiffai enfin.

— N'ayez crainte, me dit-il, je ne vous retiendrai pas longtemps ; mais j'ai toujours considéré que le spectacle de l'art était le plus puissant des réconforts. L'art se construit souvent sur la souffrance et l'ordure, qu'il distille en beauté. Et notre émotion tient autant dans la splendeur que dans le souvenir de l'horreur. Voyez...

Il me pointa la Présentation de la Vierge au Temple.

— Titien en a peint une autre, magnifique également, mais si différente... Vous la connaissez sans doute, elle se trouve à l'Accademia. Celle-ci est beaucoup plus simple dans sa composition, quand celle de Titien multiplie les cercles et les réseaux. Même si les deux artistes étaient obligés de se mêler de politique et de jouer leur rôle dans la cité, on devine, rien qu'à comparer les deux toiles, combien Titien était plus attentif aux oppositions et aux liens sociaux, et Tintoret plus indépendant, plus rebelle peut-être. Mais revenons à la toile...

Il m'expliqua alors que celle-ci était divisée en trois zones, sur le modèle de la pyramide qui apparaissait de surcroît dans le fond de la toile. Il m'épargna la lecture symbolique de ces éléments et insista davantage sur la répartition des personnages. Sans doute n'aurez-vous plus jamais la chance de retourner à

Venise, sauf peut-être Atanasio si tout s'est déroulé selon mes plans ; allez voir cette toile, pour vérifier si ce que je décris ici est vrai.

À gauche, dans l'ombre du Temple, des hommes, rien que des hommes, aux mains perdues – en particulier celles du grand prêtre, au sommet, qui marquent sa stupeur –, mais dont les regards sont tous braqués sur la Vierge qui s'avance seule vers le prêtre. Celles qui occupent la majeure partie de la toile, du centre et de la droite, ce sont des femmes. Presque exclusivement des femmes, enfants et adultes. En plus de Marie, il y a trois couples de mères et de filles ou de fils. Elles ne regardent pas Marie, mais les doigts pointent vers elle, sauf pour un couple, affalé sur les marches à l'avant. Le seul dont l'enfant soit mâle. Tous deux se désintéressent complètement de ce qui se passe au-dessus d'eux ; elle regarde son fils vers le bas, qui lui a les yeux fixés sur la poitrine de sa mère. Sa main se tend et on devine qu'il ne rêve que de défaire le nœud qui cache ce sein qu'il veut téter, bien qu'il ne soit à l'évidence plus un nourrisson. Je me souviens précisément des mots de mon guide : « Peut-on lui donner tort ? »

Le reste de la société, qui occupe une si grande place dans la version de Titien, est ici presque entièrement occulté à l'arrière de la toile, sur l'autre versant de l'escalier, et on ne devine que des têtes, dont celle d'un soldat.

— Ces femmes sont sereines, ou résignées, allez savoir. Les hommes ont peur ; ce que cette enfant nimbée de lumière annonce, c'est la fin de leur règne. Ce qu'elle proclame, c'est l'illusion de leur pouvoir. Leur or et leur pourpre ne pèsent rien face aux simples étoffes qui parent ces femmes. Toutes sont jeunes et

splendides, fortes et déterminées. Elles avancent vers le destin ou se tournent vers le plaisir.

Ce dernier mot me fit sursauter, comme un blasphème. Je ne comprenais d'ailleurs pas pourquoi il m'infligeait ces commentaires après ce que je venais de vivre, et une forme de colère montait en moi.

— Calmez-vous, mon ami, me dit-il avec une force douce dans la voix qui me contraignit à l'obéissance. Je ne vous fais pas la morale, et s'il y a une leçon à tirer de ceci par rapport à vos malheurs, vous seul la trouverez, aujourd'hui ou demain. Ou plus tard encore. Mais se distraire d'un malheur ne signifie pas que l'on cherche à l'oublier. On revient ensuite l'affronter plus fort. Et puis, la mort ne doit jamais effacer l'amour... « Death, where is thy victory ? » *L'amour, dans toutes ses composantes, des plus spirituelles aux plus charnelles. Le Tintoret est espiègle et aussi un homme de son temps, qui sait que l'on ne peut pas vivre uniquement de prières et d'élévation ; il nous faut aussi le contact d'une peau contre la nôtre. Je sais que ces paroles vous révulsent, j'ai deviné pourquoi vous étiez présent aux funérailles de l'admirable Doriana. Mais considérez les choses comme un hommage que vous lui rendez, malgré tout. Voyez...*

J'aurais dû, en toute autre occasion, l'assommer pour ces paroles ; mais je ne pouvais résister. Il me conduisit devant une autre toile du même peintre, La Vision de saint Pierre, *où le saint, assis dans une posture pour le moins inconfortable, voit arriver au-dessus de sa tête une cohorte d'anges portant une croix.*

— Je vous épargnerai l'analyse de cette toile, qui me plaît d'ailleurs beaucoup moins que l'autre. Notez juste ce détail scabreux : la clé, apanage de Pierre,

qui lui pend ici entre les jambes, de manière on ne peut plus suggestive. Façon bien vénitienne de se moquer du pape, sans doute, mais détail qu'il faut mettre en relation avec la robe de la petite fille, sur la Présentation...

Nous revînmes à l'autre tableau. Il me pointa le drapé très singulier de la fillette au premier plan, juste au milieu de la composition, et mes yeux s'écarquillèrent en découvrant effectivement la représentation à peine voilée d'un sexe de femme, vers lequel les doigts de l'adulte à côté d'elle descendent...

Je ne pus retenir un éclat de rire, qui résonna dans l'église comme un blasphème. Mon cicérone sourit.

— Je suis heureux de vous entendre rire.

Je devine, Atanasio, ce que l'évocation de cette partie si délicieuse de l'anatomie féminine suscite en toi de dégoût et de répulsion. J'ai tout fait pour qu'il en soit ainsi. Parce que la leçon reçue ce jour-là de cet inconnu n'a pas été comprise, peut-être ; parce qu'aussi la douleur vécue était si forte qu'elle devait poursuivre un long chemin avant de se cristalliser dans une œuvre. Et la beauté de celle-ci ne pourra sans doute jamais émouvoir un autre que moi...

Avant de me quitter, cet auguste vieillard barbu tint à m'offrir un verre, dans une petite auberge voisine.

— Vous êtes jeune, me dit-il. Au risque de vous paraître fou, c'est à cet âge que l'on sait.

— Que l'on sait ? Quoi ?

— Ce que l'on veut faire de sa vie. Bien sûr, la plupart des gens vous diront que la jeunesse est idiote et qu'elle manque de maturité, qu'elle ne voit pas l'avenir et se trompe toujours dans ses projets.

Regrets de vieillards échoués... Maintenant, vous dis-je ! Après...

— Après ?

— Après, soit vous mettrez tout en œuvre pour réaliser votre rêve, ce qui ne signifie pas que vous y parviendrez ; soit vous vous inventerez des prétextes pour renoncer. On invente des histoires pour partir, puis on trouve des prétextes pour rester. Préférez les histoires... Et imaginez-les belles et heureuses.

J'ai tout oublié de cette rencontre, pour votre malheur à tous deux, et pour celui de tous les autres qui ont été entraînés dans les suites funestes de mon chagrin. La seule pourtant qui aurait été à plaindre était Doriana, morte dans la fleur de l'âge et de la beauté. Mais aussi son mari, si je n'avais été aveugle – mais je le haïssais, que je rendais responsable de cette mort, après l'avoir été de notre amour impossible. Il y avait aussi Alba, sa fille...

Dans la folie qui s'empara de moi alors, j'ai d'une certaine manière suivi le dernier conseil de l'inconnu : j'ai inventé des histoires. Mais je n'avais retenu que la moitié du conseil : mes histoires furent terribles.

Je me jurai de revenir, vingt ans plus tard, et d'arracher cette fille à son père, d'en faire ma femme, sans jamais lui dévoiler les liens qui m'avaient uni et continuaient de me lier à sa mère. À travers elle, je pourrais enfin aimer Doriana et la rendre heureuse. Et être heureux de son bonheur. Je la retrouverais, moi vieilli, mais elle toujours jeune.

Durant vingt années, j'ai vécu dans cette attente. Je n'ai plus remis les pieds à Venise mais je me suis tenu informé. Je n'ai pas dû faire grand-chose pour achever la ruine de Girolamo Acotanto ; l'idiot s'y employa tout seul avec une forme de zèle qui aurait été touchante s'il n'avait été celui que le sort m'avait désigné comme ennemi. À chacun des changements de régime, il choisissait le mauvais camp et creusait un peu plus sa tombe. De son côté, Alba, de ce que l'on m'en rapportait, était de jour en jour plus belle, même si les portraits que je m'en faisais dresser ne se rapprochaient pas du souvenir que j'avais de sa mère. Petit à petit, les deux visages se mêlèrent dans mon esprit et j'attendis avec une patience furieuse le jour où elle serait mienne, enfin. On me la dépeignait comme une jeune fille sauvage et déterminée à prendre son destin en main, malgré son père, malgré la pauvreté dans laquelle elle était contrainte de grandir. Et cela me plaisait...

L'incurie financière de Girolamo m'a facilité la tâche ; au bord de la ruine, je lui ai offert d'éponger toutes ses dettes en échange de la main de sa fille. Il y a des moments dans la vie où les préceptes moraux que l'on croit les plus solides se dissipent en un coup de vent. Il n'a pas hésité un instant, je pense. Peut-être se souvenait-il de la manière dont il avait obtenu, jadis, la main de sa femme ; peut-être aussi crut-il que je lui offrirais la vie heureuse qu'il n'avait pu lui assurer. Ce fut le seul espoir que j'aie jamais partagé avec cet homme, dont j'avais souhaité mille fois la mort.

Alba était une femme admirable, par sa beauté et son caractère. J'ai reporté sur elle, dès qu'elle fut devant moi, tout l'amour que j'avais accordé à sa mère et qui, depuis vingt ans, couvait en moi. J'avais eu d'autres femmes, bien sûr, mais n'en avais aimé aucune. Je l'attendais. Et durant quelques semaines, je crus avoir eu raison. Je cherchai par tous les moyens à la rendre heureuse, à partager avec elle mes passions, ma vie...

Alba, cependant, ne m'aimait pas. Qu'étais-je à ses yeux ? Un vieillard, qui aurait pu être son père – et combien l'aurais-je voulu ! –, un homme concupiscent qui l'avait achetée.

Mais il y eut d'abord le retour d'un amant vénitien, un jeune révolutionnaire dont je réussis à me débarrasser en le confiant à la justice. Il était accusé d'un meurtre que j'avais moi-même commandité à Venise, pour achever de convaincre Acotanto de me confier sa fille, laquelle courtisait deux amants opposés par la politique. La mort de l'Autrichien accusait l'Italien et mettait Alba dans une position inconfortable.

Devant l'évidence, je m'entêtai : Alba devait comprendre que j'étais là pour la rendre heureuse, pour réparer l'injustice du sort qui l'avait privée de sa mère. J'étais décidé aussi à ne jamais lui révéler ce passé, parce que je voulais réussir à me faire aimer d'elle pour ce que j'étais, non pour ce que j'avais été. Folie...

Peut-être y serais-je arrivé si vous n'étiez arrivé dans notre vie, Wolfgang. J'ignore dans quelles conditions se fit cette rencontre ; je sais seulement que cela se passa à Venise. Même lorsqu'elle eut avoué votre liaison, Alba refusa de m'en donner les détails ; et j'étais à l'époque si dégoûté d'elle que je ne cherchai pas à les connaître. Quelle importance ? Mais vous avez brisé le miroir de mes illusions : Alba ne serait jamais Doriana ressuscitée. Vous étiez celui que j'avais été ; mais alors que Doriana avait refusé de tromper son mari, lequel avait rejeté l'argent pour la sauver, Alba s'est donnée à vous sans la moindre hésitation, et n'a pas davantage reculé devant votre ignoble projet de m'assassiner par le poison.

Alors, cet autre venin qui m'avait été inoculé par mon chagrin de jeune homme a triomphé de mon âme. Je n'ai plus eu qu'une raison de vivre : me venger de vous. Souvenez-vous, Wolfgang, de notre conversation au sanatorium : ce poison-là, nul n'en peut guérir.

Le miroir était brisé, mais je me suis perdu dans un jeu de fragments et de reflets, dans un réseau de mycélium incontrôlable, qui nous aura menés en ce lieu que j'ignore, en cet instant que je ne vivrai jamais et que j'aurai passé tant d'années de ma vie à imaginer…

Quant à toi, Atanasio, je t'ai dressé comme je l'aurais fait d'un chien. Dressé à ce que tu me sois d'une obéissance aveugle et prennes chacun de mes mots pour parole divine. Toutes les épreuves de ta jeune vie, de ce chien innocent à cette jeune prostituée dans la grange, j'ai tout orchestré pour t'asservir. Je t'ai pourtant donné ce qui aurait pu te dessiller avant de commettre l'irréparable : cette lettre, que tu devais porter sur toi sans jamais l'ouvrir, sinon après avoir assassiné Alba, Raphael et Lætitia, et empoisonné sans espoir de salut ce pauvre Wolfgang, cloué sur sa chaise depuis tant d'années par la faute d'une femme qui aura toujours préféré sa liberté. C'est en toi, pauvre enfant !, que j'ai concentré toute la haine amassée contre une femme infidèle et un amant orgueilleux et sûr de lui, prêt au pire pour assouvir son plaisir. Et je n'aurais jamais éprouvé le moindre doute ni le moindre remords si un autre événement n'était survenu, bien après que tout fut mis en place.

Ce fut l'attaque qui m'a privé de mes jambes et m'a rendu si semblable à vous, Wolfgang, bien qu'à un âge plus avancé, après avoir pu goûter jusqu'à en être dégoûté aux plaisirs de la vie, de la chair et des espaces. Jusqu'à cet instant, je n'avais presque jamais côtoyé la fille qu'Alba avait engendrée grâce à ses amours avec un autre amant. Je m'étais libéré d'une part de mon rêve : elle n'était pas Doriana, laquelle était définitivement morte, réduite en poussière dans son cimetière vénitien. Je gardais Alba auprès de moi comme je me serais acquitté d'une dette envers sa mère, sans plus rien espérer pour mon compte. Sans doute en fut-elle ravie... Elle menait sa vie malgré moi et grâce à mon argent, plus souvent à Venise qu'à Garde, et plus jamais à Milan. Sa fille ne la quittait pas. J'imaginais de quels récits horribles elle l'abreuvait à mon encontre pour que celle que j'avais pourtant reconnue se tînt si distante. Mais Lætitia grandissait et devenait de plus en plus ravissante, tandis que sa mère, toujours belle, vieillissait. C'était une petite revanche pour moi, un apéritif avant le plat glacé que je lui concoctais. Sans que je sois mis dans la moindre confidence, je compris, à des regards et des attitudes, que l'entente entre la mère et la fille se fissurait et que la complicité devenait compétition. Celle-ci se marquait à leur manière de jouer au piano ; Alba avait pu me reprocher de n'être guère sensible à la musique, et elle n'avait pas eu tort. Mais je savais apprécier et mesurer la différence de jeu entre les deux femmes. Toutes deux excellentes, elles avaient toujours passé des heures sur le clavier lorsqu'elles étaient à Garde, sans doute pour tromper l'ennui et éviter de se retrouver en tête à tête avec moi. Le jeu d'Alba était virtuose, mais froid, comme si elle maintenait toujours une barrière entre ses émotions et ce qui sortait du clavier ; Lætitia, en revanche, était une eau pure qui jaillissait en toute innocence de la montagne. Pour prendre une image maladroite, disons qu'Alba interprétait tout, vêtue d'une resplendissante robe de soirée, tandis que Lætitia vivait la musique dans la plus simple nudité.

Lorsque je me retrouvai paralysé, cloué d'abord dans mon lit avant de pouvoir glisser dans une chaise, Lætitia se rebiffa contre sa mère et exigea de rester à mon chevet. Je pense, même si elle ne m'en a jamais rien dit, qu'elle en avait assez de devoir assister aux frasques maternelles ; Alba multipliait les amants avec la rage de celle qui sent l'imminence du naufrage, et Lætitia était à l'âge où cette comédie semble cruelle. Peut-être aussi fut-elle prise de remords à mon égard. Peut-être encore, même si elle n'en avait pas les traits, ou si peu – quelques détails, dont certains comptent plus, comme le regard et l'éclat des iris –, était-elle un geste que Doriana, après tant d'années, m'adressait...

Certains bigots prétendent avoir été touchés par la grâce. Cette expression m'a toujours paru des plus ridicules jusqu'à ce que j'éprouve à mes côtés la présence de Lætitia. Si mon cœur avait été pur, si j'avais écouté les leçons de mon guide d'une heure, elle aurait racheté toutes mes souffrances et aurait donné à ma vie, même tardivement, le sens qu'elle réclamait avec l'avidité d'un nouveau-né aspirant l'air. Mais ce cœur était empoisonné, sans espoir de rémission, et cette présence fut une épreuve de plus, voire une épreuve de trop. Vous me permettrez de ne rien vous dévoiler de ces heures. L'un et l'autre avez dû approcher Lætitia ; vous comblerez mon silence par vos propres émotions...

Une chose cependant, car elle est importante pour ce récit : c'est Lætitia qui a ravivé en moi le souvenir de cet après-midi avec l'inconnu vénitien, en évoquant un de leurs rares véritables amis. Un certain Asmodée semble en effet s'être lié à Alba et plus encore à Lætitia. Un vieil homme, barbu... J'ai demandé à Lætitia de m'en dresser le portrait, et il correspond étrangement avec le souvenir que j'ai conservé de mon homme, qui ne s'était pas nommé. Cela semble extravagant car lorsque je l'ai rencontré, près d'un demi-siècle auparavant, il me semblait déjà au bord de la tombe – et n'était-ce pas là que j'avais fait sa connaissance ? Pourtant, cet Asmodée avait tenu à Lætitia des propos si proches de ceux dont il m'avait abreuvé... Sur les rêves d'enfance, d'abord, mais aussi les commentaires sur les deux Présentations au Temple, *celle de Titien et celle du Tintoret, qu'il était allé lui montrer à plusieurs reprises, et dont elle ne se lassait pas. C'est elle qui m'a fait ce commentaire merveilleux : « Si l'on avait laissé à Marie le soin de raconter l'histoire, le Christ aurait vécu heureux et rien ne serait arrivé de tout ce drame... »*

Mais Marie n'a rien pu écrire, et Judas a trempé sa plume dans le sang. Sois particulièrement attentif à ce qui va suivre, Atanasio, car cela te concerne au premier chef. Vous connaissez tous deux l'histoire, j'irai donc à l'essentiel. Lorsque Alba vous crut mort, Wolfgang, elle se rendit et accepta toutes mes conditions. Elle pensait qu'il était temps encore de se sauver, alors que dans mon cœur elle était perdue à jamais. Je ne lui ai pas dit que je savais pour le poison ; c'eût été me trahir. J'exigeai qu'elle achevât sa grossesse dans le secret et me confiât son enfant, après lui avoir donné un prénom. C'était une cruauté indispensable pour le plan qui avait germé. Je savais que vous viviez et que vous vous renseigniez sur Alba et moi. Vous me facilitiez la tâche. Après la naissance, je confiai un garçonnet à un prêtre berlinois, qui le fit adopter par une famille sans enfants, riche et d'excellente réputation : les von Rüwich. Vous vous êtes précipité à Berlin et vous crûtes, très cher Wolfgang, que c'était votre fils.

Il n'était toutefois que le rejeton d'une paysanne, trop pauvre pour assumer un sixième ou septième enfant, et qui fut ravie de me le confier contre une somme coquette à ses yeux, insignifiante aux miens.

Votre fils, que sa mère avait prénommé Raphael, fut confié à des paysans de ma connaissance en Toscane et rebaptisé Atanasio. C'est lui qui, au terme d'un stratagème qu'il aura construit et que j'ignore, vient de vous faire absorber du poison et vous lit cette lettre. Il apprend en cet instant que toute l'histoire que je lui ai servie est fausse.

Quand je vous disais qu'il n'y avait que des histoires que les gens choisissent ou refusent de croire...

La mère que je t'ai inventée, cette Maria qui aurait pu être ma rédemption, n'a jamais existé et n'est que le reflet de cette enfant gravissant les marches vers le grand prêtre et son destin. Le portrait est celui de Doriana qu'Alba m'a un jour ramené de Venise, pensant répondre à une remarque de ma part – la seule que je me suis jamais autorisée à propos de

Doriana, au moment de l'aveu de son adultère ; je m'étais ouvertement étonné qu'elle ne m'eût jamais parlé de sa mère. Elle ne se doutait pas que, même en m'obéissant, elle me faisait souffrir. Et de ce geste, je ne peux lui tenir grief, même si, peut-être, ce fut le plus douloureux. Retrouver le visage aimé dont le souvenir s'était brouillé à cause des traits de sa fille, puis de sa petite-fille, fut aussi terrifiant pour moi que doit l'être le surgissement d'un vrai fantôme.

Le reste n'est qu'affaire de copiste. Je pense que j'ai su avant vous, Wolfgang, le plan que vous alliez concevoir pour vous venger d'Alba. J'avais tout préparé pour que cette idée germât en vous et j'ai pris un malin plaisir à abreuver mon idiote de cousine de portraits, ceux d'Alba et bientôt ceux de Lætitia. J'ai tout de suite deviné que ce Pierre, surgi par hasard, était votre homme ; je ne lui en ai jamais rien laissé deviner mais je me suis servi de lui pour vous distiller les informations qui étaient nécessaires à mes projets. Vous n'avez jamais soupçonné, n'est-ce pas, que chacune de ce que vous pensiez être des idées et des initiatives était dictée par moi ; vous vous pensiez libre, et vous m'obéissiez. Jusqu'à ce jour, je vous ai manipulé à distance comme j'ai dressé Atanasio, votre fils, ce Raphael masqué et ignorant tout de sa véritable identité.

Si donc, comme je le crois ou le crains, tu as été fidèle et m'as obéi, Atanasio, tu as assassiné ta mère, ta sœur et, à présent, ton père qui agonise devant toi. Sans parler de cet inconnu, fils de paysanne et héritier d'une belle fortune autant que d'un impos-

sible amour, ce Raphael qui t'aura sans doute tout volé – même si, à l'heure où j'écris cette lettre, je ne suis pas encore certain que réussira le pitoyable stratagème de Wolfgang, voulant pousser Raphael et Lætitia dans les bras l'un de l'autre. Si je me laissais aller à la sentimentalité, je dirais que j'espère que tu m'as trahi et désobéi. Que tu as ouvert cette lettre avant le terme fixé et que, par ce geste, tu as permis à Lætitia de vivre la vie que ni sa mère, ni sa grand-mère, ni celui qui aurait aimé être véritablement son père n'ont pu vivre. Mais c'est peu probable. Tu as sans doute consommé le gâchis, à l'image de nos existences, la mienne en particulier. Qui sait si, ce faisant, tu n'as pas rendu un ultime service à Lætitia en la libérant d'un monde et d'une vie qui ne pourraient que la décevoir et la blesser.

J'aurais dû tout annuler, et peut-être aurais-je pu le faire. Mais je n'en ai pas eu la force. Les dés étaient lancés, le mycélium courait sous terre vers son jaillissement et sa vérité. Et puis, cet inconnu de Venise, fût-il ou non l'Asmodée dont m'avait parlé Lætitia, ne m'avait-il pas expliqué que l'art se nourrissait du pire ? C'est cela qui m'a décidé sans doute à ne rien changer ; que l'échec de ma vengeance engendre un peu de beauté et de bonheur, ou que sa réussite confirme l'inanité de l'espoir.

Quand ma plume se reposera et que cette lettre sera cachetée, glissée dans l'épaisse enveloppe que je destine au notaire Constant, tout sera fait de ce qui était en mon sinistre pouvoir. Je ne saurai jamais rien de la suite, et c'est tant mieux. Il n'est pas normal pour un parent de voir mourir ses enfants ; et je n'au-

rai enfanté que rêves et cauchemars, dont je confie la résolution aux vents surprenants. Il ne me reste qu'un souhait : pouvoir reposer, le moment venu, au côté de Doriana, à Venise. Je n'aurai pas échappé au ridicule du sentiment...

ÉPILOGUE

RAPHAEL & LÆTITIA
1854

— Viens là…

Lætitia avait dégagé la couverture, dévoilant ses seins gonflés et son ventre rebondi, et avait attiré contre elle Raphael, encore égaré dans son cauchemar. La lumière de l'aube se glissait entre les rideaux et les branches des arbres, balancées doucement par le vent, leur adressaient des signes de bienvenue.

Raphael se laissa guider et posa la joue sur le nombril.

— Tu l'entends ?

Elle lui caressait tendrement les cheveux pour le rasséréner.

— Oui, murmura-t-il.

Elle se mit à rire.

— Tu me chatouilles !

Elle le repoussa légèrement et il s'accrocha à elle, remonta vers son visage et l'embrassa profondément.

— Lætitia…

— Chut, fit-elle. Je m'appelle Doriana, mon beau Girolamo…

Il enfouit la tête dans ses cheveux.

— À quoi rêvais-tu ? demanda-t-elle en reprenant sa berceuse.

— À Hans… Sa mort, cet héritage. Sa dernière lettre… Je ne comprends pas.

— On ne peut pas tout comprendre, toujours. Du moins a-t-il su que nous étions vivants et heureux.

— Tu ne m'en veux vraiment pas ?

— De quoi ?

Elle chercha ses lèvres pour l'embrasser.

— De t'avoir caché si longtemps les raisons qui me poussaient à fuir, t'entraînant dans ma course… Et n'as-tu jamais cru que ce soit possible…

Elle le fit taire en apposant à nouveau sa bouche sur la sienne.

— Je ne t'ai pas cru coupable du crime de ce juge ; pourquoi croirais-je cela ? J'ignore qui pouvait t'en vouloir ; mais je fais confiance à Hans, qui nous a assuré que nous ne devions plus rien craindre. Quant à ton silence… Je comprends que tu aies voulu m'épargner.

— Je ne savais pas que tu étais plus forte que moi…

Elle rit doucement.

— Les hommes… Depuis toujours, les femmes ne doivent souvent compter que sur elles pour être heureuses…

Il se redressa sur les coudes et la dévisagea.

— Ne dis pas cela…

Elle lui caressa la joue.

— Je le dis parce que c'est vrai, même s'il y a des exceptions…

— Je veux te rendre heureuse.

— Je suis heureuse, et nous nous rendons heureux, l'un l'autre. Pas l'un plus que l'autre. Chacun à notre manière, à notre rythme… Et si tu veux que je sois heureuse…

Elle l'embrassa à nouveau et ses mains glissèrent sur son flanc, jusqu'à ses cuisses, pour le guider.